转身

彭闪闪 著

新华出版社

图书在版编目（CIP）数据

转身 / 彭闪闪著. -- 北京：新华出版社, 2019.11
　ISBN 978-7-5166-4909-1

Ⅰ.①转…　Ⅱ.①彭…　Ⅲ.①长篇小说－中国－当代
Ⅳ.①I247.5

中国版本图书馆CIP数据核字(2019)第228163号

转　身

作　　者：彭闪闪

责任编辑：江文军　丁　勇　　　　封面设计：李尘工作室

出版发行：新华出版社
地　　址：北京石景山区京原路8号　邮　　编：100040
网　　址：http://www.xinhuanet.com/publish
经　　销：新华书店、新华出版社天猫旗舰店、京东旗舰店及各大网店
购书热线：010 - 63077122　　　中国新闻书店购书热线：010 - 63072012

照　　排：六合方圆
印　　刷：河北鑫兆源印刷有限公司

成品尺寸：145mm×210mm　1/32
印　　张：14　　　　　　　　　　字　　数：326千字
版　　次：2019年12月第一版　　　印　　次：2019年12月第一次印刷

书　　号：ISBN 978-7-5166-4909-1
定　　价：39.80元

目 录

第一卷

第 一 章　妈妈们的聚会 / 3

第 二 章　特殊的约会 / 16

第 三 章　难眠之夜 / 29

第 四 章　成人用品商店 / 34

第 五 章　喝　茶 / 41

第二卷

第 六 章　你好薛华 / 63

第 七 章　小鲜肉 / 70

第 八 章　神秘电话 / 77

第 九 章　白色码头餐厅 / 83

第 十 章　姐姐你好 / 92

第十一章　苏青婚变 / 97

第三卷

第十二章　摩登的房子 / 105

第十三章　欢　欲 / 113

第十四章　狗海滩 / 122

第十五章　法式的房子 / 130

第四卷

第 十 六 章　邂　逅 / 143

第 十 七 章　买　画 / 157

第 十 八 章　高利贷 / 175

第五卷

第 十 九 章　薰衣草 / 193

第 二 十 章　冰宝宝 / 202

第二十一章　边　缘 / 211

第二十二章　大律师 / 224

第二十三章　教授先生 / 234

第二十四章　大　亨 / 244

第六卷

第二十五章　耍大牌 / 255

第二十六章　阔别重逢 / 272

第二十七章　自我解决 / 295

第二十八章　小公主 / 310

第七卷

第二十九章　孩子他爸 / 321

第 三 十 章　蛀虫的布偶 / 332

第三十一章　我的律师 / 347

第三十二章　别来无恙 / 357

第三十三章　事　发 / 365

第八卷

第三十四章　消失的大亨 / 379

第三十五章　庭前和解 / 388

第三十六章　花落谁家 / 398

第三十七章　开　庭 / 409

第三十八章　雕花的钥匙 / 419

第三十九章　花开满园 / 428

第一卷

DIYIJUAN

第一章
妈妈们的聚会

"上菜了！"

高绾着头发，浑圆的腰身上系着一条花边连身围裙的江燕群，一边高声地喊着，一边端着一餐盆热腾腾的粉丝蟹，快步地穿过女人们的身边摆上了餐桌。

在场的女人们一阵阵地夸江燕群厨艺不凡。

此时，江燕群那张漂亮的圆脸儿，被中式灶火烘烤得像个熟透了的红苹果。

她顺手拿起餐桌上的筷子，夹起一筷粉丝放进了嘴里啪嗒啪嗒地品尝着，微笑着连连点着头说："嗯，还不错！"

江燕群，江苏镇江人，三年前移居墨尔本，住进海边富人区今天聚会的这栋花园洋房。

她有着中国古典美人的圆润脸庞，弯弯黑黑的眉毛，水灵灵的大眼睛，透着来自江南水乡的清秀。她端正的鼻梁下有着一张不薄不厚、不大不小的嘴巴，若隐若现着两排洁白整齐的牙齿，天生一个美人坯子。

随着主菜上桌，江燕群一边继续忙着做一道道热菜，一边招呼姐妹们将她准备好的凉菜也摆上桌。

"这么美味的菜，除了美酒，应该配上音乐。"肖梦影在一旁说。

"看看人家文化人就是不一样。"一个姐妹说道。

肖梦影淡淡地笑了一下，自嘲地说："什么文化人？日子是要过的。什么时候能像燕群和姐妹们一样做一手的好菜，那该有多好啊！"

"你会写诗，我们还不会呢！你餐具摆得漂亮，背景音乐也放得有情调啊！"范爽在一旁摆放着凉菜爽朗着说。

肖梦影，北京人，曾毕业于中国某知名大学中文系，后来在出版社做编辑工作。2013 年夫妻团聚取得澳大利亚永居身份，2016 年正式登陆墨尔本，与江燕群同住在富人区。

她是一位外貌端庄美丽，内在文艺浪漫的女人。她外表鲜活、简单、开朗，内在敏感、细腻，甚至略带伤感的性格矛盾地交织在她的身上。她喜欢把大的围巾披在肩上，经常会变换不同的围巾和围的方式。

江燕群和肖梦影是姐妹们公认的美女。

"美女，你说要放音乐啊？我儿子刚买了一台蓝牙音响，我手机里有下载好的歌曲。"江燕群边翻炒着锅里的美味，边用她美声花腔女高音的嗓音喊着说。

"就用我的手机吧！网络密码告诉我一下"。肖梦影柔和地回应着她。

"音响在儿子书房，密码是我的手机号。哎哎，桌子上腾出个位置，爆炒海参要上桌了。"江燕群响亮、愉快的声音如百灵鸟的鸣叫，回旋在整栋房子里。

一盘爆炒海参一阵风地被她端上了桌。

江燕群能做一手南北大菜，她做的镇江菜肴"狮子头"滑嫩鲜美，堪称一绝。今天还有她的拿手菜"东坡肉"，这两道菜都是花几个小时才做出来的。

她经常会在姐妹们的讨教中讲解这两道看家菜的做法。

因为"狮子头"的嫩滑实在不好做出来，姐妹们更多的是学做"东坡肉"。

江燕群总会不厌其烦地说："做'东坡肉'，首先要将五花肉切得像手掌心这么大的方块，在开水里过一下，洗掉沸沫，摆放在锅底的粽子叶上。然后加酱油、冰糖、姜片、八角和水，大火炖半个小时，换文火再炖一个小时，再关火焖一个小时。最后，大火收汁，大块的'东坡肉'像豆腐一样在锅里颤动；当汁收到三分之一时，肥肉出了油，尝一下，入口绵绵软软，这道菜就做成了。"

话说得简单，可是做起来难啊！无论她怎样不厌其烦地教大家，可是真正能做好这道菜的也只有她。

她在做饭方面充满灵性，只要看过或是吃过一次的佳肴，基本能做出个八九不离十。在西方人的糕点制作上也是做什么成什么，真是了不得的奇才。

今天的家宴，她的拿手菜基本都有，长长的西式十人座餐桌上摆满了美味：狮子头、粉丝蟹、爆炒海参、咸水鸭、老鸭汤、蒸自制咸肉和咸鱼、蒸鲍鱼、油焖大虾等一些热菜，凉菜也是花样百出。

此时，肖梦影已在餐桌上摆好了精美的西式餐具，和她帮着挑选买来的水晶高脚杯。

悠扬的音乐已隐隐环绕在美味佳肴和女人们的欢声笑语中了。

苏青，广州人，不太爱说话，在眉间总会淡淡地凝聚着矜持和严肃。由于她过于严肃，使她原本较好的容貌失去了光彩，显得长相一般。她和江燕群几乎同时移居墨尔本，她们和今天到场的大部分年轻妈妈都是小投资移民，等待澳大利亚永居身份。

身材过于纤瘦的苏青，走到餐桌后靠墙的长条桌边，在姐妹们带来的红葡萄酒、白葡萄酒、香槟酒、饭前酒、饭后酒等西方人酿制的酒中，轻巧地取出自己带的那瓶外观古典的红葡萄酒。

她走回到餐桌前，打开瓶盖，非常专业地将红酒倒进水晶高脚杯标准的位置。她跟身边的肖梦影认真严肃地说："这是我喝过的红酒里，最好喝的一款。"

其中一位刚来澳大利亚生活的姐妹，看着苏青倒酒，用细细的嗓音愉快地说："怎么倒这么少？要多倒一点儿，酒满心诚！"

肖梦影随手端起了一杯红酒说：

"红酒倒入酒杯三分之一的位置，手持杯柄轻轻摇动，红酒蕴藏的味道会聚在杯中。再慢慢地闻，其味道妙不可言，轻轻品上一口，更是赛过神仙。"

"对的对的，来来来，大家快坐下，准备开餐了。"江燕群端上最后一道热菜，又屋里屋外地喊了一个通透。

江燕群家的花园很大。

院子里有大片的草坪，院墙的栅栏上爬满了蔷薇花。院子一边有五六棵柠檬树已结满了柠檬，另一边有一个大游泳池。

三三两两的姐妹在院子里正聊得热乎，听到江燕群喊着，她们便应和着往房子里走。

其中一个姐妹放慢着步子跟身边的说："这么大的院子，除草也是麻烦。房子太大做起家务也是辛苦，现在来这里可都是自己干活儿。"

"我喜欢有这么大的花园，养花除草那是乐趣。自己不愿意干了，也可以雇人维护啊？"

"我刚来，孩子还小，英语几乎不会，怎么雇人啊？"

"这儿有华人的亿忆网，上面都是中文服务。好歹在中国是住别墅的，来到澳大利亚不能低于这个条件。"

"澳大利亚也没有保姆市场。"

"那可以请小时工啊！"

"我可不敢，听说刘惠文家被盗两次了，她所有的首饰都丢了，价值几十万澳币呢！我担心引狼入室。"

"是吗，我怎么没听说？"

"听说盗贼是蒙面人，他们会选择孩子放假回国期间盗窃。警察说咱住的这个区是富人区，盗窃团伙主要盯着这里，特别是华人，认为华人有钱。"

"她家没安装报警器吗？"

"好像是安装了，听说也没用。录像中蒙面人在报警器响的时候还继续偷盗，直到警车来了才离开。他们很专业！"

此时，江燕群又对着花园喊着："快进来，就等你们了！"

"好的，来了来了。"

两姐妹在这些说道中，情绪难免紧张和不安。但是，其中一个姐妹还是坚持地说：

"不管怎么说，我的家一定要买在这个区。现在我和儿子临时租住在公寓里，别提多难受了。我已经看好了一个豪宅，九百多平方米还带游泳池，就等老公来买了。孩子的私校在这个区，我们还会去哪儿住呢？"

"反正都在一个区，以后大家多关照着点吧！"

"那是。"

她们说着走进了屋里。

江燕群一边解掉围裙捋顺着头发，一边走到桌前快速地举起水晶高脚杯跟大家示意，并热情洋溢地说：

"来来来，举杯，大家举杯！大家不要客气，该吃吃、该喝喝啊！"她说着看到正走进来的两姐妹，"你两人可算进来了，快来。"

姐妹们的水晶酒杯轻轻地相碰，发出悦耳的声音。

大家说着感谢江燕群邀请和做菜辛苦了之类的客气话。

音乐、美味、美酒，美丽的花园洋房于墨尔本的蓝天白云下，年轻的妈妈们开餐了。

在墨尔本移居的这些华人妈妈们，不断地轮流大摆家宴召集聚会，已成为交际和生活内容的一部分。来自天南海北的美味佳肴，尽显在女主人的餐桌上。大家享用着，并不断地切磋着厨艺，聚会的次数多了，南北菜也就相互学做着。像肖梦影这样不太会做菜的，也会在回请家宴的聚会中请来会做菜的姐妹主勺。

今天的家宴，就是姐妹中厨艺最高的江燕群所烹制出来的。她菜做得好，姐妹们享用美食的愉快气氛也高，菜下去得也快。

转眼，红葡萄酒开到了第三瓶，桌上的美味佳肴也吃了一大半。

源源不断的背景音乐，从舒缓的钢琴曲，转换到了中速的爵士乐。

江燕群将桌上的老鸭汤一碗碗地盛给大家，"多坐一会儿，慢慢吃，慢慢喝。小孩子们放学时间还早，大孩子也不用咱们管了，走着去接孩子的，能喝就多喝一点儿。"

一个姐妹边喝着美味的老鸭汤，边说："这两天我看咱男校妈妈群里又多了几个新人进来，现在的群主说了，以后在群里不总说话的要踢出去。因为空间有限，容纳不下沉水不冒泡儿的。"

江燕群吸吸溜溜地喝着老鸭汤问："现在群里有多少人了？我还真没有注意看。"

"现在差不多有两百多人了。"刚才的姐妹回答道。

"那就是说在咱这个区有两百多个中国家庭了。不会这么多吧？"范爽喝着老鸭汤说着。

范爽，东北沈阳人，一个心直口快、大大咧咧西化了的女人。她高盘着头发，没有一丝留在额头和脸上。一张长方形的脸，高挺的鼻子，丰满略方的嘴唇。那黑浓的眉毛下，有着一双明亮有神的大眼睛。她耳垂上卡着一对夸张的耳环，长长的脖子，竖起领子的衬衫，扎在磨毛的牛仔裤里，一副干练、时尚和洒脱的样子。

另一个姐妹接着范爽的话说："我们这个区最多有百十户，其他的是邻区的，都在男校群。"

细声细语的姐妹突发奇想地说："我们这个区的妈妈们，单独加个群多好啊？"

"对啊，也是！"江燕群点头赞着。

大家推举江燕群做群主。

她一下涨红了脸，连忙说自己文化不高，不能当群主。

大家说这个群就是方便相互帮助，沟通生活和学校的事情。

江燕群仍涨红着脸说着不行，做菜可以，其他的事情自己就是个半傻子。

大家又说选肖梦影。

肖梦影也连忙推辞自己没有管理才能，她心想："女人事儿多，不深掺和为好。"

不爱说话的苏青，竟然开口严肃地说："我说，先不建群，在现有的这个大群里待着，以后再说。这毕竟是孩子学校的妈妈群，大家多听点儿消息也是有必要的。"

肖梦影喝了口老鸭汤，也发表了自己看法："是的，现在的群太多了，手机空间严重占满。各类华人社团群、中医养生群、同乡会群、校友会群、商会群、华人媒体群、佛堂群、教会群等等，多不胜数，简直多得不得了。群主拉进去了，退出来又怕不好看。每天几百条未读信息，删都来不及。现在再有朋友推荐添加的群，干脆不敢再添加了。苏青说得有道理，大群有大群的关注内容，不要轻易建群为好。"

那个细声细气的新移民妈妈一听肖梦影有这么多群羡慕不已，"梦影，你有那么多群啊？我刚来认识人不多，推荐几个群给我好吗？"

"没问题，我一会儿推给你。"肖梦影愉快地答道。

大家觉得苏青和肖梦影说得也是有道理，单独再建新群的事也就先不提了。

刘慧文是一个看上去精明的小巧女人，娇美的长相，笑起来还有一对浅浅的小酒窝，可爱迷人。她四年前移居墨尔本，目前已向澳大利亚移民局递交了永居申请等待批准。

她端起了酒杯浅浅地喝了一口，轻叹着说："——唉，今天早上，我接到了在墨尔本的闺蜜老乡打来的电话。还没等我打招呼，她就哇哇地哭起来，半天说不出一句话来。可把我吓坏了，我让她平静，不然我就要哭了。

闺蜜这才一把鼻子一把泪地，断断续续地说她离婚了。——我的妈啊，闺蜜在这边带着孩子生活、学习，守着小生意，还有一年就可以申请永居了，怎么就没有坚持住呢？

真的，就这么危险，我听说好多家庭拿到永居的那一天，也拿到了离婚证。

——唉，我家的永居申请已经提交移民局都快一年了，这也该批下来了吧？唉，不管怎么说，看好自己家的一亩三分地才是最重要的！"

这番话说得大家都不怎么说话了，盆里的老鸭汤也见了底，空红酒瓶已经四五个了。

爵士音乐不知何时又换回了舒缓的轻音乐。

肖梦影真是神奇的女人，也许正是这些音乐，不由得使人喜悦、动情和伤感着。

苏青面无特别的表情，不紧不慢地说："天要下雨，娘要嫁人，随他去吧！"她那纤细的手又拿了瓶红酒，给大家和自己加上了酒，"来吧，再喝点儿！"

大家举杯。

有的姐妹一饮而尽，有的沾了沾嘴唇。

桌上的热菜几乎都已吃完，只留下了一点儿凉菜。

这时，江燕群的手机响了，是她丈夫打来的视频电话。

她的丈夫看到了老婆正在召集姐妹们聚餐，并开心地对着大家寒暄了几句，放心地跟老婆挂断了电话。

江燕群不能掩盖的喜悦，使得酒后泛起红晕的圆脸更加美丽动人。

范爽操着性感的声音直言："燕群的丈夫真的是爱燕群，一个多月回来一次。我不欣赏大部分中国家庭，为了工作可以撇下老婆孩子，一走恨不得不回头。真的无法理解和搞不懂这是什么观念？"

在座的一些姐妹听到范爽这样说，脸色显得不太好看，好像她是在说自己丈夫似的。

　　范爽不以为然地接着又说："像燕群这样的丈夫真是难得，人家在镇江老家有自己纸浆厂，效益也不错，又一心想着自己的老婆和孩子。两个孩子都在咱这个区的私校上学，燕群为他带着孩子，料理着墨尔本的花园洋房，日子过得红红火火。

　　这样的中国男人不好找，所以，我才选择了现在的西人丈夫。刚开始他跟我分账，各花各的。为此我跟他分手多次，最后一次下了铁心不再回头。

　　几个月后他约我，说没有我的日子无法过，分开使他明白我才是他生命中最宝贵的。他从此再不跟我分钱花，都随着我。就这样我最终选择了他，朝夕相处不再分开。对男人就要用狠招，还要刚柔相济，不然很难控制主动的局面。"

　　个别姐妹带着妒意和不满意地说自己没有她的福分，她和燕群都是魅力十足的女人。

　　刘惠文也略显不服气地说："那也不是我们没有魅力，人各有活法。"

　　江燕群浅浅地喝了一口红酒："我也没啥魅力，就是把孩子带好，日子过好。"

　　肖梦影轻轻地放下了手中的酒杯，说道："这也要看人呢！有的男人，是你把孩子带好，日子过好，也等不回来他的人。问题是自己家的老婆还是很优秀的。外面找的都是乱七八糟的女人，一个都不像样。"

　　范爽和肖梦影是因婚姻拿到澳大利亚永居身份的。

　　肖梦影在几年前初次登陆澳大利亚的那一刻，此签证就开始生效，目前正等待入籍审批。

范爽以留学来到澳大利亚，后来认识了现在的这位西人丈夫。他们两人先是同居了一年多，这期间分分合合，在相处的第二个年头结了婚。由此，范爽在澳大利亚的生活，也总算是稳定了下来。

今天范爽说得更多的是怎样摆平男人，让男人死心塌地跟老婆生活。

但是，大家一致认为这还是要因人而异。

范爽和肖梦影的丈夫毕竟在澳大利亚，这是两地分居等待永居身份独守空房的姐妹们无比羡慕的。

可是，在肖梦影不经意的眼睛里，透过她低垂的长长睫毛，却流露着无奈和忧伤。

坐在肖梦影旁边的何雪冰缓缓地站起身来说："我给大家泡点茶吧！"

何雪冰，北京人，今年四十岁，看上去只有三十出头的样子。她个子不高，齐耳短发，齐齐的刘海高出眉毛以上。她圆圆的脸，不大的眼睛炯炯有神。那不算大的鼻子下面，有着一张薄薄略长的嘴，在知性中彰显着个性。

她曾就读于中国传媒大学动漫专业，是技术移民澳大利亚的。比起小投资移民的姐妹们，她花的费用最少，是最快拿到永居的一位。

今天她是跟肖梦影一起来参加聚会的。她目前单身，在聊天里，听得出渴望家庭和孩子。

"是啊，酒足饭饱，是应该喝喝茶帮助消化一下。"苏青淡淡说着站起了身，准备收拾餐桌。

"我来烧水。"江燕群连忙起身走向灶台。

姐妹们也开始一起收拾桌子。

一会儿的工夫，漂亮的长餐桌收拾得光亮干净。

水果、点心、瓜子、多种小吃和茶具又摆上了桌。

黑茶也煮好了，整个就像变戏法一样换了场景。

背景音乐也换成了中国古典音乐，是巫娜演奏的古琴。

女人们喝着茶、嗑着瓜子，七嘴八舌地说着你家的房子交钥匙了吗？她家的新房昨天签了买房合同。你家的房买贵了，她家的房买便宜了，占地有多大……

女人们一旦凑在一起，再摆起了茶、瓜子和零食，说起话来，几天几夜也说不完。

在妈妈群里还混搭着一些移民十几年的单亲妈妈。再婚对她们已是可遇不可求，她们基本是经济独立的一类人。但是，也有一些经济困难挣扎度日的，她们混合在有钱的妈妈群中，找机会赚取钱财。

索菲娅就是老移民，单亲妈妈中的一员。

今天的聚餐，她因房产中介公司要销售房子，所以没能来参加聚会。除了这样的情况，她都会参加这些有钱妈妈们的聚会，不放过接触高端客户的大好机会。

索菲娅是肖梦影登陆澳大利亚以来，走得最近的人。

今天的聚会，有很多妈妈是索菲娅的客户。

聚餐临近尾声，肖梦影收到了索菲娅的微信，提醒她明天一起赴约的事情。

肖梦影回复："知道了，没问题。"

女人们喝茶聊天，瓜子嗑下去了两大盘，茶叶换了一次又一次。

这些住在富人区的女人们，平日里送孩子上学之后，在下午三点半接孩子放学之前，除了聚餐、喝茶，经常是两三人相约练瑜伽、购物、打高尔夫球或逛酒庄。

有的女人还会照看一下为了拿移民身份雇人管理的小生意，其他的女人都是由在中国的老公对接着中澳的贸易生意。

聚会的妈妈们基本上是由丈夫养家，她们在澳大利亚的生活没有经济压力。

第二章
特殊的约会

清晨的阳光射进肖梦影家宽大明亮的落地窗内。

这是一栋意大利著名建筑师设计的法式花园别墅，客厅的法式壁炉增添了西方古典文化风情。室内整体的法式家具和一些中国瓷器饰品的摆设，显得中西混搭的审美效果。

法式布艺的淡蓝色印花沙发，大理石台面的实木雕花茶几围绕在壁炉前。茶几上摆放着鲜花和随手翻看的书籍，一旁还摆放着仅供两个人使用的中式小茶台。

在沙发拐角处的另一个小圆茶几上，有着一台老式的留声机，旁边深红色的皮盒子里插满了老碟片。

这栋房子从内到外的设计和布置都是肖梦影满意的，这是她来澳大利亚墨尔本购买的第一栋住房。

当她拿到这栋法式洋房的雕花钥匙的那一刻，是无比的幸福。

她从手里分出来的另一把钥匙，放进了丈夫孟立成的手心里。

转眼两年多过去了，孟立成的那把钥匙随着他游走在天边的事业里。开启这栋房门的人，总是肖梦影和他们的儿子。

孟立成拥有澳大利亚国籍，肖梦影随孟立成移居墨尔本生活，这让长期分居留守的女人们羡慕不已。实质上她们多数人并不清楚，肖梦影的这位拥有跨国制药公司的董事长丈夫，是个满世界飞的人。

肖梦影的婚姻分多聚少，为此不知跟孟立成诉过多少苦。也曾煞费心思地劝他多回到这个家，但是都落空了。直到有了可爱的儿子，孟立成万分喜爱这个宝贝儿子，但是仍然没能使他总回墨尔本的家。

虽说肖梦影不是投资移民妈妈中的一员，但是她和在墨尔本留守或是独身的女人没两样。

今天，肖梦影像往常一样给儿子做好了西式早餐。她为儿子装好了上学的零食和水，等儿子吃过早餐，送他上学。

上午十点。

肖梦影要跟闺蜜索菲娅一起去邻区的一家咖啡馆，赴一个特殊的约会。

索菲娅是一位来自江苏南京的小女人，四十五岁，看上去精明。她纤细的腰肢，披肩的长卷发，较好的相貌，颇有一番姿色。

肖梦影刚来澳大利亚墨尔本要买房子，经朋友介绍认识索菲娅购置了现在的这栋洋房，并与她成为好友。肖梦影在澳大利亚一些不太明白的事经常请她帮忙。在肖梦影心里，她们是无话不说的闺蜜。

在后来的交往中，索菲娅一再脱口而出肖梦影是她的贵人和大客户，这让肖梦影不能理解大客户和闺蜜之间的联系。

肖梦影只当是作为房产中介索菲娅的职业口头语，也就没放在心上。

上午十点半。

肖梦影乘着索菲娅驾驶的汽车，穿过一条条幽静的街道，停靠在小商业街咖啡馆的路边。

肖梦影随着索菲娅摆动着的婀娜身姿，向咖啡馆走去。

咖啡馆室外，那个赴约的澳大利亚中年男人，早已买好了自己的咖啡，背坐在那里了。

他穿着一件浅灰色、粗毛线的圆领休闲毛衣，一条休闲裤，一双懒汉鞋。淡黄色的寸短头发，宽宽厚厚的肩膀。从背后看过去，他好像心事重重。

索菲娅一眼看到了他，跟肖梦影轻声地说着那就是约见的男人。

她们从他的背后走了过来。

索菲娅向这位赴约的澳大利亚男人打了招呼，并介绍了一起陪同而来的好友。

他连忙起身，神情显得意外。

他寒暄问好，而后继续坐下来等她们买咖啡回来。

肖梦影跟索菲娅走进咖啡店，她小声地说："这个澳大利亚男人浓眉大眼长得还不错，就是太不注重外表，穿着太随意了些。他也够小气的，怎么也不请我们喝咖啡？他倒是给自己先买了一杯。"

"这些网上认识来赴约的男人，也没把约会当事儿。"索菲娅似笑非笑地随口轻声说着。

肖梦影不由地看了看自己的法国名牌风衣，又看看索菲娅光鲜的打扮，说："我们也不是为他打扮的，自己漂亮是必需的。"

索菲娅又强调着轻声说："这样的关系就是临时的，解决了需要就行。"

小咖啡馆里靠近她们坐着的有两个中国人，肖梦影瞟了他们一眼，生怕这些话不小心被听到了。

好在那两个中国人只顾专心聊天。

肖梦影忍不住地轻声问索菲娅："你看上这个澳大利亚男人了吗？"

索菲娅很快地回答："当然没有。"而后，又坏笑地说："……不然，假装给你介绍一下，逗逗他？"

"不行不行，我不要介入了，我是陪你来的。"肖梦影连忙说着。

"没关系，既然来了，就当打发时间，事后大家谁也不认识谁。"索菲娅边嗲嗲地说着，边向店员点着咖啡。

肖梦影心里责怪索菲娅也真想得出来？她又瞟了眼那两个中国人，他们仍然聊得火热，便又一次放下心来。她透过窗子又看了一眼室外仍然显得心事重、沉坐着的澳大利亚男人，不由地对这个外表不起眼的外国中年男人莫名地同情。她心想："聊一聊也无妨，也算是对澳大利亚交友网赴约的西人有个了解。但是，怎么聊呢？"

还没等她再问，索菲娅从柜台取过了两杯咖啡，对她笑着说："逗逗他，我来主说，你随着点儿就行。"

"你不愿意，也不要再逗人家了，说会儿话我们就先走好了。"

"没事的，我们开开心。梦影，我看就坐在室内，外面还是挺凉的。你坐在那边靠窗的位置，我叫他进来。"

索菲娅说着把咖啡杯递给了肖梦影，转身往外走去。

肖梦影坐下，望向窗外那位仍然双手抱着纸咖啡杯、情绪低沉的澳大利亚男人。

他看到索菲娅走过去，脸上露出了微笑。

索菲娅把他叫了进来。

三人靠窗而坐，窗外枫叶满枝，室内咖啡馆温暖，咖啡的香味弥漫。

澳大利亚男人喝了口咖啡，眼睛在两个女人之间扫动着说道："很高兴见到两位漂亮的女士。"

肖梦影好像做贼一样担惊受怕，她一边礼貌地故作微笑，一边偷寻着那两位中国人。他们的位置上不知何时坐了两位西人男女，那两个中国人已离开了咖啡馆。这下，她的神儿才放心地回到了三个人的谈话中来。

索菲娅非常老练地把聊天的主题指向了肖梦影，并轻声细气地跟澳大利亚男人说："这是我的好友艾莫丽（肖梦影），她希望以后多认识一些澳大利亚朋友，所以今天我们一起来跟大家认识一下。你觉得我这位女友怎么样？交往一下？"

肖梦影被突然袭来的内容蒙住了，一句话也接不上来。

澳大利亚男人微笑地看着肖梦影说道："很漂亮的女人！"

肖梦影慌乱的眼神与他相撞在一起，使得来不及回避。

澳大利亚男人微笑着看着她，又看了看索菲娅。顿时，他的笑容转向了绽放，"非常好，如果她同意，今天下午，可以一起去酒店吗？"

索菲娅像电一样快的眼神投向了肖梦影。

肖梦影虽说英语不好，但是足以听懂这么简单的话，加上索菲娅的快速翻译。

她故作面带微笑，语言极其不能接受地对着索菲娅说："不行不行，我是陪你来的，怎么可能？"

澳大利亚男人从肖梦影的语气，听得出她应该是不接受，他喜悦的笑容瞬间地回落到了微笑。他左右慢慢地小转着纸杯，脸色也逐渐黯然下去。

索菲娅满面堆笑地跟澳大利亚男人打圆场："我这个朋友还不适应这样的交友方式，她是需要先交往，以后再看两人的关系发展。"

肖梦影一边假惺惺地微笑着，一边趁着澳大利亚男人不注意使劲地看了索菲娅一眼。她小声快速地跟索菲娅哼着说："谁说同意交往了，你不要延伸故事好吗？"

索菲娅的那句话好似催化剂，立即融化了澳大利亚男人低沉的脸。他的大眼睛又一次抬起，流露着善意地看了一眼肖梦影，回答道："没关系，我可以等。"

索菲娅心里难掩坏笑，面部却极力保持着微笑地强调着翻译给肖梦影。

肖梦影趁着西人听不懂中文，强颜微笑地对索菲娅说："我听得懂这么简单的英语。看你导演的好戏，赶紧收场，我不会跟他联系。"

虽说肖梦影面部微笑，从她的神情和语言上，澳大利亚男人认定事情并不是那么容易。

他突然略显严肃地看了一眼索菲娅，又微笑地看着肖梦影缓缓地说："不过，我觉得，艾莫丽（肖梦影）如果是单身，应该去婚介所找男友，她不适合交网友。"

肖梦影根据单词基本明白澳大利亚男人的表达，她觉得自己被捉弄了。

澳大利亚男人的脸上突然又绽放笑容地看着索菲娅，"如果你愿意，我今天下午可以。"

肖梦影对这个澳大利亚男人立刻换女人开房，而感到不可思议，她快速看着索菲娅。

索菲娅听他这么说，皮笑肉不笑地翻动着她那擦着玫瑰色口红的小嘴儿，"哦，实在对不起，我在约你之后，遇到了一位更适合自己的网友，所以今天把艾莫丽（肖梦影）介绍给你。如果你等不及，那你就在网上再看看吧！"

澳大利亚男人的神色迅速表露出难以说得清楚的不自在，他喝完了纸杯子里的最后一滴咖啡，吭了吭嗓子说：

"哦，没关系，我也可以等你的朋友艾莫丽（肖梦影）想好……很高兴见到你们，如果想好了可以联系我……对不起，我上午还有其他的事情，要先走了。"

他跟两位女士礼貌地道别，便走出了咖啡馆。

肖梦影这才松了一口气，也许是紧张，或是室内暖和，她的脸像喝了半瓶红葡萄酒似的涨得通红。

索菲娅笑她太紧张，说这样的事情在澳大利亚很平常，总比买来亲热的男人划算。这边性服务的卖价也不便宜，但是性器官是绝对健康的，就是看舍不舍得总花这个钱了。她还说，澳大利亚交友网的约会基本上就是解决性需要，也有的后来从同居关系走到了一起。但是，后者的希望非常小，好合好散的比较多。

她看肖梦影好像有些不愉快，就又补充着说："其实我也没想捉弄他，就当调剂一下。你不要太在意了，他转身也会忘掉的。这个澳大利亚男人在交友网上跟我聊了十多天了，他网上的照片看着比本人有诱惑力，不然我今天也不会来见他。没想到他今天看着这么颓废的模样，像是刚跟老婆吵了架出来的似的。"

"你胆子也太大了，网上的陌生人我是不敢联系的，况且又有婚姻。"

"这样的交友方式在国外很普遍，没什么大不了的。"

"我听说有很多都是骗人的，个人信息不准确。"

"这要自己判断，根据自己的需要进行筛选和甄别。调查清楚个人的隐私，也是没有必要的，毕竟不是婚介网。看着顺眼，聊得来，就约着见一见，感觉好就上床解决一下身体需要。事后不高兴见，就不再见了好了！"

"我还是觉很这样的方式很危险，别再染上性病或艾滋病了。"

"不会的，我是要看健康报告的。这个男的前几天聊的时候已经给我看过体检结果了。不过，有的人也不一定要体检结果，但是都会考虑安全措施的，这是个人要求的事情。"

"看他的打扮和面相是很家常的样子，他有老婆就好好过才是。"

"他跟我说，夫妻关系不好，有两个未成年的女儿。他们因经济原因，不选择离婚。但是，两人同意各自寻找性伙伴，互不干涉。这样的情况很适合交友网，我来澳大利亚十几年了，也习惯了这样的方式。没有婚姻或是不愿意离婚的，在这里解决身体需要也是好的办法。你不要太认真，事情这不就过去了吗？"

肖梦影从心里还是不能接受交友网的方式，宁可在生活里遇见有缘的人，也不会在虚拟网络里去瞎撞。

她想："索菲娅是单身，完全可以去婚介网，干吗要在交友网找男人？"

为此，她不由地问："索菲娅，你是单身，为什么不去婚介网找一个可以考虑婚姻的男人呢？我之前见到过你的前夫，觉得他人很好。你跟我说他每一次来都会给家里留钱，你们还像夫妻一样睡在一起。你们就不考虑复婚吗？"

索菲娅的小嘴儿嘚嘚地又说了起来："人好没钱有什么用？我跟他结婚，就是为了能在澳大利亚生活。他是先留学，后留在澳大利亚的。我是经人介绍，来澳大利亚跟他结婚的。他毕业后没有发展，澳大利亚人的公司对华人的录用很挑剔。他又没有钱自己办公司做老板，后来在几个华人的小公司打工，收入不多。那时候我已怀上了他的儿子，他为了更多的收入，又回中国找工作。可是，回去了也不像他想的那样好赚钱。分居了两年，我就跟他离了婚。

我离婚，就是希望再找一个有钱的男人。可是，当时我的英语讲得不好，跟澳大利亚男人的交往不是很方便。我认识的一些中国男人多半都是带着仅有家产来做小生意的，一分钱掰成两半花，看不到走到一起的希望。

我刚来到澳大利亚时，先上了澳大利亚政府给的五百课时的英语补习班。后来，我学完了课程又自费花钱学了几年的英语，才在澳大利亚人开的房屋中介公司工作。原本想着，卖房子可以接触到有钱的男人，可是，却一直没有真正的缘分。婚介所也去过了，都不合适。我的前夫毕竟是孩子的父亲，他总会来看孩子给点儿钱，睡在一起也没什么。可是，复婚是不可能的，那会使我更贫穷。"

"你在西人的房产销售中介公司卖富人区的豪宅，一年多卖几套也会收入不少，日子应该过得还可以吧？"

"房子也不好卖，豪宅提成是比公寓多，但是越贵的房子就越不好卖。一年也就卖一两套，大头都被老板拿走了，我们销售团队的所有人分的只是中介费中的百分之一。销售只靠提成，没有月工资，你说这日子能好过吗？"

索菲娅的表述，透着难以掩盖的苦涩。她不由地深叹着又说：
"咱们也认识两年多了，在你刚来的时候，我谈了一个有钱的澳大利亚男朋友，本以为撞上了财运，可是他突然出车祸死了。我们说好准备同居的，还计划买家具，样子都看好了。……唉，我就是没有这个财运啊！我后来还请了律师，想得到一些遗产，我毕竟跟他好了五年多了，就是没同居。没想到他的财产都是家族产业基金，我没有得到一分钱，还又花了几千澳币律师费。我难过了很久……我真是太惜金了，就是没有钱的福分。"

索菲娅的澳大利亚男友突然离世，使她眼看着鸭子就要进锅，又突然飞走了。

她说这些话时的脸色，就像是正在衰败的花瓣，随着她的一字一句片片谢落着。当她说完最后一句的时候，已经像是一个枯萎将逝的衰老女人。

她多年来为了减脂保持身材寻找财富男友，颈部松懈的皱褶像失去弹性的皮筋，裹在肖梦影送给她的这条漂亮的丝巾里。

肖梦影不由地怜悯，将手安抚在她那干瘦冰冷、涂着玫红色甲油的手上。

往日的情景出现在肖梦影的眼前。

那是在购买澳大利亚第一栋住房的看房期间。

在索菲娅给肖梦影单独开放的这栋洋房里，她热情详细地介绍后，突然伤感地说："唉……我的澳大利亚男朋友在几天前突然出车祸死了，送到医院一切都晚了。我们正准备同居，他就没了。"

肖梦影为她男友突然的噩耗感到震惊和同情。

第二天，肖梦影送给索菲娅了一千澳币作为致哀。

索菲娅感动地一下拥抱住了肖梦影，哭出了声音，"谢谢……

你是我在澳大利亚生活以来，第一个对我这样好的人。在澳大利亚，除了艰难的工作，没有一个人给过我一分钱。"

肖梦影尽可能地安慰着她，说一切伤痛都会过去的，不要过于伤心。

而后，索菲娅慢慢地平静下来，又深深地叹了口气，说："我不像你不缺钱。如果我能遇到一个给我钱的男人，他随便干什么我都不会干涉。"

当时，肖梦影为了支持她的工作，购买了她经手的第一栋住房之后，又买了一栋她的另一栋房源，华人区商业街的商品房。

至今，一转眼也两年多了。

肖梦影跟索菲娅的持续交往，除了对她的怜悯之心，就是接受她不断推荐的房产理财。

今天，除了特殊约会，索菲娅又给肖梦影带来了新的房产销售画册。

索菲娅一谈到房子销售，她又恢复了嗲声嗲气，神采奕奕，"梦影，我才拿到了一个摩登的房子，近期就要开放。你先看看这本画册，等我约好了带你去看看。这栋房子就在这个区，很好的投资机会。"

肖梦影接过画册随意地翻看着。

索菲娅一边随着肖梦影翻页，一边指着画册讲解着说："你看，这套房的位置和房型多好，未来作为出租也会有好的收入。这栋房子现在还没开放，就有几家要约着看房子了。梦影，有好的房源，我就会先想到你的。"

肖梦影微笑着，淡淡地说："好啊，有时间去看看。哦，对了，你推荐我买的商品房都快两年多了，应该也升值了吧？"

"当然是有的呀！再等几年升值就会更多。"

"但是，后来我才知到，商业利息也太高了些，几乎是正常利息的一倍。"

"商业投资房就是这样的呀！"

"所以，我想找机会卖掉。"

"你要让我卖吗？卖了钱，我再给你找喜欢的房子。"

"不一定要买房子，自住房只允许一套，其他的都算是投资房，利息会高得多。"

"除了商品房，投资房利息是正常的。理财房子，才是最好的选择。你放心，我给你推荐的房子是不会有问题的，听我的电话通知，陪你一起去看房。"

她看了眼手腕上那条手链式的时装表，"这个画册，你拿回去慢慢看看。一个小时以后，我公司有一个会，我们也该回去了。"

"好的，我们这就走吧！"肖梦影将画册放进了包里，起身随着索菲娅走出了咖啡馆。

咖啡馆外，肖梦影又突然担心地跟索菲娅说：

"今天的约会你不要跟别人提起，更不要把我的电话给那个澳大利亚男人，我是陪你来的。"

"不会的。"索菲娅边走边若无其事地说着。

肖梦影就这样稀里糊涂地跟着索菲娅，在墨尔本第一次接触了来自澳大利亚交友网，不幸婚姻中的澳大利亚中年男人。

她安慰自己，幸亏今天见的不是一个看上去流氓习性的人。不然，一想起此事，就会像牛反刍一样的令自己恶心。

此时，索菲娅已经完全从往昔的不幸中恢复了神采。

她边走着边又讨好着说："我不会告诉别人的，这是我们两人的秘密。其他的女人我还不带她来呢，我信任你啊！就当是消遣一下，你不要太在意了，想开一点，看起来我以后还要多开开你的思路。

我的一个中国同学在日本定居，他的日本妻子，会在他出差的行李箱里放进安全套的。男女这点儿事儿，没什么大不了的。"

肖梦影边走边听索菲娅说着。

两人上了汽车，向着幽静的小街深处驶去。

第三章
难眠之夜

肖梦影一天的生活，又一次淹没在漆黑的夜晚。

孩子在隔壁房间睡着了。

她一个人躺在宽大松软的双人床上，又一次陷入孤单、焦躁的身心挣扎中。她何尝不渴望夫妻床笫之欢？婚姻的不幸，从她开始跟孟立成恋爱时，就已经埋下了隐患。她知道，不是丈夫不爱自己和这个家庭，而是他更爱自己的事业和外面的世界。

她与孟立成分多聚少，伴随着孩子的成长已有十多年的光景。孟立成是一个中国事业型的男人，他对家庭看得很淡，觉得只要给钱养家，他的职责就做到了。他的家庭义务，都消耗在源源不断给家里提供的钱财里。至于自己的女人，爱的方式还是给钱。这也许就是后来肖梦影想象，他在外面可以拥有很多女人的心理平衡。

在他们热恋同居的时候，他也总是深夜回到家里，这让肖梦影经常不放心地想："他每晚究竟在干什么？"

他总会表现着无奈和淡漠地说："全是各种应酬，放心吧！"

肖梦影还就是不放心，甚至产生了更多的疑心。

慢慢地，她就开始捕风捉影，当面对峙。

每当这个时候，他总会半开玩笑地说她是个精神警察。

婚后的一天。

肖梦影发现他落在家里洗手间台面上的一个小本，里面竟然有四十多个女人的名字和电话。

她惊呆了，简直不敢想象。

女人的想象力充分在她的头脑中展开了不同情节的男女勾当的画面。越想越真实地使她头皮发麻，身体发抖。终于她的幻想使她冲破了理智，她要给这些写在丈夫小本子上的女人打电话。

就这样，她心颤手抖地试着打过几个号码，每次听到的都是年轻女孩的声音，她便立即断掉了电话。

她无法为自己的这个发现，隐藏不平静的内心，便不顾一切直截了当地问起了孟立成。

孟立成好像并没有她想的那样不知所措，而是听到她的盘问后，反倒显得烦躁地说："这是工作需要，你以后最好不要再查，不要自寻烦恼。"

肖梦影为之委屈，好像丈夫还有理似的，自己倒成了无理取闹的人。

这么多女人出现在孟立成的工作需要中，使肖梦影无法想象和接受。她尽可能不去幻想，而是始终坚持给自己编织一个幸福家庭的童话。但是，这些美好的童话，总会在丈夫孟立成的丝丝破绽中，一点点地坍塌着。

从那以后，在肖梦影的心里，不断加重着对孟立成的不信任。

孟立成除了不能总在家里，他跟肖梦影的热线电话，却没有改变过。这也是他们之间的稳定剂，也是肖梦影认为孟立成是爱自己的。但是，只靠电话制造稳定剂，没有实质的生活，对于肖梦影同样是残酷的。

一个成功的男人总在外面，时间长了，一定会有其他女人。

转眼，肖梦影从跟孟立成恋爱到结婚已有十几年。分多聚少给肖梦影带来对丈夫出轨的幻想日益加重，也给她身心也带来了难以挣脱的折磨。

　　六年前，孟立成作为五百万澳币的澳大利亚投资移民，收购了澳大利亚一家保健品制药业，顺利地拿到了澳大利亚永居身份。后来，肖梦影和儿子来到澳大利亚与他团聚。

　　没多久，孟立成收购的药业不景气，便把企业承包了出去。他又全身心地投入原本在中国的药业总公司发展，再后来又将分公司和制药厂开设到了美国。

　　留下了肖梦影和儿子在澳大利亚生活。

　　孟立成的制药业越做越大，他的中国药业总公司也上了市。他除了在中国，还经常往返于美国。由此，他在外面停留的时间也加长了，回家的时间就更少了。

　　长期极度缺少肌肤之亲，性的渴望和挣扎在肖梦影年轻的身体里滋生出魔鬼，不时地作怪和折磨着她。

　　每当她幻想着孟立成与其他女人逢场作戏，或发生性关系的画面时，她都会暗暗地跟自己说："何不寻欢，及时行乐，干吗这么苦自己？"

　　她也想在异性遇见和交往中，尝试寻求心仪的男友。

　　但是，却怎么都遇不到如意的人。

　　不幸的分居生活使她常想："找一位爱家庭生活，有情趣、有爱心和有责任的人就这么难吗？上天给她的却总是两极分化的男人，要么一方面优秀，要么一方面严重残缺的男人。"

　　她无数次地向孟立成表明自己的婚姻态度，希望他关注家庭，有正常的生活。可是，他却总是用无语来回答着她。

正常的家庭生活，在孟立成执着的事业里成了肖梦影的奢望。

为此，她曾忍无可忍，甚至提出离婚。

每当这时，孟立成会不理解地跟她说："你最好冷静，我给了你婚姻、财富和孩子，你还要锁住我的人，你是一个贪心的女人。"

"一个贪心的女人？我是一个活生生的人！"她不可容忍地反驳着。

孟立成一股脑地说："吃了这顿，没那顿，就不会这样抱怨了"。

肖梦影发现他们永远都说不清了，完全是两股道上跑的车。她一想到孩子还小，离婚的事情也只好一忍再忍。

在澳大利亚这个美丽寂静的国家，肖梦影像是被流放了。

她白天忙孩子，晚上孤独地灵肉挣扎着。

她怎么也想不明白，自己到底做错了什么，上天如此惩罚自己。硕大的一张床，怎么睡下的却只有自己？又有多少个晚上，她每次躺下时总会自言自语："唉，又是一天……"

深秋的夜晚，带着咸味的海风伴着阵雨，不断地吹打在她临海的洋房门窗上哗哗啦啦、吱吱扭扭地作响。有时，在漆黑的夜晚，狂风从四面八方而来，制造的各种声响，带给她魔幻般的恐惧。

多少次这样的孤独和恐惧，几乎要让她的精神全部崩溃，她感到自己是一个被幸福遗忘的人。

长期的分居生活，为留居澳大利亚生活的肖梦影，带来长期的身心折磨。

她被道德观念严重地禁锢了自己的身体。

她经常会在梦境中遇到性的欢愉，在虚幻中得到身体的快感，这使她醒来感到满足。

但是，梦终究是梦。

今夜，肖梦影又进入了身心挣扎。

她对性的极度渴望，就好像有一条游动的火舌，在漆黑的夜晚不时地撩逗着她身体，使她火烧火燎地难熬。

每在这时，那个经常途经的成人用品商店，就会映现在眼前。

第一次与丈夫途经这个商店时，孟立成主动指给她看，还说这样的商店在澳大利亚很常见，是七天营业。

商店的门头上确实写着醒目的英文：OPEN 7 DAYS。

这个商店他们不止一次路过，难道是孟立成有意地暗示？肖梦影一直都没想明白丈夫是出自何意一定要说给她听，指给她看。

她知道有的留守妈妈们光顾过此类的商店，并购买了所需商品。但是，往下的事情就没好再谈及过。

去买来一个仿真生殖器，经常使肖梦影在冲动中跟自己斗争。

今晚，肖梦影又一次的性幻想，使她决定宁可向这个具有引力的商店走去，也不接受特殊约会的性交易。

长久的性压抑，终于使她冲破了最后一线自我禁锢的抵御。她决定天亮送孩子上学以后，去这个成人用品商店。

第四章
成人用品商店

清晨，肖梦影送孩子到了学校。

她仍旧坚持向成人用品商店的方向驶去。

一路上，她身体的欲望站在思想禁锢的上风，她驾驶的汽车就好似一匹脱缰的马，不顾一切地疯狂奔跑着。

二十分钟后。

肖梦影的汽车驶入了成人用品商店门前宽大的停车场。

因时间早，车场的汽车空空无几。

她的汽车少了许多汽车的遮挡，显得孤立醒目。

她警觉地环视了周围，生怕突然遇到认识的人，决定将汽车停在距离商店不远处的路边。

选好了地方，停好了汽车，她又担心离商店远了，走过去时更容易被人关注。那可怎么是好呢？她静坐在车里又仔细地看了商店的大门，已经是营业状态，她想："哪有这么凑巧碰到的熟人？不如快步走进去，一了百了。"

她紧张的心缩紧着，扑扑通通的，又想："戴上一顶带檐的帽子和墨镜，这样几乎可以遮住大半个脸，谁也认不出来。"

但是，她又担心这个样子也许会更引人注意。

干脆摘掉墨镜，只戴帽子，低一点儿头就是了。欲望使她不能再迟疑了，她像憋足了的马达，一发不可收拾。

她迅速下了车，半低着头，在帽檐的遮掩下大步流星地穿越着车场。她一边走一边恨自己，竟然沦落到走进成人用品商店的这个地步。她的脚刚踏进商店的大门，还没顾得上抬头，只听到：

"你好！"

吓得她的眼珠子都要跳出了眼眶，心想："坏了，遇到了熟人。"

她不得不抬眼望去。

眼前，是一位看上去二十五岁左右，金发碧眼的澳大利亚女店员。

"欢迎光临！我有什么可以帮助你的吗？"这位女店员说着蹩脚的中文。

肖梦影这才缓过了神儿故作镇静地说："哦，谢谢，不用了，我随便看看。"

"好的，如有需要，随时叫我。"

这位金发碧眼的美丽女店员，热情、努力地说着可能是她仅会说的这几句中文。

且不知，可把肖梦影吓得半死。

她强制自己镇静，想赶紧买了就走，并快速地巡视着店内。

商店猛一看就是个明亮、整洁的生活用品超市。

她突然觉得是否走错了商店。仔细再看，没错，各类成人用品静静地摆放在货架上。

肖梦影继续强制自己稳步从容地浏览这个商店。

商店里除了刚才打招呼的女店员，收银台还有一位中年澳大利亚女人。另外还有一男一女的澳大利亚客人，正选看着商品。

商店是超市型的自助服务，只有付款的时候才去柜台。

肖梦影看到再正常不过的店员和客人，还有店内舒缓的背景音乐，她觉得自己倒像是一个有问题的人。

眼前平和的一切，使肖梦影揣着万般紧张和羞愧的心，顿时放下了许多。

她开始试着从容地去看那些商品。

她心想：成人用品商店在中国的大小城市的出现并不稀罕。但是，这些店面从外观上看都不是很大，更多的是夹杂在一条商业街商铺间的小门脸里。商店内有灯光，营业时间的玻璃大门有装饰物半遮挡着，并且都是关着门的。门头上总会有规规矩矩的正方楷体"成人用品商店"的字样，多为粉红色的字。这样的商店路过时最好看都不要看一眼，光顾和瞩目会给人带来不检点的看法。

之前认为去成人用品商店的人有两种人：一种是性变态，一种是沉迷于性堕落的人。从来没有把成人用品当成正常人所需要的物品。记得，多年前认识的一位来自新加坡大龄女友。她因多次失恋，不再相信爱情，从此就用性工具做伴。当时自己还一边劝她不要灰心再寻男友，一边觉得这个女人真是另类。现在看来，也不过是一种活法。

肖梦影开始试着理解成人用品的正常存在，她浏览着货架上摆放的商品，种类繁多，色彩鲜艳。有的特别逼真，简直是不好仔细再看。她一直以来认为成人用品是对性爱的亵渎，今天，她的眼睛还是不能自然接受这些繁多的，不必要多看的成人用品。

终究，她在最传统的那一款前站住了，信手取过商品走向了收费柜台。

澳大利亚中年女收银员，非常礼貌地用英语问候，愉快地为她的商品进行了包装，并走出柜台向她推荐了一款小瓶的清洗剂。

肖梦影有生以来第一次买了成人用品，但是，仍然不能一时转变观念。她结了账，继续在帽檐的遮掩下，快步地向着汽车走去。

"谢天谢地，万事大吉，没碰上认识的人。"肖梦影边自言自语着，边快速地打开车门，一头钻进了汽车。

她这才松了一口气。

靠在汽车驾驶椅背上的肖梦影，闭上了眼睛让自己镇静一下。随后，决定立即离开，回去满足一下自己。

肖梦影返回的心速和汽车的速度齐驱着，一发不可收拾。

她回到了家门口，激动的心怦怦直跳。她微微颤抖的手从包里拿出了雕花的钥匙，打开了花园洋房的大门。

她穿过花园又打开了房门，取出了买来的成人用品，丢下了包，走到厨房找到剪刀，剪开了包装。

当她直面眼前的这个可以马上使用的仿真性器官时，却一把将物品连同剪刀一起按在了包装纸上。她埋下了头，闭上了双眼，像瞬间凝固的蜡像一动不动。

她闭着的眼睛里流出了眼泪，落在冰凉的手背上。随后，她竟然颤抖地哭了起来，而且越哭，声音越大了起来。

她的脑海里浮现着太多往昔的爱与被爱，她是一个骄傲了大半生的女人。她在中国的爱情经历中，除了恋爱和婚姻，向她示爱和追求她的男人也从没有停止过。为此，这些男人还常发生着直面挑战，甚至是大打出手。

肖梦影是一个浸泡在爱情的追求中，而不越雷池的女人，如果她愿意可以得到向她走来的一切。男人的呵护和婚姻的财产保障，使她生活在世外桃源。在编辑部的工作也是单纯到文字之间的工作，对于社会没有机会去为了生计厮杀和挣扎，也没有看到过太多的黑暗。

追求她的男人们说："肖梦影，是一个被高度保鲜的女人。"

她内心高度保鲜纯美，透过她清澈的眼睛，可以看到四十多岁的女人还有少女的神情。

自从来到澳大利亚，她拥有了蓝天白云和孩子轻松愉快的学习生活。但是，她却孤立在这个岛国。

如今，她还是无法面对成人用品对自己的凌辱，让她这颗骄傲的心遭受严重的创伤。

她不能接受自己一手买来的这份亵渎。

她抹掉了泪水，将这个从心里认为不干净的"东西"，重新放进包装袋里，塞回到了包里。

锁上了家门，她驾车向海岸线驶去。

在离家五分钟的海岸线公共区域，她停下了汽车，将手提包里的这份凌辱，连同包装一起投进了公共垃圾桶。

海浪拍打在岸边的礁石上，发出砰砰的闷响声。

海风吹起了她没来得及扣上的风衣，头发和纱巾一起飞舞在她的脸颊和肩上。天色很阴沉，海鸥惊叫着扑打着翅膀向远处飞去，头顶上大团大团乌紫色的云，好像要将这眼前的一切侵吞。

肖梦影顶着海风的吹卷回到了汽车里，凌乱的头发贴在了脸颊，被风吹起的纱巾钩挂在风衣的领角。她用冰冷的手理顺着头发和纱巾，决定先不回到牢笼般的家里，顺着海岸线的公路往远处驶去。

天、海和海岸的风景，无论是春夏秋冬，还是刮风下雨，交错着色彩的变换，尽显着它的风姿与壮阔。

她双手扶着方向盘，从心底钻出的股股苦水，交织在这色彩变幻的天海之间。

此时，一颗颗豌豆大的雨水砸落在车窗上，逐渐地密集紧迫起来。汽车雨刮器也随着雨滴的紧密，自动加快了左右刮刷的频率。

大雨使公路的远方，变得雾气模糊起来。

此时，肖梦影的脸上不知何时已淌满了泪水，源源不断地从她美丽的大眼睛里淌出。她分不清是自己的眼泪模糊了视线，还是雨水使视线变得模糊。她分不清汽车的雨刮器是在刮雨水，还是泪水洒满了雨刮器。

模糊不清的视线，使她不得不在公路边的一家咖啡馆门前的车场停了下来。

她瘫软地靠在汽车座椅的靠背上，闭上了模糊的泪眼。任海风兜起的雨水，肆意地扑洒在车身，冲洗着不幸的一切。

这时，夹杂在大雨扑打声中的手机铃声响了起来。

她仍闭着眼睛，不愿意去理会。

手机又一次次地响了又响。

她突然想：也许是孩子学校打来的电话。

她连忙抹擦着泪，使视线尽快清晰下来，并接听了电话。

"喂，梦影，在干吗呢？有空吗？来我家喝茶吧，燕群也在。顺便吃点儿我跟燕群学做的几个小菜。"电话里苏青说着。

肖梦影想："也好，去散散心。"

她尽可能地表现着正常愉快的情绪答应着苏青，说二十分钟以后就到。

　　她取出了湿纸巾，擦拭着脸上像湿糨糊薄薄紧扒着的泪迹，她希望哭肿了的眼睛尽快地恢复过来。

第五章
喝　茶

　　苏青的家里，从中国运来的茶台上已摆好了茶具，她又端上了几小碟喝茶时随口的零食。

　　开放式的西式厨房的炉灶上正煎着中草药。

　　江燕群在厨房边帮着苏青收拾着刚做完小菜的餐具，边大声大气地跟她不厌其烦地说：

　　"没事了，姐妹们喝喝茶，逛逛商店，这日子就打发了。你不要想得太多了，你想让他回来就要给他打电话。让你的孩子也给他打电话，他就会回来的。你不能憋在肚子里，一句都不说。"

　　茶台边板着脸的苏青随口说了一句："随他去好了！"

　　苏青家的墙壁上挂着他们祖孙三代的全家福合影，还有她与丈夫、孩子的生活照挂满了半个墙壁，就像是摄影展。她经常一个人喝着红酒或是品着茶的时候，会把目光锁定在这面墙壁上。除了两个孩子跟她来到了墨尔本，照片上的家人都在中国。自己的丈夫也就是照片上的陪伴，他说工作忙走不开，一年勉强回墨尔本的家一次。

　　苏青是痛在心里，凝固在脸上，嘴上只字不提。

　　丈夫不打来电话，她倔强的个性是坚决不会主动联系的。她总会默默地等待着丈夫的电话，希望丈夫能主动挂念着她。

女人们聚会都会聊到谁家的丈夫刚来，谁家的丈夫刚回去，说这些主要是搞清楚在什么时间聚会更合适。除此之外，也免不了再扯几句家长里短，那些鸡毛蒜皮的事儿。

苏青的丈夫总不来，大家除了私下议论，当面也就没敢主动问过。

自认为跟她关系亲近的姐妹小心地问她时，却被她一句话顶了回去：

"人家忙！"

每当这时，别提她的脸色有多冰冷和越发地严肃了，空气顿时凝结。

自讨没趣的姐妹，自然也就不再提了。有的嘴长的，也是在背地里说："苏青的丈夫非常善谈，在家乡又有一个大的茶厂和茶山，算是事业成功的人。人长得精神，个头不小，紧实的体态，幽默风趣，甚至有点儿风流态的男人。这样的男人在国内一定招女人注意，凭他的性格，也是一个难耐得住寂寞的人。"

长舌的女人，在这个时候是绝不会放弃自己唇舌翻飞的能力。

在一旁早已按捺不住急于说道的另一位长舌女人神秘兮兮地接着说："我看她丈夫一定有人了，他一旦回到墨尔本，天天喝中药的苏青病一下子就好了。她的丈夫没几天回去了，她立即又成了霜打的茄子，忙着找药罐子。我看早晚要分手，不过，两个孩子带得还不错，家里收拾得也温馨，可惜了！"

这样的风言风语苏青一定是听到过，但是，她从来也没有表露，好像一切都没有发生过。她只有在江燕群和肖梦影面前，才说些心里话。

肖梦影怀抱着一束百合花如约而至，外面的雨渐渐地小了许多。

"梦影，快进来！雨倒是小多了。"

苏青说着，从鞋柜里取出一双从中国买来的草编拖鞋放在她的脚边。

"这是今天早上花店新上的百合花。"肖梦影说着把花递给了苏青，便脱下被小雨打湿了些的风衣挂在了进门的衣钩上。

"来就来，以后不要带东西。"

苏青矜持地说着，接过带着秋凉的百合花，新鲜的花蕊透过湿漉漉的雨水散发着清香。

一贯严肃的苏青，此时脸上露出了笑容，说道："我最喜欢的花，就是香水百合。"

在厨房探出头的江燕群，对着刚进门的肖梦影热情地高喊着：

"梦影来了，欢迎欢迎！"

"燕群，还忙着呢？"肖梦影应声说着。

"你先坐，我这就过来。"江燕群爽朗地说。

肖梦影走到客厅的沙发边坐了下来，眼前茶台上已准备齐全。旁边的落地花瓶里插着一大把芦花，更是增添了中国茶文化的气氛。这是肖梦影非常喜欢的感觉。

苏青很会营造茶室的气氛，她来之前在广州自家茶庄的私人会所就有一间属于自己的茶室，经常会约好友小聚品茶聊天。来到澳大利亚生活后，她的家里也布置出来了这么一个相对独立的茶空间。一小面墙有一个老榆木的茶架，上面摆了各种包装精致的茶叶。好友来了，就会选出几样来泡。

今天，苏青先准备的是野生红茶，自己家茶山产的茶也少不了要喝。

肖梦影看着温馨的这一切，心情也好了很多。

苏青和江燕群忙活儿着，也没有察觉到肖梦影刚刚哭过的眼睛。

"这芦花装点得真好，从哪里弄来的？"肖梦影欣赏着问。

"你可不要去！那天下着雨，我和苏青去湖边采的，差点儿还没给滑到湖里。"江燕群说着就走了过来。

"来吧！坐，尝尝这款野生红茶奇兰。"苏青平静地说着，将泡好的茶倒了一个个小功夫杯里。

姐妹三人端起茶杯，边品茶，边聊起了家常。

满屋的中药味混合在茶香里。

肖梦影关心地对苏青说："身体好一些了吗？"

苏青端起这枚主人专用的烫金雕花小茶碗，深深地喝了一口。而后，面无表情地缓缓说：

"这个中医还真不错，喝了她开的几服药，扎了针灸，肠胃好多了，例假也来了。"

苏青的例假是又来了，但是从脸色上看，气色仍显得灰暗。

其实大家心里都明白不是她肠胃不好，而是心病，再加上长期没有夫妻生活造成的内分泌紊乱。

不过，她仍坚持中医治疗，还说：

"这个中医是我在墨尔本遇到的最好的一位，之前看过一些中医，忽悠的多，也没少花钱。这位阳光医生是中医世家，她的祖父是中国名医。她家的针灸挺神的，我才扎了几次，还以为再也没有的例假就又来了。"

"是吗？我还以为就吃中药呢，原来还扎了针灸。我哪天也让阳光医生看看病，我一喝酒就头疼，已经有十年了。"肖梦影说。

"好的，我一会儿把阳光医生的微信推给你。你要提前预约，她的诊所病人很多，扎针灸的床位排得很满。"

"好的，我会先跟阳光医生约好时间再去。"

"你们两个人多运动，注意休息，身体也许就会好得多。"燕群说着。

苏青又接着说："燕群说到的这些也是阳光医生的自然疗法，她还给病人配合健康食谱，是身心的整体治疗。电台总有她的一些访谈节目，我听了几期，还跟着做了冥想。"

苏青热爱生活，她渴望生活幸福，想着办法努力安排生活的内容，来辅助心情。可是，无论她怎样地努力，在她的脸上从来没有看到过发自内心的笑容。

"我这几天约了高尔夫球教练，咱们一起去练练球吧？"苏青严肃地说着。

肖梦影还没来得及开口，一旁的江燕群就接上了话："高尔夫还是你俩去打吧！我是一点儿都不会，还是在家烧烧菜好了。"

"我也是才买了球具，刚开始学，找教练就是要练习的嘛！你担心什么？我陪你去买球杆和用品。"苏青四平八稳地边倒茶，头也不抬地跟江燕群说着。

肖梦影随口也应和："也好，有时间一起去吧！"

"咱也应该对得起自己，想办法找人来做做家务，自己去健健身，买些新衣服。燕群也应该多注意打扮自己，看梦影穿衣打扮多讲究。"苏青边品着茶，边直言地说着。

肖梦影被苏青严肃地夸奖着，好似自己是个正在接受老师训话的小学生，脸上的表情很不自在。

江燕群调侃着说："你们身材好，就应该多穿一些漂亮衣服。"

江燕群身上穿的基本上都是从中国带来的老样式的衣服，她平日里是不化妆的，头发也不太注意形状，总是随意地一把挽在脑后。只有在她丈夫来的那一段时间才会略有修饰，但是买衣服好像从来也没有热衷过。姐妹们一起逛商店的时候，她总会买一些新鲜的食材回去。

苏青纤细的身材，从背后看就是一个十七八岁的女孩儿。她买衣服从不吝啬，一条五百澳币的连衣裙说买就买。其实她买漂亮衣服也没有什么男朋友去约会，只是自己觉得不亏待自己。也许，是连她自己都说不清楚的，隐藏在内心深处对丈夫的报复心理。

说到找人来做家务，这也是在中国用惯保姆的太太们，在澳大利亚生活的另一个心痛。

澳大利亚人口少，也没有在中国处处可见的保姆公司。这边的家务基本上都是主人自己完成，对于澳大利亚的家庭就更是一件原本就属于自己生活氛围的事。可是对于在中国用惯了保姆伺候的太太们，可就是受尽了心理落差和身体劳累的苦头。

刚来的时候忙着学习西人做糕点，在姐妹聚会的时候相互学做菜。时间长了，生活中的琐碎家务使得这些新鲜的兴趣，不觉地淹没在暗无天日的劳累里。想尽办法找"保姆"住在家里也就成了这些太太们经常聊到的话题。但是，终究是不能解决的事，今天难免又说到了这个痛点。

干点家务对于在小乡镇生活，之前做工人的江燕群来说，真的不算什么。自从跟她同乡的丈夫结婚以后，丈夫在乡镇成立了纸浆加工厂很快见了效益。她不再做食品加工厂的女工，而是专职于家务，之前的工友们直夸她有福气。她丈夫的加工厂订单不断，他们的家从公婆的家分住了出来。后来，几乎是一两年换一次房子，他们从一般的乡镇平房，换到县城的公寓楼房，后来又换到位居镇江市的别墅区。直至在三年前又到澳大利亚墨尔本的富人区购买了新房子，住上了八百多平方米的花园洋房别墅。

真是无法想象她会有这么个有本事的丈夫，每当姐妹们当着她丈夫的面夸奖的时候，她丈夫会说："我们夫妻两人都是小学没毕业，没什么文化，不如你们。我们就是赶着机会，努力干活养家。"

来到澳大利亚带孩子学习和生活的江燕群，每天像充了气的气球一样饱满。除了干家务就是给丈夫发信息和视频，两口子的关系是这些留守姐妹中最热乎的一对。

江燕群边喝了口茶，边由衷地说：

"家务事自己慢慢适应一下，家务干顺手了就好了。咱们女人就是要带好孩子，做一做家务。男人们好安心给家里挣钱。"

"谁知道他们都干吗呢？不仅仅是挣钱吧？"苏青说着，生冷的面部显得更为僵硬。她起身走向厨房，关上了炉火，将煮好的中药倒在了另一个罐子里。

肖梦影不由地看了看自己做家务显得干燥的手。

中国太太干家务的事，使肖梦影经常浮现出她的邻居，一位来自中国福建的中年女人。

从这位邻居搬来以后，肖梦影曾主动上门认识她，希望以后作为中国人，邻里之间常有来往和照应。可是，这位住在隔壁深宅大院的女人，却从来没有联系过她。肖梦影也从来没见过这位女人的丈夫，只听她说跟上大学的女儿住在这里。她家里还有一条总在院子里汪汪叫的大黄狗，也没见有什么人来过。平日里除了会看到她，蒙头盖脸地把自己包成惠州女的打扮，在大门外割草，其他时间很少见到她。

她干活时，被包裹的头脸在一条缝隙中只露出她那一双不算大的眼睛，她是希望人们把她当成自己请来的工人。她扮演着割草工人，每次都像不认识或没看见肖梦影一样地继续干活。

肖梦影却一眼就认出了她。

真难为这位女人放下太太的身份干粗活，她自己的乔装打扮也煞费了苦心。她割草时打扮的样子，看得出她心理的落差带来的耻辱感太强烈了。

肖梦影每一次见到她在院子外打扫草坪的样子，都觉得这个福建女人真的没有这个必要难为自己。

她和对面邻居八十岁的西人先生成为鲜明的对比，西人老人体格宽厚高大，雪白的皮肤，全白的头发。在阳光充足的周末，老人会换上牛仔工装背带裤，推着电动割草机在门外的草坪割草。他总会热情洋溢地跟路过的人们打招呼问候，享受他的家庭生活时光。

肖梦影不回避劳动行为，但是想起中国的保姆照顾，再面对现在的生活难免有些委屈。

在澳大利亚做家务的心理落差的痛点，在江燕群看来是不理解的。她总会说："……要想男人爱你，就要先管好他的胃，就是要会做很多好吃的。还有就是，要想让男人爱这个家，就要把家里擦得亮亮的，地板更是要像镜子一样。衣服要熨烫得平平展展的，鞋子洗刷得干干净净的，皮鞋更要打得亮亮的……"

江燕群不断地重复着这样的话，对于肖梦影和苏青，燕群是活在另外一个世界的女人，她这么做也没有错。她们从没有因这些不同的意见过多地争执，只是你说你的，我做我的。

她们聊着、喝着，茶叶换了三个品种。

转眼已是中午，她们离开茶台，准备午餐。

江燕群把小菜摆放在餐桌上，肖梦影摆放着餐具。

苏青一杯杯地倒着葡萄酒，"我刚买了一款白葡萄酒，五年前生产的。我们吃小菜，品尝一下这款酒庄老板推荐的酒。"

姐仨举杯相碰，开餐了。

苏青平时不爱说话，一旦说起话来也是直言直语。她喝了口令她陶醉的红酒，放下高脚酒杯，吃了口菜说：

"孩子还是很认真地带着，大儿子的成绩还不错，考上了阿德莱德大学法律系。二小子也不错，今年考取了私立小学的数学奖学金，他们的成绩是我来到澳大利亚最大的收获。家里料理得也算可以，就是一个人全担着累一些。"

"听你说不是用了背包客吗？还想问问怎么样呢？"肖梦影边吃着小菜说着。

"之前用了台湾的一个女孩，不怎么会烧菜，打扫家务倒是有了帮手。背包客就是不能长期，一两个月她们就要去另外一个地方旅游打工。刚熟悉了就要走了，再找又要重新磨合，也是麻烦，现在就不找了。好在大儿子已经上大学去了，家务事也轻了些。"苏青说着，脸上显得无奈。

"嗯，如果来去这样频繁也不是好的选择。"肖梦影接着苏青的话说着。

江燕群一旁嘴里嚼着菜说："还是自己干点儿家务好……"

苏青又喝了口酒，轻叹着说："还有就是自己英语不好，儿子上了大学，家里的事情没人协助对外联系——这也是现实困难。"

"是啊，有的机构没有翻译电话服务。外国人每次回答问题说得太多，这就更不容易明白了。"肖梦影说着，端起了酒杯浅浅地抿了一口。

苏青又说："政府给的免费英语学习课程也学完了，但是真正记在心里，可以使用的英语单词却差得远。可能是年龄大了，记忆力也不如年轻时候了。"

江燕群有滋有味地吃着小菜："你们好多了，之前都有英语基础，再恢复恢复就可以了。我连英语字母都认不全，好在儿子在墨尔本上大学，方便照顾家里，不然，麻烦大了。"

她们说的这些事情，也是大部分留守妈妈们存在的问题。由于语言不好，不能正常与社会接触，给生活也带来很多困难和烦恼。比如家里的电器坏了，网络、电视等设备出现了问题，需要专业维修技师上门服务，从开始打电话预约就是困难的。

还有各种信件，孩子学校的家长会、活动等，电子邮件中大大小小的事情，伴随着一天天的生活出现着语言交流的困难。加上独担家务的劳累，和长期与丈夫天各一方的苦盼，这日子也确实不易。

她们的社会圈子基本上锁定在华人群体中，对澳大利亚西人社会的融入，是被封闭在语言高墙之外的人。

"哎，要是能交一个会说英语，又会说中文的外国朋友就好了。"苏青好似调侃，又难以掩盖真心地说着。

"何雪冰不就是找了几个澳大利亚人做朋友的吗？听说一个都不很顺利。"江燕群说着，吃着小菜的两片嘴唇上下啪嗒地直响。她又接着说："听说何雪冰的第一个澳大利亚男朋友就不是个什么好人，好像说是很色的一个男人，见了女人就动手动脚的。"

"这样的男人是挺恶心的，不过哪里都有。"苏青生硬地说。

肖梦影语重心长地说："雪冰也是不容易！"

江燕群的表述好像一只马蜂突然扎到了肖梦影的肌肤里，使她想起第一次见到何雪冰的这位澳大利亚男友的场景。

何雪冰是肖梦影的一位中国好友介绍认识的，又是同乡北京人，希望以后大家在澳大利亚有所照顾。从此她们走得很近，肖梦影也一直把她当家里人看待。

何雪冰虽说个头不高，长得一般，但是气质相当个性和前卫。她凭着雅思满分的英语水平，如鱼得水地在澳大利亚墨尔本拥有了西人传媒公司的工作。

在个人感情方面，她一直不顺利。自称自己是中国男人不喜欢的类型，加上她男孩气的个性。

出国，更大的原因是能成为外国男人喜欢的东方女人，找西人男朋友成了何雪冰移民澳大利亚，寻求生活幸福的头等大事。

转眼何雪冰来到澳大利亚已有一年多的时间，她个人的感情生活也随着光景，风云变幻着。

一天，她欣喜地跟肖梦影说自己交到了一位有文化品位的澳大利亚籍意大利米兰人男友罗宾，想让肖梦影给看看。她主动向男友提出邀请肖梦影一起到他的家里午餐，他便同意了。

那天，参加午餐的还有租住在男友家里的一位越南女孩。当时肖梦影还跟何雪冰耳语，觉得单身男女同住在一栋房子里不方便，甚至有些不确定的租赁关系。何雪冰也觉得别扭，但是她又说在澳大利亚这样的租赁方式很常见，她们也就没再说什么。

这个罗宾很懂得浪漫情调，在开餐前还特意开车出去买回来了一束玫瑰花，插在了餐桌的花瓶里。

大家在罗宾家不算大的客厅中央，摆放着的一张不大不小的餐桌前围坐了下来，开始了愉快的用餐。

肖梦影和越南女孩坐在罗宾和何雪冰对面，何雪冰边聊着，边津津有味地吃着罗宾烧烤的牛肉，还不时地往男友身边甜蜜地靠着。

肖梦影也夸奖食物做得不错，只是越南女孩没有表达什么慢慢地享用着。

大家边吃，边天南海北地畅聊了起来。

就在这时，餐桌下肖梦影的小腿突然被什么东西拨动着？她侧眼望下去，原来是何雪冰的男友伸过来的那只光着的大脚。

肖梦影又看回对面若无其事的他正跟大家聊天，她不敢相信桌子下的那只硬撅撅的大脚，竟然是罗宾伸过来的，而且他还面不改色心不跳。肖梦影从他超平静的脸上，看不到一丝桌子下面脚趾头传递的情绪，为此不敢确定这是有意的动作。直到她的小腿一次又一次地被伸过来的大脚拨动和摩擦，那些脚趾灵活得像在弹钢琴。

她认准，这一定是挑逗。

肖梦影快速地把双腿卷回在自己的座椅下面，心紧张得怦怦直跳，便极力地克制着脸上的情绪。——顿时，这餐盘里像落了只苍蝇一样令她恶心，难以下咽。

何雪冰今天格外地兴奋，她不停地说着自己的这位澳籍米兰男友罗宾会经常带她去酒吧度周末或是看电影什么的……

罗宾此时的脸上洋溢着被女人包围着的快乐，他也兴奋地频频举起红酒杯，时不时地瞟几眼对面坐着的肖梦影，并会迅速地挤一下眼。

肖梦影难以接受这不顾一切的放肆和对何雪冰与自己的不尊重，她恨不得找个理由离开。但是，看在桌面上的和谐，和何雪冰绵连的幸福，她实在不忍心打破局面。

越南女租客的表情始终矜持，甚至是略带不悦。桌面上最愉快的就是何雪冰和这位花心不轨的罗宾了。

肖梦影在及其别扭中完成了这个被邀请的午餐。

在返回的路上，肖梦影把这件事告诉了何雪冰，并表示坚持对他和越南女孩的怀疑。

何雪冰吃惊的眼神中流露出失望，甚至是不知所措，又显得尴尬。肖梦影劝她这样的男人应该不属于选择的对象，尽快了断为好。

何雪冰原本愉快的心被这个突然而来的事实打得落花流水、一败涂地、垂头丧气地叹声无语，并点头同意肖梦影的说法。

第二天中午，肖梦影在家里收到了花店送来的一束玫瑰花。花间插着一个精巧的小卡片，上面写着甜言蜜语和这位挑逗者罗宾的名字。

她顿时心惊肉跳，心想："他怎么知道我的地址？——哦，想起来了，之前他送雪冰来过。太不可思议了，他这样做怎么面对何雪冰？"

肖梦影最看不得这样玩弄感情的男人，她电话里告诉了何雪冰，希望她不要继续受骗。

她们还商量着怎么跟他挑明这一切。

何雪冰决定什么都不说了，跟他断掉。

说归说，何雪冰跟他的联系还是拉拉扯扯了两个多月后，才算彻底分手。

此时，江燕群边吃着小菜，边继续说着关于找西人男人的事，"不要随便认识澳大利亚的西人，多数是玩弄感情的，找蓝眼睛我觉得很危险！"江燕群语言坚定，神情紧张地说着。

肖梦影跟何雪冰的关系，使她没有证实江燕群说的这一切，而是多了些对何雪冰的袒护，"我听说他们相处得还不错，不是外界传说的那样。"

"这个消息应该没有错的！华人圈子不大，也真是巧合，告诉我的是这个男人的前女友，我的一个华人姐妹。奇怪，这个澳大利亚男人怎么就喜欢找中国女人呢？"江燕群紧张地瞪圆了她漂亮的大眼睛，又提醒着说："真的很危险，现在总有失踪的女华人。前一段，新闻上说有一个华人女的被强暴，掐死在皇家植物园的树下了。"

苏青淡笑着，"哪里没有坏人呢？我们居住的墨尔本是世界首居城市，应该算是比较好的治安和环境。不要太紧张了！"

肖梦影浅浅地喝了口葡萄酒，"澳大利亚人也不像你说的都是危险的，只是语言不方便交流，不了解。另外的几个姐妹都找了澳大利亚西人丈夫，也一直生活着。当然，如果能交一个英语好，有长相，又有人品的华人男友也好啊！可惜，不好遇啊！"

苏青往酒杯里倒着红酒，面无表情地又说："我觉得外国人不一定就不能找，这得看人了。哎，指望谁都不如指望自己，不行就再去上英语学校吧！其实孩子也很难指望上的，每次让他做点事情，总是嫌烦。"

江燕群放下手中的筷子，端起红酒浅抿了一口说道："是啊，我儿子其实也是一样的没有耐心。这不是，好端端地要自己出去租房子住，让我好骂了他一顿。"

苏青也显得一脸的不情愿，"这边的孩子独立性比较强，我儿子早就跟我说过以后希望自己能住在公寓，还要养一只猫。这不，刚考上大学，也不住学校，在外面给他租了个公寓。"

肖梦影缓缓地夹着菜轻叹着："是啊，虽说我儿子还小，但是他说起未来的生活，也是全然没有妈妈。他要的只有妻子、孩子和喜爱的小狗。为此我还伤心地落了泪，后来想想他还是个孩子，也就没再往深处想。"

"我们全是为孩子奉献，孩子们永远都想不起家里和父母。"苏青说着，无奈而平淡地喝着酒。

江燕群自我安慰地又大声大气地说："养大他们就算是任务完成了，等拿到永居身份，等孩子大了，我和孩子爸就回中国生活，有时间就再来看看他们。"

"真让你放手的那一天，你也就不忍心了。除非孩子结婚以后，到那时我们也老了——"苏青边又深深地喝了一口红酒说。

燕群接着苏青的话说："说得也是！咱在这边，孩子在眼前总是好得太多，总能看着点儿他们，也不至于在外面太离谱。有的家不在这里只来留学的，说是上学，还不如说是来谈恋爱过日子的。父母给的钱都忙着过小家庭了，毕业后又很难找到如意的工作，还不是多数都回去了。我们移居到这里不都是给孩子家的感觉吗？不然还受这个洋罪，一句英语也说不好。"

肖梦影由衷地又叹着气说："来留学的孩子们，在这边发展是比较困难的。澳大利亚人还是有些排外，他们不信任外来留学的大学生的英语能力和思想观念。我的几个拿奖学金的硕博士华人朋友，毕业了也没能留在大学和主流机构工作，这就是澳大利亚人从心里的不认可。后来，这些毕业的学生有的做了离专业比较远的工作，打工度日。有的家庭条件好的，给钱投资自己的小公司，后来也是难以支撑直到倒闭，走投无路还是回国发展去了。"

"唉，来都来了，走一步算一步吧！好在咱还有小的孩子，大的看看情况，不行就回去找他爸去呗！"苏青皮笑肉不笑地说。

　　她们三人说的问题，也是妈妈们聚会常聊到的话题。她们有的坚持等拿了永居身份后不换国籍，就是担心有朝一日孩子在这边没有工作出路了回国发展。有的妈妈断然决定既然来了就不再回去，这样的情况一般都是那些在孩子十岁前就来移居的家庭。当然这些孩子的语言和文化理念也都属于澳大利亚，未来是有希望生活下去的。苦就苦了父母在异国他乡跟环境不融入和夫妻两国分居。

　　燕群忍不住地说："小的未来是什么样也不好说。教会的一个姐妹的女儿前一段听说自杀过，好像是说不断交男友发生性关系，妈又打又骂的。"

　　肖梦影吃惊地问："女儿自杀？情况严重吗？"

　　"买了很多安眠眼，发现得早，没有服用。"燕群说。

　　"这和父母有直接关系，对孩子关心太少。"苏青超平静地说。

　　"你们说这国外的教育也是，十二岁的孩子就给上性教学片，听说还有视频展示。你们说这是好还是不好？"燕群僵着鼻子不平静地说着。

　　肖梦影和苏青一致认为，这个年龄给孩子这样的教育也是必要的，关键是学校和家长的正确引导最为重要。

　　姐妹三人的观点，除了肖梦影和苏青有些靠近，基本上各有其见。在所有姐妹中，她们三个关系最要好，几乎无话不说，还经常小聚。

　　肖梦影除此之外，很少参加妈妈们的大聚会。她喜欢独处写写东西，有些聚会基本上都是闲话，夹杂着一些是非，不去为好。苏青的少言寡语使得肖梦影有安全感，但是她过于严肃和近似于生硬的语言，又使得空气有些紧张。但是，两个人都比较喜欢中国茶，这也是总在一起聚会的一个原因。江燕群能做一手的好菜，更是肖梦影所没有的技术，她希望每一次跟她的聚会能多学几手。

她们的小聚除了交流厨艺，喝喝茶，就是聊家庭、孩子、感情，以及之前、现在和将来。

今天，她们又一次聊到找男人，这个难以回避的话题。

说到找男人，苏青像是被蛋清僵住的面颊喷淋了雾水，一丝丝地融化开了。她的眼角、脸蛋儿、嘴角如溪水中的水草微微地波动了起来，"现在就数燕群的丈夫来得勤，其他女人们多数都是苦盼。我也觉得奇怪，你们说这些等身份留下来的男人怎么都没见到过？不会都是女人吧？"

江燕群肯定地说："一定是女的多，女的要带孩子学习和生活，男人怎么带呢？"

肖梦影打趣着，"我参加过一次男人们的聚会，等身份的男人还是挺多的。我当时也是奇怪，他们怎么不叫上等身份的女人们一起聚会呢？"

苏青竟然也调侃了起来，"你看梦影就是跟咱不一样，我们怎么就没被叫去过呢？"

肖梦影连忙强调："哦，是我正好在聚会主人的邻居家里，所以才被一起叫去了。"

苏青说着像突然找到了路径一样，显得更有些兴奋，"找机会参加一些男人的聚会，为什么大家都没有这个混搭的意思呢？"

江燕群一边抿着红酒，"一起聚又能怎么样？不要惹出麻烦的好！"

苏青半凝固的面颊又慢慢地显现了出来，"大家一起图个热闹，开开心心，也没有什么？"

肖梦影看到苏青的脸几乎又全部恢复到了一贯的僵硬，"是啊，其实，我想这也是他们心里希望的。那一天的聚会，吃喝得倒是热闹，可是他们聊到的却都是等待身份的压力和生活在这里的寂寞。"

　　这些男人大多数是一个人在澳大利亚等移民身份，也有一些和在澳大利亚上大学的孩子一起生活。他们个个都是孤独客，比不过这里留守女人和小孩子热热乎乎的家。

　　肖梦影端起红酒闻了又闻，"当时看到的都是清一色的男人，至于聚会以后是否有其他女人？那就不清楚了。当时，大家都没有留电话。也许是太敏感？总之是热热闹闹地聚了一场。其实我觉得，能找一个合适的好朋友也是不错的，咱也不能太苦自己了。婚姻里得不到正常的夫妻生活，还要顶着夫妻的名义。我一直想离婚，就是孩子小，担心孩子接受不了。"

　　江燕群打了个小嗝，掏心挖肺地连忙说："婚是不能离的，咱们女人和孩子还要男人养活。自己做女强人没有这个必要，女人就是女人，生来就是要主内的。你们看看哪个女强人是幸福的？到头来吃的苦比不离婚时还多。男人们要女人们多往家里叫，回到家里就要多照顾他，他还能往哪里跑？我看你们这越有文化的人想的就越多，简单的事情都搞复杂了。"

　　对于性格倔强却深爱着自己丈夫的苏青，所有的相思和痛苦，打碎了牙咽在肚子里。她固执地做着自己，对丈夫一句软话也不说。

　　对于肖梦影这个渴望红红火火的家庭生活，和感情饱满的夫妻关系，哪里是江燕群所能理解的？无论丈夫多么事业成功，她宁可离婚也要活出正常家庭的夫妻模样。

　　肖梦影真是羡慕这边朝夕相处的夫妻，哪怕那个女人的丈夫多不入眼，有陪伴就是幸福的时光。她是看在眼里，又是痛在心里。她渴望像电影里一样，遇见爱情，爱得死去活来，轰轰烈烈。日子过得锅碗交响，炕头热热乎乎。可是，除了起初的轰轰烈烈，后面的日子却没落孤寂。

　　三个姐妹你一言我一语地聊了几个小时，接孩子的时间这就到了。她们快速地收拾了锅碗，各自拿着自己的包和钥匙，开车接孩子去了。

第二卷

DIERJUAN

第六章
你好薛华

　　墨尔本六月的清晨已是红叶尽染，也是杜鹃花和茶花开满枝的季节。在这多雨的秋季，到处湿漉漉的，充满着诗意。

　　肖梦影不因丈夫孟立成不在身边而失去美丽的妆容和衣着打扮，她喜欢营造生活情调和修饰自己，所获得美好生活的感受。她习惯在送孩子上学返回家的商业街区，在法国风情的咖啡馆喝上一杯热咖啡，吃一点儿西式早餐。

　　今天她非常文艺地披着一条红色的羊绒披肩，穿着时尚，配着一双中高筒黑色磨砂皮的皮靴，走进了她喜欢的这家咖啡馆坐了下来。

　　她习惯边修改用手机编辑的诗稿，边喝着店员端上来的热咖啡。咖啡不放糖，透着原味的醇香，伴着轻柔的背景音乐和室内的温暖，那才是她惬意的享受。

　　"梦影！"

　　一个浑厚的声音，从她的背后传来。

　　她转身望去，原来是上次聚会认识的薛华，"嗨，你好！——真巧，你也来喝咖啡。"

　　"是啊，我在附近约了一位朋友，看时间还早就过来坐一下。你一个人吗？方便一起坐会儿？"薛华试探地说。

"哦，我一个人，没问题，一起坐吧！"肖梦影热情地说着，并示意他请坐。

薛华穿着一件棕黄色的皮夹克，里面是一件米色的棉布衬衫，一条米色长裤，显得颇有文艺青年的味道。他高高的个头，宽厚的体魄，浓眉大眼，鼻正唇厚，仪表堂堂。

他坐下来点了咖啡，望着美丽的肖梦影，好似有些不好意思的神情，反倒客气地不知说什么好。

肖梦影大方地询问他做投资移民的贸易生意，和移民申请批复的情况。

薛华像个忠实于老师的学生一样一一叙述着，并不好意思地说："看我信任你吧？毫不保留地向你汇报。"

两人不由地笑了。

肖梦影更是不好意思地说："我问得太具体了，对不起！"

薛华风趣地说："主要是见面太少了——怎么样，你好吗？"

话音刚落，薛华从不好意思恢复到中年男人成熟的语态和神情中。在他的大眼睛里难以回避对肖梦影的好感。

"我还好！"肖梦影简单地回答，嘴角上挑表现着微笑，她又接着说："你还好吗？还是妻子不肯来吗？其实你的孩子应该趁着年龄小来澳大利亚，这样英语会说得更好……"

肖梦影的多重性格，使她有的时显得直言不讳。

"是啊，她还是不愿意来——等我拿到身份了就多回去。那怎么办呢？在这边长时间一个人也不是个常事儿。你有个孩子在身边太幸福啦！不像我们这些留在这里等永居身份的哥们儿，孤独冷清多了。"薛华无奈地说着。

肖梦影在薛华的语气和神情里，感受到他的无奈和孤独，不由地同情，"你们除了家庭聚会，还有更多活动吧？"

"个别要好的会常走动,喝喝茶、聊聊天,有时候去看看项目。男人嘛,不像女人们总会联系在一起。好在,还忙一些188A移民生意的贸易业务,这也是打发时间的主要内容。"薛华浅笑着说。

这是肖梦影和薛华第二次见面,之前是在薛华家洋房的一次朋友聚会时初见。

薛华的家里到处摆放着他们夫妻与孩子的合影照片,一个男人的家处处释放着家的幸福和温馨。室外的花园也种满了他亲手栽种的花草,他像对待自己心爱的女人一样每日精心呵护着。

可惜,这个家,除了男主人的精心营造,漂亮的洋房里也只有这些照片跟他做伴。

肖梦影一直渴望能遇到一位爱家庭、过日子的男人。其实,在薛华家聚会时,她对爱家庭的薛华就有好感。在大家的聊天中,得知薛华的妻子不喜欢来澳大利亚生活。

那一次的聚会很热闹,除了肖梦影随薛华好友的妻子参加以外,便是清一色的男人。这些等待移民身份的留守男人们和仅有的两个女人,围坐在花园游泳池旁柠檬树下的室外餐桌旁,一边吃烧烤,一边大口大口地喝着啤酒。他们聊的话题基本上是冷清和孤独,盼着永居身份早日批下来,立刻回国释放自己压抑已久的身心。

肖梦影对那天的场景和对话记忆犹新,她记得一个哥们儿说:

"这边也太缺中国的娱乐内容了,既没有大型洗浴中心,又没有豪华KTV。"

另一个哥们儿说:"没有想吃的那一口,这边的中国餐除了粤菜和川菜还保留了点原味,其他的基本上都变味了。想喝茅台酒,也没有国内那么方便了。"

又有一个哥们儿说:"在这里简直就是流放,除了自然风光,外国人玩的那一套怎么也想不明白有意思到哪了?除了赌场,就是酒吧。真想不通,酒吧的音乐声几乎听不到说话,一两杯酒竟然可以在酒吧里泡几个小时。就是看脱衣舞也不能总看啊,实话说,夜生活娱乐太贫瘠了。"

一个之前在中国做律师刚来的哥们儿说:"我倒是觉得墨尔本的生活环境挺好,国内应酬太多,多累啊!"

旁边的哥们儿说:"老兄,你在墨尔本住上两年就不会说这个话了。听说一个外国人在自己的国家抑郁了,到来中国以后一吃喝玩乐就好了。"

……

那天,除了喝酒聊天,还要每人出一个节目。男人们有的唱歌,有的讲小笑话,有的出谜语。

薛华当时讲了一个惊心动魄的小故事,肖梦影觉得他思维敏捷,还很有口才。

邻居家的女人不好意思表演节目,她的男人被好友们罚酒三杯来顶替妻子的节目。之后,邻居的女人热情推荐肖梦影朗诵诗歌。

肖梦影在大家的鼓掌欢迎下,朗诵了一首自己新作的小诗,赢得朋友们的一致赞扬。

肖梦影在薛华家聚会,并没有留对方的联系方式,因此他们也没有再联系过。但是,彼此的印象还是比较深的。

此时,肖梦影又一次见到薛华,她心里暗暗地想:也许,这是上天给自己的恩赐,跟薛华做个情人……

肖梦影对薛华突然地又出现,产生着微妙的心理。由此,她的眼睛里透着更为柔美的神情。

薛华在美丽的肖梦影面前，也更是柔语绵绵，"你们平时都做什么呢？"

肖梦影突然不知该怎么回答，随口说："哦，我们一定比你们男人们的活动多，吃喝玩乐都有。"

薛华茸茸的大眼睛，笑成了弯月亮，"那倒是快乐！"而后喝了口咖啡缓缓地又说："你的诗歌写得不错，聚会的那天朗诵得也很好！我很喜欢文学，曾经尝试过走文学这条路，可是由于种种原因放弃了，后来学了贸易专业。"

肖梦影的大眼睛闪动着看着他，"是吗？只要喜欢就可以写。"

薛华转而感叹着说："是啊，我对文学的喜爱一直情有独钟。之前是想过，等老了不工作了，静下心来写点儿东西。"

肖梦影支持她说："干吗要等到老的时候？有时间就可以写一些。"

薛华微笑着轻叹："现在心不静，移民的生意和身份都没有完成。不过，我们有时间可以多聊聊文学，我非常喜欢。"

薛华主动要求留肖梦影的电话，并添加微信。

肖梦影愉快地接受了。她对有文学爱好的薛华，似乎也更多了一些好感，并同意以后找时间与他再聚讨论文学。

时间在他们愉快的聊天中过得很快。薛华不得不告辞去见约好的朋友，看得出他对肖梦影依依不舍。

他不断地说近期找时间一起吃个饭。

肖梦影欣然同意，表示随时约见。

从薛华出现在咖啡馆，与肖梦影聊天的半个多小时里，像是在她暗无天色的感情世界里划过的一个颗流星。

她期待着再一次与薛华见面。

自打肖梦影在咖啡馆遇见薛华，在她孤独的身心，便悄悄溜进了一个活生生的薛华。他，在她的心里，钻来钻去……

夜晚，肖梦影躺在松软的大床上想：如果跟薛华这样一个爱生活的男人一起过日子，岂不是一个好的归宿？

她幻想着自己的这张大床，仿佛薛华已躺在自己的枕边。她好像已经感受到了男人有力的呼吸向她贴近，他将她拥在怀里，进入了睡梦……

梦境中，蔚蓝的大海，漂浮着白色的游艇，洁白的船帆随风航行。阳光照耀下，赤着脚站在发亮的木质甲板上的薛华，穿着白色的 T 恤衫，一条白色的半截裤。他的胸膛紧贴着肖梦影裸露着光滑皙白的背部，双臂将肖梦影柔滑的上身全然包裹，厚大的双手扣在肖梦影握在船舵上的那双柔软纤细的手上。

他的脸贴在了肖梦影漂亮的脸颊上，他们欢快地说着、笑着。

随船的海鸥，不时地落在甲板、桅杆上，不时地在他们相依偎的眼前飞来飞去。

当空大团大团的白云，伴着漂浮在藏蓝色的海面上那艘洁白的游艇而游动着。

海风温和地吹起肖梦影的长发，飘过桂花的香味。洗发水的味道使薛华幻想着正在沐浴满身泡沫的肖梦影。他的双手便顺着喷洒中的泡沫，划过她光滑的颈部，走游在她丰满的乳峰和深凹的乳沟，又向着曲线的腰肢和隐部抚去……

甲板上幻想中的薛华，无法克制地将肖梦抱紧在怀里，像是要全部吸进胸膛。肖梦影感觉到薛华透过 T 恤衫传送过来的体温，和强烈呼吸的热流在她的颈部和耳后游动。

她的呼吸也变得急速，心跳加快。

薛华像着了火的厚嘴唇顺着她的脸颊向她微颤的双唇吸附了过来。他们的热唇相交在一起，蒸发了两人的思维。他们的手离开了行驶的船舵，海风吹起她飞舞的秀发，将他们热吻着的脸环绕着。

热吻中，薛华的手寻游、搓揉在她身体的每一个部位。

肖梦影全身颤抖着。

薛华的热唇像吸盘一样从她湿润柔软的双唇，热滚过她留有桂花香的颈，向着她耸起乳峰吻去。

肖梦影兴奋地喊出了声，——啊！

松软的大床，天色将亮。

被强烈刺激惊醒的肖梦影，环视着眼前的一切，房间像往常一样的寂静。

原来这是一场梦。

她突然感到万般失落。

她怪自己如果不是那声兴奋的喊叫，身体的欲望会在梦里实现快感。她一边遗憾着，一边又奇怪怎么会做跟薛华的性梦？她不由地为自己的多情而羞愧，又为身体本能的需要所带来的性梦可怜自己。

窗外，鸟儿零星地啾叫着。

日复一日，孤枕难熬，她想：对于薛华，也只是自己一时心动，连影子都没有的事儿，更不要说有性爱了。——不允许自己再有这样的幻想。

她为自己感到难堪。

第七章
小鲜肉

清晨。

肖梦影送孩子上学后，回到了家门口。

她走过花园，那双漂亮的黑色磨砂皮鞋的鞋底，沾着湿漉漉的草埂和碎叶。她从包里掏出那把镂空的雕花铜钥匙，打开了厚重的棕色实木家门。她理了理秋寒带来微微潮湿的长发，随手将包放在了一进门的柜子上，将钥匙放在柜子上的一个木制的一叶小舟里。她脱下了皮靴和袜子，换上了绵软的羊毛拖鞋。冰凉的脚包裹在羊毛绒中，透过皮肤温暖在心里。

肖梦影习惯地打开客厅的法式壁炉，让经过一夜寒凉的客厅尽快暖和起来。她又从老式留声机旁的红色牛皮盒里挑了一张老唱片，放在留声机上播放着。

她走向开放式的厨房，煮一壶开水，冲了一杯热咖啡，烤好两片粗粮面包加上新鲜蔬菜，一边用早餐，一边打开电脑准备写作。

这时，手机响了起来，她随手接听地说："喂，哪位？"

对方没有声音。

她又接着问："喂，您哪位？请讲话。"

对方仍没说话。

她这才看了来电号码，是中国的手机电话。她又放到了耳边，"喂，哪位？请讲话。"

她可以清晰地听到对方传来的呼吸声，这是个女人的呼吸。

她立即警觉了起来，心想："恐吓电话？或是敲诈电话？"

她随即挂断了电话，觉得奇怪，心想："打国际电话来恐吓？跨国行骗？这也太费周折了吧？"她又想到了这呼吸声，不由地有些恐惧。

叮咚叮咚，门铃声夹杂在留声机的音乐里，她不由地紧张了起来，心想："不会是打电话的这个女人出现了吧？"

她走到落地窗边，透过纱帘往大门口望去。黑色铸铁雕花的大铁门外，只看到随风飘过来的一角纱裙。她确认出这飘过来的裙角应该是索菲娅，见澳大利亚男人的那天她穿的就是那条花裙子。

肖梦影半信半疑地向大门走去。

临近花园大门，她不确定地问：

"谁呀？"

"是我呀！"索菲娅一边从门铃处迎过她婀娜的身子，一边嗲声嗲气地又说："今天早上正好在你家附近办事，顺便看你在家吗？跟你坐一会儿聊聊天。"

肖梦影这才松了口气，"欢迎欢迎！你毛衣的颜色真漂亮，配上你的腰身显得更美了。"

索菲娅穿了一件玫红的长款毛衣，配里面的黑色暗花纱裙很有女人味。她脚穿着一双半筒棕色皮靴，尖尖的鞋头，细细高高的鞋跟，走起路来呱嗒呱嗒的。她身子一摇一摆走动着，一股子俏媚。

肖梦影关上院子大门，闪亮着眼睛打量着她。

索菲娅满面春风地对她说："一会儿告诉你个好消息。"

她们走进了屋里。

索菲娅在客厅壁炉边的沙发前坐了下来，她欣赏地环视着室内，"这个壁炉真的很欧式风情，配上你的这些外国古典音乐，还有室内的这些画，真是太文艺了！"

"你喝茶，还是咖啡？"肖梦影微笑地问着。

"喝杯咖啡吧！忙了一早上，没顾上喝。"索菲娅说着。

"好的，马上就好，你先坐一下。"肖梦影说着，走向开放式厨房。

索菲娅随着也走了过去。

索菲娅边看着肖梦影准备着冲咖啡，边难以按耐心中的喜悦，凑近着说：

"我恋爱了！"

肖梦影感到惊喜，"是吗？祝贺啊！"她一抖，刚烧好的开水倒在了杯子外面，差点儿烫到了手。

"小心点儿，不要烫着你啦！"

"没事儿，看把我激动的，你要跟我好好说说你的这个爱情故事。"

肖梦影一手擦着倒在厨台上的水，一手端起来冲好的咖啡递给她。

索菲娅喜上眉梢地说："那当然，马上跟你分享！"她涂着玫瑰红甲油的细手指，接过肖梦影手中的咖啡杯。

肖梦影给自己也冲了一杯咖啡，她们一起回到客厅壁炉前的法式布艺沙发坐了下来。

肖梦影漂亮的大眼睛像探测器似的，在索菲娅布着甜蜜纹路的笑脸里，搜索着她的幸福。

她心想："看索菲娅幸福的样子，这次一定是遇到了梦寐的有钱男人。她能在这个中年的年龄，遇到爱情和财富真是幸运。"

索菲娅那擦着玫红唇彩的嘴唇，开启了她的爱情故事，"他是个留学生，今年23岁，墨尔本大学本科，厦门人。他的家里有个大产业，他的父亲是老板，他是家里的独子。"

她说这些话的时候，四十五岁的笑容里绽放着二十五岁的光彩。

肖梦影简直不敢相信，她在"姐弟恋"？

姐弟恋，对肖梦影来说，一直是无法理解和接受的。她无法想象这样的磁场，爱是怎样而来的一种吸引和拥有？

肖梦影吃惊的神情中残留着喜悦，她半天说不出话地望着眼前这位被财富熏醉了的女人。

她看着这个想钱想到骨髓里的女人，此时遇到了一位有钱父亲的大学生，这一下还不彻底眩晕了头才怪呢。

她又镇静地看着索菲娅，突然像她的母亲一样担忧、怀疑地说："我觉得，事情没那么简单。你确定这个男学生是真心爱你的吗？你比他的年龄大二十多岁。如果是真爱，你考虑过再过几年你就更年期了，他还年轻，以后你们的夫妻生活会和谐吗？"

肖梦影说这些话的时候，嗓子里像噎着一颗鸡蛋。

索菲娅还没等她的话音落下，就迫切地说：

"当然是真爱，难道我没有魅力吗？他爱我爱得要死要活的，一天不见就想得要死。他见了我就是狂吻和疯狂地做爱，一整天都不放过的，害的我直躲在洗手间里放润滑液。他说我不显得比他年龄大，说我很年轻、很爱我，要跟我结婚。"

肖梦影的脸几乎被索菲娅带来的意外所凝固，她担心自己情绪的反差会伤害到索菲娅的自信心，她又故作着嘴角挑起的笑容。

索菲娅看出来她不自在的表情下，全是不认可和不相信。

确实，在肖梦影心里这简直就是胡闹，索菲娅被钱冲昏了头。

肖梦影又怀疑地问："你们的爱情，这个男孩子的父母知道吗？你的年龄都可以当他妈了，我觉得最好不要这样。况且，以后你怎么面对儿子？他比你的儿子大不了多少岁。"

说到儿子，索菲娅原本喜悦的神情，显出难以回避的慌乱，"他父母现在还不知道，他说会在合适的时候告诉父母的。以后的事情再说，只要先结了婚，他父亲的财产给他至少一部分，等以后有了钱，怎么都好说。"

肖梦影放在茶几上的咖啡一口也没喝，她近似于悲哀地看着眼前这位颇有姿色的中年小女人，不知说什么是好。

索菲娅是多么希望幸福和财富能真的降临在身上，不再为每个月的生计而愁落了头发，从此过上轻松、幸福的生活。

可是，眼前的这一切太诡异了……

索菲娅双手捧着不经意间喝完了咖啡的空杯子，狐疑地说：

"我想找机会去他家的地址打探打探！——我也在想，他说的话是否是真的？他的父亲真是大企业的老板吗？"

肖梦影关心的不是她想得到的答案，而是这个年龄差距根本不可能，这个男孩子的父母也不会接受。

肖梦影又语重心长地说："我觉得你们未来的路不容易走，看看他父母的态度吧！不是你不好，是年龄差距实在太大了。"

索菲娅的神志仍保持在自己的想象里，"不然我就先跟他结婚，先斩后奏。"

"你还是好好想想再说吧！千万不能冲动，这个留学生的情况也要再了解了解。"肖梦影担忧地强调着。

索菲娅好像突然想到，"我也奇怪，他爸爸是大老板，他怎么去做搬家工呢？他说他父亲要锻炼他，有这样锻炼的吗？他除了学费和基本生活费，没有钱。每一次开房间都是我付的一百澳币，还要给他买一份快餐先填饱他饥饿的肚子。"

肖梦影简直不能再听下去这离奇的爱情故事，她继续强调不合适。

索菲娅终于将手中的空杯子放在了茶几上，她的脸上多了怀疑，覆盖着几乎一大半的喜悦。

她愣着神不由地自语："我真的是要再了解了解他。"她又突然回过神来兴奋地对肖梦影说："如果一切属实，姐弟恋是时代潮流，你也要慢慢地学着接受。我的一位上海有钱的女友更想得开，她一个月三五万人民币包养着小鲜肉，现在都换了好几任了。在我的那个女朋友看来，玩真感情才傻呢！可惜，我没有钱包养小鲜肉。"

说到有钱人，她又关心地对肖梦影嗲嗲地说："说真心的，你不缺钱，老公又走得远，我要是你怎么开心就怎么来。哎，梦影，哪天我带你去看脱衣舞怎么样？而且是男人的脱衣舞。"

肖梦影不情愿地看了她一眼，"——怎么竟然还去看男脱衣舞？这不是占台下女人的便宜吗？"

索菲娅满脸不理解地也看了一眼肖梦影，说："算了算了，不跟你讲了。这里的脱衣舞表演是合法的，没什么大不了的，就像是去酒吧喝一杯啤酒。"

"算了吧！"

肖梦影显得有些不快地回绝着。

索菲娅勉强地微笑着，看看手链小表，"我要走了，中午还有个约会。哦，差点忘了，最近又出了几栋房子，这个周六上午十点半我陪你去看看其中的一栋。到时候我来你家里接你，你就不用开车了。好吗？"

"好吧！谢谢你，总想着我。"

"不用谢，你是我的贵人，我的大客户！"

肖梦影对她一贯的这个表述近似于麻木地笑了笑，送她出了院子。

第八章
神秘电话

肖梦影送了索菲娅，走回花园。

花园中，那座生了苔藓的两层欧式花坛喷泉，缓缓喷洒的水珠落在了池潭里，又颠起来形成了一个个相连的小水柱。

天空飞来两只蓝色精巧的小鸟，它们是这个花园的常客。它们每天中午和傍晚会来到这个小喷泉喝水，天暖了就会在里面洗澡。她有时在书房写作，透过窗子欣赏它们，或是在院子里经过或闲坐时遇到它们的到来。

每当她静静地观望着它们的欢乐时光时，心想：它们彼此之间如此和谐欢快，即便是在大自然中的某一天遭遇不测，此生能如此地相爱、相伴也是值得了。

有时，她看着它们，眼眶里竟然流出了泪水。

此刻，她轻轻地走过小鸟落下的喷泉，在那棵红叶满树下的木长椅前坐了下来，静静地欣赏着它们。

它们有着黑色尖尖的小嘴，黑色细细的小爪子，紧紧地抓在池檐上结的厚厚、软软、湿湿的苔藓上。

小尖嘴里不时地，啾啾响亮地叫着。

它们蓝色油油亮亮的羽毛上溅着喷泉的水珠，在轻轻地抖动中，水珠滚圆地跌落，羽毛上不留一丝水迹。两个蓝色的小鸟你一言我一语鸣叫着，你一口我一口地边喝着水。其中一只小鸟竟然衔了一口水，喂到另一只小鸟的小嘴里，它们快乐极了。

一会儿的工夫，它们又欢快地扑打着小翅膀飞走了。

肖梦影目送着它们渐渐地飞向远方。

宅院里留下一片静寂，只有喷泉洒落的声音陪伴着她。

她的目光从远处回到了花园和喷泉，又落在手中寒凉的手机上。她又想起今天早上的那个神秘来电，心想："难道，这是与丈夫有关的女人打来的电话？"

她记得，在中国的时候也有过类似的陌生电话打来。但是，是匿名有声的，说是丈夫孟立成在外面花天酒地之类的事。她不相信匿名电话的内容，即便是真的，也要维护丈夫的形象去全然否定。

那个曾经打匿名电话的人，她至今都不知道是何人。

当她跟丈夫孟立成说到此事的时候，他说是完全的诋毁和造谣。

后来，他又说猜到了那个打匿名电话的人。但是，他并没有告诉肖梦影此人的名字。再后来，他说那个人得了癌症死了。

原本就不想去证实匿名内容的肖梦影，听说这个人死了，此事也就彻底翻页了。

打那以后，肖梦影没有再收到过匿名电话。但是，她对丈夫更多了一些警觉。她发现丈夫有时候回到家里，会有一些反常的表现。他的手机永远是震动模式，多数来电时，他看一眼就会反扣在正在吃饭的饭桌上，或是正在看电视坐着的沙发上。

肖梦影难免有些多疑地问："为什么不接听？"

孟立成会说："哥们儿又要让我出去活动，烦人，不去。"或是说："都是些公司烦心的事儿。"

肖梦影半信半疑，有时疲于追问，心里却难以平静。

一天晚上，孟立成不算太晚地回到了家里，洗澡准备睡觉。

她亲眼看到他早上正穿着的内裤，此时竟然是反穿着的。她收起丈夫脱在浴室的内裤，看到上面还沾着一根红色的真丝线头。

她快速地心跳着，瞬间，偷情的画面冲进她幻想的头脑。

当她和孟立成躺在床上时，她忍不住地问为什么会反穿着内裤？暗暗的夜灯下看不清丈夫的表情，只知道他闭着眼睛。

他沉闷地回答："在外面洗浴，别疑神疑鬼啦！睡吧！"

"那上面沾着的一根红色的真丝线头是怎么回事？"她又追问道。

"谁知道？现在的衣服质量怎么会掉线头？哎，我累了。"他话音还没落，呼吸声已成了拉动的风箱，搅和在他的沉睡中了。

从那以后，肖梦影的疑心不断地滋生，捕风捉影也一点点地出现和蔓延着。

她曾在丈夫作为董事长的办公室门外撞见正要走进，对着玻璃窗理头发抿嘴唇的艳媚女秘书；她在丈夫参加活动的现场注意到坐在丈夫身后的女人在他即将上台讲话起身的瞬间，接过他的风衣抱在怀里；她在多少个夜晚，与丈夫的电话里听到夜总会歌唱、喝酒的男男女女的声音；她多少次打电话而丈夫不接听，甚至连续打过三十多个电话仍未接听；她在丈夫公司的新年聚会上，与丈夫甜蜜地相偎依，坐在丈夫身边女财务总监，竟然不欢而别……太多的异常。

孟立成除了没有总回到家里，关心的电话还真没少打，无论是在中国，还是在其他国家。

他一旦回来，除了例行夫妻之事，就是带着肖梦影和儿子吃大餐，给她买世界名品的衣服和首饰。在孩子假期的时候，他会安排母子两人出游和订好五星级酒店，在酒店吃饭、游泳、健身和购物，出酒店有酒店的名车陪伴。

特别是起初在墨尔本与分多聚少的孟立成团聚，在孩子熟睡后，她饥渴地享受着盼望已久和难得的性爱。她曾在与孟立成性爱高潮的满足后委屈地痛哭，丈夫只是沉重地叹着气说："唉——忙啊！"

没几天，他又回中国去了。

孟立成偷情的蛛丝马迹和幻想充满肖梦影的头脑，他们也为此不断地争吵过。孟立成在回来的时候，仍例行着夫妻间的公事，好像一切都没有发生过。

肖梦影爱孟立成的心，随着日益加深的怀疑而渐渐冷却着。

今天这个莫名的中国来电，难道又是关于这些吗？她不由地打开手机又仔细看了看来电号码，这是一个新排号的号码。

她深深地叹息着，心想：这么多年都过来了，人在天边，哪能管得了？也没有管的必要了，天高任鸟飞吧！

此时，带着零乱思绪坐在花园长椅上的肖梦影，又一次举目仰望。一束阳光穿过团团乌云，在枫树枝叶的缝隙间暖暖地洒落在她的身上。她不由地感叹：真是东边太阳西边雨，天有不测风雨，人有悲欢离合，随他去吧！

此时，薛华的来电跳进了肖梦影的视线，使她萎靡的神经像触电一样振作了起来。

"梦影，你好！今天有时间吗？我们一起吃晚餐好吗？"薛华浑厚磁性的声音涌入肖梦影的耳蜗。

"你好薛华，谢谢你的邀请！——但是，晚上不方便，因为孩子还小，澳大利亚法律规定不满十二岁的孩子不能一个人在家里。改其他时间也许可以。"肖梦影语言里满含着身不由己的不得已，她又何尝不想与他约会？约见正是她盼望的。

"哦，对不起！那就再找个时间，我再跟你约吧！"薛华不好意思地说着。

肖梦影一万个不愿意回绝这个令她期待的邀请，她心里快速地盘算着：——也许，可以把儿子安排在朋友家，或是让何雪冰过来陪一下。

在薛华还没有断掉电话的这一刻，她故作沉静地说："你等一下，我看看是否可以安排？一会儿再联系你好吗？"

"好的，没问题。我等你电话？"

"我们晚餐大概在什么地方，不远吧？"

"不远，在海边的码头餐厅，你定下来后，我会把地址发给你。"

"好的，一会儿联系。"

肖梦影断掉了薛华的来电，嘴角扬起了甜美的微笑。她觉得让何雪冰来陪儿子是最好的选择，顺便也可以辅导一下孩子功课。她边往房子里走着，边快速查找手机里何雪冰的电话打了过去。

"喂，雪冰吗？我是梦影姐，方便讲话吗？"

"你好梦影姐，没事，我自己一个办公室，这会儿有空，你说吧！"

"今晚我有一个约会，你可以来代我陪会儿儿子吗？顺便再辅导一下他的学习。"

"好啊，没问题，我争取早一点下班，五点半之前到你家里。"

"太好了！真是谢谢你。"

"咱就不用客气了！你也总陪孩子没有很多自己的时间，真是当妈不容易。不过，真羡慕你有孩子一起生活。"

"你也要抓紧时间面对结婚的事情，年龄太大了对生育孩子也不利。"

"是啊，我知道，但是现在这个澳大利亚男朋友的情况比较复杂，等见到你再细说吧！"

"好的，找时间好好聊聊。"

肖梦影放下电话，心里阵阵喜悦。

她给薛华回复了晚上赴约的信息，薛华也很快回应了她，并发来了见面地址。

她愉快地在房间里走动着，渴望在澳大利亚这个美丽的岛国能够有心仪的男友终于就要实现了。她简直是无法打发这漫长的几个小时，每一分每一秒地等待都是煎熬。

她打开衣柜，看着眼前各式各样的衣服，她选了又选。她站在镜前，做着美丽的表情，将选出的漂亮衣服贴在身前左转右摆看了又看。她心想："薛华此时会跟自己一样激动吗？但愿他同样也做着与自己灵肉相交的美梦……"

第九章
白色码头餐厅

天色渐晚，肖梦影驾驶着黑色宝马汽车像一颗黑色的珍珠，伴着她这位富有诗意的文艺青年，来到了白色码头餐厅的车场停了下来。

今晚，肖梦影穿了一件米色 BUBRRE 长款风衣，颈部围着一条乳白色的长纱巾。风衣的里面穿着一件羊绒连衣裙，一条黑色丝薄长筒袜，配着一双压制着暗花，深蓝色磨砂皮的中筒皮靴。她淡淡的妆容，头发自然地飘散在肩上，散发着法国 Dior 香水的花香。

她优雅地下了汽车，向着码头伸向大海顶端的白色码头餐厅走去。

这个坐落长长码头顶端的白色木质餐厅，三面临大海。

长长的码头两边，一边是平静的海湾，停靠着私家游艇，一边是波澜的大海。一动一静形成鲜明的对比，为徒步码头的人们增添着不同感受的景致。

肖梦影伴着轻柔的海风走过长长的码头。

白色码头餐厅外的酒吧环绕着爵士音乐，三三两两的人们手持酒杯站立或是倚靠在木质护栏边聊天，或是欣赏夜幕下的海景。

这真是个浪漫的地方。

肖梦影走进餐厅。

餐厅的光线很温馨，每一张桌子上的一小花瓶里插着黄色的小菊花，玻璃杯里的小蜡烛散射着温和的光。

这里已经坐了些看着就是情侣的人们。

店员礼貌地迎接上来，这是一位长相英俊、帅气的澳大利亚小伙子。

"您好！欢迎您的到来！请问您有定位吗？我可以帮助您吗？"

肖梦影快速地环视着餐厅，一眼就看到了坐在临海窗边的薛华。

她礼貌地回答着这位英俊的店员："谢谢！我的朋友就坐在靠窗的那边。"

"哦，非常好，请随我来！"店员说着，带肖梦影向薛华的位置走去。

店员走到薛华的桌子前："您好先生，这是您的朋友。"

"哦，非常感谢！"薛华愉快地回应着，快速地看了肖梦影一眼。

肖梦影也顺着感谢着店员。

"非常高兴为你们服务，祝你们用餐愉快，有一个美好的夜晚。"店员礼貌地说着，而后转身走开了。

肖梦影脱下长风衣，顺手搭在椅背上。羊绒连衣裙包裹、勾勒出她丰满的曲线。她浑圆的双乳，柔软有条的腰肢，饱满的臀部在扭动中隐隐看到紧身裙下修长的双腿。她散落在肩上微卷的长发，随着摆动散发着淡淡的香水味。

温和的烛光使她朦胧美丽，像是一朵幽香的玫瑰。

薛华看着眼前花儿般的女人，像落入仙境地被迷醉了。他一时不知说什么好，显得跟跄，"嗨，你好！"

"你好！"肖梦影边坐，边回应着。

今晚薛华的装束看上去也是经过认真准备的，一件浅驼色的翻领羊绒衫，一条卡其色的裤子，一件中长款深棕色风衣。他浓浓的眉毛下，那双毛茸茸的大眼睛，伴着烛光更显得含蓄而深情。

他和肖梦影看上去就是天生的一对，外形般配，气质吻合。

在他们的眉宇间散发着难以掩盖的喜悦。

如果两人从没有结过婚，现在一定是恋爱的开始。但是，命运就是喜欢捉弄人，总会使原本看着的幸福，一定要蒙上一层层的霜。他们在婚后的邂逅中，沦陷在相见恨晚和难以挣脱的家庭现实中。

潜在于两人内心的婚外情，又使得他们的表情显得复杂。

肖梦影眼睛里对薛华的爱，就像压在心上的重石。她在婚姻的负罪中撕扯着，将自己分裂成两个人。

点好了晚餐和红葡萄酒。

他们先是没话找话地客套着，而后就是评价这一家码头餐厅的惬意、浪漫和美丽的海景。

"这么美的地方，最适合一些文化活动。"薛华缓缓地说。

肖梦影微笑着，"是的，这是一个很好的环境。"

"听说你的丈夫是大老板，药业做到了美国。"

她优雅的微笑突然显出细微的不悦，"他对自己的事业很执着，可以说是不顾一切。"

薛华丝毫没有察觉到她的细微反应，不由地羡慕，"有事业忙很好啊！这是有成绩的表现。"

肖梦影仍优雅地微笑着，嘴角轻轻地撇了一下："一个为了事业可以不要家庭的男人，事业也仅仅对他个人而言吧！"

此时，店员端上来了他们点的葡萄酒，随后将一份煎鱼和煎牛排也摆上了桌。

他们边举杯喝着红酒感叹良宵美景，边品味着西餐。

薛华接着肖梦影刚才的话又说："一个男人一定是要有事业的，无论大小，泡在家里是没出息的，这些可能女人们不能理解。"

"其实女人们并不是要男人不出门，而是不要出了门就不知道回家。家庭生活是人生很重要的一部分，不能缺失的。"肖梦影微笑着强调地说。

薛华听了肖梦影所说的这些人生道理，做出微笑的样子。

他往嘴里送着切下来的一小块牛排，望着眼前的这个知性又浪漫的女人，好像要在这个女人的脸上找到什么秘密似的寻味着。

肖梦影小口地品味着煎鱼，神情显得黯然起来，"你也是这样爱事业不顾一切的人吗？我看你倒是很喜爱家庭生活，将家里和花园打理得很好。"

薛华分切着盘中的牛排轻叹着，"唉，在澳大利亚清闲，不像在国内整天忙应酬。我是小生意人，不如你丈夫做得大。"

"我觉得这样挺好的，生意不一定做得很大，够生活用的就可以了。为了事业，丢了生活那太不值得了。"

"你说得也对，但是，这就是个人理念问题了。男人，多数是在外面跑。如果我在国内，家里有老婆料理，再给她配上保姆，我们这些男人还不都在外面忙吗？"

"家庭生活也是很重要的。"

"社会交往需要，身不由己啊！更何况做大生意的人了。方方面面，大事小事，特别是逢年过节，这里的事和要走的礼太多了。不去按潜规则来，就要出局，生意就不能做下去了。男人难啊，这些你们女人是不明白的。"

"现在国内不是一直在整风吗？应该好多了吧？"

薛华眼角的肌肉抽动了一下："有所好转。"

肖梦影听着薛华说到这些，将时空一下拉回到了中国二十人桌的豪华饭局和歌舞升平中去了。

那是肖梦影陪同从美国回来的好友，参加的一次聚餐。

豪华酒楼超大包间，舒缓的背景音乐下，硕大餐桌的电动转盘缓慢地转着美味佳肴。餐桌旁的备餐台上一排茅台酒，服务员将酒倒进酒壶，又倒在每人面前的分酒杯里，这个分酒杯应该有三两白酒的量。

大圆桌的主位，坐着没有表情的神秘人物，旁边是油光满面、衣冠楚楚的大款。神秘人物的另一旁坐着二十出头的美女，再往两边一男一女穿插坐着。

这一桌十几人，有多半是社会功利人物，一小半是艺术大学的女学生。

酒过三巡，就是轮流敬酒。

大款手持茅台酒，首先敬酒的是他身边主位的神秘人物。他直接端着这个分酒杯中的三两白酒一口见底，先喝为敬，而后配上表达意愿和心情的语言再连敬三小酒杯。

他的副手会在合适的时候，给神秘人物敬酒。

而后，朋友们互敬。

酒过五巡后已是场面沸腾。

这时来自艺术院校的漂亮女孩们分别离席，伴随着室内的音响歌唱起来，此时的敬酒就更热闹了。

在嘹亮的歌声中，男人借着跟身边漂亮女孩说话的机会，嘴几乎咬到姑娘的嘴唇和耳垂。那一张张喝红了的肥硕或精瘦的男人们的脸，透着贪婪而迷离的目光。有的男人不安分的手，已伸向了姑娘的腰部和大腿。

大款趁着场面热闹、混乱，走到主位和旁边坐着的美女之间，殷勤地举杯微笑着向神秘人物敬酒。大款边讨好地望着神秘人物，边随手将裤兜里一万一扎的两扎钱，塞进了漂亮姑娘装着个人简历的挎包里，对着神秘人物和姑娘说："玩得开心。"

神秘人物看在眼里，微微翘起了一侧嘴角，眼神懒散地半开半合地喝着酒。姑娘没有察觉到有钱塞进了自己的挎包里，而是端端地坐在大人物的旁边不断地迎合微笑着配合着喝酒。

姑娘们一个个专业水准的歌喉，渴望打动在座的高官，为自己的未来借上东风。

这个酒场，色、权、名、利，各有所获。

在大城市，这样的酒场对肖梦影来说是常见的，她是被朋友邀请作为社会文化阶层，成为暗藏在酒席里的功利；有时，她不得不陪孟立成出席。

说起酒场，有的是在小包间进行的。八人餐桌只有三五位出席者，没有陪餐歌舞的女大学生。

桌子的中间摆设雅致的鲜花，桌餐上仅有的几个精致的凉菜，主菜是碗口大的鲍鱼。其他的主菜是在桌边的配餐台上，分餐上给每一个人。

茅台酒和洋酒同样分倒在每人面前的分酒杯中，喝起来缺少了酒场上的豪迈和热烈，整个场面雅静温和。

在轻柔舒缓的背景音乐下，有着简单、轻声的席间对话和眼神中的会意。好似席间只有和谐的用餐，并无涉商业利益的事情。

这个大餐，至于后面的事情就全然不知了。

"来，再喝一下！"

薛华酒杯迎过来的红酒，映在肖梦影脸颊显得更为柔美。

她突然从回忆中惊醒，连忙举杯迎了过去。

薛华又说："在这里，倒是一下子清静了。但是，回去就要面对国内的玩法。"

肖梦影和薛华的酒杯轻轻地相迎，那红色的葡萄酒在烛光的辉映下显得更为深红。

肖梦影泛起红晕的漂亮面容，流露着伤感。

此时，室外酒吧的音乐也越加的热烈起来，还有一些跳舞的人们。

薛华和肖梦影的晚餐也进入了尾声，他们决定在码头上走一走。

薛华起身要去结账，肖梦影客气地说："谢谢你的邀请，下次我请你！"

薛华微笑着说："小意思了，虽说我是小生意人，花这点儿饭钱不算什么！人活着吃都不能如意，那就太亏待自己了。"

肖梦影听着这些话，有着不舒服的感觉。

她穿好了风衣，围上了那条飘逸的纱巾，拿起了包，跟着结过账的薛华走出了餐厅。

今晚，她和薛华的聊天，虽说不是她预期想象的内容和感觉，她也尽可能不去往不愉快的角度想。她习惯为自己编织美妙的童话，不愿意让寒冷的风雪钻过一丝门缝，更不要说去捅破那张看似不抗风雪的窗户纸了。

薛华的外形是肖梦影喜欢的类型，宽宽大大、厚重、有安全感的大哥型男人。

他们一边漫步，一边欣赏着大海的夜色。

此时的海风，比一个半小时之前大了一些。

肖梦影飘着淡淡花香的长发，不时地吹拂在她的脸上，她不停地捋顺着，又将风衣的领子也立了起来挡挡秋夜的海风。

体魄宽厚的薛华，使得肖梦影不由地向他贴近了一些。

薛华顺势地将一只手臂揽在了她绵柔的肩膀上，问："冷吗？"

肖梦影一阵心惊，回答道："还好！"

薛华又搂紧了一些，说："这迷人的景色，走走看看多好。"

她没有反对被薛华一臂相拥，反而又贴近了一些。

薛华站住了移动的脚步，面对眼前这位散发着迷人韵味的女人，他的双手扶在她的两肩，深情地注视着她。

肖梦影迷人的脸庞，在月色下更为娇美，那被海风吹起的长发，不断柔软地扫在薛华的下巴上。

她同样深情地注视着眼前的薛华。

薛华一下把她拥在了怀里，他的脸向着她的脸贴了过来。他火热厚厚的嘴唇，一下将肖梦影微微颤抖的双唇全部吸在嘴里。海风吹起她的长发，在他们面前飞舞，热吻搅和着葡萄酒的甘甜使他们陶醉、眩晕、喘不过气来，站立不稳。

码头餐厅外酒吧的歌舞欢悦着。

肖梦影希望他们的亲吻能成为今生的永恒，成为这迷人浪漫码头中的一塑雕像，将幸福定格。

但是，热吻终究无法凝固时间。他们被渐渐吹起来的秋夜海风，从眩晕的热吻中慢慢唤醒。

他们慢慢松开相交的热唇。

肖梦影将脸埋在了他温暖的下巴下。

薛华没有松开环抱着她的双臂，而是将她抱得更紧，不断地轻吻着她的额头和秀发。

而后，薛华深叹："对自己好一点儿，人生不易。"

肖梦影埋在薛华下巴下的面颊滑落下了泪水。

薛华丝毫没有发现。

他们相拥沉静了片刻，薛华缓缓地松开了环抱着她的双臂，将他温暖宽厚的大手包住了肖梦影冰凉柔软纤细的双手，放在他火热的厚唇上轻轻地吻着。

肖梦影被这份热流穿越着。

他又缓缓地抬起头，深情地看着眼前这个带着仙气，使他陶醉，几乎晕厥的女人。

肖梦影情深地望着他，带着羞涩喃喃地说："时间不早了，我们回去吧！"

长长码头的路灯下，两个人被路灯拉长的身影相依着，向着码头另一端的车场走去。

第十章
姐姐你好

回到家里的肖梦影，安顿了孩子睡觉。

她在卧室的化妆台前坐了下来，端详着镜子中的自己。都说岁月催人老，好在岁月在她姣好的脸庞上没有留下太多年轮的痕迹，仍显得年轻和美丽。

她随手在床头柜上取过来她的手提电脑，今晚幸福的心情还在蔓延。

她在想：不知薛华此时会不会回味今晚的相聚和热吻，也不知现在他在干什么。

她不由地拿起化妆台上的手机翻看了起来，原来薛华早已来了信息。问她是否到了家里。他说度过了一个美好的夜晚，希望她今晚好梦！

她的心被这柔情的语言拨动着，像初恋的姑娘在心底滋生着思念。

她无法克制着内心的喜悦，并回复了薛华信息。

一篇美文聚集在她的手指尖，在电脑的键盘上像愉快的蜻蜓飞跃轻点着。

手机信息不断地连续提示着，她顾不得理喻而是继续愉快地敲打着字里行间的美妙文字。手机信息的提示音却连续到将近十多个，她这才停下来键盘上跳跃的手指，拿起来手机。

薛华信息："早点休息，不要熬夜，晚安。"

肖梦影一边欣喜，一边奇怪：薛华的信息就这一条，是谁连续发了那么多信息？朋友群都是免打扰的无提示音模式。

她在微信里查看着。

此时，又跳进来一条信息，原来是手机短信息的提示。

她打开了手机短信，一个陌生的手机号码发来了十几张图片和一两条信息。

她猛地一看是男人和女人在床上的照片，再仔细一看，照片中的男人竟然是自己的丈夫孟立成。她不由地心跳加快，面部微热。

其中一条信息：姐姐你好！你不认识我，但是我认识你。

另一条信息：姐姐，这些照片都是证据，我跟你一样是受害者。以后，我还会发给你更多的信息。

除了刺激性的画面和事实，这对于肖梦影已经近似于灰死的心，多了些恶心感。

肖梦影回复：请你以后不要再发相关的信息，不要打扰我的生活。谢谢！

今晚幸福的心情像是蜜罐子里落了一只蛾子，化妆镜中她的脸色又显出阴郁起来。现实中的不幸总会像荨麻疹一样时而出现，令她痛苦不堪。

肖梦影心里念叨着：这个信息电话，难道会是今天上午的那个神秘无声的电话？

她迅速翻看着手机来电号码，便对应上了信息号码。

这时，手机又跳进来一条信息：姐姐，你一定要知道他的真面目，不要再被他欺骗。

她回复：谢谢你的好意，但我没兴趣知道这些。

对方回复：这关系到您自己和孩子的生活幸福。

说到孩子，肖梦影警觉起来，她最担心孩子的安全和对孩子的伤害。

她回复：你是谁？

对方回复：我是孟立成现在的女人，一个受害者。

她回复：你的事情找他解决，最好不要影响到我的生活。

对方回复：姐姐，我现在继续收集他的证据，以后会发给你。我可以见你吗？

她回复：不必了，希望不要影响到我的儿子。

对方回复：不会影响到孩子的，只是我们姐妹同心揭露他的欺骗。

她回复：既然是欺骗，那就离开。也希望你对他手下留情！时间不早了，我要休息了，你以后不要再发信息了。

对方回复：好吧，姐姐晚安。

肖梦影觉得这个女人一口一个姐姐，这是社会服务行业的惯语。她想："自己的丈夫做生意做到这个地步，也真是自讨苦吃，真够累的。"

她无法接受和理解，顺手将这些信息内容全部转发给了孟立成。

没一会儿，孟立成回复信息：

这就是诈骗集团！照片全都是合成！你和儿子要倍加小心安全，我在这边报警。你立刻删掉这个电话，再有这样的情况立即与我联系。

孟立成紧张严肃的话语，让她也突然紧张了起来。

她想：丈夫说的应该有可能，诈骗团伙的手段和方式是很难想象的，还是相信丈夫说的，以安全为重。

她立刻删掉了手机里的信息，阻止了这个电话号码。随后又发了信息给丈夫：

你什么时候回来？孩子需要父爱。

他回复：快了，最近忙着上一款新研发的药品，已经在美国注册了批号，再有一个多月就回去。

她回复：你已经出去了半年了。

他回复：干一番大事业哪能这么儿女情长，现在正是在其他国家布点的时期，稳定了就会有时间了。儿子近来怎么样？我每时每刻都在想你们。

她回复：儿子还好，就是总会提到爸爸，他希望你能像同学的爸爸一样，送他上下学。

他回复：跟他说男儿志在四方，要锻炼自己的独立，让他知道爸爸爱着他。

她回复：好了，就这样吧！有时间就回来。

他们又发送了一连串的信息。

而后，肖梦影握着手机瘫软地靠在椅子背上。

她脑子乱乱的，不知道到底该不该相信他所说的。总之，她永远也无法读懂孟立成的世界。

她的心每一次在与丈夫孟立成的通话中，燃起零星婚姻希望的火花，很快就会在无休止的孤独等待中一点点地熄灭。

她不再奢求此生婚姻的幸福，只是希望能平静地生活。能遇到懂得生活，和相互欣赏的红尘知己，此生也就足矣。

她想到红尘知己，薛华的样子又出现在眼前，她想：遇到薛华是喜是忧？就看以后命运对她的安排了。

薛华这个名字和形象就这样不时地在她的心里闪现着。

她期待着再一次与薛华见面。

窗外，秋雨稀稀疏疏地又下了起来。

第十一章
苏青婚变

通常，打发孩子睡觉以后，江燕群多数是简单洗漱，上床看手机下载的中国电视连续剧，一集追一集。

今晚，她倒了一杯红酒，在浴缸里放满了水。她泡进浴缸温暖的泡沫水里，一边品着红葡萄酒，一边与老公视频电话。

"在干吗？"她媚眼迷离地看着视频里的老公说。

"在厂子里，才又接了几个订单。"丈夫直勾勾地看着老婆说。

江燕群笑眯眯地伸出带着泡沫的手臂，端起放在浴缸角上的红酒杯，对着手机里的丈夫："这个酒不错，等你回来咱两人一起这样喝！"

视频里，她裸露着泡沫外滑润的香肩和半个双乳。她那潮红粉嫩漂亮的脸，像出水的芙蓉。她不时地把精美的水晶高脚杯送到粉嘟嘟的双唇之间，微微张开的双唇间，露出整齐洁白的两排小牙齿。

"不能跟男的喝酒啊！"

"我跟哪个男的能喝酒啊？都是女的在一起。"

"你在那边也要注意点儿，不要惹麻烦，人家追上来。"

"不可能的！"

"孩子好吧？"

"都好的，你返回墨尔本的机票订好了吗？"

"刚回国两个多星期，还没订。"

"你早一点儿订，放在那里又不会作废。"

"好的好的！"

夫妻两人正说得热乎，视频电话被打进来的电话中断了。

"燕群，在干吗呢？"电话那头苏青平淡地问。

"你等一下，我一会儿打给你，我正跟老公视频被中断了，我告诉他一下。"没等苏青回话，江燕群就断掉了她的电话。

她顺手又拨通了老公的视频电话，夫妻两人又是一阵黏糊。

她边放掉浴缸里的水，边准备到在淋浴间冲洗掉她白嫩丰满身体上的泡沫。

"苏青找我说话，一定通话时间不短，我赶紧冲一下，一会儿躺下了跟她慢慢聊。"她跟老公说着。

视频里的老公疑神疑鬼地问："不会是男的朋友吧？"

江燕群有些着急了，回答道："净胡说，不信你回来检查。"

她老公满意的脸上笑出了深深的皱纹，说："好了，不说了，你赶紧洗吧！"

苏青在孩子熟睡的家里，开着一盏幽暗的台灯，半卧在铺着白色羊毛毯的黑色皮沙发上，茶几上放着一杯红酒。电视里的西人电影已关至无声状态，画面在她麻木的注视中流动着。

西式厨房的炉灶上正煎着中草药，深秋的墨尔本下着阵阵小雨。

苏青随手将身边的羊毛毯搭在了腿上。

密集的雨点洒落在窗外已是茶花满枝的茶树上。

唰唰啦啦的雨点，像此时苏青心里的小鼓，密集凌乱地敲打着。

她一只手顶着额头，一只手握着手机，闭着眼睛默默地等待着燕群的电话。

苏青默默地坐着。

满屋子中药的煳味使她突然从沙发上一跃而起，直奔厨房的灶台。

炉灶上的中药已熬干了锅，她连忙关了火，开启了抽风机，把门窗也忙着打开了一些。

这时沙发上的手机响了，她忙手忙脚地弄得药锅噔唧作响。当她向着沙发上的手机跑去时，来电终止了。

苏青重新走回灶台，收拾着药锅。

一阵忙乎后，她又走回客厅一屁股坐到了沙发上，双手抱住了头，一动不动地呆坐在那里。

手机又一次响了，她一手托着头，一手摸到了身边的手机，无力地接听着，"喂！"

"喂！苏青，我是梦影，你休息了吗？"

"哦……我还没有。"

苏青原以为是燕群的电话，她还没想好是否跟梦影也沟通一下她要跟燕群说的话，电话里肖梦影又说：

"苏青，你上一次说的背包客，能不能给我一下联系方式？我想还是请一个。"

"哦，那是在背包客网站找的，我一会儿发给你网址。你注册一下，发帖招募就可以了。不过，我建议还是不用，她们都是旅游打工签证，一个地方停留时间不长就要去下一个地方。"苏青一字一句地说着。

"嗯，也是。唉，那就自己再坚持下去吧！"肖梦影有些无奈地说着。

"梦影，我决定要离婚了。"苏青冷静地说着。

"什么？离婚？你最好不要马上决定，你们再聊一聊。婚好离，但是孩子那里怎么交代？你的小儿子还小，再等等呢？"肖梦影在电话里劝说着。

苏青刚要说话，电话里有来电提示，她看了一眼是燕群，就跟梦影说："是燕群电话，我知道你的意见了。我先打给她，以免她总打过来。"

"好的，你再听听燕群的意见，我建议不急于离婚。"肖梦影强调着说。

"好的，我知道了。"苏青说着就挂了她的电话，给燕群打了过去。

电话里传来了江燕群的声音："喂，苏青，还没休息吧？"

"没有休息。"苏青简单地回答着燕群，竟然眼睛里充满了泪水，使她往下一句也说不出来了。

燕群觉得不对劲儿，担心的追问："苏青，怎么回事？你说话？"

苏青抽着鼻子，"没事儿。"

"苏青，你不要多想了，身体重要。有什么想不通的我们姐妹们多聊一聊，事情也就过去了。"

"燕群，他提出了离婚。"

"什么？"江燕群几乎喊了出来，又接着说："苏青，你不要跟他离，你们的永居申请都快批下来了，马上就团圆了。"

苏青哽咽着说："是啊，我原本想着等批下来了，我就可以在孩子放假的时候多回去。"

"是的，你跟他好好说说你的这些想法。"

"之前都说了，他没有表态。昨天他打来电话说我们长期分居，感情破裂……"

电话那头的江燕群气不过，"苏青，你坚持住，不能同意离婚。女人是不能轻易离婚的，特别是咱们在澳大利亚生活，更是要靠男人养活的。"

电话那头，苏青只抽鼻子不说话。

江燕群又语气平和地说："哎，苏青，平时要多给他打打电话，最好也多视频。男人嘛，喜欢女人撒撒娇、说说好听话，再多叫他回来。现在他提出来了也不用担心，叫他回来跟他谈谈，见了面了他又看到了自己的孩子，事情就会往好上走。你说呢？夫妻一场都一二十年了，也是有情分的，有什么不能敞开说的呢？你不要总不说，男人嘛，时间长了一个人在外面，他不变心，也会有女人勾引的。苏青，你就是放开他久了。我现在也担心他有了人才来提离婚的，你不要同意，你不能就这么把丈夫让给别的女人。你叫他回来，这是最好的办法……"

江燕群说了足有二十来分钟。

苏青一声不答，只有叹息。

江燕群只好暂时作罢，说："你先好好静一静，然后再说吧！"

江燕群永远也读不懂苏青那颗看似僵硬的心，却藏着对丈夫深深的爱。

结婚以来，苏青一如既往地爱着他，更希望丈夫能思念着她。她不打电话，就是为了等待丈夫打来电话。可是，电话却一天一天地渐渐稀少，直至渺无音讯。

苏青高估了男人会像女人的心一样守候着爱情，她也高估了自己用这种方式引起丈夫的注意。

原来，时间和距离，日积月累汇集成了两人之间的汪洋。

苏青也永远成不了江燕群千叮咛万嘱咐的那个人。

她无力地回应了一声，两人就此断掉了电话。

一向内向而倔强的苏青，内心是多么火热地深爱着丈夫。就是因为这个性格，她对丈夫至深的爱，终究也没有从她的嘴里说出来。

大洋的彼岸，她默默地守候着爱情，翘盼丈夫主动的归期。可是，浩瀚的大海，却淹没掉了她仅存在丈夫心底儿的那点儿气息。

苏青环视着房子里的一切，耳边回响起初来澳大利亚华人女房屋中介说的话："时间长了，什么都靠不住，只有房子是值得信任的。"

转眼三年过去了，物是人非了。

第三卷

DISANJUAN

第十二章
摩登的房子

周六。

肖梦影和儿子睡懒觉，九点半才起床。

她像往常一样给儿子做好了西式早餐，自己梳妆打扮着，等待索菲娅来接她去看房子。

周六上午儿子愿意在家里休息，出去玩也多在下午。儿子听妈妈说去看房子，也想去看看。他喜欢看时尚的样板房，更喜欢换新的赶紧住进去。

肖梦影每一次跟索菲娅见面都难免听她说一些私房话，她决定今天先不带儿子去。她看好了再带他去看，儿子也就答应了。

"喂，梦影，我是索菲娅，十点十分我来你家接你，去看这套非常摩登的房子。"电话里的索菲娅娇滴滴地说着。

"好的，去看看。"肖梦影边拉开客厅的窗帘边说着。

"我马上就来接你，一会儿见。"索菲娅愉快地说着挂了电话。

上午十点二十。

肖梦影散着微卷的秀发，优雅地披着羊绒披肩，随索菲娅来到了正等待销售的摩登房子前。

因索菲娅要提前准备开放，她们早来了十分钟。

索菲娅让她先在外面等着，自己连忙走进了这座房子。

索菲娅在室内餐桌台面上摆放着宣传册和名片，西服革履的中介西人老板已经在里面了。很快，她又走出来，在大门外插上了开放的旗子。

之后，她手拿着一个记事夹，转身走到房门口等待迎接客人了。

西人销售和西人老板在客厅内等候着客户的到来。

肖梦影是今天第一个被索菲娅和她的西人老板迎接走进这栋房子的客人。

这是一个极现代、简约、摩登的房子。

摩登的家具、装饰物品，还有巨幅的现代画。开放式的西厨配有一流的名牌电器。

房子线条简约明亮的建筑设计，使得整体明快。

这是肖梦影长期以来闲得没事看的房子中最为吸引她的，也是与她的花园洋房风格完全不同一栋房子。

她哪里知道西人老板已把销售目标对准了她。

索菲娅陪在肖梦影的身边，不断地介绍着房子的情况和每一个细节：

"这是一座难得的好房子，全新建筑，临海，又是学区房，占地也不小，几年后又是一笔高回报的升值……"

"房子和位置都不错，但是我现在哪来得及买？我的房子还没有卖，这栋几百万的房子，我哪来那么多闲钱来买呢？况且我也喜欢现在的房子。"肖梦影难掩喜欢，一边又充满矛盾地说。

"你的房子是不错，但是也住了几年了，也有升值，换一个不同的房子也是可以的。"索菲娅巧嘴地说着。

"这太突然了，我要想想，况且时间也来不及。"

"只要是我们公司经手买卖的房子，都来得及。"索菲娅瞟了眼西人老板，强调地说着。

在现场的西人老板礼貌地跟肖梦影示意欢迎，一手拿着笔，一手拿着出价单递给了索菲娅。

索菲娅将单子递给了肖梦影，希望能给个价，并解释只是出个价，不是签合同。

肖梦影真心是喜欢这栋房子，顺手就给了个价。

此时，来看房子的其他客户，也陆续走了进来。

索菲娅又看了一眼西人老板，她对肖梦影轻声地说：

"一会儿我们在咖啡馆见，再好好聊聊。今天再有十分钟这栋房子展示就关闭了，你先去咖啡馆等我好吗？"

"好吧，那就一会儿在老地方见。"肖梦影说着，跟对着她殷勤示意的西人老板打了个招呼，便走出了这栋摩登的房子。

她满面欣喜地走在门外的小街上，这栋梦幻般的摩登房子里的现代摆设，从里到外她都喜欢。这个魔幻的房子一直围绕着她的心，使她要拥有的心，蠢蠢欲动。

几分钟后，她步行来到了法式咖啡馆坐了下来，等待着索菲娅。

二十多分钟过去了。

咖啡馆不见索菲娅到来，她正要打电话，索菲娅的电话就打了进来。

"喂，梦影，你刚才走了以后，我们正要关门又来了两组客人，其中一位客人也出了价。他诚心要买，还要订合同。我跟老板说你是我多年的大客户，让他先关照你。他同意先与你谈谈。如果你愿意的话，我把他一起带来可以吗？"

"哦，是吗？我还没想着真要买，但是这套房子还真是不错。不然你先过来咱先聊聊，你说呢？"肖梦影心神不定地说着。

"如果今天那个出价的买家签了合同，这个房子卖方一签字就算是卖了。要是你真喜欢就跟我老板见个面聊一下，不然就没机会了。"

"好吧，那你们一起过来吧！"

这么快就要面对抉择，况且自己的房子还没有卖，这令肖梦影欣喜之余便不知所措。

几分钟后。

索菲娅和她的西人老板来到了法式咖啡馆。

西人老板坐稳后，从容地从他四四方方中型大小的棕色羊皮包里拿出销售合同。他解释，希望肖梦影能给一个诚心的价格，并签署这个合同，以便也作为客户竞争跟卖家谈。

肖梦影显得有些慌张地说："这个事情太突然，也应该跟我家里人商量一下。"

索菲娅一旁嗲声嗲气地说："这是难逢的好机会，不会受到你丈夫指责的，未来一定会升值。房子就像搓麻将，这套赔了那套赚。"

西人老板永远保持着最谦和的微笑，他听不懂，但是却专注着眼前这两个中国女人的交谈。

肖梦影的英语水平不足以交流复杂的房产销售合同，关键的地方还需要索菲娅翻译。

肖梦影又不安地说："我现在必须卖了现在住的房子才可以买这套房，因为没有那么多的现金，况且中国的钱也一时半会儿过不来。"

西人中介老板和蔼可亲地对肖梦影说："我非常有信心，把你现在住的房子卖到理想的价位。因为你现在的住房是最好的区里的最好位置，当然你现在看到这栋摩登的房子也不逊色。我有两三百个有钱的高端客户，他们是出得起钱立即交割房产的。"

索菲娅担心肖梦影英语理解有误，又将老板的话翻译给了她。

说到交割房子，肖梦影还真是需要同时交割，以便把之前的贷款转到新的房子里。这是丈夫的投资理念，不占用个人的资金，用少量的现金流养房子的升值率，这样可以多投几个房产。

这也是移居海外一些有钱华人的投资方式，可以在异国他乡赚升值房产的钱。

肖梦影强调地跟索菲娅说："如果可以卖掉我现在住的房子，同时交割这套新房子，那还可以考虑购买。"

索菲娅迅速地翻译给她的老板，西人老板很沉稳地再次肯定，"没有问题，我有信心。我们公司在这个富人区经营了十几年，有丰富的经验，我可以做到在销售后的三十天内同时交割房子。"

他又打开了平板电脑，搜索了周边的房产销售信息，找出来三家高价出售的相似房产给肖梦影看，并解释着。

肖梦影为此也有了信心。

他又承诺一周内可以全部布置好准备销售的房子，登上销售网站，进入销售。

索菲娅积极地翻译，难掩心中的喜悦不断地补充："你真是有福气的人，又不缺钱。等你真买下来这栋摩登的房子，我一定要去你的新房子住上一两个晚上。"

肖梦影微笑着说："那不成问题，当然欢迎！但是，买房的事，我还是要跟丈夫商量一下为好。"

"你先出个诚心价格再去商量也不迟，卖家还没有签字，这个合同是不生效的，就是生效了还有三天的冷静期。你要是再迟疑，这套房就没有了。"索菲娅强调着，迫切地说着。

"好吧！我就先给个价。"肖梦影信任索菲娅对她的关照之心，她接过殷勤的西人老板递过来的名牌签字笔。在索菲娅的西人老板的手指指向的合同填写处填，索菲娅一边说着写的内容，肖梦影填写着并签了字。

合同填写签字后，索菲娅欢喜地拉着肖梦影说："又要搬新房子了，真好！"

肖梦影连忙说："只是出个价，还没有买到呢！还要卖现在的房子。"

索菲娅又说："现在有句时髦的网络语：'有钱就任性'。"

"哈哈，这钱在哪呢？还在没卖的住房里呢！我一部分钱做了其他投资，一时抽不出来，家里现金是有数的。"

"你丈夫有的是钱，不至于出问题的。"

"他的钱也都在项目上，不是说抽就能抽出来的。"

西人老板这时看了看智能手表，一边收起了合同放在了包里，一边说："对不起，我还有一个约会，现在要走了。非常高兴与你见面。"

索菲娅也接着说："是的，我一会儿也要去公司了，我们还可以再坐一小会儿。"

她们送走了西人老板，又坐回到位子上。

索菲娅跟肖梦影小声说起她和小鲜肉的事情。

她说小鲜肉要借她五百澳币急用，她没有借给他，小鲜肉生气了，已经几天联系不上他了。她怀疑这个小鲜肉就是个穷学生，不像是他自己说的富二代。

　　肖梦影借此又跟她说正好以此了断，不要再节外生枝。

　　可是索菲娅还是不甘心，对小鲜肉报有金钱梦的希望。

　　索菲娅又说到小鲜肉即将大学毕业，听他说中国家里给他一年的时间把自己留下来，不然就让他回国不再来了。小鲜肉说爱她，如果能结婚，会死心塌地爱她一辈子，未来继承父亲的产业，钱都给她。

　　肖梦影觉得这是完全不靠谱的爱情故事。

　　索菲娅说着这些，连她自己都没有信心再说下去的美丽谎言。她此时的脸上露出了质疑和复杂的神情，她那保持着微笑，失去弹性的脸皮覆盖着层层的涩苦。

　　肖梦影压根就看不上姐弟恋，更何况现在的故事越来越离奇。

　　她再三劝阻不要再继续拉扯下去。

　　索菲娅的眼睛里，竟然全是钱的欲望。

　　索菲娅从叙述中突然回过神来，说时间已经不早了，必须回公司了。

　　肖梦影站起来去结了账，两人走出了咖啡馆。

　　就这样，肖梦影像做梦一样签署了一份没有卖方签字的合同，令她忐忑不安。

　　今天下午这栋摩登的房子还有一次开放时间，她决定带儿子去看看，顺便拍个视频给丈夫传过去。

　　她想：如果真像西人老板说的有信心，也是可以自作主张卖掉自己的房子，毕竟摩登的房子也是一个好房子。如果按西人老板说的把现在住的房子卖出个高价格，那还能挣一大笔钱，何乐而不为呢？

肖梦影又是一阵欢喜。

转而，她为今天突然签署合同又安慰自己：这么多年来，在丈夫的面前签署房产交易，也是常有的事情，今天这次也不算特殊。

肖梦影的儿子看了就喜欢上了这栋摩登的房子，她的丈夫看到了视频，对摩登的房子没说反面的话。他只是说更喜欢之前的房子，还有就是资金的衔接问题。他希望先不做此次交易，但是肖梦影却翻来覆去地看手机拍摄的这栋房子的照片怎么也放不下。

她对这个摩登的房子像着了魔一样。

自打她签了字，一连两三天过去了，不知卖方尼泊尔人是否签字？肖梦影心里还嘀咕着，也许这栋摩登的房子卖给别人了？

她几次想发信息问一下索菲娅，又想，她毕竟是公司销售，担心让她的老板得知自己迫切要买而抬高价格，也就只能静等。

肖梦影觉得应该把这个事情告诉一下薛华，听听他的意见。自从第一次海边约会以后，薛华又约了几次，都没能见面。

她决定约薛华聊聊。

第十三章
欢　欲

　　询问摩登的房子也可以约在咖啡馆或其他地方，之所以接受薛华的提议约在家里见面，两人更是心照不宣。

　　这是肖梦影在薛华家聚会之后，第二次来到他的家。

　　她今天穿着一笼碎花淡紫色的连身长纱裙，裙子的上身紧紧包裹着她唯美的曲线。真丝碎花面料的小扣从她丰满圆润的双乳间排列下来直至纤细的腰间。大喇叭花式的裙摆，一开一合地垂撒在她修长的腿边。上身随意搭配着一件短款开衫的淡米色马海毛外套，在阳光下，毛茸茸、晶莹莹的。她略施淡妆，散着微卷的秀发，整个人显得柔和娇美。

　　她纤细的手指按在了薛华家独栋花园洋房的门铃上。

　　很快，厚重的橡木房门打开了。

　　薛华一身浅灰色的休闲衣着，微笑着迎接眼前这位迷人的女人。

　　"欢迎你的到来，请进！"

　　"谢谢！"

　　肖梦影走进这个充满家庭气氛、单身男人宽敞明亮的家。

　　薛华随手关上了房门，一把拉住了正要走向客厅的肖梦影，将她揽在了怀里。他灼热厚厚的嘴唇又一次地将她的唇全然吸附。

梦影又一次地迷幻、陶醉在薛华的热吻中。

她除了在白色码头与薛华第一次热吻，性爱也只是出现在她的梦境中。今天即将要出现的性爱，也是她渴望已久的。

她的呼吸和心跳加速。

薛华顺势将肖梦影抱起走进客厅旁边的卧室。

狂吻使他们眩晕。

薛华一边亲吻一边将肖梦影和自己的衣服脱去，她细腻的肌肤在薛华略显暗色的肌肤下显得更为白皙。

薛华的唇像走油的灯，将她长久等待和压抑的身体的每一个部位激活。

他的唇舌在肖梦影的身体上又如电流穿过，使她开始颤抖、呻吟。当他吮吸到她颤抖高耸的丰乳，又滑向隐部时，她的呼吸更为急促，呻吟更为强烈。她纤细的腰肢在薛华滑动的热吻中左右摆动，浑圆的臀部像波浪一样随着腰身和呻吟大幅度地起伏着。

窗子外面下起了阵雨，打在花叶上。雨水将他们与外界隔绝，他们彻底沦陷在这间十多平方米的卧室里。两人的汗水混合在一起，每一个毛孔散发着性爱的温度，将两人的身体紧紧地黏住。

随着薛华身下硬物直入肖梦影的灵魂，他不断强节奏地探寻，他们的呼吸和呻吟也随之更为急迫和短促。薛华像饿狼扑食，疯狂地吞噬撕扯着猎物。肖梦影的身体全部瘫软在了他的侵占和猎捕里。

长期的无性婚姻，使肖梦影今天的身体欲望彻底释放。

秋雨倾泻，竟然还打了几声大雷。

高潮带来的快感，使他疯狂地吼叫，重叠在窗外的雷声中。

肖梦影的汗水不知何时包裹着高潮快感的泪水，使她呻吟如泥。

他们听到了对方剧烈的心跳，肖梦影瘫软在薛华的臂弯里，不忍清醒过来。

许久，他们慢慢移动着身体，意识开始从性的沦陷中回来。

肖梦影知道，这份激情和渴望是长期没有夫妻生活的身体需要。她在婚内的道德中安慰自己，丈夫只是虚设婚姻里的虚名。

尽管这样，躺在薛华臂弯里的她，仍有种陌生和难以说得清楚的别扭，毕竟薛华也是有妻之夫。

此时，她的内心是非常复杂的。她希望尽快忘掉今天与薛华的这一幕。但是，她对薛华又心存好感。

薛华的婚姻到底怎样？肖梦影现在看来，独守空房的薛华，婚姻应该是有不和谐的一面。她想："如果他的婚姻也不幸，也许，日后还会有走到一起的可能。"

肖梦影正准备开口询问，薛华仰望天花板长叹道："人生不易，及时行乐，对得起自己吧！有多少留守的男男女女，没有性爱。特别是那些女人，死等着自己的丈夫，很多个月都不做一次爱。这些傻女人哪知道？他们的男人也许在中国早有了多少女人，男人不像女人，一般不会死守的。"

"这么说，那你也是有很多女人的男人了？"肖梦影毫不避讳地质问着他，心里多么希望他回答不是这样的。

她对薛华从第二次在咖啡馆遇到以后，有过对他的性爱幻想。她刚才对薛华的这个质问，令自己无法相信，分明带着醋意。薛华完美的性能力，使她感到满足和幸福。为此，她更加迫切地想知道薛华的这个回答。

她在他的臂弯里直视着他，等待着他的回答。

薛华突然更为严肃地说："不是每一个男人都有很多女人的，我就是比较挑剔和专一的人。"他说着，又在她的额头上亲吻了一下。

他的这个回答，使肖梦影再一次地沉醉在他的臂弯里。

叮咚、叮咚，薛华家的门铃声响了起来。

他们听到花园的大门被扭开了，脚步声走到了房门前，手敲了几下橡木门，扭了几下门把手。

"在家吗？我是严峻。"门外的男人说到。

薛华赶忙对着肖梦影做出不要出声的手势，肖梦影仍然缩卷在他的怀里，一动不动地紧张地听着外面的动静。

这时，门外男人的脚步声开始从大门前，围着这栋房子走向了后花园，试图从房子后门进来。这个男人又敲了敲后门，转动了几下锁着的门把手，问道："薛华，是我严峻，在家吗？"

薛华和肖梦影屏住呼吸一声不出，只听外面的那个男人又说："奇怪，他车在外面，人呢？"说着又喊："薛华、薛华，在家吗？"等了一会儿，传来原路退回的脚步声和关花园铁栅栏大门的声音。

这时，薛华和肖梦影才松了一口气。

薛华将臂弯中的肖梦影往怀里搂了搂，"这是一个做 188A 的哥们儿。他跟我一样，一个人在这边等身份，老婆孩子在国内。他没事就来找我喝喝茶聊聊天，有时候一起去看看项目。"

肖梦影有些担心的样子，"他真的走了吗？会在门外等你吗？"

"嗯……我看看。"薛华说着翻身半起身，透过百叶窗的缝隙向门外看着。他没有看到这位哥们的踪影，又躺下搂住了这个令他迷幻的女人。

肖梦影在突然的紧张气氛中感到不安，同时对薛华相卧同枕仍有些事后的尴尬。

她移动了下身体，"我们起来吧，我还有点事想跟你聊聊。"

薛华又紧紧地搂过她，"这样躺着多好，好久没有这样的感觉了。你知道我一个人在这栋房子里有多么孤独？你有孩子在身边的日子比我好过多了。"说着又深叹着气。

肖梦影同情地看着他，决定就此询问一番，"她坚决不来吗？"

"是啊，她不喜欢这里。那边熟人多，生活方便。"

"来了就会有朋友的。"

"唉，以后再看吧！"

"你妻子是做什么职业的呢？"

"她没有职业，在家里带孩子。"

"你们结婚之前她是做什么工作呢？对不起我问得太多啦！"

"没关系，她是服务行业的。说来话长，以后告诉你。"

肖梦影之所以好奇，也是对薛华从心底有那么点儿幻想。她喜欢爱家的男人，薛华正是让她看到了这些。

她又沉不住气地问："有什么不可告人的秘密？"

"以后慢慢告诉你吧！"

"我想现在听听你的故事。"

"一定要听吗？唉，真是说来话长了。"

"你慢慢地讲讲？"

薛华看了又看怀中的肖梦影，在她的渴望的大眼睛中看到了自己必须讲下去的理由。他低沉浑厚的声音一字一句地讲述起他的过去。

墙上的时钟，悄悄地划过了半个多小时。

与其说是薛华的叙述，不如说是他对婚姻的遗憾，和无奈的宣泄。

他有过一次失败的婚姻，但是没有孩子。后来，在夜总会的一次醉酒中，年轻漂亮的女服务员将他送回了家，他们竟然发生了性关系。后来，那个女人怀孕了，那个女人的娘家哥从乡下打上门来，必须要他担负责任成婚。就这样，他有了第二次婚姻，不久诞下了一个漂亮的女儿。

薛华后来还在这个老婆的家乡办了一个养殖场，专产土鸡蛋。她老婆的娘家哥负责饲养并分了股份，生意维持得还不错。

这场婚姻对于薛华就是一出戏，做梦也没有想到命运会这样捉弄着他。他在虎视眈眈的乡下娘家哥的威胁下，将自己婚姻走向了农村，好在多了一个不算大的养殖业。

他的这个婚姻，完全出乎了肖梦影的想象。

薛华又苦笑着，"我就是过不了女人的这一关！你看，我今天跟你又发生了关系，你的娘家哥或是娘家表哥会再追上门来吗？"

"哈哈，应该不会吧！"肖梦影连忙说。

"跟你开个玩笑！但是，之前这事还真是找上门来的，这就是命运。好在我女儿非常可爱，聪明伶俐，他是我不幸人生中的万幸。"

"你想过跟她离婚吗？"肖梦影试探着问。

"一步走错，步步错啊！现在很多事情都在一起连带着，更主要是我那宝贝女儿。我老婆除了没什么文化，长得还不错，又比我年轻十多岁。她是四川人，会做一手的好菜。家里虽说有保姆，我回去她总会亲自下厨做菜。她对我还不错，就这么过吧！"薛华无奈的语气中带着满足。

肖梦影无法相信眼前的这位儒雅的薛华，背后却是这样的一个戏剧人生。她又想想自己，也够呛……

她听了薛华的这个故事，突然觉得有些不安。她想：这个娘家哥有朝一日追到自己门上那才叫厄运难逃，加上薛华甘愿任命的样子。自己还是远离点儿，不要继续幻想和自找麻烦为好。

她又伤感自己遇不到一位可以真正走进来，过日子的男人。

"时间不早了，我要去接孩子了。"肖梦影对薛华说着准备起身。

"时间过得真快！没想到我跟你讲了这么多我的故事，你还会来吗？"薛华一边拉着肖梦影正在起身的臂弯，一边突然流露出了难以掩饰的担心和怯懦。

肖梦影喜欢智慧而不失勇气的男人，而不是唯唯诺诺，姑且偷生的人。她与薛华欢欲的激情，几乎被他被逼婚的故事全部浇灭，仅存的只有想尽快忘记这场天翻地覆的性爱。

肖梦影用手移开了薛华拉住她的手臂，起身穿好了衣服。她拢着头发，"哦，对了，我还真是有个要紧的事要问问你。"

"梦影，跟你在一起的时间真美好！"薛华说着穿着衣服。他下了床，走到窗前，轻轻用手指撩开了点儿百叶窗往外看着。

窗外下着蒙蒙地太阳雨，院子里花树开得正艳。

"我给你泡茶，咱再聊聊，不舍得你走。"薛华说着顺手又拉住肖梦影的手吻了又吻。

肖梦影看着墙壁上的时钟轻叹："时间过得真快——"

直到现在，肖梦影要询问薛华关于摩登房子的事还只字未提。她从薛华厚厚绵绵的嘴唇上缓缓地抽回了手。

"还有半个多小时我就要去接儿子了，我们简单坐一会儿，不用泡茶了。"

"好吧！你在客厅坐一下，我倒两杯水就来。"

肖梦影坐在客厅的沙发上，环视着他温馨的家，不由地又轻叹着。

薛华端过来两杯温水，递给了她一杯，他们几乎同时一饮而尽。

肖梦影放下手中的杯子，跟薛华说起来买卖房子的事情……

"这是个大事，你最好听一下你丈夫的意见。"薛华说。

"那你认为呢？"肖梦影强调地问。

"如果是我，就先卖了房子再买。"

"可是，如果卖了再买，这套房子就被人买走了。"

"那就以后再找喜欢的房子。"

"如果先卖了自己的房子，又没合适的房子要买，我和儿子住在哪里呢？"

"只能先租房子住，再去找房子买。"

"不行，如果找不到喜欢的房子，就要一直租房子住了，把自己变成没有家的人，我不想这么做。"

薛华淡淡地笑了笑，看着眼前令他迷醉的女人，"宝贝儿，你真是个太可爱的女人，像个孩子。"

从传统的法式房子，换到线条简约现代摩登的房子，这是新的生活体验，也是肖梦影不墨守成规的性格。

她心里已经默默地下了决心，在最短的时间做房屋买卖交易。

薛华的意见，对她也就是这么一问，并不放在心上。她相信索菲娅和西人老板对她现在住房高价销售的承诺。

她想："能在最短时间一买一卖，又能在法式住房的高价位销售上赚一大笔，这就是好事儿。"

第十四章
狗海滩

肖梦影在没有卖掉自己的法式住房的情况下，签署了购买摩登房子的合同。她等待卖方在合同上的签字已将近一周的时间了。在此期间，她又不时地在这栋房子外欣赏着。

这天傍晚。

肖梦影晚餐后又一次独自散步到这个摩登的房子外，看了又看，心里还是喜欢。

"梦影，又碰到你了。"一个爽朗的声音从梦影的身后传来。

"范爽，我们总会在这个区域遇见。"

"是啊，我们都喜欢教堂街，这个惬意十足的商业街。"

两个女人说着就笑了起来，范爽手中牵着她那个疼爱有加的甜心宝贝小狗费雷克斯。

有着金黄色毛发的小狗费雷克斯，欢快地跳动着。

"碰到你正好，你帮我看看这个房子怎么样？我已经签了购买合同。"

"哦，是吗？很适合你，很摩登。——你之前的房子卖掉了吗？"

"哦，还没有，正在卖。中介老板说有信心卖个好价格，还能赚一笔。"

"那好啊，不过我也很喜欢你之前的房子，很古典味道。不过，好像是个有年头的老建筑，不能拆除的，这也许会影响你的销售。"

"什么？我没听明白？"

"你不知道吗？你之前的房子是不能拆建的，应该只可以翻修。这是澳大利亚法律规定的，对有年代的老房子进行历史性的保护。"

"我的房子有那么老吗？我住进去的时候里外都是很新的，只是样式古典。"

"翻新后一定像新的一样，但是有六十年以上的历史了。买时中介没有告诉你吗？"

"没有啊……"

"不过也没有关系，不影响入住条件。只是再次销售的时候，不能拆建会受一些影响。"

范爽说着，她手牵着小狗费雷克斯，抻拉着套在脖子上的绳子。它眼巴巴地看着主人，不断吱吱歪歪地叫着要走。

"哦，费雷克斯它真是可爱、漂亮的宝贝。"肖梦影边说边抚摸着闹着要走的小狗。

"是啊，它就是这么的贪玩，要让我带它到海边玩水去。"范爽疼爱地看着费雷克斯说着。

"反正我也是散步，我陪你们走几步，我们也好再聊聊。"肖梦影连忙说着。

"好啊，我们一起散步真是太好了。"

"平时你们夫妻同小狗散步，今天只有你们俩，免得我是电灯泡。"

"他倒是挺愿意腻着我的，今天他去悉尼出差，过两天就回来。"

"你的西人老公真是很爱你，我们聚会时他也会一起去，还总拉着你的手时不时地亲吻。"

"他就是总那样，挺黏糊的。"

范爽洋味十足，在她的气质中已经很难看到中国女人的姿态了。她高耸着绾起来的秀发，被阳光晒成棕色的皮肤，在夕阳的照耀下泛着油亮。她长长的颈部带着基督教的小十字架银链。宽大的 T 恤领口露出了半个丰硕的双乳房，纤细的腰肢下那过于浑圆丰满的臀部，紧紧地包裹在露着肚脐的白色紧身牛仔裤里。她不算粗壮的双腿，有劲地随着步伐摆动着。

肖梦影关心她道：海边风大，穿得应该再多一些，毕竟是秋天。

范爽不以为然地说自己觉得温度很舒服。

她和这里的西人一样，四季都可以穿着短裙和短裤露着光溜溜的双腿。好在墨尔本是世界上最适合人居住的地方，这里的气温年平均二十来度，四季花开。但是，秋季早晚还是比较寒凉的。

她们说着走着。

范爽手中牵着的小狗几乎是一路小颠着步伐，小嘴一直是咧着笑着的样子，别提有多快乐了。

夕阳下，她们走在通往海边的小街的人行道上，一栋栋形态各异的花园洋房，和那花园围栏内蔓延出来的花叶，好生惬意。

放眼望去，小街尽头的海边，已是彩霞满天了。

肖梦影无心欣赏美景，话题一直围绕着自己那栋不可拆建的法式房子。

　　那是她一来澳大利亚，就被索菲娅带到眼前的花园洋房。她从开始到现在都陶醉在索菲娅完美推荐的故事中，令她心仪地买了这栋所谓难得的洋房。

　　今天听范爽的口吻，这房子是存在销售问题的。

　　她不由地又问："你刚才说的不可拆建，真是国家要求的吗？"

　　"当然，这是法律。"范爽肯定地回答着。

　　"怎么中介就没告诉我呢？"

　　"中介当然不会告诉你，不然这样的房子怎么好卖出去呢？你不知道，也应该多了解一下再买。不过也不用担心，也许就像你住几年再换房子的卖家，也不会考虑拆建问题。"

　　肖梦影的神魂从范爽不断开合的丰满性感的双唇间游离了。她不敢相信自己认为的闺蜜索菲娅，怎么可以不告诉这一切。原来真的如索菲娅所说，自己是她的大客户，而不是闺蜜？肖梦影此时浮现出她们往日交往中，对于闺蜜和大客户之间及其不协调的画面。

　　这时，范爽突然兴奋地说："你知道吗？苏青离婚了。"

　　"什么？苏青离婚了？"

　　"是啊，你还不知道啊？"

　　肖梦影不敢相信这个消息，前些天还没有离，难道那天晚上她和江燕群的对苏青的劝说没有起到作用？她从心里责怪苏青太固执，内心也过于强硬，这也许就是她的命吧！

　　她心想："苏青也是，即便是离婚了也要告诉一下我和燕群啊？怎么反而这么快就传到外面去了呢？"

她不相信范爽说的这个消息，从交往关系上，苏青离婚的消息至少她是应该先得知的，怎么却一点都没有听说呢？

肖梦影怀疑地看着她："真的吗？你怎么知道的？"

"哎呀，大才女，大家都传疯了。前天我去练瑜伽碰到了妈妈群里的几个姐妹，她们说是孩子回到家里说的。"

"孩子的话哪能相信？"肖梦影怀疑地说。

"这事儿，谁也不好去问。夫妻长期不在一起一定会有问题。我就不相信天天黏在一起会有事。真想不通，中国男人干吗一定要在国内发展事业，既然移民就应该选择夫妻在一起生活。"范爽怂着肩说。

"唉，多数移民家庭都是有些钱，但是英语不好。他们为了孩子，也为了多个活法。英语不好移民国外很难做事，又要养家，不得不继续国内的事业。"肖梦影无奈地解释着。

"其实孩子留学就可以了，以后孩子们自己想办法留在国外不是也可以吗？不一定家庭都来。国外的家庭是很反对夫妻分居的，如果分居一年就可以视为无效婚姻。你看看咱们聚会的那些姐妹们，她们守着孩子在这里生活，真的很苦自己。"范爽强调地说。

肖梦影神色黯然，"是啊，长期分居，没有夫妻生活确实难过。"

她对长期分居造成生理上的挣扎和痛苦深有体会，她总会感到自己也是她们中的一位。她心想："离婚这么大的事，就这么说离就离了，一会儿回去打电话问一下苏青。奇怪，怎么也没听燕群说呢？难道燕群也不知道？"

肖梦影带着疑惑，跟范爽走到了海边。

海边，晚霞嫣红了天空，又反射在海面，天海一色，美丽壮观。

海岸小路上的西人，有的慢跑、有的牵手、有的相依、有的遛狗，他们点缀着美丽的傍晚。

范爽牵着几乎癫狂的小狗费雷克斯，走进了狗海滩。这是一个专为小狗划分的浅海滩区域。在围栏的闸门口，有供给小狗的卫生袋，主人都要取一两个备用，保持海域的卫生。

在这里的每个傍晚，都会有很多小狗来戏水玩耍。

范爽松开牵着小狗的漂亮链绳。早已兴奋不已的小狗嗖的一下向着水边跑去，混合在欢乐的、各种小狗的追逐嬉闹中去了。它们有的扑打着，有的相互闻来闻去建立友谊，有的也会相对嚎叫几声但并不翻脸……

肖梦影和范爽找了一个可以看到水边小狗玩耍的沙地坐了下来，继续着她们的话题。

"今天真是难得我们一起散步，我儿子同学明天回美国，今天他去同学家晚餐，八点我去接他。我倒是还有一会儿闲工夫坐一下。"肖梦影一边说着，一边看了看手机上的时间。

范爽满脸羡慕，"你有儿子做伴真是人生幸福，我和西人丈夫也尝试过要孩子，可是怎么也要不上。我们近期也在做试管婴儿，年龄大了，成活率就不如年轻的时候，失败了两次。但是，我们还想再试试。反正政府也有补贴，可以免一半的费用，如果再试一两次不行就彻底放弃了。"

"哎，其实没有孩子也好，省了操孩子的这份心。但是没有孩子的又特别希望有，这就是钱锺书《围城》小说里所说的城里人和城外人的心理。在这里长大的孩子，未来指望不上住在一起，自己到老了还是孤单。"肖梦影望着远处的大海说着。

"养孩子的过程就是愉快的人生享受，西人们没有想过养孩子就是为了老了不孤单。"范爽强调地说着。

"嗯，我相信中外对孩子与家庭的观念不同。"肖梦影接受范爽的意见说着。

"梦影，你知道吗？我们有一个试管婴儿的微信群，我在群里竟然看到了何雪冰。"范爽好奇地说着。

提到何雪冰，肖梦影尽可能避讳知道何雪冰试管婴儿的事，全然否定自己不知道。

何雪冰毕竟临近中年，选择爱人的机会也少了很多。她现在的西人男友仍然保持不同居的交往方式，更不要说婚姻了。购买精子试管婴儿，是何雪冰这位前卫的大龄未婚女人的一个无奈而大胆的选择。

何雪冰想有一个自己的孩子，作为残缺人生的一个美丽补给。现在她的卵子已经取出，正在跟她购买来的异国男性的精子在实验室培育，而后冷冻等她做好一切准备，再植入体内。

何雪冰冻胚胎的这个选择肖梦影并不赞同，她认为会损伤胚胎。可是，何雪冰却说试管婴儿微信群里的妈妈们所试管成功的很多孩子都是冰宝宝。

为此，肖梦影也没有再坚持自己的意见。

范爽突然提到的敏感话题，是未婚的何雪冰所购买精子做试管婴儿的秘密。以后怎么公布和告知孩子的父亲是谁？至今何雪冰还没有确切的想法。肖梦影纳闷，何雪冰怎么会在冰宝宝群里公开出现了呢？

肖梦影坚持不透漏自己知道此事，"是吗？是不是搞错了？"

"大才女，你也太孤陋寡闻了吧？怎么什么都不知道？对了，我每周二下午四点，在海边的帆船俱乐部免费讲养生食疗，你有时间可以来啊！我讲的是美国养生食疗博士的科学疗法，还有一些相关的养生食品推荐给大家。你看我的头发多健康，我只用小苏打粉和椰子油，甚至是全身的护肤都用椰子油。"

"什么样的椰子油？现在就推荐给我吧！我的头发总用电吹风有些干，还有皮肤也需要。"

"就是可以食用的椰子油，我是一边食用，一边身体外用。效果挺好的，绝对天然，我现在就微信发给你产品的样子。"

"我怎么买到呢？"

"我那里有一些，明天放到你家花园大门内吧！"

"我把钱装进信封放在门口的信箱里，多少钱呢？"

"我一会儿把价格和规格也发给你。"

范爽说着，对着海边奔跑嬉闹的宝贝小狗喊道："费雷克斯、费雷克斯，Coming！Coming！"她站起来身子向海边走去。

肖梦影也站起来身，掸了掸粘在身上的沙子，也向着海边走了过去。范爽拉住小狗给他戴上了链绳，小狗满身湿沙，毛发尖还滴着海水。它粗喘着气，咧着嘴很开心的样子。

肖梦影看了看手机，"时间不早了，我也要去接儿子了，我们找时间再聚吧！"

"OK，今天很愉快跟你一起散步，都住在一个区，我们随时约吧！哦，对了，下周末有时间吗？我在家里请朋友来吃烧烤，欢迎你也来！"

"好吧，先这么定，争取去。我先走了，你们慢慢回吧！再见。"

"拜拜，微信联系。"

第十五章
法式的房子

　　肖梦影听范爽说自己的法式房子不可以拆建，心里一直不能平静下来。她去接孩子的路上，按捺不住地给索菲娅拨了车载电话。

　　电话没有被接听，而是语音留言。她留了语音："索菲娅，我是梦影，方便时给我回个电话，谢谢！"

　　她心想：这个女人，也许又跟她的小鲜肉不知在哪里逍遥呢。

　　汽车停在了儿子同学的家门口，肖梦影看还有十几分钟才接儿子，就在汽车里拨通了燕群的电话。

　　"喂，燕群，这会儿说话有空吗？"

　　"有空的。"

　　"我听说苏青离婚了，你知道吗？我不好直接问她。"

　　"是啊，她还是离了。我也是昨天才听她说的，她说你最近忙着房子的事，也没好告诉你。"

　　"她没有回去怎么就离婚了呢？"

　　"她丈夫寄来了离婚协议，她签字了。离婚证应该回去办吧？谁知道呢？她说不离婚也是不行了，好像她丈夫逼得挺紧的，那边一定是有人了甩不掉。"

　　"唉，如果是这样，离了也就算了。不然以后的事情也是会很多，更伤人。"

"是啊！苏青也是性格过于倔强，不然也不会走到这一步。"

"我觉得这只是一方面的原因，有一些还不是这边拿到绿卡身份，那边也拿了离婚证的吗？变心的基本上是男的多，像你们夫妻这么好的不多，这也是要看人的。"

"夫妻不在一起，电话和视频就应该更多，没话也要找话说。多说说给孩子做了什么好吃的，再说说孩子的学习，多问问什么时间回来。这一来一往不就拉扯着嘛。真是搞不懂，这越是有文化的人，怎么就越处不成呢？"

"燕群，你说什么时候我们去见见苏青？"

"我看再等几天，到我家里来坐坐。"

"也好，到时候你电话告诉我，我过来。我现在要接儿子了，他在同学家里，我们再聊燕群。"

肖梦影挂掉了燕群的电话，靠在汽车椅背上深深地叹气，心想：自己的丈夫也好不到哪里去？离婚也是迟早的事。

孟立成从来都不愿意提离婚的事情，更不要说接受。

离婚倒成了肖梦影藏在心里的愿望。

房子不能拆建，使肖梦影这一夜辗转难眠。

她怪自己来澳大利亚太相信所谓的华人朋友，没有做多方面的了解。她想：如果这栋房子因此不好卖掉，那么现在买这栋摩登的房子又怎么交割呢？况且索菲娅的中介老板又在合同上缩短了交割期。不如趁着卖家还没有签字赶紧终止合同，快给索菲娅发微信。

她翻身坐起来身子，打开床头灯，取过放在床头柜上的手机给索菲娅发了信息。

索菲娅一直没有回音。

清晨。

肖梦影送儿子上学后，回到了家里。

她拨打了索菲娅的电话，还是没有接听，又留了语音和信息给她。

中午。

肖梦影的电话响了，是索菲娅打来的。

"喂，索菲娅，你快把我急死了，怎么也联系不上你。我的信息你看到了吗？"

"我看到了，卖家三天前就已经签署了合同，现在已经过了冷静期，不可以反悔了。"索菲娅娇滴滴地不紧不慢说着。

"什么？过了冷静期了？可是你们并没有跟我说卖家已经签过字三天了？"

"梦影，我把卖家签好的合同发到你的电子邮箱里了，你没有看到啊？"

"我没注意，这么重要的事情你应该电话告诉我一下啊？"

"在澳大利亚的工作来往都是用邮件的方式，我这几天也是特别忙，没顾得上给你打电话。"

肖梦影万万没想到这样重要的事，竟然不打电话告诉一声。索菲娅说发了邮件这也没错，这是澳大利亚公认的法律依据，只是自己还没有习惯这种方式。

索菲娅发邮件不打电话告知的说法，这让肖梦影除了埋怨一两句，其他的也就无话可说了。但是，肖梦影从内心来说还是怪她，也怀疑她是成心不给自己反悔的机会。

为此，肖梦影心里是顿生不快。

索菲娅又漫不经心地问："你怎么又不想买了呢？这个房子很时尚，又在校区和商业街旁边，是难得的好房子。"

肖梦影近似于冷漠地质问着说："我昨天听朋友说我的法式房子是不可以拆建的，是吗？如果是这样，不好卖怎么办？我无法交割就会失去几十万澳币的首付款。"

电话那头的索菲娅显得有些慌张，"这不是问题，你不用担心。什么样的买家都会有的，不会卖不出去的。你放心，我和我的老板都会尽力以最短的时间卖掉，让你住进新的漂亮的房子里。你准备好首付款，这两天就要汇到我们指定的信托账户。"

肖梦影进一步地质问着："索菲娅，你为什么在我买法式房子的时候，没有告诉我是不可以拆建的呢？"

"是不可以拆建的呀，你不知道吗？我还以为你知道呢。"

索菲娅说话嘴像抹了油，一溜嘴儿地说了出来。

肖梦影几乎责怪地说："我怎么会知道？那个时候刚来澳大利亚，根本就不知道'拆建'这一说。"

"梦影，你不要着急。——其实，这也没什么，有的人还就喜欢买不可拆建的老房子，不会卖不出去的。"

"说清楚和喜不喜欢，这是两码事。"

"好吧，都是我疏忽了，现在给你的这座房子卖掉不就是了吗？"

"恰恰因为不可拆建，才有可能卖不掉。"

"亲爱的，你就不用操这个心了，卖房子是我的事情，放心吧！"

"你在我买这座法式的房子时没说清楚，这是我无法想象的。"

"你不要想得那么严重，我给卖掉就是了……"

肖梦影心里对索菲娅隐瞒不可拆建的事情很不满意，没等索菲娅说完，便气愤地挂断了她的电话。肖梦影心想："原来，索菲娅这个令自己认为无话不说的闺蜜，是一直在蒙我，真的把我当大客户了？奇怪，既然她没有把我当朋友，怎么会跟我讲那么多她个人隐私的事情呢？还要请我到她家里吃饭，我们一起过圣诞节看烟花。难道她跟我走近关系、无话不说就是为了卖房子？"

肖梦影这才开始发现，索菲娅是以中介身份的利益之心在跟自己交往。

她不敢相信地瘫坐在沙发上，原来这个南京的小女人，花几年的时间围在身边，是在算计着自己，并设下一个个陷阱。

因为对她的信任，又这么草率地在没卖房子的情况下，买了新的房子，这不是把自己放在最被动的墙角去了吗？三天冷静期就这样被她无声的邮件给忽略过去了，现在自己真是要破釜沉舟了。

世上没有后悔的药，肖梦影面对这严重错误的一步，她预感后果不堪设想。

合同签过了，必须开始面对下面的事。两天内，将首付款汇到中介公司指定买卖双方的信托账户；尽快销售自己的法式房子。

这天下午，索菲娅和西人老板来到肖梦影的家里。

西人老板建议，为了方便销售，让肖梦影搬出自己的住房，开始翻新打扮法式房子。

西人老板说着销售计划，他提出请室内设计师设计，租用家具和装饰品对这座房子进行全面的布置。设计师全面打包装扮室内外，总共计划六周的展示时间。除去一万澳币的设计费，每周六千澳币的展示费。园林花草栽种根据需要当时计算。还有中介公司的广告费一万五千澳币，网络和房产画报，加上里外房子翻修，预计总花销约八万澳币。

肖梦影觉得这个费用太高了，又没好气儿地跟索菲娅说："能不能再跟你的老板讲讲价格？"

索菲娅压根没有向老板翻译肖梦影的话，而是皮笑肉不笑地回答："这已经是我们公司给的最低价了，讲不下来的。多出钱打扮，才会卖出好的价格。这些资金投入都会从房子的销售价格中找回来的。"

西人老板看肖梦影的表情好像有顾虑，就又殷勤地说：

"我会尽快销售掉这座房子，相信我，一定会卖个高价钱。但是你一定要配合尽快付款，我们开始翻新和布置。"西人老板说着，从手包里取出来了一份委托销售合同，其中涉及服务内容和费用需要肖梦影签字。

索菲娅向肖梦影翻译着。

肖梦影基于交割新房子、卖法式的房子心切，不得不又签了字。

西人老板将签好的文件放进手包里，又看了看表，跟索菲娅交流着几句英语。

她对索菲娅一直有意见，没有一丝笑脸地跟她说："彻底搬出，但是，我住哪儿呢？"

索菲娅与西人老板用英语交流了片刻，而后翻译给肖梦影，"我的老板建议，你可以提前住进新的房子。你也可以像对待自己的房子一样打扮那栋房子。你只需要在交割前支付两万六千澳币的房租就可以了。"

"两万六？怎么这么多？"肖梦影不信任地冷脸问着。

"这不算多，因为这是新房子，又要先住进去，就要这个价格。你住在其他地方，就会多搬一次家，每次搬家也不便宜的。"索菲娅解释着，脸上挤着笑容。

西人老板又说："在这期间会有一些事情需要处理，要有双方的过户师介入。如果你没有，我可以介绍给你一位，他会讲汉语。"

索菲娅翻译着，他们一唱一和。

肖梦影不得不接受他们提出的一个个条件。"好吧！那就开始准备销售我的这栋房子吧！现在距离交割期只有两个月，时间很紧了，我五天后会搬出去。"

销售法式住宅就此开始了。

此后，除了中介，买卖双方的过户师作为代表人开始传递信息。

肖梦影在委托销售合同签署后的第五天，搬进了摩登的房子。

摩登的房子里清空了所有销售展示的家具。

肖梦影搬来了简单的几件家具，等待交割房子以后再布置出摩登房子原有的模样。

她之前的大部分家具，寄存到了朋友家的车库。

肖梦影搬出法式房子的一周后。

中介公司像是变戏法一样，将房子装扮成为现代与传统混搭的时尚风格。花园也整理得漂亮整洁。

室外的大广告牌也稳稳地扎在那里了。

肖梦影来到澳大利亚深刻地体会就是，钱不当钱地被各种开销和支付融化着。

澳币兑换人民币一比五，有时会更高。就这样稀释在消耗里。

为了销售，这钱是怎么也留不住。舍不了孩子套不住狼，肖梦影此时也是逼上梁山，豁出去了。

肖梦影从整理到搬家这些天来，劳累得腰酸背痛。计时搬家又花去了两千澳币。

自从在薛华家干柴烈火以后，肖梦影就一头扎在了准备销售房子的事情里。

薛华只是发信息给肖梦影，说着一些甜言蜜再次欢欲之类的话。搬家期间，肖梦影忙得不可开交，他却说自己不便于帮助整理她的私人物品。多日来，他连个影子都没有。

肖梦影对他不主动帮忙有些意见，嘴上却没说什么。心想：如果薛华能在搬家公司来的时候，一起动手搬一些杂物，这样也不至于用两天的时间来搬家，更不至于花去两千澳币的搬家计时费。也难怪，人家又不是自己家的丈夫。露水夫妻，随时就会蒸发消失，趁早就别往心里去才是。

她的手上也裂出了血口，眼睛也黑了一圈，腰疼得不能顺利站起身来。她心里一阵阵地难过，来到澳大利亚自己变成了"女汉子"，所有事情都自己面对，没有随身的保姆，更没有守在身边的男人。她以此发现薛华也是一个华而不实、不交心，只会想着自己的人。

薛华对肖梦影的喜欢，更多的是满足身体的需要。

晚上，疲惫不堪的肖梦影一个人躺在空空的大床上，怎么也想不通：爱家、有责任心的男人都在哪里？自己的婚姻和人生中怎么就遇不到一个正常生活状态的男人呢？

她每次想到这些的时候，就会落泪。

再想想那些没有夫妻床第之欢的留守墨尔本的姐妹，不也是同样孤单？白天优雅闲逛，喝茶聊天，在孤寂难忍的夜晚，独自一人喝两三瓶红酒而不醉的姐妹也大有人在。

孤枕难眠的肖梦影安慰着自己想：女人渴望男人的爱抚和温暖的家庭。但是，现实就是那么的残酷，有男人的女人，生活得不如意；没有男人的女人，又苦闷寻不到合适的人。即便有的寻到了男人，一段相处后还是散了。纯粹的爱情，是少男少女的专属。在不幸婚姻的中年，能有一个如意的情人便是万幸。

她又想起了住在本区的一位广州大姐，这位住在深宅大院中的孤独女人。

记得，那是孩子学校野营外出的三天。她受邀去了这位广州大姐的家里喝酒聊天。

她们喝了三瓶红酒，晚上她就住在了广州大姐的家里。

半夜，她被女人的哭声吵醒，恐惧地坐起身子，仔细地听，原来是隔壁广州大姐房间传来的哭声。

哭声很大、很怪异。

她连忙下床走到了大姐的房门前，不断轻轻地敲门，问是否有事情。

大姐房间的哭声顿时停了下来，及其地安静。过了一会儿，房间内传来广州了大姐闷闷的说话声："没事，做了噩梦。"

第二天早餐，广州大姐不好意思地说："奇怪，自己经常会梦到走进漆黑的树林，喊不到一个人，怎么也醒不来……"

平时，广州大姐脸上几乎没有笑容。她的女儿在墨尔本上大学，丈夫在广州做生意，一年也不来一次。这深宅大院，基本上是她一个人住，确实是够孤单冷清的。

广州大姐说一个人的饭也做不起来，经常是凑合着吃一点，或是没事就去海边走走坐坐打发时间。

住在她家的那一夜，肖梦影感受到大姐的孤单和不幸要超过她不知有多少。好在自己的儿子还小，家里有这么一个伴儿。但是，肖梦影也经常会为孩子长大以后自己的孤单而试想和恐惧过。这时又总会安慰自己，走一步说一步吧！

后来，肖梦影散步经过广州大姐的家门想进去坐一坐时，发现大姐家的客厅里竟然多了位瘦瘦的大哥。

大姐从开门到送她出门，是满面春风，露出了难得的、发自内心的幸福笑容。

听广州大姐说，这位大哥是她在澳大利亚政府给的免费英语学习班上认识的。这个大哥也是留守墨尔本等永居身份的，他们很聊得来。她还说这个大哥能做一手的好菜，他们常在家里烧菜，还一起看中国网络电视。

大姐的女儿住校，并不清楚这一切，大姐的心情从此好了起来。

当肖梦影问到他们是否有过亲密，大姐微点着头，脸上透着幸福。

大姐说："我们不相互干涉婚姻，只是相好当下，以后的事情随缘。"

他们不知道自己会不会转化为了爱情不顾一切，也成为那些拿到移民身份的那一刻，拿到离婚证的其中一对？最起码，她们是幸福在了当下。

肖梦影羡慕所有出现在眼前的陪伴，卖掉法式的房子，搬进摩登的房子也是为了追求美好生活。可是，房子再好，室内环境再优美，却少了家庭的完整和温暖。

她真的太累了，想着想着就混混沌沌地睡着了……

第四卷

DISIJUAN

第十六章
邂　逅

肖梦影终于在租住的摩登房子里住下来了。

这个房子即便是把展示家具都拉走，只摆放了她带过来的几件简单的家具，也不失它漂亮的模样。她总会幻想着交割以后好好布置出摩登房子展示销售时的模样，想着心里就甜滋滋的。

这栋房子，对于儿子上学也方便了一些，只需要几分钟就能从学校走回家。去商业街也是步行几分钟，之前的法式房子也离得不远，但是到商业街和学校需要开五分钟的汽车。

一座房子是距离海边不远，一座房子是校区商业区，都是不错的地点。其实，在肖梦影心里也总会出现在两者间取舍的矛盾。但是，她一想到这买房合同和销售合同都签了，也就不能再反悔了，换一个生活方式也好。

范爽家烧烤聚会的日子到来了。

由于范爽的丈夫是西人，这次烧烤邀请的朋友基本上都是西人。为此，肖梦影做了一番中国风格着装的打扮，带着儿子一同去了范爽的家。

范爽的家就在她摩登房子不远，商业区的另一端。她和儿子步行穿过漂亮的街区，转弯进入一个较为安静的小街，在小街的中段就是范爽家的洋房。

这个洋房半旧不新，建筑风格是偏古典的八角形和长方形组合而成的平层房子。前后有院子，房间里多数是落地窗，白色木质的百叶窗透着室外花园的秀色。

后院比前院大很多，院内的大草坪上有一棵大的老枫树。

今天的烧烤聚会就在这个大枫树下，主人摆出了超长的室外木桌，桌子上已经摆满了食物和酒水。

枫树的一旁有一个大的烧烤炉，范爽的西人丈夫已经在不断地翻煎着烤炉上一块块牛羊肉了。

肖梦影和儿子在范爽甜蜜的寒暄中，引领着走进了后院。

今天来的客人有二十多位，西人男士居多。他们手持酒杯或是饮料，有的坐在了长桌前，有的站在树下，有的靠在花园的长木椅背上，有的漫步欣赏着园中的植物，大家很随意。

肖梦影的到来和中国古典的美丽装束，引起了在场客人的注意。她穿着淡绿色的棉麻长裙，裙摆处有精致的花鸟刺绣。她松松地挽着秀发，化着淡淡的妆容。她戴着一对白珍珠耳坠和白珍珠项链，给人以古典与清新之美。

范爽引领着肖梦影，向朋友们一一地做了介绍。

女主人的宝贝小狗费雷克斯欢快地跑来跑去，还不时地叫上两声，好像也争抢着引人注意似的。

这个烧烤是自助式的，不需要朋友们一定围坐在餐桌前，而是拿着一次性餐盘取食物，自由组合边吃边聊。

肖梦影取了一杯鲜榨的橙汁，边欣赏这园中的美丽，边注意到院子里的墙边停放着一台迷你的带斗小拖拉机。

这台车像是割草和拉货两用的。

她正看得出神，范爽给她递过来了一小碟水果。

肖梦影好奇地问："你们家里竟然还有小拖拉机？"

范爽愉快地说："是啊，我丈夫就喜欢搞花园的植物，最喜欢买树、种花，当然还有割草，你看这草割的多平整。如果没这个小拖拉机，还真搞不出花园的这个效果。"

"你真有福，找到这么一个爱家的男人。"肖梦影羡慕地说。

"他确实很爱家，这家里都是他打理的，我都来不及插手。不过，有的活儿我还真是做不了。"范爽边说，边也欣赏着自己家的花园。

"你真是太幸福了，我也想找一个爱家的男人，可怎么也遇不到。" 肖梦影说着，心里又想到了薛华。

薛华给她的感觉是爱家庭的，可惜他只对自己的家有爱心，对朋友和在社会关系的交往上，显得自私小气。这样的一个男人缺少基本的爱心，在肖梦影的心里是不符合自己的男人。

肖梦影从娘胎里带来的善心和本真一直守候着她走到了今天，有的朋友说她不食人间烟火。她希望有田园般的生活和相伴终老的丈夫。她起初盲目崇拜事业成功的丈夫，而忽略了他根本就不属于家庭。婚后多年才发现，这不是她要的人生，直到中年才又越来越清晰。

之前，她生活在思念、孤独、等待和挣扎的虚幻婚姻里。现在，她开始试图放弃这场失败的婚姻。

"我的丈夫倒是爱工作也爱家庭生活，他一回到家里，就闲不住，有时叮叮咣咣的还挺烦的。"范爽不紧不慢地说着。

肖梦影的嘴角微微地翘起来，但是眼睛里仍然带着难以散去的伤感，"这就是我一直希望遇到的类型，可是我的丈夫爱事业几乎忘掉了家。"

"男人只要有一定事业几乎都是一个德行，没给你养几个小的就是好的了。"范爽说着将桌子上果盘里切好的西瓜块，拣出了几块放进了肖梦影端着的水果碟里。

说到养几个小的，肖梦影刚送到嘴边的一小块水果掉到地上。她连忙弯下身子去捡，范爽在一边拦着她，说："不要捡，就掉在那里，一会儿再说。"

肖梦影显得不好意思地说："对不起！"

"没关系的，一会儿我来收拾，不要弄脏了你的手，还有你美丽的裙子。"范爽说着又给她的果碟里放进去了一两块菠萝。

肖梦影客气地应和着范爽的热情款待，她跟范爽只是在女人聚会中遇见，单独交往却不多。她感觉范爽心直口快，人很热情，至于其他方面还不是很了解，今天的聚会也是图个散心。

范爽说养小的，使她想到了那个匿名电话。她心想："谁知道是不是养了小的？这打上门来还没有搞清楚，没有浮出水面的还不知有多少？"

在肖梦影的心里实质的婚姻早已经不存在了，只盼望孩子赶紧长大，立即解除这一纸婚姻，自己也算熬出来了。眼下能遇到个密切的男友也是最好的选择。

她对范爽轻声地说："有机会给我留意一下，介绍个西人男友，最好还能会讲点儿中文的。"

"你不是说想交个西人情人吧？"范爽调侃着说。

"就算是吧！婚姻不如意，如果有合适的还可以考虑婚姻。"肖梦影不避讳地说。

"是啊，你看今天来的有几对夫妻就是中西搭配的，生活得很幸福。正巧，今天来了一位会讲中文的西人。他是莫纳什大学历史系的教授，一会儿我给你介绍认识一下？"范爽不经意地说着。

"等等，你说是会讲中文的西人吗？"肖梦影追问着。

"是啊，他的故事可多了，前半生曾在中国教过英语，后来回到了澳大利亚就再也没出去过，好像在中国有一段爱情。再后来，在澳大利亚娶了一位西人老婆，两年前这个女人去世了，现在他跟八十多岁的老母亲一起生活。"

"你说的这个西人教授在院子里吗？先指给我看看。"肖梦影好奇地说着。

范爽往烧烤台的方向扬了扬下巴，"你看，他这会儿正站在我丈夫身边聊天呢？"

肖梦影放眼望去，那是一位看上去有五十出头的年龄，瘦瘦的身材，高高的个子，穿戴朴素的西人。

范爽又耳语过来，"这个人是个学者，好像出版了好多部历史著作。先说好，学者是没有多少钱的，他就是人好。说实话，有的西人也不靠谱。不过我们的朋友倒都是了解的，只是单身的不多。婚内的你愿意吗？"

"最好不是婚姻内的。"肖梦影说着眼睛不由地还在搜寻远处的那个历史教授。

"所以就得碰啊！来吧，先尝尝我丈夫烧烤的牛肉。"

两个人说着就向长桌走去。

长桌前，肖梦影边放进盘中一块刚煎好的牛肉，边跟范爽说："今天请来的人多，你不用总陪着我，去招呼一下朋友吧！"

"也好，你不要客气，随便用餐！我先过去跟他们说说话。"

她说着又给肖梦影的饮料杯里添了果汁，而后端着盘烧烤好的牛肉转向周边的朋友去了。

一位西人的中国妻子，端来了一大盘从她家里带来的自制糕点分给朋友们品尝。

大家都夸奖她做得好，她的西人丈夫满意地微笑着，跟西人朋友举杯示意。

肖梦影的儿子在远处边吃着烧烤，边跟小狗费雷克斯追逐玩耍着。

"你好！很高兴认识你。"

一个充满磁性的男人声音从肖梦影的身后传来。

她转过身，迎面看到打招呼的，竟然是刚才范爽要给她介绍的那位会说中国话的西人教授。

"——嗨，你好！"肖梦影惊奇地回应着。

"我叫詹姆斯。"他微举着葡萄酒示意着。

"哦，我叫肖梦影，很高兴认识！"肖梦影说着，也迎合着举起了杯子。

面前的西人教授是一位有棱有角、长相标志的英俊中年男人。他棕褐色的眉毛下，有着一双水晶球般的灰蓝色眼球，嵌在毛茸茸的眼睛里。细细高高的鼻梁，不薄不厚的嘴唇。略显得苍白和黯淡的脸，有着短茬的络腮胡子，一直蔓延到高高凸起的咽部。中长微卷的棕褐色头发，中分式地自然散落在耳边。

他穿着一件两个领角向上微微翻翘着的，洗得发白的蓝色方格休闲衬衫。一条发白的浅蓝色牛仔裤，休闲的腰带将衬衫扎进他瘦瘦的腰间，脚上穿着一双已被刷洗变为浅蓝色的休闲鞋。鞋带的线绳头散开着，像两朵小花。

肖梦影的脸上仍带着惊奇，"你会说中国话？很了不起。"

詹姆斯笑了笑，略带自嘲地说："哦，外国人说我是中国通，但是我不这么认为，我只是有一点了解。中国的历史太悠久了，太多需要了解和学习。"

"哦，你的中文真的说得太流畅了！——是的，对于中国的历史，我们也是一样需要不断发现和了解。"肖梦影愉快地说着。

詹姆斯用欣赏的眼光看着她，又看了看她的裙子，赞美地说："你的裙子很漂亮，我很喜欢这上面的中国画，应该是手工绣上去的，很精致！"

"谢谢！这是手工绣上去的。"

"我家里有一幅中国汴绣嫦娥奔月。"

"哦，真的难以相信你的中文不但好，对中国文化也了解得比较多。"

"谢谢！我还需要好好学习，天天向上。"

"哦，天哪，你连这样的话都会说，真是不错！"

"谢谢你的认可，我确实还需要继续努力。"

詹姆斯的微笑中流露出一丝男人的羞怯和孩子般的笑容，"对不起，请问你是从中国的哪个城市来的呢？"

"我是从北京来的。"

"你来很久了吗？喜欢这里吗？"

"我来到这里两三年了，我和儿子喜欢这里。"

"我很喜欢北京，还有中国的很多城市。"

"听说你在中国教过书，是在哪个城市教书呢？"

"哦，那是很久以前的事情了，我在北京外国语学院。"

"在中国教书很久吗？"

"有几年的时间。"

他们正聊着，肖梦影的儿子跑了过来。他愉快地喘着粗气说："妈妈，那个小狗太可爱了，我也买一只好吗？"

他的话音还没有落地儿，小狗费雷克斯已经追赶了过来，围着肖梦影的儿子凯文吱吱扭扭地叫着。

肖梦影连忙向儿子介绍："凯文，这是詹姆斯。"

"您好！"凯文礼貌地跟詹姆斯问好。

詹姆斯和蔼地回应着："你好凯文！"

小狗不断地扑在他的腿上，咧着嘴儿喘着粗气眼巴巴地看着凯文，愉快地摇着尾巴。

凯文一边弯腰抚摸着小狗费雷克斯，一边又轻声地央求着妈妈。

肖梦影安抚着儿子说："好好，回家再说，你们先去玩吧！"

"您答应了吗？"儿子央求地看着妈妈。

"好的，我们以后慢慢选，你先去玩吧！"肖梦影应和着儿子说。

"太好了妈妈，谢谢！"凯文边欢呼，边挑逗着小狗，又奔跑了起来。

詹姆斯在一旁慈爱地看着跑开的凯文，意味深长地说：

"这是多么幸福的画面，你有这么可爱的儿子。当然，还有爱你的丈夫，怎么没有看到他？"

"哦，他不在澳大利亚，过一段时间回来。"肖梦影解释着说。

"为你美好的生活喝一杯。"詹姆斯说着又一次与肖梦影举杯。他突然发现肖梦影喝的是橙汁，并试探地问："你不喝一杯吗？"

"——也好，我去倒一杯红酒。"肖梦影说着就准备放下手中的餐盘和杯子去倒酒。

詹姆斯连忙说："你等一下，请允许我为你效劳。"

肖梦影微笑着看着他，"也好，——谢谢！"

詹姆斯绅士地放下了自己的酒杯，向备餐台走去。

远处忙着跟朋友们交谈的范爽，不时地关注着肖梦影和詹姆斯。

肖梦影也不由地向她看去，范爽对着她做了一个OK的手势。

肖梦影耸了耸肩显现出若无其事的样子，一转身詹姆斯端着一杯红酒已经站在了她的面前。

"哦，——这么快！谢谢！"肖梦影不好意思地说。

"为你服务，是我的荣幸！"

他们举起酒杯示意，品味着美酒。

太阳暖融融地洒在他们的身上，树枝上落着的红色鹦鹉，叽叽喳喳地鸣叫着。

詹姆斯又吭了吭嗓子风趣地说："你还需要什么食物我的女士？我愿意继续为你效劳。"

"谢谢你的关照，我自己来吧！"肖梦影微笑地说着，在自助餐台又选了几样食物。

詹姆斯这时与迎面而来的西人好友寒暄起来，一起喝着酒。

肖梦影选好了食物，看他们聊得热乎，就端着餐盘子走到了大树旁边的木长椅前坐了下来。

长椅边开满了鲜花，花间和草地上插放着彩色铁皮的小动物装饰物。不远的围栏边还有一颗十几米高的三角梅树，开满了红色的花，一半开花在院里，一半伸向了栅栏的外面。

肖梦影坐在花间，品尝着美味，心里暗自安慰：幸亏有这么一位会中文又热情的西人教授。今天来了这么多西人，自己的英文听说不好。那几对中外夫妻又总黏在一起，一旦交流也是存在语言障碍还需翻译的问题。如果没有詹姆斯，这一下午的西人聚餐和聊天，自己会显得尴尬？这样的西人聚会以后还是少参加的好，以免给自己找别扭。

也许，是因为肖梦影确实有几分姿色；也许，詹姆斯对中国情有独钟的感情和记忆，他很愿意围在她的身边交谈。

他端着食物来到了长椅旁，礼貌地说："我可以坐在这里吗？"

"当然。"肖梦影说着，将椅子上摆放的酒杯拿在了手上，又向一侧移动了一下位置。

詹姆斯坐下来，边吃着盘中的食物边说："我很喜欢北京，还有北京的小吃和烤鸭。"

"是的，北京的小吃和美食我也很喜欢。你的中文简直是太好了，我们的交流没有一点儿障碍。只是我的英文听力不好，之前学的早随着时间也淡忘了不少。你的中文这样好，我的英文却拿不出手，真是惭愧。"肖梦影说着，脸上又浮现出了难以掩盖的忧伤。

"没有关系，你一定是可以说好英文的，只是需要去说和听，不需要坐在那里去学语法和反复地背单词。我觉得应该在故事中去说英语和听英语。"詹姆斯的眼睛里透着真诚。

"是的，我也希望是你说的这样。可是，当听不懂外国人说英语的时候，自己简直灰心到了就此放弃英语。但是，毕竟在澳大利亚生活，没有英语是行不通和艰难的。好在儿子一天天地长大，他的英文讲得非常好，以后也可以多帮助家庭。"肖梦影无奈地自圆其说着。

詹姆斯观察到肖梦影脸上的神情带着忧伤，并小心地说："如果你愿意，我可以帮助你提高英语，你也可以提高我的汉语水平。

我对中国的语言非常着迷，对中国的文字和历史很感兴趣。我去过一些地方，接触了很多有趣的中国文化。"

肖梦影欣喜地说："你能教我英语当然好了，但是就担心自己学不好。"

"不用担心，只要你有时间，我会尽可能地帮助你。"

"谢谢你，詹姆斯！"

他们边吃边聊着。

詹姆斯随意地问了一下肖梦影的丈夫是否在澳大利亚工作。肖梦影简单地应付了几句，说他长期在其他国家忙业务。

她不想继续讲关于自己名存实亡的夫妻话题，就转而问詹姆斯，"你的家离这里远吗？"

詹姆斯微笑着说："我的家离这里有三十公里的路程，也是海边。我和母亲住在一起，还有一个很好的伙伴德国牧羊犬沃夫。"

"是吗？那一定是一个很美的地方。我发现外国人都很喜欢养狗，我的儿子一直要我给他买一条小狗。我是不太会养，孩子放假了还会回国，听说寄养小狗也会对它造成心理伤害。种种原因，到现在还没有让儿子如愿。"

"小狗是人们最好的朋友，其实养起来并不是那么难。重要是你们经常回中国，这确实会影响小狗的心情。外国人也会有旅游或外出的时候，寄养小狗也是不可避免的。你要充分做好准备后，再去养。因为，它一旦属于你们，就是家里的成员，在你的家里要度过它的一生。"

"是啊，所以我就是没有做好这个准备。另外我也觉得小狗有点闹，我喜欢家里安静一些。"

"家里有花园，就会解决这个问题。白天让小狗在花园，晚上让它回到家里。"

其实，肖梦影是一个很爱小动物的人，因为太爱，总怕对它们照顾不到而受到伤害。自己又总有想等孩子上大学就回国生活的念头，这小狗不能养也是自己的心思没有落定的主要原因。

这里蓝天白云，可是肖梦影却总有被流放的感觉。加上英语只能简单使用，在澳大利亚的生活还是存在困难的。如果詹姆斯真能把肖梦影的英语提高，那么在澳大利亚生活的问题就解决了一大半。但是，这个年龄了，真正能够在澳大利亚的西人社会有自己存在的位置，又是另当别论了。

詹姆斯边享用着美食，边继续说着他的德国牧羊犬，"养小狗一定要在从小的时候开始养。记得，它很小的时候来到我家，叫了一天一夜，我就给它取了名字叫沃夫。它是个'男孩'，很顽皮，现在已经六岁了，它除了和我一起散步，还会陪我一起在海里游泳。我们生活得很愉快。"

肖梦影对他直言不讳的交流有着亲切感，她觉得这份真诚在许多人身上已经不多见了，人的交往更多的是隐藏和防备。

詹姆斯很爱小动物，肖梦影看到了他的善良和爱心，又觉得他是一个健谈、真诚、敏感、细腻和风趣幽默的人。

他喝了口红酒又接着说："我的爸爸是荷兰人，我出生在阿姆斯特丹，十岁和家人移民到了澳大利亚。我喜欢骑自行车，小时候在荷兰就很喜欢。阿姆斯特丹不大，骑车子是一个很方便的交通选择。"

"阿姆斯特丹，我去过。我很喜欢那座有水环绕的、美丽而古典的城市。自行车很风靡，但是交通一点都不乱。有老的电车，还有船屋。我还去了凡·高博物馆，至今都很怀念。那真是个迷人的地方，有机会再去看看。"肖梦影有兴致地说着。

詹姆斯听着她说这些眼睛里闪着愉悦，"我非常喜欢和思念我的家乡，我的叔叔还在那里生活，我会回去看望他。"

詹姆斯的中文表达程度几乎是畅所欲言，肖梦影不觉得他是外国人，他们自如地交谈着。

此时，范爽端着一大餐盘的烤肉、烤肠和烤南瓜走了过来。

她热情洋溢地说："别一直聊了，来一点刚烤好的牛羊肉和南瓜吧！"

她边给两个人分着食物，边又跟詹姆斯说："这是我很要好的朋友，也住在这个区，我们经常见面。你们今天能认识太好了，留个电话，以后大家常联系！"

肖梦影还没想好留给詹姆斯电话，也没有真正决定跟他学英语，没想到范爽却一下说到留电话。她不知说什么好，偷偷地皱着眉使劲地看了范爽一眼。

范爽轻轻地向着她歪吐了舌尖，怂着肩，鬼乐着。

詹姆斯礼貌地说："当然，我也有中国人使用的微信，可以添加。"

说到微信，肖梦影突然觉得这是一道屏障，可以先添加。以后，高兴了就联系，不高兴了就随便应付一下留个言就是了。

"好的，我们可以添加微信。"肖梦影微笑着说。

"你们添加着，我再过去给朋友们点食物。"范爽说着就愉快地走开了。

詹姆斯加上了肖梦影的微信，顺便把手机号码也发给了她。

肖梦影说之后发给他手机号码，随即举起来酒杯向詹姆斯示意再喝一点。

肖梦影心想：学英语也确实是个事儿。至于把詹姆斯作为情人或是男友，目前还没有这个念头。即便是与孟立成离婚，也应该找一位年龄相当，至少像薛华这样家境的男人。詹姆斯虽说是个教授，有英俊的底子，看穿衣打扮和范爽的介绍，家境也显得清贫了些。

一下午的时间很快就要过去了，大家都很开心，酒也喝了不少。如果再不走就又到了晚餐的时间了，大家这才一一地道别，下次再聚。

肖梦影的心思每天都在法式住宅的销售上，今天下午的聚会暂时让她忘掉了几个小时。从出了范爽家的门，她又开始边走边翻看着手机的信息和邮件。

第十七章
买　画

　　肖梦影相信索菲娅和西人老板的承诺，等待着法式房子在短时期的销售。在这栋以租赁搬进来的新房子里，已经开始装置网线、电视和电话。

　　西人老板的话总在她的心里闪念：你放心，这就是你的家，想怎么布置就怎么布置吧！

　　肖梦影在心里把这个先租住的新房子，也当成了生米已做成了的熟饭。但是，大张旗鼓地布置，她还是一忍再忍。

　　法式房子在销售网站和房产杂志上已经登出了广告。

　　开放的时间看房子的人们进进出出，说什么的都有，合同却没有一个人签署。

　　法式房子里插在花瓶里的鲜花，随着时间的流动，换了一次又一次。

　　肖梦影也是奇怪，这么好的房子和位置，怎么就没有人家买呢？索菲娅跟她说是因为房价太贵了，一般的客户买不起，大客户又觉得面积小了些。肖梦影认为这是中介起初对房子销售价格估计不准造成的。由此，销售的价格也一直往下调，肖梦影为此很不满意。

　　她担心房子销售不成，每天心里像是扎满了毛刺。

原本要去燕群家里，和苏青见面安抚离婚的事。由于销售房子她心里又不平静，就先给苏青打了电话，此事也算是个了结。

苏青和燕群也担心她的房子销售，表示也会推荐朋友去看看。

转眼，一个月就这么过去了。

肖梦影距离交割新房子的时间只有四个星期了，她坐卧不安，心慌意乱。

燕群和苏青也介绍了几个中国朋友来看过房。

看房的中国客人，嘴上说是寻找房子，但是，又念叨着现在中国的钱不好走出海外，再加上澳大利亚贷款的难度加大了。之后，便没有了下文。

肖梦影想："如果真的没有人买，或是买了也不能在短时间内交割，那么自己还是违约了新房子的交割。即便是西人老板再三保证和承诺一切没有问题，但是这么傻等下去如果卖不掉，不就走投无路了吗？"

这样买卖房子的方式，孟立成是不赞成的。但是，肖梦影轻信了索菲娅。目前的情况她也忍在心里，没有告诉远在天边的孟立成，真不愿意在孟立成面前落个埋怨。她希望能尽快有好的转机，买卖成功。

这一个月来肖梦影就这样担心着。

自从在范爽家遇到詹姆斯添加了微信以后，他每天都会发来一些英文句子和语音。

肖梦影起初回复他，也跟着练一练。可是，她一忙起房子的事，也就只能应和一下了。

詹姆斯发送的英语练习却没有落下一天，他还表示愿意见面教肖梦影英语。

在这个时期，肖梦影实在是找不到可以心静的时间。

一个月来。

薛华除了邀请肖梦影一起寻欢，买卖房子的事情很少主动提及。肖梦影当着他念叨时，他会说："宝贝儿，别自寻烦恼，也许明天就签销售合同了。"

肖梦影对薛华只想着寻欢，而不考虑自己安慰，深感不快。

薛华却总会想办法寻找机会，与她搂搂抱抱。

肖梦影对他的自私说过一些难听的话，责怪他不近人情，不为别人着想，只想自己的需要。

其实，在肖梦影第一次听他讲逼婚的时候，就对他的所作所为、软弱和妥协不看好，甚至是看不起。

肖梦影一面对他自私狭隘的做人滋生出了烦感，一面对他帅气的外表难以摆脱。当每次看到他的那一刻，对他的不满，几乎融化掉了。

她的精神和肉体错乱地交织在他的帅气里。

今天，薛华的电话又来了，邀她去酒庄散散心。

肖梦影是个喜爱浪漫的女人，这些日子的忙碌和压力，使她也想出去放松一下。

她顺口答应了。

他们驱车向着郊外行驶。

道路两旁绿草茵茵，桉树成荫。清新的空气，湛蓝的天空，蓝得简直是失真。形态各异的白云簇拥着缓缓地游动，光影不断地变幻着田园的色彩。

这是肖梦影喜欢的感觉。

"多美的景色，我们应该没事多出来走走！"薛华开着车，对坐在身边的肖梦影感叹着。

他一只手扶着方向盘，一只手握着肖梦影因搬家变得粗糙的手。

肖梦影被他厚厚的大手握住，顿感委屈，两眼温热。

两年多的海外生活，肖梦影一个人承担着所有的家务事，从不适应走到了现在的顺应，深感不易。

她靠着汽车椅背，放眼望着车窗外美丽的景色，"外面这样的美，空气这样的新鲜。我们把空调关了，打开点车窗吧！"

"当然可以。"薛华说。

她按掉了空调开关，将车窗降至三分之一。

带着田园泥土与植物花叶味道的新鲜空气吹进车窗内，她深深地吸着，"真是太好了，是要找时间出来走走。选择澳大利亚生活的最大一个理由就是新鲜的空气，还有孩子轻松愉快的学习生活。可是，对父母来说，付出的代价真是太大了。"

她长长睫毛的眼眶里载满着泪水，掩饰着将脸侧过望着窗外。

集满在眼眶的泪水，经不起她这一丝晃动，倾泻而下，流入一侧的耳蜗。

她假装欣赏窗外的景色，顺势抽出来握在薛华手里的手。她动作很小地用另外一只手的手指，抹着那两注被窗外的风吹得凉凉黏黏、贴在脸上的泪痕。而后，又轻轻地用手指将回旋在耳蜗里的泪水勾抹了出来。

薛华开着车没有察觉她的这些反应，"是啊，一比五的开销。

唉，还有精神落差啊！这边全都得靠自己，不像在中国方便。这也是我老婆不愿意来这里生活的主要原因。她在国内有人伺候着，又不用说英语，多舒服啊！我提到孩子在国外学习，她说中国那么多有出息的人，不都是中国教育出来的吗？别看她没读过几天书，道理讲起来却一套一套的。"

肖梦影强迫自己镇静，并应和着，"嗯，是啊。"她又吭了吭嗓子，强作自如，"母女俩不愿意来，你为什么一定要在这里呢？"

薛华望着远方，眼角抽动了一下，"我是想多拿个身份。"

肖梦影缓缓地转正了脸，望着前方窗外寂静如画的美景，又轻叹："这里自然风光和空气确实很好，就是太寂静了些。"

此时，她的情绪也已慢慢地调整了过来，"看你在这儿买的洋房和豪车，应该在中国没少挣钱。来到这里就不好挣那么多钱了，这边完全不同于中国。"

薛华一侧的嘴角上扬着，从喉头里发出了两声沉闷的哼笑，"是啊。这么多年，我摸爬滚打，是赚了点儿。我是个穷小子出身，家境不好，在外面闯全靠自己。"

肖梦影无法想象一个穷小子，没有家底，怎么会迅速发家致富？她忍不住地问了起来。

薛华驾驶着黑色路虎越野车，叙述起往事：

"我是在家乡齐齐哈尔上的大学，学的是外贸专业。毕业后几个要好的同学一起借了点儿钱，在本地收购了一个即将破产的小皮草加工厂，拓展俄罗斯的皮草加工。

大家合作三年后，矛盾开始激化，第四年股东解体了。大家赚了些钱，就各干各的了。我就拿着这点儿钱去了北京，成立了一个小贸易公司，闯荡京城的日子也就开始了……"

他说后来遇到了一位贵人，是某领导的老婆，帮他对接了一些贸易业务，事业开始有了起色。但是，几年后这个领导却被革职审查，被判入狱。没过多久，他就心肌梗死在了里面。他的老婆也被牵连了进去。为此，他的事业受到了严重的影响。

那个期间，他喝酒无度，经常在酒吧和夜总会，之后就有了被迫结婚的这桩婚姻。他认为自己的福分，随贵人的消失，基本上画了句号。

后来，他恐慌自己也被牵连进去，就办了这个移民，以此转移了他个人的大部分资产。可惜老婆没文化，不能理解他的用意，又担心跟她说得多了更不安全，所以就走到了今天的这个地步。

他说如果不是因为孩子，他根本不可能跟她结婚，也不会有今天的这个错位的生活。

肖梦影用怀疑的神情看着念念有词的薛华，心想："这么自私小气的男人，怎么还会突然遇到贵人发家致富？八成就是跟这位女贵人关系暧昧。他这个人看起来人模人样，初次见面会给人留下好感。只要他想与女人走近关系，女人十有八九愿意。还有就是性功能超强，女人不喊停，他就没完没了地做下去，靠这个圈住女人的心是很容易的。至于他的做人，在以后的交往中，关系是否能持续？那就是另一回事了。"

她又漫不经心地随口问："你学的是贸易专业，英语应该不错吧？"

"还可以。"

"那在澳大利亚现在的贸易做得也不错吧？"

"嗨，做生意关键是订单，没有中国的订单，国外有货有什么用？"

"你的英语好，这也是在澳大利亚生活的有利条件。"

"说实话，前一阵子给中国空运鲜奶，运错了货，鲜奶全坏了，损失了一万五千多澳币，现在正找律师追损失。"

薛华的语言表述中总会在不经意间显出小里小气。他是有着男人体量和派头，内心却是小格局的人，这应该与他的出身有关。小格局在中国关系社会的交易上应该是行不通的，他也只能靠自己较好的模样和性能力吸引女人，扶持他得到梦寐的金钱。

肖梦影跟孟立成在北京生活了大半辈子，见过的大世面和大钱，也是薛华这样出身的人无法想象的。但是，她在薛华面前却不曾提起，对于薛华暴露的自私小气却日增反感。

肖梦影随口又说："你英语好，以后找时间辅导一下我儿子的数学好吗？"

"没问题。梦影，今天去的这个酒庄就是我的一个朋友买的，对他们来说做酒庄就是为了做移民身份的需要。他们家真正的财富是在酒庄的半山坡上的屋子里。他收藏了中国名家的画上千幅，他的老婆又是小有名气的中国画家。"薛华兴致勃勃地说着。

"你是说今天我们不是自由散心，而是赴约？"肖梦影有些不愉快地问。

"亲爱的，我们是自由散心，只是我正好有这么个朋友，买了莫宁顿区的酒庄。我想带你去品酒，顺便多认识个朋友。"

"我们又不是喝不起酒，干吗一定要去朋友的酒庄呢？"

"如果你不愿意去就不去，你不要生气。但是，他们家里已经准备了午餐。"

"薛华，你应该提前告诉我一下，这是基本的尊重和礼貌。"

肖梦影此时的声音也提高了些，脸颊热了起来。

她生气地靠在了椅背上，闭上了她美丽的大眼睛，一句话都不愿意再说了。

她原本认为薛华与她是一次浪漫之行，没想到却是约定俗成的出行。

"好了宝贝儿，不要生气了，都是我不好，以后先告诉你。但是，今天都来了，人家也准备了午餐，也算是多认识个朋友。你今天去了也看看他们的酒庄，品品酒庄的酒，听说他们接手经营的这个品牌的酒还挺好喝的。你再看看画家浪漫的半坡庄园住宅，我想你应该是喜欢的。"薛华小心翼翼地讨好着说。

肖梦影一言不发地靠在汽车椅背上，侧着脸看着窗外，努力使自己的情绪平静下来。

这个酒庄的路途风景真是很迷人，一个多小时的车程不知不觉就过去了。

肖梦影慢慢地接受着这次赴约之行。

眼前，一个古典的石门柱和敞开着的黑色铸铁大门，门头上浮雕着金色的酒庄名字。

汽车直接开进了酒庄。

这是个中型大小的酒庄，酒庄内的前院是一个餐馆，在这里可以用餐与喝酒。侧面的另一个区域是小商店，里面有品酒区和销售，室内开放式的货架上还有一些蜂蜜、奶酪及工艺品出售。酒庄中部的半山坡是庄园主的白色古典住宅，房前有大片绿色草坪，周围环绕着的是葡萄园。

薛华的汽车停车在餐馆前的停车位。

他们下了车，站的这个位置基本可以将葡萄园展望。

肖梦影眼望世外桃源的葡萄庄园，也显得愉悦了许多。

薛华拨通了庄园主的电话，"喂，徐兄，我是薛华。我们现在到了，在前面餐厅的停车场。"

电话那头的庄园主说："你把车开到后面来，我这就出来迎接你们。"

"好的，我这就开过去。"薛华愉快地说着。

汽车从前边的小车场驶进一条夹在葡萄园中弯弯曲曲的小路上。在半山坡的一片开阔草坪前，面对庄园主的洋房一边停了下来。

一条大黄狗，跑过来吼叫着。

主人从洋房的大门走了出来，他一边对着大黄狗挥手喊着，一边跟他们热情洋溢打着招呼："来来来，欢迎欢迎！"

薛华和肖梦影走了过来。

那条大黄狗在另一侧的地上卧了下来，下巴放在地面上，和蔼的眼神，眼巴巴地看着主人迎接着来访的客人。

这位庄园主名叫徐高飞，五十出头的年龄，中等身高，长相一般，看上去精明。

他一口上海普通话，寒暄间引领着客人走进了家。

这是一个有着现代和古典搭配装饰风格的家。

宽阔的客厅有一个超现代，几乎占据一面墙的长条形封闭式壁炉。壁炉前是一套现代简约的浅灰色布艺沙发，线条简约的超大玻璃茶几下面，铺着一整块兽皮地毯。

墙壁上悬挂着一副大型的现代画，说不清画的什么，只是色彩和大线条。周边的台面上，摆放着古典艺术品。在客厅的一侧是开放式的西厨和餐厅，餐桌上已经摆好了做好的凉菜、红酒和餐具。厨房操作台上，主人已配好要炒的热菜。

从开放式餐厅的大落地窗，可以看到室外被绿地环抱着的大游泳池，放眼望去是大片的葡萄园。

肖梦影之前去过不少酒庄，她印象中记得，在深秋的清晨和傍晚，葡萄庄园云雾缭绕，大颗大颗的葡萄上积着露珠。无论是行走，还是驱车经过，就像在云端，仙境一般，想必这个酒庄也一样。

"你的画家老婆不在家吗？"薛华问到。

"她还在睡懒觉，一会儿我叫她下来。"徐高飞压低了些声音说着。

肖梦影走到大落地窗前欣赏着外面的景色。

徐高飞凑在薛华的身边小声地说："你要的画都准备好了，我老婆昨晚还给你赶画了一幅。"

薛华会意地浅笑着。

徐高飞又招呼着他们，"你们先坐，我这就开始炒热菜，一会儿就午餐。"他说着就开了火，准备炒第一道菜爆炒海参。一条鱼也随后下了蒸锅，他做饭很娴熟。

肖梦影走过来热情地跟徐高飞说："不要太麻烦了，简单一点。需要我做点什么？您尽管说。"

"不需要的，你们能来，我们就开心！平时家里的客人也不多，这个地方到了晚上就更安静了。我老婆为此也感到孤独，一般晚上我也不出去的，要是出去也是一起去，不然她一个人是不敢在家里的。"徐高飞边炒着菜边说着。

"你不是养了一条大黄狗吗？给你们看家护院。"薛华一旁说着。

"哈哈，那是看家护院。但是，女人的害怕，不是一条看家护院的狗可以解决的。"徐高飞笑着说。

他说着就把炒好的海参盛进来了餐盘里。

他又开始翻炒接下来的两个素菜，蒸锅的鱼也端了出来。他在蒸好的鱼上面摆了一些小香葱丝，浇了热油调料汁。

"哇，太棒了！老兄真的很会做菜啊？"薛华欣赏地说。

"在国内的时候就喜欢烧菜，只是没时间。现在有时间了，就可以多做一点。"徐高飞说着，又盛出了绿油油的蔬菜西兰花。

肖梦影将炒好的菜一盘盘地摆上了餐桌，"您夫人也很会做菜吧？"

"她不太会，也不太喜欢搞这些，正好互补。"徐高飞说着炒出了最后一道菜。

"你菜做得好，你的夫人好有口福啊！"肖梦影将最后炒好的一道蒜蓉四季豆也摆上了桌。

徐高飞摘下了围裙连忙说："你们先坐，我去叫她下来。"

他快步上了楼。

"她的夫人好福气，有这么照顾她的丈夫。"肖梦影羡慕地说。

"何止是这些？"薛华说着，又靠近了她压低了声，"我这个老兄在国内也是个人物，他有很多上层关系。除了收藏现代名家的字画，就是一心包装他的老婆，出售她的国画。很多领导家里都有他送的画，他人很聪明，是个炒作的高手，在官商和画家之间获了不少利。他的这个老婆是他第三个老婆，比他小二十多岁，人长得也漂亮，就是个子小了些。她学国画大学毕业后就认识了我这个老兄，到现在也不愿意要孩子，这倒是正合老兄的意，他之前的老婆给他生了两儿一女，两个在美国，一个在加拿大……"

肖梦影认真地听着。

薛华的话还没说完，楼梯上就传来了脚步声。

随着徐高飞从楼梯走下来的，是一位有着古典美人灵性的小女人。

她长发垂至腰间，皮肤洁白如玉，细细的柳叶眉下一双含情带露的丹凤眼。细细的鼻梁，有着一张饱满的小樱桃嘴，一笑起来两边嘴角下有两个深深小小的酒窝。

她穿着一件带袖的黑色真丝绒宽松长睡裙几乎垂在地面，在裙边露出紫红色的金丝绒棉拖鞋。她简直就是一个不食人间烟火的精灵，细细纤弱的手指几乎没有一点血色。她一边将着头发，一边矜持浅笑地寒暄了几句，随后走到餐桌坐在了徐高飞座位旁边的餐椅里。

大家都已坐下，准备开始午餐。

肖梦影看着眼前这位只有琼瑶小说里才会出现的女人，心想：这样的女人当然不会给徐高飞做饭洗衣，看她如此纤弱，真怀疑她是不吃饭而活在人世间的仙。

徐高飞很健谈，他一边招招呼着大家喝酒用餐，一边不忘给娇妻韩可馨夹菜。

韩可馨的脸上几乎没有任何表情，她纤细的手指拎着筷子不想进食。她接着又侧过脸跟徐高飞喃喃地轻声说："我有点不舒服，不想吃饭。你们一起慢慢吃，我想再休息会儿好吗？"

"好吧，如果你想再休息也可以！"徐高飞娇宠着他的小妻子韩可馨说着。

"你们慢慢吃，慢慢聊，我今天有点不舒服，想再休息一下，我们找机会再聚。对不起！"小娇妻韩可馨矜持地淡笑着，有气无力地说。

肖梦影连忙说："没关系，你好好休息。"

韩可馨浅笑了一下，小小的酒窝若隐若现。她转身子离开餐桌，向着楼上轻盈地走去了。

大家恢复到正常的用餐，徐高飞举杯与大家喝酒。

肖梦影关心地跟徐高飞说："你的夫人身体好像很弱，你要多照顾她的饮食。"

徐高飞边喝酒边说："她就是饮食不规律，晚上睡觉又很晚。"

"她是画国画吗？还没有在你们家里看到她的作品。"肖梦影好奇地问着。

"她是画国画的，主要画侍女和花鸟。"徐高飞边吃边说着。

薛华立刻恭维地说："梦影，她老婆在国内可是小有名气的画家，一般人要不到她的画，价格也不菲啊！"

他举杯对着徐高飞又说："高飞兄娶的韩可馨可是才貌双全的女人啊，来喝一杯。"

肖梦影觉得薛华的话多数是奉承，她不太相信这么一位看似涉世不深的韩可馨能画出什么惊世之作，她也就没有接着薛华的话评价什么而转了话题，"尝尝徐兄做的鱼，我就是不会做鱼。"

"不要客气，随意！唉，我老婆现在心情不好，自从来了澳大利亚，她的人就像生了病。整天闷闷不乐，我也理解她，来到这边国画受欢迎程度不如中国。两年了，办过两次画展，来看的人多数是玩的，没有几个出钱买的。现在国内整风，画也不好卖。"

薛华看了一眼徐高飞，端起酒杯，"来来来，喝酒喝酒！"

徐高飞一口喝完了杯中的红酒，又分别往杯子里加着酒，"华弟，咱俩交情不是一两天了，今天你带来的朋友也不是外人。你不知道老哥这两年在澳大利亚真是受委屈了，这才真叫围着老婆转呢！之前守着老婆赚钱，现在守着老婆看脸。"

肖梦影一边沉不住气地说："画国画是要回中国才会有市场，实在不行拿了身份就回去。这样心情就会好起来。"

她的话音还没落，薛华在桌子下面的脚碰了她好几下。她不明白自己说错了什么，不理解地看了薛华一眼。

薛华趁徐高飞不注意，又向肖梦影摇着头暗示不要再说了。

"唉，是啊，回去就好了。你们先吃着，我上去看看她，马上就下来。"徐高飞无奈地说着站起了身。

"我们也差不多了，你夫人身体不舒服我们也早回吧！"肖梦影客气地连忙说着。

"是啊，我们找时间再聚吧！"薛华也凑着说。

"不要客气，不要客气！既然来了，就要多坐一会儿。你们还没有看画室呢！不要走，坐坐，稍等我一下，马上就来。"徐高飞劝他们留下，又急忙忙地上了楼。

肖梦影看他诚恳的样子，也只好留下。

这时，薛华立刻拉近了身边坐着的肖梦影，"你不知道，他们几乎是逃到澳大利亚来的。徐高飞在中国给老板倒腾画，老板再送给官员从中拿项目。官员拿着老板送的画，作为礼品继续买官用。这些画都是名家的，有收藏价值，价格不菲。他还捎带着推一些有前途、价格低的新人画作，他老婆就是这一类的画家。

他为了包装这个老婆还搭着送了一些收藏的名画。现在他的这些领导朋友出事了，他才和老婆跑到了澳大利亚。他们一时半会儿是回不去了，回去就有被牵扯进去的风险。他们英语又不好，几乎是困在这里。听他说因走得急，只有一部分名家字画折叠打包在行李箱里带到了澳大利亚，大部分收藏品还在中国，这也是他们不放心的。你知道就是了，不要跟别人再讲了。"

肖梦影这才明白刚才自己是多么简单地看待这个酒庄主移民的事，又有些责怪地看着薛华生气地小声说："你今天干吗把我带到这里来？干吗让我知道这些？这和我没有任何关系，我现在买卖房子的事情已经够心烦了。"

楼梯上又传来了重重的脚步声，徐高飞走了下来。

他歉意地说："馨馨还好，没大事。就是昨晚休息太晚了，现在刚又睡着了。不好意思了，对不住。——来来来，接着喝酒！"

薛华一边阻止再继续倒酒，一边用会意的眼神看着徐高飞，"徐兄，酒是不喝了，一会儿还要开车，梦影下午也要开车接孩子放学。我们午饭也吃好了，还是看看画吧！"

"好的好的，那就看看画。"徐高飞连忙说。

"我们先收拾一下餐桌吧！"肖梦影说着就开始准备收拾。

"不要收拾，我回来收拾，我们先去看画。"

"好吧，梦影，我们就先去看画吧！"

"也好，时间也不早了。那就辛苦您自己收拾了。"

"没事的没事的。"

三个人说着就起身离开了房间。

他们随着男主人，向房后半坡的另一侧，平层超大的白色房子走去，这就是薛华所说的半坡画室。

男主人打开了这座白色房子的房门。

这是一个有约八百平方米的房子，墙壁上挂满了国画和书法作品。其中有一些名人的画作，还有的就是徐高飞老婆韩可馨画的仕女图和花鸟画。

别说，韩可馨画得还真不错，这出乎了肖梦影的想象。

仕女图上的女人，简直是给口气儿就活了的感觉。这些仕女和作者本人一样纤弱婀娜，这让肖梦影对看似肤浅的小女人韩可馨的成见几乎全部消失。

眼前的每一幅作品，在她细腻的画笔下惟妙惟肖。仕女的眉宇间都隐含着神秘，那似笑非笑的面容更是耐人寻味。

徐高飞介绍着名家的作品只是展示并不出售，言外之意他小娇妻的画作是出售的。

肖梦影见过不少名家的作品，对收藏也不大感兴趣，她倒是对韩可馨的仕女图有些喜欢。

在她看来，徐高飞为了在澳大利亚寻老婆开心，也是煞费了苦心。他们需要的是人们对他们的认可和对作品的珍视，可是这些感觉在澳大利亚这块土地上基本上是落空的。

对英语不好的徐高飞夫妇来说，在澳大利亚出名和挣钱实在是太难了。加上现在中国整风，钱又很难出来。澳币对人民币一比五的开销，只花不进，现金流的急剧缺失令人恐惧。想办法卖点儿画，一来有些收入，二来讨老婆欢心，何乐而不为？

徐高飞和薛华在中国就是倒卖画的合作伙伴，来到澳大利亚也是前后脚相约而来，继续合作倒卖字画也成了顺理成章的事。

这些中国水墨画虽说在澳大利亚基本上没什么可卖之处，但是他们也不放过一线机会。

今天的酒庄之行，肖梦影就是薛华给徐高飞带来的买家。

她此时正愉快地欣赏着徐高飞老婆的画作。

"——这几张都不错，如果买，是什么价格呢？"还没等卖家叫卖，她就开口了。

薛华在一旁快速地看了徐高飞一眼。

徐高飞不好意思地笑着，"要说是自己人，不好要价的。说实话，多年来我老婆的作品只卖不送的。她的画在市场上一平尺卖三万人民币，你看的这几幅都是八平尺的。咱的关系，就按一平尺两万八千人民币吧！以后不要告诉其他人这个价，不然不好做的，请你理解啊！"

薛华在一旁紧接着说："黑市上更贵一些，还不一定是真品，今天是来到了画家的家里，又是这个价，挺合适的。"

肖梦影欣赏地看着画，"嗯，我确实是喜欢，就要这三幅吧！"

"好的好的，这就给你卷好。"徐高飞愉快地说着，又让薛华帮忙把她看上的这三幅画一个个地摘下卷了起来。

"你把账号给我，我转换成澳币的价格，用手机银行转给你。"肖梦影对着正在卷画的徐高飞说。

"好的好的，不好意思了！"徐高飞卷着画说着。

"不然我们添加一个微信，以便联系。"肖梦影愉快地说。

徐高飞说着瞟了一眼看了薛华，说："好的好的，但是我的手机落在厨房里了。"

薛华也看了徐高飞一眼跟肖梦影说："回头我把他的微信给你推荐过去！"

"对的对的，你推荐给她。我这就写账号，不急着汇款的，有空再说。"

徐高飞说着，卷好了画递给了肖梦影，转身在画室的大桌子上取回来稿纸，信手写上了他的银行账号又递给了她。

肖梦影收起了账号，"我一会儿在汽车上就会汇给您画钱。"

"好的好的，不急不急。有需要就来看看，我老婆会总画一些新的作品，或是以后给你画肖像也是可以的。"

"好啊，以后可以考虑画一幅挂在家里。"

"好了，我们要走了，谢谢徐兄的邀请，以后找时间再聚。"薛华愉快地说。

肖梦影和薛华在与徐高飞的寒暄中，离开了这个仙境般的葡萄酒庄园。

回程的路上。

肖梦影将买画钱用手机银行汇给了徐高飞。

一路上，她不断评论这三幅画，并对那个小女人赞扬有佳。

薛华边驾驶着汽车，边乐滋滋地应和着。他不断地夸肖梦影有眼光，出手不凡。

肖梦影在他的夸耀里，为自己的艺术眼光陶醉着。

薛华看肖梦影回程如此愉快，又轻轻地抓住她的手，"梦影，哪天再聚聚好吗？你不知道我有多想你！我每天晚上一个躺着的时候，就想到你圆圆的乳房和光滑的小屁股。——我就立刻有反应了，那个难受劲儿，别提有多想你了。"

肖梦影对他的这些话没有做出回答。

但是，她却清晰地感受到，自己的身体已随着他这些刺激的表述变得酥软，下身已湿润了起来……

第十八章
高利贷

肖梦影买画回来的第二天，薛华打来了电话，又是一阵性诱惑。她的神魂像铆钉一样，又一次被磁铁般的薛华吸了去。

在薛华家里，肖梦影沉沦在性爱中。

薛华每次给她身体上带来的强烈性刺激，都使她得到无比的快感，体会着自己身体原本是那么年轻旺盛。薛华刚健的体魄和爆发式的性，像头使不完劲儿的公牛，在她这块肥沃的土地上刚劲耕犁着。

薛华除了对肖梦影强烈的性需要，在她生活里所发生的事情和压力仍不能入心入微地关心。他之前答应辅导肖梦影儿子学习的事情早已烟消云散到脑后，她为此也多次说叨，甚至是指责。他一次次地逃脱着，说自己有好多事要处理，相信孩子学习没有问题。

肖梦影从心里对他是不满意的，他们的关系时好时坏、分分合合地持续着。

今天，薛华和她性事之后，破天荒地主动提起了她销售房子的事。

他面带关心地望着肖梦影，"梦影，如果交割不了房子你就会面临违约，不然就跟你丈夫提出资金应对，或基金贷款。"

肖梦影不希望让孟立成埋怨自己，听薛华说到基金贷款倒是有所兴趣。

她还没有来得及问话，薛华又说："如果能贷款也是好办法，这样可以不急于低价出售自己的房子，慢慢卖掉就是了。"

"什么是基金贷款？"她急迫地追问。

"基金贷款就是在你没有任何办法时的一个办法，不需要澳大利亚收入证明和所有银行贷款的常规材料。通过评估房子的价值，就可以贷出款来。"薛华不紧不慢地说着。

肖梦影之前是想有二手准备的，就是一边卖法式的房子，一边贷款。可是，近一年多来，澳大利亚贷款政策严重收紧，海外收入证明不能被使用。即便是澳大利亚收入证明齐全，也是很不容易审批下来。

肖梦影根本开具不出来，在澳大利亚高达几十万澳币的年薪收入证明，来贷款交割这座新买的几百万澳币的房子。今天薛华说到基金贷款，这对于不懂经济的肖梦影，是第一次听说的大好消息。

肖梦影兴奋地说："还有这样的好事？那就赶紧办啊？"

薛华脸上也露出了喜悦，又试探着说："就是利息高一些。"

肖梦影像个孩子一样天真地看着他，"多高？"

"这要根据用款时间的急迫和贷款量来定。这样，明天我介绍一位做基金贷款的朋友给你，你们聊聊吧！"

"好啊！明天我了解了解。如果能行，那简直是太好了！"

"看我关键的时候还是想着你吧？"

"这是你应该做的，你之前关心得太少了。如果早关心，我的压力也会分解一些。"

肖梦影明知薛华自私，又期待自己能改变他，唤起他爱人的能力，而不仅仅是性爱的能力。可是，薛华基本上还是我行我素，不能主动关心人。

今天，他的主动关心，令肖梦影比较意外。

肖梦影心想："也不知道今天哪根神经触动了他，能有这个主动的爱心？"

薛华的这个基金贷款建议，使肖梦影紧张、压力的心，顿时感到减轻。她原本和他仰卧着的身子，向他的臂膀贴近了一些。

薛华将她揽在了怀里。

她的手指轻轻地在他裸露的胸膛上滑动着喃喃地说："你家里最近还好吧？你老婆和孩子也想你了吧？她娘家哥的养鸡场怎么样了？"

肖梦影每一次对薛华家里的关注，都是对他与自己的关系不计前嫌的萌动。

像这样，总会出现的瞬间期望和随之灰心，伴着他们的相处交错着。

"家里一切还好，我女儿在幼儿园表现很好，常得小红花。老婆还是老样子，照顾女儿。养鸡场近期情况不太好，前一阵鸡瘟死了不少鸡，更不要说鸡蛋的产值了。她哥向我要钱给养鸡场，我又汇了钱。鸡场整体清理后，又买了三千只鸡。"

"我就想不明白你为什么那么怕惹她娘家哥。"

"你不知道啊！他娘家哥之前打架成性，还在村里打牌赌钱，被拘留过多次。我跟他妹的事原本不大，但是我当时正赶上贵人出事，担心她娘家哥就此将我告上法庭，作为导火索给我带来更多麻烦。

好在养鸡场使他哥有了事做，打架少多了，也不赌了。这两年养鸡场挣了点儿钱，她哥也成了亲，找的是村支书的侄女儿。

两人关系处得还不错，明年三月他们的孩子就要出生了。咋说他也是我孩子她舅，他很亲我女儿，见了面就总带出去玩。他这个人很聪明，就是没怎么读书，小学三年级就不上了。他要是多读几年书，凭他的聪明劲儿，也许还真是个人物。"

薛华津津乐道着老婆的这位娘家哥，他丝毫没有察觉到肖梦影询问的言外之意。

肖梦影满脸的冷淡，从他的臂弯里移着身子说："你长期不回去，也不担心你那位貌美的老婆？"

"她应该不会，现在家里的经济都靠我支撑着。她整天忙孩子，孩子去幼儿园了她基本上就是打打牌，我有眼线清楚她的情况。"

"她毕竟年轻，长时间分居也确实不是个事儿。她就真的不准备来吗？"肖梦影说着。

"估计孩子上中学以后了吧！她是不愿意来的。"

"你从来都没有想过离开过她吗？"

"我人到中年才有孩子，折腾不起了。一切都是宝贝女儿引起的，为了她都走到今天了，还有什么可以使我放弃她的呢？我所做的一切还不都是宝贝女儿的吗？"

薛华的这些话也确是生活的实际情况，她想："自己也是因为孩子一忍再忍这无望灰死的婚姻。离婚和再婚对于中年的人，是存在着太多的牵连，动哪一下不是伤筋动骨呢？即便是断然斩断，之后再婚出现的问题，比之前不幸的婚姻也好不到哪里？这也许就是人们常说的，半路夫妻不好过吧！"

"好了，宝贝儿，不说这些了，人生不易，及时行乐吧！"薛华说着搂过肖梦影在她的额头使劲嘬了一口。

薛华的角色转换是那么自然娴熟，肖梦影心里倒是说不出的难过和别扭。

她脸色平淡，并移动着身子，"时间不早了，我要赶紧回去了。你抓紧联系一下，明天上午争取跟你的贷款朋友见面。"

"好的宝贝儿，我知道，来再躺一下。"薛华说着就拉肖梦影躺下。

肖梦影挣脱了他的手，莫名地生了烦感。

她坚持起身，穿上了衣服，"我等你电话，你抓紧。"

"知道了。"他直直地看着她说。

"最好是明天上午见贷款的朋友，我下午见索菲娅，说房子销售的事。"

"遵命亲爱的，等我的消息。"薛华说着便坐起来身子，又回味着、贪婪地看着肖梦影，"宝贝儿，跟你做爱真是太美妙了，我怎么也做不够。"

肖梦影一言不发地淡笑了一下。

穿好了衣服的她，拿起了包准备离开。

此时，她的手机来电，是索菲娅打来的，"喂，梦影，你一会儿有时间吗？我们十五分钟后可以在老地方咖啡馆见面吗？我要跟你说说销售情况，原本明天，但是今天有一个买家。"

肖梦影听到有买家，立即说："没问题，十五分钟后老地方见！"

她急忙向薛华道了别，连走带跑地出了薛华家的门。

十多分钟后。

肖梦影来到了咖啡馆，她看到索菲娅已经坐在那里正在看手机，就连忙走了进去。

她心里对索菲娅不再看好，但又不得不继续着身不由己地合作。她难以再像之前跟她的交往，而是带着不满，甚至是些不客气。

她照直地走到索菲娅的身边坐了下来，"我路上耽误了几分钟，让你久等了。"

索菲娅看到她，满脸堆笑，"没事的，我也是刚到。"

肖梦影满脸严肃，"你说有一个买家？"

"是的，你要喝点什么？"

"还是老样的。"

索菲娅起身到了吧台，帮肖梦影点了咖啡。

肖梦影对她虚假的友情已心灰意冷，望着这个可恶的女人，都是她让自己陷入了困境。

索菲娅仍满脸堆笑地回到座位。

肖梦影保持着满脸的严肃，心里却渴望着好的消息尽快地从索菲娅的嘴里说出来。

索菲娅坐了下来，不紧不慢地，嗲声嗲气地说："恭喜你，今天总算签了一个买家。"

她说着从包里拿出了销售合同，放在了肖梦影面前的咖啡桌上。

肖梦影保持严肃，但内心激动地翻开合同。

索菲娅又从手提包里拿出来一个信封，从里面取出了一张支票，"这是一张买家开给你的押金，你看这个买家多有诚意，支票都给你开来了呀！"

肖梦影专心看合同的价格，没有顾及索菲娅说的话。

她看到合同上的销售金额，距离西人老板的广告价，竟然下滑了一百万澳币，"怎么会这样低的价位？我不同意这个价格出售。"

"梦影，这已经是非常难得的客人了，这是唯一签合同的客户。为这个合同，我们是费了力气的。他们现在住的房子也要先销售才可以生效这个合同，来交割你的房子。为了表示诚意，他们给了押金。你还是签字为好，不然这个客户就会走掉的。现在的市场又不好……"

"市场再不好，也不能相差一百万澳币啊？这个价位跟你的老板之前的估价差距太大了。这是廉价销售我的房子，再加上你说的买家卖掉自己的房子此合同才生效。这几乎是一个无效的合同，我不同意签字。"

"梦影，你再想想吧！合同留给你。"

"合同和支票，你都一起带走吧！你作为中介公司，是应该长期关注和清楚房产市场与贷款情况的。你就不应该推荐我在这个时期购买房产。你不但推荐了，你的西人老板承诺了高额销售我的房产，这是对客户极其不负责任的。"

"梦影，你不要着急，我们已经非常努力地找买家了。"

"我能不着急吗？现在都什么时候了？距离新房子交割期不到三周的时间，你的老板说有几百个高端客户又在哪里呢？况且承诺的销售额数竟然落差了一百万澳币，你老板只考虑接销售房源，不考虑客户的死活，这样的老板终究是做不下去的。"肖梦影越说越生气，她激动的声音引起咖啡馆其他客人的注意。

索菲娅连忙赔笑着说："梦影，要不然我给你介绍一下基金贷款吧！这个办法最快，就是利息高，基本上是 15%—30% 的利息，你能接受吗？"

"这么高的利息？如果尽快卖掉我的房子还可以接受，如果卖不掉时间长了那还得了？"

肖梦影心想："薛华介绍的基金贷款朋友，也许利息会低一些。"

因此，她也就没有再接着索菲娅基金贷款的事说下去。

索菲娅满脸的不自在，她看时间不早了，说还要回公司跟老板汇报情况就不多聊了。

索菲娅站起来要走的时候，肖梦影冷冷地说：

"等等，你去公司跟你的老板说，他没有实现承诺，而是视我的安危于不顾，缩短了新房子交割期。如果造成我不能如期交割而违约，我会追究他法律责任，这分明是合同诈骗。好了，你走吧！"

"不会这么严重吧？你先消消气，但是我还是觉得你要考虑一下基金贷款，说直接点儿就是高利贷。短期借款，卖了房子就还清。——我先走了，你再想想。今天的咖啡我买单。"索菲娅皮笑肉不笑地说了一通，一扭一摆地走到吧台结了账。

肖梦影带着气儿坐在那儿，直愣愣地看着眼前的咖啡杯，又抬头使劲地看了一眼正在结账的索菲娅。她突然感觉到这一切都是索菲娅跟她的西人老板整体对她的算计，因为所有的交流都是索菲娅翻译和主说的。在买卖房产中，西人老板利用索菲娅针对华人的销售方式，来坑骗华人。他们珠联璧合！

索菲娅结了账去了洗手间，等走出来要跟肖梦影打招呼的时候，肖梦影已离开了咖啡馆。

索菲娅知道这下肖梦影着急了，她担心着交易房子会是怎样的收场，和下面即将引发的官司。此时，她没有一丝笑容的脸顿时凝固，显得苍老和疲倦。

她担心肖梦影打官司连带着自己，心里安慰自己："我是给公司打工的，就是有问题也是公司担责。如果肖梦影新房交割期违约，一定会再搬回自己的房子里。到那时肖梦影会终止销售自己的房子使我失去中介费的机会。好在，肖梦影的新房子违约，公司和我仍然可以拿到卖家给的中介费。"

眼看着可以一箭双雕买卖两房的中介费，就要飞走一单了，索菲娅脸上渗着恨走出了咖啡馆。

她的眼睛死死地盯着路面走着，细高的鞋跟像啄木鸟坚硬有力的嘴，啄得地面梆梆响。索菲娅心想："自己家的米还等着下锅呢！至于她是死是活，只能她自己认了。"

肖梦影气呼呼地回到了即将交割租住的新房子里，她进了门丢下手中的包在柜子上，走到客厅坐在了临时搬来的花园座椅上。

她呆坐着，心想：中介整个是骗局，由于自己太轻信中介，使得眼睁睁地要丢掉几十万澳币，前后加起来折合人民币二百万上下。都怪自己！现在只有走基金贷款也就是高利贷这条路了，赶紧催薛华联系。

她连忙站起了身，走到门口的柜前从包里取出手机要给薛华打电话，她刚要拨号就有一个电话打了进来。

"喂，您好！请问是肖梦影女士吗？"

"我是，请问您是？"

"我是薛华的朋友做基金贷款的皮特，薛先生让我给您打电话谈关于基金贷款的事。"皮特一口标准的普通话传入肖梦影的耳里，这是一位华人基金贷款代理人。

肖梦影一听是这样，情绪立即积极了起来，心想："薛华真是关心我，这次还真是不错，关键的时候够意思。"

她连忙回应电话里这位像救星一样出现的皮特，详细介绍了需要贷款的情况并提出了一大堆的问题。

两人的对话持续了将近四十分钟。

皮特希望立即去找她做委托合同，并当场签字。

肖梦影当然希望越快越好，当她提到最关心的贷款利息时，皮特说他们是比其他公司的利息高一些。他说是因为最能保证贷款成功，和最快的时间可以贷下来。

还没等皮特再详说，肖梦影同意立即见面。

半个小时后。

皮特来到了肖梦影的面前。

皮特以高效率的谈话速度，承诺了贷款额数和三份贷款。利息分别是 10%、15% 和 30%，三个月内不可以终止，一年还清。

皮特对高息贷款的必要性和不能丢了首付及卖房还款计划，说得头头是道。特别是他在评估贷款额度上，做到了房地产市场的最饱和。

肖梦影听着他充分地表述，把注意力全部放在了可以如期交割的新房子上，在三个月内销售掉自己的房子，用挣来的房钱还高利，而后还可以抵充利息等关键的字眼上。

她哪里知道基金代理的评估根本就不算数，而是要放款机构评估为准。

皮特边聊边做若干代理委托合同，等待肖梦影以电子签字的形式签字。其中最主要的条款是，一旦签字委托，中途反悔也要付代理费和高息贷款的高额申请费。

肖梦影看到这么多要签字的文件，她不由地退缩了。之前就是签字惹的祸，这一次一定要小心。她借口要跟丈夫商量，躲掉了眼前的签字。

接下来的几天。

她接听到闻风而来的诸多高利贷华人经纪人的电话，她还奇怪是从哪里透露她需要短期贷款的消息。

这个事情只有索菲娅和薛华知道，不过就索菲娅一个人的传播力，足矣消息扩散。高利贷经纪人的介绍五花八门，利息高低和条件各有说法。

肖梦影这才知道原来高利贷在社会上这么热门，搞这一行的人还挺多的。她仔细地想了又想，利息算了又算还是觉得后怕。

这几天薛华总出现在她的面前询问高利贷的办理情况。

今天薛华又给她打电话，强调只有这一条路可以走，希望她尽快决断。

肖梦影跟他说："高额利息的高风险存在实在是太可怕了，后果不堪设想。"

薛华坚持地说："这是临时贷款，卖了房子就不存在问题了。"

"要是卖不了房子呢？"肖梦影几乎是用争吵的语气质问。

"我觉得能卖掉，你要有信心。"

"可是，买家不是我能决定的，未知的太多。"

"如果不贷这个款会更糟。"

"贷了高利贷后果会更糟！"

他们在电话里各说各的理争吵着。

肖梦影不能理解薛华怎么看不到高利贷的风险。

薛华努力说服她在代理合约上签字。

可是，越是这样肖梦影就越是不愿意签，因此挂掉了他不少次电话，不想再对话。

这些天来，詹姆斯每天还在正常地给肖梦影发英语信息，无论她是否有回应？他依然这样做着他认为应该做的事。当然对肖梦影的好感，也是最让他不退缩的理由。

詹姆斯期待能与肖梦影再次见面。但是，他除了乐此不疲地发英语学习信息，与肖梦影私人交往的意愿却从未有勇气表露。他知道，自从见到肖梦影的那一刻，他对爱情灰冷的心，如枯草从冰冷坚硬的泥土里拱出的芽。

也许是因为肖梦影的长相过于相似自己曾经深爱过的那个女人，使他不由地总想到以前那段特殊的日子。也许他和中国的情分太深，以致怀疑过自己是否曾在中国唐朝的长安生活娶妻。不然此生不会有这么深厚的中国情缘。

肖梦影对他来说，除了相貌上相似之前的女友以外，她的气质和性格也是令他欣赏。但是，他也知道自己和肖梦影截然是两个生活条件里的人，爱情的萌发又在矛盾和纠结中不断地僵死着。

可是，无论现实多么残酷，他强荷尔蒙的雄性激素驱使着他幻想着美好的爱情故事和肌肤之亲能够卷土重来。

在距离肖梦影家三十公里以外的海边，景色依然是那么美好。一座座木质建筑风格的房子，错落有致地尽显着这个临海生活区域的风情。

詹姆斯的家就是这些木质房子中的一座。

他浅绿色平层木制建筑的家，因海风常年腐蚀颜色变得更为浅淡。由于阳光的长期照射，屋顶红色的瓦片也变得灰红，上面还结了些干干硬硬的海藓和零星的干鸟粪。

这是个看上去不算大的住宅，不大不小的花园打扫得干干净净。院墙下开满了紫花的薰衣草；老旧的木栅栏与地面之间的搭架上，爬满了南瓜藤，坠着一个个形态各异大大小小的南瓜；旁边的搭架上爬满了番茄的绿秧子；变红的番茄一个个饱满圆润，在阳光的照耀下反着亮。

院子里的草修剪得很平整，在房前的窗子下种满了君子兰，油绿肥厚的叶片中间正盛开着朵朵橘红色的花朵。

住宅一侧加盖了一件简易的小木屋，三面木制的墙壁挂满了花园实用工具，中间是一个小的木制操作台，上面固定着一个小的电锯子。

木制住宅的两侧和屋后，有几棵棕榈树细细高高地伫立着，那高顶着长长的铁树叶子上结满了硬硬的小果。海风吹起的时候，铁树的叶子像飞扬的长发，将结出来的小硬果唰唰啦啦抖落在屋顶，又跌落在窗前的花叶上，弹落于地。一只体积中等，毛色黑白相间的牧羊犬正卧在窗前打盹儿，时而从树上落下来的果子，落在它的身上或头上，它已习以为常。

房前客厅的门窗是开着的，阳光洒进了半个屋子。客厅墙壁上那宽竖条纹的墙纸，由于时间光线的打磨，几乎只能看到仅有的那点儿淡淡的绿色。墙上挂着几幅镶着老木框的铅笔小画，一幅是中国清末北京城前门大街，一幅是欧洲风景，还有一幅是荷兰船屋画。

客厅简单的几件老木质家具，在太阳的照射下透着实木的质地，显得更为古朴。看上去老旧的驼色布艺沙发上，铺着发了黄头的乳色钩织品。小木质茶几上放着一个内有衬布的小竹筐，里面是一团团的毛线。

一侧的一把老沙发摇椅里坐着一个正在打瞌睡的老太太，她那布满皱纹的脸上低架着一个老花镜。她雪白的短发曲曲卷卷在头顶，那双满是老年斑胖乎乎的手，持着毛针线摊放在圆润的肚子上，线团已滚落在了地上。

客厅旁的一间房子的窗子也开着，詹姆斯坐在窗前的书桌前，正若有所思地散视着窗外。旧的书桌上摆放着几本书和一台老式笔记本电脑。桌角有一杯浓黑的热咖啡和他的三星手机。

这座宅院是詹姆斯的父亲留给他和母亲的唯一遗产。

詹姆斯在这个充满生活气息的老宅院里与自己的老母亲相依为命，还有他忠厚的牧羊犬沃夫。

他的母亲一生最大的乐趣就是织毛衣，一辈子也不知织过多少。织了又拆，拆了洗洗又织，就连爱犬沃夫冬天的毛衣也都是老太太织的。现在她年纪大了，眼睛更是昏花，织一会儿就睡一会儿。老太太除了耳背又不肯戴助听器，她的思维还是比较清楚的，对詹姆斯的一日三餐总挂在心里忙在手上。老母亲最大的心愿就是希望詹姆斯再找一个妻子，也好放心他的后半生不孤单。老母亲严重耳聋带来她对语言表述的遗失，使她已不太使用语言，但是眼睛里却写满了对儿子的牵挂。

詹姆斯为此也是看在眼里，但是嘴上也没多说过。从他的心里是希望母亲在世的时候，自己能遇到一个心爱的女人结为夫妻，也好让老人放心。但是，家境一般，自己又不是个年轻人了，爱人是可遇不可求。

他对爱情没有太多的奢望，如果能遇到便是上帝对他的眷顾了。

今天，他终于鼓足了勇气，向肖梦影发送了一条希望见面的信息：梦影你好，我明天下午会去你那边。如果你有时间，可否一起在海边喝杯咖啡？

他发过去信息，心绪不宁，担心自己的要求会受到拒绝。他一口口地喝着纯黑无糖咖啡，不想，最后一口竟然杯底已空。他放下已空的杯子，自嘲确实需要表达爱情的勇气。他开始在电脑键盘上继续他的写作，但是，他的心已不在写作上，索性合上电脑，闭目养神，使自己镇定。

他又拿过手机拨弄着，查看着万一遗漏的肖梦影信息的回复。

他心里还不断地自责自己是一个没有资格向肖梦影表达爱情的人，唯有自己的学术成果一直陪伴着自己，使自己幸福和满足着。他祈求上帝的眷顾，能有一个真正属于彼此灵魂的人走到一起。

此时，他的手机里出现了肖梦影的回复：

詹姆斯你好，很高兴能与你一同喝咖啡。下午两点我们海边咖啡馆见可以吗？我会把地址发送给你。

詹姆斯收到了这条回复，难以言表的喜悦。他的心像铁树开出了花。

第五卷

DIWUJUAN

第十九章
薰衣草

肖梦影没有回绝詹姆斯的约见，也算是这么多天来对他热情发送英语教学信息的一个回报。

尽管她此时交易房子未果的压力已经很大，高利贷仍是她绝对不愿意接受的。交割房子一天天临近，再等两三天如果还是交易未果，那就一定要向孟立成说明这一切，看他能否解决。

肖梦影是一万个不愿意在孟立成面前落埋怨，她后悔没有听孟立成的话。

下午。

在肖梦影家附近，海边咖啡馆室外的一把巨大的红色太阳伞下，她和詹姆斯见面了。

这把红色的太阳伞几乎覆盖了室外所有的咖啡桌。

坐在这里，放眼望去是蔚蓝色的大海、白色的帆船和停靠港湾的游艇。红、蓝、白的色彩，绘制着海边的美丽。

肖梦影和詹姆斯的脸颊被红色大伞折射下来的光线映得红扑扑、朦朦胧胧的。

他们点了各自喜欢的咖啡。

詹姆斯显得有些不好意思，"见到你很高兴，近来一切还好吗？"

肖梦影努力用微笑掩饰着近来的压力，"还好！——谢谢你给我每天的英语教学，我虽说没怎么回复，但是却在听和看。"

"能为你做事情是我的荣幸，请不要客气。哦，对了，我给你带了一个小礼物。"詹姆斯说着，从包里取出一个印着紫色小花的纸包。

这个小礼物，包装得很好，还系着草绳。

肖梦影不好意思地说："你教我英语，我还没有想到怎么感谢你？你还给我带了礼物，真是谢谢了！"

"不用谢，这是我的一点儿心意。"

詹姆斯说着，将礼物交在了面前这位漂亮的中国女士肖梦影的手里。

肖梦影接过这个小礼包，愉快地小心将系着的草绳解开，翻开纸包，里面还有一个防水的小锡纸包。

她微笑着看了詹姆斯一眼，继续打开着，"好神秘啊！"

詹姆斯微笑着，带着羞涩看着她打开着礼物的一举一动。

"哇，原来是种子！这是什么种子呢？"肖梦影新奇地看着打开的礼物说。

"这是薰衣草，就是包装纸上这种花。它的花期比较长，种在院子里等到花开时，会有淡淡的香味，在夏天的时候还可以驱赶蚊虫。你现在就可以种下，很快就可以看到它的生长，迎接它长大开花。"詹姆斯亲切热情地说着。

肖梦影没想到詹姆斯会送给自己这样接地气又有生活气息的礼物，她又看了看眼前这位满面短胡须的中年男人，有这般细腻的内心。

"谢谢你詹姆斯，我很喜欢！"肖梦影愉快地说着，而后把花种重新包好放进了身边的包里。

詹姆斯吭了吭嗓子说："我很喜欢中国的牡丹花，还有芍药花。但是，只能在中国的五月季节里可以看到。如果海关允许，我的家里早已种满了牡丹和芍药花，可惜，只有回忆。"

"牡丹在中国象征繁荣和富强，我很喜欢，也喜欢芍药花。"

"你就像一朵漂亮的牡丹花。"

"哦，是吗？谢谢！"

他们说着，都不好意思地笑了。

"如果你喜欢种花，我以后还可以再送给你一些我喜欢的花种。"

"谢谢，我喜欢花，也喜欢种植，只是种植技术一般。"

"以后我也可以用英语跟你交流种植花种，我回去会把澳大利亚的一些花种的名字发给你。"

"很好，这是一个好的学习内容和方法。"

肖梦影突然觉得詹姆斯的出现，应该是上天给她在澳大利亚生活的一个礼物，冥冥之中他就是来帮助自己的人。

詹姆斯的中文畅所欲言的程度，确实可以忽略他是外国人。

"我真的没有想到，你的中文会这样好，你是在中国学的吗？"

"哦，是的，还要感谢我作为交换学者到中国北京外国语学院教书的机会，使我有机会学习中文。当然，还有我对中国历史的研究，使我对中文的学习更加迫切。"

"你是在哪里学的呢？"

"起初，我一边教书，一边自学中文，并尝试和同学们交流中文。后来利用课后时间在北京语言学院学习中文，坚持了两年的课程。"

肖梦影又问："那是什么时候的事情？"

他说着喝了一口黑咖啡，轻轻抿了一下嘴唇上的咖啡，意味深长地说：

"那是二十多年前的事情了，我在北京外国语学院教英语。我和学生们相处得很好，我们经常用中英文交流，学生们都叫我开心果老师。因为我喜欢跟他们开玩笑，他们说一般不会和老师开玩笑，但是跟我可以。"

"我喜欢让他们称呼我的名字，他们起初不习惯，但是我却坚持要他们叫我的名字。后来，我们就像朋友一样愉快地相处。"

"我教的是大学四年级，学生们的学习很紧张，我很同情，不希望他们有压力。但是班主任要求他们很严格，她是一个29岁，具有东方古典美的年轻女人。她漂亮的脸上凝聚着严厉，像一尊漂亮冷艳的石膏像。"

"男同学们悄悄地告诉我，私下他们叫她冰美人。"

"听起来很有趣。我也经历过起外号的这个年龄，不过开心果和冰美人的外号很好听。"肖梦影兴致勃勃地说着。

"是的，我也是觉得很有趣。那是非常难忘的几年时光。"

"你当时结婚了吗？"

"没有，我结婚比较晚。我这个人总会跟爱情擦肩而过，这也许是我的命运。"

詹姆斯微笑着的脸，略显出僵硬。

"对不起，我不该问你个人的感情生活。我只是觉得会不会是夫妻分开时间长、不能总在中国的原因。"肖梦影连忙解释着说。

"哦，没关系，我不介意，这没有什么，不是这个原因，我当时 33 岁，还没有结婚。"

"你年轻时候一定更帅，也会有不少姑娘喜欢。"

肖梦影的这句话一下使得詹姆斯在红伞下的脸更红了起来，他的神情一下变得更为羞意了。

詹姆斯是一个很容易害羞的外国人，这让肖梦影觉得意外。

他自嘲地说："我的命运里好像没有爱情，有时候我认为是爱情，却又不是。也可能我不太容易表达自己，错过了机会吧！"

"我理解缘分与机会的把握，有的缘分一旦错过，却永不再来。"肖梦影有同感地说着。

他接着又在包里取东西，"我差点忘了，有两本小的双语故事书是我在墨尔本华人区的新华书店买的，送给你读一读。我知道现在有很多学习软件和电子书籍，但是我还是喜欢直接面对和阅读真正的书本。你有什么不明白的，可以告诉我，我们一起探讨。"

肖梦影一边道谢，一边接过詹姆斯递了过来的这两小本双语读物，她觉得心里很温暖。

她感激地说："我能为你做些什么？"

"不用客气，你能说好英语，就是对我最好的礼物。"

"学习英语也不是一朝一夕，我给你学费才是。"

"我不需要你付学费给我，教书是我的爱好。我的中文也可以在见你的时候得到学习。"

"如果我和你的中文对话可以对你有好处，那当然是我最愉快的。"

"一定是有好处的！如果你愿意，我们可以计划一下学习的时间和方式。我觉得一周可以见一次面，平时可以用信息交流。

你说呢？"

"嗯，也是好办法。"

詹姆斯脸上露出了舒心的微笑，他微微低下了头，又缓缓地抬起看了看肖梦影，"以后，我再慢慢地跟你用英语讲述我在中国的故事。"

肖梦影微笑着说："以后，我也给你慢慢地用英文讲我的故事。"

"谢谢！"詹姆斯说着由衷地笑了。

肖梦影也愉快地笑了。

詹姆斯愉快地补充着说："我还可以在每周二或是周四的下午来。"

他们最后确定每周二下午，在这个咖啡馆见。

这样的英语学习，使肖梦影想起了二十多年前。

在北京，大雪纷飞的隆冬，她和好友沈铭浩有过一段学习英语的经历。

说起这位好友，他在失联十年后的几个月前，突然出现在肖梦影的微信里。

有什么可以使他转身决绝，长达十年不联系的呢？

在肖梦影人到中年的这一刻，置身大洋彼岸的异国他乡，想起这份决绝都觉得无比的珍贵。这是人生赋予她情感记忆中的美好和伤痛。

更令她意想不到的是，这个决绝的人，不但出现，而是三番地要赴澳与她相见。

面对他的执着相见，她因房子交易的心烦意乱，拒绝了他多次。可是，要见面的心已经在决绝之人的心里飞出了絮，这见面就是眼前的事了。

转身天涯，坐在美丽海湾太阳伞下的肖梦影，遥望大海，此时思绪万千。

詹姆斯看肖梦影若有所思的样子，吭了吭嗓子说："在墨尔本有薰衣草农场，非常的美丽。每年我都会带着老母亲去那里赏花。如果你喜欢，我们以后也可以去。"

散神儿的肖梦影，被詹姆斯的薰衣草农场唤了回来。

她淡淡地笑了笑，"是吗？我还没有去过，有机会可以去看看。"

"我母亲特别喜欢薰衣草。"

"你和母亲一直住在一起吗？"

"是的，在我父亲去世以后。但是她和我的妻子相处得并不好，她不喜欢我的妻子。"

"为什么呢？"

"因为她不喜欢我的妻子总干涉我的事情，还不喜欢她的性格。"

肖梦影觉得奇怪，原来国外的婆媳也存在婆媳关系问题。还有和老人共同生活的詹姆斯，不像自己以前想的，外国人的父母和孩子都不住在一起。

她不由地问了这些问题。

詹姆斯毫不避讳地说外国人是喜欢分开各自生活的。但是，他的父亲去世了，他不想把老母亲送到养老院。他就和妻子从城里的公寓搬回了母亲的家里，工作忙的时候会住在城里的家。

肖梦影又好奇地问："你妻子生前是做什么工作的呢？"

詹姆斯幽默地说："她是社区图书馆的管理员。她喜欢严肃，对我要求很严格，她觉得这是她的责任。哦，中国叫我这样的人，是气管炎（妻管严）。"

肖梦影被他这么一说给逗笑了，"——天哪，你竟然还知道'妻管严'的这个说法？"

詹姆斯又幽默地说："在她面前，我是三好学生。可是，后来我不干了，因为当三好学生太难了。"

肖梦影又因他的这些话，引得哈哈直笑。

"她管教我，简直是太辛苦了。后来，她得了病。"詹姆斯的脸从笑容中深沉了下来，接着又说："很严重的病，没几年就去世了。"

肖梦影原本愉快的心情，被他突然说到的话和转而黯然的情绪急速冷却了。她同情并轻声地问："你们没有自己的孩子？"

肖梦影进一步地确认着范爽告诉她的事情。

他淡淡地笑了一下，神情坦然地回答："没有，她身体一直不太好。也许因为没有孩子，她的注意力都在我的身上。"

"她真的是把你当孩子了。"肖梦影也确定着说。

"也许！——她总觉得自己是正确的，我是有问题的。因为，我不听她的话。她想让我去做生意，我不喜欢。我喜欢搞学术，她说没有出息。为此，我们婚后的生活不愉快。"

"你们没有孩子，为什么不离婚？"

"因为没有孩子，就更不能离婚，她一个人不容易生活。"

"她可以再找一位新的丈夫。"

"她的性格很难与人相处。她虽说对我管教严格，但是她还是很照顾我的生活，我为此也很感激。"

肖梦影在詹姆斯身上又看到了中国式婚姻凑合着过，也许还有一个原因就是他不好意思启口的经济问题，也许存在两个人不好分开。中国式的婚姻里存在这样的凑合，因为没有房子和更多的财务可分，就这么凑合了一辈子。

凑合着过里面一定有更实际的原因。

"那她得的什么病呢？"

"他得的是肺癌，她喜欢发脾气，心情不好，这也许是得病的原因。查出来的时候已经是肺癌晚期，一年半以后就去世了。"

"真是不幸。"

"是的，她焦急的人生结束了。归于了平静，现在是安详的。"

"你们是基督徒吗？这里的外国人很多是基督徒。华人社区也有很多基督徒。"

"我们不是基督徒，她非常信奉自己，但是我们过复活节。"

肖梦影知道这边的基督教教会在华人社区的频繁活动，她被无数次请去参加。起初她被信徒组长提问是否有神的时候，干脆就是说没有，执着的信徒组长一次次地邀请她参加活动。其间她观察信徒们信仰的力量和改变，并也试图在上帝的看顾下洗涤自己的不幸。后来频繁的聚会，使她只记得自己的力量，再后来也就不去了。

今天肖梦影和詹姆斯的约会，使他们愉快地度过了两个小时，并且聊了不少的话题。

詹姆斯说下次见面会再送给肖梦影一件礼物。

肖梦影说也会带给他一件礼物。

第二十章
冰宝宝

送走了詹姆斯，肖梦影一个人走向海边的停车场。

何雪冰的电话打了进来。

肖梦影想："有阵子没跟何雪冰联系了，倒是挂念，不知她近况怎样了。还说要找时间约她好好聊聊，她的电话就来了。"

"喂，雪冰，近来好吗？"

"梦影姐，我还好，我现在你家附近的火车站，你有时间吗？我们可以坐一会儿吗？"

肖梦影看了看手表，"嗯，今天儿子课后学校有体育活动，正好还有一个多小时，我们就在车站旁边的咖啡馆见吧！"

"好的梦影姐，我在咖啡馆等你。"

十分钟后。

肖梦影驱车来到了火车站边的咖啡馆。

在咖啡馆幽暗的一角的小圆桌边，何雪冰呆坐在那里，看样子也没有点东西。

肖梦影走进了咖啡馆，在她身边坐了下来。

她们寒暄着。

店员走过来，何雪冰只是要了一杯温水，肖梦影点了杯咖啡。

何雪冰神色黯然，情绪低落。齐耳的短发看起来也该修剪了，那超短的齐刘海也长了许多。

她极有个性的嘴角没有一丝笑容，而是生硬地横在那里。她细细的眼睛好像是哭过，有些红肿。天气不热，她却汗津津地坐在那里，还没等肖梦影问话，她细细的眼睛里流出了两行泪水。

肖梦影连忙握住她的手，安慰道："别难过，告诉我，发生了什么？"

何雪冰呲溜呲溜地一阵抽泣。

肖梦影又是一阵安慰，递给了她一张面巾纸。

"梦影姐，这一次又失败了，已经是第四次了。医生说我胚胎不好，以后可以再试一试。"

"还是冰宝宝吗？"

"这一次不是冰冻的宝宝，是刚取出来的卵子做的试管。因为我年龄大了，大夫建议先给胚胎做唐氏筛查，再种进母体。避免先种进去等孩子大了有问题，还要引产。后来筛查了胚胎没有问题，也种进去了。我还蛮开心的，本想着等到三个月以后把这个好消息告诉你。没想到，才种进去一个月胚胎就流了。医生说应该是胚胎的活性不够好。梦影姐，你说我这辈子真的是注定没有孩子了吧？"

何雪冰说着，又鼻子一把泪一把地哭着。

肖梦影同情地安慰着她说："雪冰，也许是你太紧张了，或平时休息不好。不要灰心，好好养养身体，然后再要。"

"也不是，其实我挺注意休息、饮食和锻炼，还办了健身卡。也许就是心情一直不太好，我还在想是否去看看中医？"何雪冰说着又哽咽了起来。

何雪冰这个前卫有个性的女人，迫切地需要孩子，她渴望中医的神奇，使她获得健康的胚胎冰宝宝的诞生。

"对，这也是个好主意。我倒是知道一位在墨尔本中医世家的阳光医生。听说她的针灸很神奇，治愈了很多人，好像其中还有不孕的，后来怀上了孩子。还有自制的中药粉，听说一起配合服用很见效。我一会儿微信把她的联系方式推荐给你。"

"好的，谢谢梦影姐！我原本就是希望先做中医的长期调整后再去做试管，可是我又着急自己年龄大了等不及。还有就是之前听朋友说澳大利亚的中医馆收费很贵，效果一般，我担心花了钱又耽误了时间。"

说起看中医和扎针灸，肖梦影也听姐妹们不少说起。她们说到澳大利亚的中医诊所也是多如牛毛，都有自己的神秘和神奇功效。一些诊所除了诊断号脉，就是针灸拔罐和艾熏，还有神奇的自制秘方药丸和药粉。这些自制秘方药丸和药粉的成分药瓶上没有注释，但是价格却不低，一周半小瓶五十到一百澳币，一旦服用起码要一至三个月的调理。其次就是针灸的神针疗程也是一到三个月且一周两三次，一次八十五到一百二十澳币，一旦开始进入程序，澳币不见底地花下去了。

如今，何雪冰在无奈之下也要面对死马当活马医的局面。中医一定是有它的一套科学，只是要遇到真功夫的好医生才是。

肖梦影向她推荐了阳光医生的联系方式，让她再治疗一段试一试。

何雪冰又说："曾听说墨尔本有中国的同仁堂中医馆，收费和医生资质及药品等级都是很好，我不然直接去那里治疗。"

肖梦影同意她对同仁堂的认可，但是也希望她不要放弃去阳光医生那里诊断看看。

但是，个性强、有主见的何雪冰没有明确表态。

肖梦影又同情地安慰她："心情不好也是问题啊！你别激动，平静下来，没什么大不了的。也怪我近期买卖房子，没顾得上多关心你。调整心态，这次失败了，以后再试一试。"

　　"其实我的例假情况也不是很好，年龄也不小了，我担心机会不会太多啦。"

　　"你才43岁，应该还有机会要到孩子，实在不行抱一个。"

　　"在澳大利亚，单亲不好领养孩子，除非以后在其他条件松的国家领养。我很羡慕有孩子的妈妈，我越来越觉得孤单，要个孩子也是个伴儿。可是，我的澳大利亚男朋友因此并不开心，甚至有争吵。他现在更过分，不关心我，见面也少了很多。"

　　"当然，因为那不是他和你的孩子。"

　　"可是，他不提婚姻，也不同意跟我一起做试管婴儿。他说如果我一定选择现在的做法，那是我的事。他以后也不会考虑做这个孩子的父亲。"

　　"他不是做你丈夫的人。"

　　"是的，我跟他交往一年多了，他从没有提起过未来，当我提起时他就回避。后来我也就不提了，可是找一个真心相爱的人太难了。他也许是因为经济情况不好害怕婚姻和责任？他虽说离了婚，毕竟已有个23岁的儿子。"

　　"可是，最终人到老了还是需要一起生活的伴儿。"肖梦影补充着说。

　　"孩子我养都可以，可是他确实不同意跟我有实质的关系。在澳大利亚生育孩子，政府有补助，上小学和中学公校都免费，大学无期无息贷款。——关键是他不想走婚姻这一步。"何雪冰无奈地说着。

　　"是的，我知道你是渴望婚姻和孩子。如果试管能成功，你有了孩子，人生也是个寄托。"

"我和他的关系加在他之外的这个试管婴儿里，也是很矛盾的。说实话，我跟他还是有些感情的，彻底分手我也下不了决心。加上前几次试管失败，我心里一直有压力。其实胚胎都是培育好的，可能与心情有关。每一次试管手术都是我自己去，他从不陪我去。夜晚我一个人躺在房子里一片漆黑，还是有些恐惧和孤独。"

何雪冰从来到澳大利亚就没想着再回去，她带着在北京某传媒公司工作几年来仅有的积蓄，作为在澳大利亚房子的首付，并贷款买下了现在住的这套城区的小公寓。她的日子过起来了，但是，孤单却从没有离开过她。

肖梦影当然太能理解她的恐惧和孤独。

何雪冰从跟这个男友交往，肖梦影就看出这个男人没有担当，但是好在男女关系还比较专一。可是，对何雪冰这个单身没有婚姻和孩子的女人，时间长了没有结果就很不公平。她也跟何雪冰说过不知有多少次，希望她主动提及婚姻，不然就再选择。可是何雪冰却就这么顺着他的交往方式走到了今天。

既然不结婚，再做一个不是两个人的试管冰宝宝，以后三个人的关系相处是复杂多了，除非这个男友最终都不走进何雪冰的婚姻或同居，不然就会后患无穷。

何雪冰和肖梦影都明白，如果日后他担负起孩子父亲的名义，就会铸成事实婚姻和对孩子的权益。那他还不如现在与何雪冰试管冰宝宝，既然现在没有，显然以后走到一起也是不可能的事。

肖梦影此刻下决心告诉何雪冰再做一次试管婴儿，如果不行想办法领养一个三五岁大的女孩，免去养育婴儿几年的辛劳。

何雪冰嘴上同意，可是她一脸黯然，心事重重。

她每个月的工资一多半还房屋贷款，一些为生活所用，余款所剩无几。试管婴儿的精子购买要两千多澳币，每次试管和置入术要花费六千多澳币，澳大利亚政府补贴一半。她连续四次试管婴儿失败，加上准备中医疗程的开销，使她经济紧张。

何雪冰沉默了片刻，面部紧张，眼神里带些慌乱，"梦影姐，谢谢你这两年对我的关心，我的父母也很感谢你！他们年纪大了，我不想给他们增添麻烦和担忧。我近期——开销实在是太大了，好在工作还是比较稳定的，就是花的比进的多。我想——向你借点钱作为后备……"

还没等她说完，肖梦影说："没问题，你需要多少？我汇给你。"

"两万澳币可以吗？也许用不了这么多，做个准备。"何雪冰激动地说。

"没问题，今晚网上银行汇给你。"

何雪冰又一次掉了泪说："谢谢你梦影姐，我原本没想跟你借钱。我跟平时相处不错的同事、移居墨尔本的同学，还有男朋友张过口，他们都没有借给我。"

她哽咽地说不出话来。

借钱的事情，确实不易。别说何雪冰住在小公寓里借不到钱，就算是有大家产，急用钱的，在澳大利亚也基本上没有人会借。这使肖梦影想到，去年借给朋友钱的事情。

那是一个有着丰厚的家产，住在墨尔本富人区，香港来的女友。

她是个离异后分得财产的单亲妈妈，带着钱财和一儿一女移居到来墨尔本。之后因投资不慎，被墨尔本开超市的唐氏骗局的华人女老板给骗了。对方打着投资贸易的幌子，使这个女友签署了短期回报10％的合同，骗去了二百万澳币挪为他用。迫使这位女友除了自住豪宅，没有流动资金面对生活。因要打官司，需要借些急用的钱，可是却没有一个人借给她。她卖豪宅都来不及的这一刻，就连一直对她这位单身妈妈垂涎，而经常想尽办法约见她而不差钱的男人，在这个时候也不见了踪影。

肖梦影是唯一借给她钱的人。

事后，她打赢了官司，还了肖梦影的钱之外，又多给十万澳币作为感谢。肖梦影坚持只要了借的钱，这位女友坚持必须加上利息。

从来没有被钱难住过的这个香港女人，在难处看到了墨尔本华人间的人情冷暖。

眼前的何雪冰，单枪匹马，菲薄家底。如果不是肖梦影支援，恐怕是没有一分钱可以借到的。

何雪冰为了寻求婚姻，置身一人来到海外，在肖梦影看来她是非常有勇气和坚强的。尽管她交澳大利亚男朋友屡次失败，但是这一个澳大利亚男友至少还是比较稳定和专注，只是从实际婚姻和义务上是两家人。也许他是迫于仅有的那点儿可怜的积蓄，使他实在无力担负可怕的再婚。

这位澳大利亚男友除了偶尔来到她的家里满足身体需要，基本不在她家里留宿。他避免同居关系，财产规避得干干净净。在他与何雪冰的性生活中，始终有着欲望，只是有时会突然阳痿。他在何雪冰的印象中是属于亚健康的人，总是看到他疲惫的神色。好像生活得很猥琐的感觉，他对于自己的经济情况从不多谈。他对何雪冰的专情，这点使她混淆了性与爱情，他们的关系也因此维持到现在。

对这个澳大利亚男友，何雪冰从心里觉得不如意。她曾试着在手机 Facebook 的交友平台上，接触过一些主动要求添加好友的陌生男人。其中有一些是人在香港，比她年龄小，小鲜肉之类的男人。她尝试着聊过一两个，可是觉得其中的个人情况太不靠谱。她还感觉这些男人就是为了让大姐养着，或是为了有澳大利亚身份的目的。她通过这个平台，背着男友约过墨尔本的澳大利亚男人，这些男人一两次见面以后就会提出上床。这让何雪冰觉得很没有安全感，也不是要找的男人。她羡慕办公室的另一位马来西亚来的五十出头的女同事，她是单身，活得倒是潇洒。她总会在 Facebook 平台找到约见的男人，并顺应地发生着性关系。连续和几个男友发生性关系之后，发现不合适，都被她换掉了。她人倒是活得轻松自在，不想那么多。按何雪冰的话说："她有一个已经结婚的女儿，当然就不着急了。我跟她的需求完全不同，我需要男人给我一个孩子。可是，我遇到的中年男人却不愿意再生孩子，这就是我的不幸。"

此时的何雪冰抹了眼泪，用手指半捂半拧着鼻子，喃喃地说：

"真的压力挺大的，太难了。男朋友又不支持，也没敢告诉我的父母，怕他们不接受。"

"雪冰，从容面对，不要给自己太多压力，也许就会顺利等到你的宝贝。等孩子有了，父母会接受的。男朋友的事情只当没有这个人好吗？有什么想不通和需要的，你就直接告诉我，我和儿子都是你在澳大利亚的家人。"

肖梦影的眼睛里充满着对她的怜悯，脸上难以掩盖着愁容，她不知怎样才能帮她捋顺男友与婚姻，还有试管婴儿的关系。

"——谢谢你，梦影姐！"

何雪冰说着，她那肿胀的眼睛几乎已睁不开。那憋得涨涨的脸上有两股从她细细的眼缝里不断渗出的泪水，在幽暗的灯光下泛着亮，像两条细细涌动的小溪。

她的抽泣使得鼻子堵塞，看上去鼻子也显得肿大了许多。

肖梦影边安慰着，边又取出了面巾纸递给她。她难过地看着眼前几乎路路不通的何雪冰，好似倔强的马陷入了泥潭挣扎着。

时间过得很快，转眼就要去接孩子的肖梦影，再次握住她的手安慰她。希望她减轻压力，不要想得太多，自己会一直陪伴着她往前走。

何雪冰不断地点头同意着，她激动的情绪也慢慢地平静了下来。

肖梦影看了眼手机："时间不早了，我们走吧，随时联系。"

她去结了账，何雪冰随后起身同她一起走出了咖啡馆。

挥别间，一阵风吹过，不经意地翻动起何雪冰发根的白发。暮色下的她，突然显得苍老。她又挥挥手，一个人向着车站走去。

肖梦影的头发和纱巾被风吹卷着，目送她的眼睛温热湿润了起来。

第二十一章
边　缘

交割期眼看就在眼前了，海边的房子一直没有真正的买家。肖梦影几乎每天都被薛华催促借高利贷，他们不断地为此争执。

这天上午。

薛华来到了肖梦影临时租来的新房子。

他一进门，顺手将她一把搂在怀里，那张灼热厚厚的唇，随着他的脸整个向她压了下来。

他火热的唇舌在她的唇口中翻滚探寻，一只手从她的腰间伸进了她丰润的双乳，一阵抓揉又向乳头捏搓着。他紧贴在她被挤在墙上的身体，她呼吸急促满脸潮红地迎接着他刺激地侵占，下身的隐处正被他的硬物按压摩擦着。

他一边撩开她的上衣，灼热的厚唇迅速地移到了她的乳头上。他双手抱着这对被刺激得更加高耸的双乳向中间挤压着，带着热气的厚唇快速地吸叼着挺立的乳头。

她颤抖的身体伴着强烈近似于喊叫着的呻吟。

他顺势将她翻身在身旁的矮柜上，一只手继续揉捏着她半趴在矮柜上直垂下来的丰乳。一只手撩起她的裙子，解开了自己的裤子，将硬物直入令他销魂的湿地。

他下身的硬物像蒸汽火车一样，喷发着有力的节奏挺进着。

她的身体随着有序强烈地顶怂，使得矮柜也随着晃动了起来，发出吱吱呀呀的声音，搅拌在他们的狂呼和呻吟中。

似于疯狂的碰撞，随着他一阵更为剧烈的抽搐和呻吟渐渐地停了下来。

她上身和脸彻底瘫软在了矮柜上，他附在她的身上吐着长气。

随后，他们清理着性事后的残局。

薛华此时已仰坐在客厅的椅子里。

他余留着火辣的眼神，看着脸面绯红，汗湿了头发的肖梦影，从洗手间走了过来。

他又一次地将她揽在自己的双腿上坐下来，亲吻着她的秀发。

她挣开站了起来，坐到了另一张椅子里。她觉得每一次被薛华强冲击力的性占有，都是一次次的陷逆。

薛华淡淡地看着她笑了笑，也慢慢地坐起了身子。他的神情突然转向了一阵难以说得清楚的情绪里，好似脸上的微笑突然被米汤糊住了一样。

敏感的肖梦影感觉到了他情绪的变化，"怎么，身体不舒服吗？"

"哦，没有，就是太快乐了，担心有一天你突然离开我。"他说着脸上更是一阵地不自然。

他又说："还有，就是担心你交易房子的事情，皮特真的很靠谱。"

肖梦影一听到高利贷的事情，就又不耐烦："不是靠不靠谱的问题，是这个高利贷方式不可以。"

他们又进入不休的争论中。

"只需要十天还可以做到高息贷款，如果再不做就没有一点儿时间了。"薛华几乎喊着说到。

肖梦影无话可说地生着他的气，坚持自己的看法不能贷高利贷。但是，她的内心却被他的辩论搞得忽悠忽悠的，像被风吹着的孤立轻飘的稻草左右动荡着。

她心想："一旦签字，每个月就要还将近十万澳币的利息。如果一直卖不掉海边的房子，利息掏空自己仅有的存款，银行会拍卖房子，不可控的风险太大了。不行，绝对不能走这一步。"

薛华看着眼前这位根本不接受高利贷的她，像撒了气的皮球躺坐在椅子里。

肖梦影看着眼前气呼呼的薛华，眼睛里闪动着慌乱，"看起来，是要跟孟立成说实情的时候了。"

"那你就试试吧！看他怎样指责你？"薛华冷眼看了她一眼，狠狠地说。

"就是被他指责，也不能借高利贷。"她站起了身，生气地对他说。

薛华气得从椅子上噌地一下起了身，走向洗手间重重地关上了门。

她呆坐着，刚才两人亲热的情景完全消失了，现在倒像是两个有仇的人。

电话的震动声在薛华的座椅上。

她看了一眼他落在椅子上的手机，来电震动的屏幕上显示着皮特的名字。

她没好气地对着洗手间喊薛华接电话。

洗手间马桶冲水和洗手的声音传出来，他一脸不高兴地走了出来，可是电话却断了。

他匆匆地看了手机的未接来电，又狐疑地看了她一眼，"是皮特打来的，看我的朋友多关心你的事情。"

"他可以直接跟我联系，干吗打你的电话？"肖梦影显得不愉快。

"他跟我关系好，也许还有其他事情。"薛华连忙辩解着。

"那你打过去。"她意识到一定是催贷款。

薛华的眉头紧锁了几下，嘴角下拉，冷笑地从喉头和鼻子里哼了一声。他此时已显得很不耐烦了，"好吧，你再想想，我先回去了。"

他阴沉着脸说着走了出去，房门被他重重地关上，发出闷响。

肖梦影呆坐着，身上还留着他的体温和气味，他却反目为仇地夺门而出。

她想立即给索菲娅打电话，见面谈谈房子的事。

二十分钟后。

索菲娅手里拿着几本房屋销售杂志，走进了她们经常约见的法式咖啡馆。

肖梦影已点好了她们的咖啡，坐在那里等她了。

索菲娅走过来坐下，一边将这本杂志放在她面前的桌子上，一边说这是最新的广告。

肖梦影顺手翻看着，看到了她又花的三千澳币登出的销售广告页。

她愣愣地看着画报上的图片和介绍纳闷地说："这样好的位置和房子，怎么就没有真正的买家呢？"

索菲娅小心地说："梦影，现在中国客户真是钱出不来，这边银行又不好贷款。"

肖梦影说："那你们承诺的西人高端客户呢？"

索菲娅不知说什么好。

"马上就到交割期了，你说怎么办？"肖梦影责怪地直视着她。

索菲娅刚到嘴边的咖啡差点洒了出来，她轻轻地放下咖啡杯，满脸不自在，"你——问过你的丈夫了吗？他那边有钱可以先交割吗？"

"还没有。"

"走地下钱庄，人民币钱不过海，这边就可以拿到澳币。"

"这个时期，太冒险了。"

"你丈夫一定有办法，如果能解决，你就不要这么发愁啦。"

肖梦影心想："落个孟立成的指责又怕什么？总比丢了几十万的首付好。"

索菲娅看出肖梦影赞同她的意见，趁她情绪还好，转身走向吧台要了两块小蛋糕。

她回到座位上，把其中一小盘放着法式小叉子的精致小蛋糕，摆在了肖梦影的面前讨好地说："一切都会解决的，尝尝小蛋糕，今天我买单。看到你着急，我也是急得不得了。"

她边说着，边殷勤地偷撩着肖梦影。

肖梦影拿起了小叉子挑起来一小块蛋糕抿了一口，心想："从来不主动买单，今天不但要买单，竟然还点了蛋糕，真是黄鼠狼给鸡拜年，没安好心。"

索菲娅也挑了一小口蛋糕放在了嘴里，"这个蛋糕是栗子粉做的，自然的甘甜，没有放糖。"

肖梦影不冷不热地听她说着。

索菲娅又看了肖梦影一眼，"早就想跟你聊聊我的事，看你心情不好，也没好聊。梦影，我现在还真有点麻烦，想听听你的意见。"

肖梦影淡笑了一下："你说。"

索菲娅脸皮上的神情好似跟皮下的组织脱离了一样，皮笑肉不笑的古怪。她眼睛里透着狐意，"上个星期，我联系了几天都联系不上他，后来打来电话的竟然是他的妈。"

"是吗？"在肖梦影看来她和小鲜肉的爱情故事早该彻底结束了。

她又一次地在索菲娅的脸上看到了她死了男友时的神情。她看着眼前已经可以当那个留学生小鲜肉姨妈的她，竟然为了钱搞得这个爱情闹剧终于要完结了。

肖梦影抿着蛋糕淡淡地说："他的妈跟你说什么了？"

"她说请我以后不要再打这个电话，说这一次来参加儿子的毕业典礼，而后带他彻底回国。"

"她知道你们的具体情况吗？"

"我不清楚，我一直和他是失联的。"

"劝你彻底放弃吧！"

肖梦影的眼里竟是对她的不满，一直以来对他们关系的烦感，在于它根本就不是爱情，而是金钱。她怀疑小鲜肉更是利用错位的恋爱关系想换取移民身份。他哪里知道，像索菲娅这样经历人生艰辛的女人，怎么可能在乎朱丽叶的纯真爱情呢？她一定是不见兔子不撒鹰。

索菲娅在最后的这一刻，不忍放弃与小鲜肉这位所谓的富二代婚姻的梦想，她对未来不能继承他父亲的家产而感到万分不舍和遗憾。

"唉，我真没有财运，我想只要她儿子坚持跟我在一起，他父母也是没有办法的。我要不去学校找找他，再听听他的意见？"索菲娅坚持地说着。

肖梦影捃着小叉子上的蛋糕，冷眼地看了她一眼，"你最好不要去，把他忘了吧！"

索菲娅的眼睛盯着手中反复拨动小蛋糕的叉子，却没有一点吃的兴趣，"说实话，我还是不甘心的。但是，也许他根本不是富二代，还说打听一下，就这么放手了？太可惜了。"

"她家里不会同意。"肖梦影冷冷地说着，将小叉子放在盘子里，喝了口咖啡。

此时，索菲娅放在咖啡桌上的那双干瘪的手，十指交叉在一起，个别指甲上涂抹的甲油已经脱落。看得出这些天小鲜肉的消失，她已没有心思打扮自己。

她的神魂沉迷在富二代小鲜肉联姻后的继承权里，甚至是近似于神经质的幻想和不能自拔。

这么多年艰辛贫困的移民生活，使她的秀发因此也过早地脱落变得稀疏，在头的顶部竟然露出了隐隐约约的头皮。在澳大利亚的生活开销和她销售房产所分得的中介费不成正比。

一年到头也卖不了几套房子，她孩子高昂的私校学费和生活开支，压得她喘不过气来。

原本可以上澳大利亚免费的公立学校，可是，她一定要让孩子上私立学校。她说私校的孩子家庭更富裕，会交好多有钱的朋友。

在肖梦影看来她根本没有这个必要，澳大利亚的国家福利应该有机会享用才是。为此也劝说过她让孩子转免学费的公校，减轻生活压力。据她所知一些华人家庭的孩子都是出于公校教育，有的考上了知名大学的法律系、医学系，还有艺术系，个个有出息。

可是，索菲娅却一定要坚持让自己的孩子站在更富贵人家孩子的队列里。她仅有的钱财除了交私校的学费，就是给孩子上课外课。不管孩子是否适合，只要可以学的几乎都去学。

其实澳大利亚公校和私校的文化艺术课程已经非常丰富了，也许是因为放学早和作业少的缘故，大部分华人家庭为孩子上着各种课外课。

索菲娅这样的家庭收入，为此付出着额外的经济支出，承受着巨大的精神压力。

如今，索菲娅已不再年轻。她即便说话像小女孩一样矫揉拿捏，打扮也花哨光鲜，那浓郁的脂粉却难以掩盖面容下的陈年憔悴和难以摆脱贫困的疲惫。

在她眼里，小鲜肉这个富二代，就这样眼看着从视线里即将消失。邻近更年期的她，仅存的那点儿姿色在岁月的无情中碾压。她靠姿色取悦于人的时光，就像入冬前的秋风，毫不留情地卷走树上仅有的一片叶子。

索菲娅在中介的这个职业里脑汁绞尽，编织买卖双方的故事给华人新移民听。西人中介老板更是通过她对华人的这些销售技巧，为公司获利。

她满嘴跑火车，人不人鬼不鬼地扭曲着自己。在她灵魂的深处对于金钱和友情也曾不断地搏斗着，终究使得金钱占了上风，将珍贵的友情焚毁。

多少个夜晚，她也曾在金钱和友情的撕扯中难眠。当太阳升起，她涂脂抹粉，又走向美丽外衣下的血腥狩猎。

在肖梦影第一次购买自住房上，索菲娅已经对她进行了蒙骗，使她在不清楚不可拆建的情况下，购买来这座价格昂贵的房产。

现在摩登的房子又是一个不明不白的合同签署，其中充满了诱骗。对她的这个看法已经存在于肖梦影的心里，只是现阶段还需要她继续合作完成购房交易。

至于知心话，在肖梦影的心里早已荡然无存，而是周旋于两人即将弦断的最后交合之中。

肖梦影不想在咖啡馆再与她这位所谓的闺蜜，浪费一点儿感情和时间。

她忍不住地看了看手机，"就先说到这儿吧，我还要赶紧忙着下面资金落实的事情。"

索菲娅也突然回过神来，"是的是的，你要抓抓紧。我也要回公司了，我听你的好消息。"

肖梦影眼睛里透着讽刺，淡笑着说："我也要听你的高端客户与合同签署的好消息。"

索菲娅结了账，一溜烟地走掉了。

肖梦影走出咖啡馆，给孟立成打了电话。

之前她打电话是只报喜不报忧，今天她不得不把话说清楚了。她先说了一些无关紧要的家务事，而后又说到来现在房产销售的情况，和即将交割的新房产。尽管她不断解释着，但是电话那头的孟立成已经忍无可忍地说她太随性、不听劝。

她一边沉默无语地接受着孟立成训斥的话，一边走到了街边的一条木长椅前坐了下来。

孟立成责怪她太容易轻信，又不说实情，使事情走到了没有时间解决的地步。现在海外的钱很难一时汇过来，即便是海外进入澳大利亚的投资款也不可能在一个星期到位。走地下钱庄，就是冒着被查没收的风险。

她呆坐在长椅上，只听得电话那一头不断地责怪。

她提到高利贷。

孟立成说这更是风险，不可控。

电话两头顿时无话可说了。

几秒后，孟立成又说："不行的话，就只能放弃买卖交易，追究购买房产合同诱骗的法律责任。"

他生气地断掉了电话。

肖梦影恨自己无知无畏地将事情败坏到这个地步，太相信索菲娅这个之前认为的闺蜜。原来自己真的就是她的大客户，还有中介老板的合谋诱骗。

这场官司看起来是真的要打了。

肖梦影此时像霜打的茄子，垂头丧气地继续呆呆地坐着，任秋风卷起的秀发任意扑打在脸上。她难过地闭上了眼睛，眼前索菲娅和中介老板的嘴脸，一唱一和、笑容可掬的样子出现在她的面前。

"梦影。"

一个熟悉的声音出现在她的身旁。

她抬起头看过去，原来是薛华。

"你怎么在这里？"肖梦影问。

"我就没有走远，看你出门来咖啡馆，我也在附近坐了一会儿。梦影，你现在还有时间，不然就……"

还没等他说完，肖梦影就大声地说道："你到底想要干什么？为什么这样逼迫我？你走，立刻，不要让我看到你！"

薛华气呼呼地走了。

街上的行人在这个愤怒女人肖梦影的喊叫中，投来了不可理解的目光。

她生气地站起身向停车场走去。

交割期近在眼前，她真的已经是走投无路了。

她想：不如听薛华的劝说贷高利贷，抓紧时间卖掉从索菲娅那里买来的商面房，加上自住房的销售，来还高利贷的利息。找一下那个之前认识的另一个华人中介问问情况。

她拨打了这个区的另外一家中介公司华人小伙子杰森的电话。

长达半个小时的通话，她得知自己买的门面房当年的价格，买贵了三十万澳币。两年多的时间过去了，还高于现在的市场价格二十多万澳币，如果现在卖，加上当年付的税钱就赔大了。

这个门面房目前一定是不能卖了。

肖梦影回忆刚来澳大利亚买这栋门面房时，索菲娅给她讲高回报的出租价格的画面：

"梦影，楼下商铺租金是稳定的续租，楼上的那一层是房东的女儿要租，一周五百五十澳币。你一个月楼上就是两千两百澳币，楼下目前是三千一百澳币。这么高的租金回报率，那么你的房子的价值应该在一百四十万左右。你一个月能收入五千三百澳币，这是高收入，太让人羡慕了。"

"我想贷款，不把自己的本金都付给银行。"

"那很好啊，贷款百分之八十，交了利息你每个月还可以收入几千澳币。你买了这栋房子我给你找贷款代理。"

"好的，那我就签这个合同吧！"

肖梦影签署了购买合同以后，也顺利贷到了百分之八十的款。

当要签署楼上租约的时候，索菲娅说："你千万不要租给以前房东的女儿，她现在没有工作。租金是父母给她付的，如果父母以后不给她交房租了怎么办？"

"那你怎么不早告诉我呢？"

"我也是才想到的。"

后来肖梦影楼上的房租每周只租了三百五十澳币，至今快三年了才租到了四百三十澳币。

这栋门面房价格加百分之五的税，是一百四十五万澳币。

这就是索菲娅编造销售买卖双方谎话故事的结果。

现在肖梦影通过再次销售这两栋房子，彻底看到了索菲娅对自己的欺骗。

她又想：怪不得，当时自己买了这两栋房子以后，索菲娅就口称贷款买了一辆澳大利亚本地产的跑车。她总把车放在车库里，周末才开一开。当时她还好意思说找个周末，带着我和儿子去海岸线上兜风。这一定是骗我的钱买的，她真无耻！

就在这时，过户师提姆的电话打了进来。

提姆告诉她马上就要行使交割了，是否准备好交接？肖梦影说因没有卖掉自己的住房，她应该是决定搬回去，不再交割新房子。提姆为此也感到遗憾，提醒她会损失首付的几十万澳币之外，在合同的条款中还有买家违约不能交割房产，卖家第二次销售的差额和相关经济损失全由买家支付。

关于二次销售差额的这个合同条款，肖梦影今天才知道，她在签合同的时候并不知道有这样的内容。过户师是在签合同之后找来的，之前索菲娅和西人老板都没有提到过这个风险条款。

当提姆知道肖梦影对此条款一无所知，感到非常吃惊，他也说这是中介基本的责任。他为此表示对肖梦影同情。

肖梦影如梦初醒，不寒而栗。

她拿出手机给索菲娅发了微信：我之前一直把你当闺蜜，没想到你却欺骗了我这么多年。你满嘴瞎话，骗了我高价购买了两栋房产，还有这次新房子的骗局，你真卑鄙！通知你的老板，我将终止与你们公司的合作。

她发完了这条信息，随手把索菲娅的微信和电话都拉黑了。

肖梦影做梦也没有想到，索菲娅这个所谓的闺蜜和贴心的人，在销售给自己的花园洋房和门面房上，她无情、轻易地爆赚了一大笔昧心钱。在这次房子交易上，索菲娅又给自己挖了这么大的一个坑！

肖梦影恨自己太轻信，且不知，自己早就成了中介索菲娅眼中猎、盘中肉！

真是应了中国的那句俗语："被人卖了，还帮人数钱呢！"

第二十二章
大律师

　　肖梦影混混沌沌地上了车，盲目地行驶着，来到了海边。她停了车把脸埋在双手握住的方向盘上。

　　她的思维活跃地蔓延着：看起来真要打官司了。恨不得把索菲娅对自己的骗局也告到法庭，可是，当时商面房都是她编的故事，租客又是房东的女儿，这两个证据都没有；花园洋房不能拆建的事，自己更是哑巴吃黄连，有苦说不出。现在这次房产交易看看官司对她的关联，她毕竟是公司的销售，伙同老板一起行骗，看看法律是怎样追究的吧！

　　之前听说在澳大利亚打官司是一笔非常昂贵的开支，律师行的律师一小时数百元澳币，累计计时邮件往来、会议和材料处理。听华人朋友说，除了接案子的律师，在需要上庭的阶段还要再请上庭大律师，产生双份开销，完成会议、诉状和上庭。累积起来的费用惊人，很多人万不得已不去打官司，律师行同样是生意，现在这个更残酷的事实走到了自己的面前。

　　她还清楚地知道，在澳大利亚人与人之间的矛盾很少有正面的冲突，而是在信件里礼貌地指出这些问题和需要担负的法律责任。血气方刚在这里没有用，有的就是在亲切的问候中追究法律责任。

肖梦影也从开始的不适应，慢慢地适应着走到了今天。

临近交割的这几天，肖梦影已经决定放弃交易和自住房销售，在做收尾交涉和官司准备。

孟立成因此也回到了墨尔本，并预约了几位他认识的华人律师朋友。但是，官司，孟立成在澳大利亚还真是没有打过。

按孟立成的本意，丢了这首付款几十万也就算了，只当她交了学费。但是，在合同里清楚地写着，在第二次销售发生的相关费用，超出违约金覆盖的部分违约方要另行支付。

现在房势不好，再拖个一年半载，这里的各种费用就太多了，这样一来就是没底的事了。

无论孟立成企业做得多大，这笔后续还会延伸的经济附加损失也是从商的他不愿意看到的。

这天上午，肖梦影随孟立成来到了墨尔本市中心的一家华人律师行，见他们经常一起吃饭和打过高尔夫球的华人律师朋友。

这是一家看着办公面积不大的律师行，能在市中心开律师行也是实力的象征。律师行接待台后面的材料架上堆满了杂乱的材料，肖梦影还纳闷：怎么不收拾整齐一些，也许是为了表现业务繁忙吗？

华人接待小姐客气地接待着，请他们在一进门右边的小会议室里等候预约的律师。

这个小房间里满满地摆放着一张中型的长会议桌和一些椅子，显得拥挤。墙壁上，挂着一个脸盆大的挂表。

五分钟后。

这位约有五十岁出头的华人律师，矮胖的身材，圆圆的肉脸黝黑的皮肤，手里拿着一个公文夹，身上的肥肉一颤一颤地走了进来。他的小眼睛藏在宽边黑框的镜片后，面无表情地和他们打了招呼。

孟立成习惯性地用亲切家常的语言寒暄着，尽量削弱着关系的距离。

律师朋友好似从不认识他似的，孟立成高情商的商业手段也未能使他肥硕僵硬的脸有丝毫波动。

他肥胖的身子挤过椅子背后，转到对着房门的桌子一面，面对着他们坐了下来。

他向肖梦影递了一张中文名片：某某律师行，首席律师马奋起。

肖梦影心想：他的名字猛地一看挺大的，念在嘴里怎么就是"马粪起"的读音呢？

马奋起黑着脸开始翻开公文夹问话了，前前后后问着、记录着。

一个半小时后。

孟立成和肖梦影强迫自己适应着马奋起的官方表现，他们仍旧尽可能地不断从语气和情绪中体现着朋友关系。

他们和马奋起的表现，形成鲜明的反差。

马奋起终于放下了记录的笔，面部仍旧没有表情。他抬起了头，推了推他那油腻腻的肥脸上滑落下来的大黑框眼镜，肥下巴仰着开始他金口玉言的案件判断。

他先是缓慢地对这个案子做了一个胜诉的判断，而后罗列出来了几个方案对比。他又特别说明了律师费的估算，约十五万澳币。他问是否进行，如果进行，就要在他手中的委托书上签字。

肖梦影看了看孟立成。

孟立成仍亲切和蔼地请律师马奋起把委托合同发到肖梦影的邮件里，而后确定启动。

马奋起耷拉着眼皮同意这个方式，随后又问是否还有其他问题？

他们两人说没什么问题了。

马奋起又翻开公文夹取出了一张纸条，抬起头看了看墙壁上挂着的那个脸盆大的挂表。

他边在纸条上写着，边又抬头看了眼墙上的大挂表说："我们是十点开始谈话的，现在是十二点十二分，一共两小时十二分钟。我每小时四百五十澳币，一分钟是七元五角澳币，一共一百三十二分钟，合计九百九十澳币。请拿着这张条子到服务台结账就可以了。"

他面无表情地说着将条子递给了他的朋友孟立成，又接着说："我还有约，不送了。"

"好的，您忙！"孟立成连忙热情地说，肖梦影一边微笑应和着。

律师朋友马奋起收拾好公文夹，起站起身来，又一次挤过长会议桌，走出了这个小会议室，向服务台后面狭窄过道深处的房间走去了。

孟立成和肖梦影也随即在前台结了账，走出了律师行。

孟立成将手中的收据顺手撕碎，投进了街边的垃圾桶里。他又看了看身边的肖梦影说："惹事吧！"

这时正中午。

他们在不远处的一家没有几个客人的中餐馆坐了下来，点了菜。

孟立成翻动着手机准备给其他律师朋友打电话，再多询问一下情况，也好做个比较。

很快，他们点的农家小炒肉、水煮鱼、炒什蔬和酸辣汤都上来了。

他们早餐也没来得及吃，现在还真是有些饿了，就先吃了起来。

别说，这家饭馆儿做的南北菜，味道还真不错。

他们吃好了午餐，孟立成又拨通了一位华人法学博士律师朋友的电话，随后又给肖梦影接听。

电话里传来了一位女律师的声音，听声音应该只有三十岁左右。她上来没有问案件的事情，而是说她一个小时三百五十澳币，以后所有的查看资料、通话、写邮件等消耗的时间都以此计算。如果同意，她们可以进行通话。

肖梦影觉得不近人情，一脸的不自在。因为要通话，也必须同意她提出的费用。

这位法学博士听到肖梦影同意价格，便报了时间开始了电话交流。

电话里肖梦影对这个案子做了详细情况的陈述。

法学女博士最后说：“这个官司可以打。但是，要先签委托合同，需支付五千五百澳币押金到指定的信投账户。官司最终价格根据案情发展来定。”

肖梦影说了那么多案子的情况，却没有换来一句案情分析和胜诉的判断，而全停留在律师的利益里。她强忍不悦的心情，按刚才跟马奋起的方式，请法学博士发给她委托书邮件，而后签署。

电话里法学博士又说："今天的通话总共四十五分钟，一共二百六十二元五毛澳币。我会发一个账号给你，请你汇出这笔费用。如果需要看材料再根据时间计算。"

"没问题。"肖梦影灰冷干脆地说着。

她们挂掉了电话，她正要跟孟立成说话，手机里跳出了一条信息，是法学博士朋友发来的银行账号。

肖梦影一脸的不快乐地跟孟立成说："一点儿人情味儿都没有，上来就说钱，而不是先主持公道面对案件。"

"这都是生意。"孟立成说着，去结了账。

两人边说着边走出了饭店。

他们为了今天不耽误约见律师是打车来的，这样免去找停车位的时间。

午饭后他们难得一起多走几步。

孟立成说这个官司无论用哪一家律师行，都是要打下去的，让她做好心理准备。

这时，孟立成的电话又一个个地打进来，接个没完。

他终于挂掉了最后一个电话跟身边的肖梦影说："你现在打车回去吧！我在城里还有些事。三天后我要回中国，那边的事比较急。现在生意也不太好做，加上股东们有矛盾，回去再说吧！"

肖梦影很快打了车。

三十分钟后。

出租车停靠在新房子的路边，她结了账下了车。

她抬头看着眼前的这栋摩登的房子，就像是一场噩梦。她立刻拿出了手机拨通了搬家公司的电话，约在后天中午搬家。

她正准备从包里拿钥匙开房门，电话又响了，是薛华。

电话里薛华的语气低落，"我在你总去的那家咖啡馆，你能来喝杯咖啡吗？"

肖梦影觉得这个时候薛华是乱她心的人，从心里是不想见他。可是，又舍不得回绝他，迟疑了片刻便答应了。

今天咖啡馆的人格外多，她在室内的一角看到了正在拨弄手机的他，便走了过去坐在了沙发椅上。

薛华看了她一眼，将手机放在桌子上淡淡地说："咖啡给你点好了，这两天好吗？听说你丈夫回来了？"

"是的，他回来了，但是马上就要回去了。"肖梦影也淡淡地说着。

薛华有些不耐烦地拧了一下眉头说："你真的彻底放弃交割房子，要搬回去了？"

她直视着他，看似平静的情绪下压抑着强烈的反驳，低沉有力地说："是的，没办法交易，必须搬回去。"

店员将咖啡端了上来，礼貌地相互致谢，并祝愿客人有愉快的一天。这句在澳大利亚习以为常的社会用语，对于肖梦影的现状就是一份奢望。她每天都处在煎熬中，自找苦吃，作茧自缚，自编、自导、自演着这出闹剧。

如果时间可以倒流，她绝不会再用冲动屠宰自己的清欢和造成钱财的损失。在她没有彻底终止交易之前，不断出现着为利益往来的人们，交织在她麻乱不堪的交易中，越绕越紧使她喘不过气来。

皮特这类的高利贷公司就像围攻在她身边的饿狼。

她不明白，为什么薛华一定要坚持让自己接受高利贷。他的这个主意对自己是危险的。

"好吧！只要你不后悔。——我肚子不舒服，去一下洗手间。"薛华苦笑地说着，转身走向洗手间。

肖梦影没有接他的话，闷闷不乐地坐着。

咖啡馆的音乐悠扬，可是却一丝不能融进她的心里。她的面部像结着冰冷的霜，她一只手臂伏在桌上，一只手机械地端起了桌上的咖啡杯送到了嘴边。

幽暗的灯光下，薛华的手机来电闪烁着。

肖梦影扫了一眼手机来电，屏幕上没有名字只有号码，手机闪烁了七八下就中断了，她也没有理会。

随后，他的手机屏幕又一亮地跳进来了一条信息。

她喝着咖啡仍不太理会。

手机屏幕因此一直亮着，这个信息也一直停留在屏幕上。

她放下手中的咖啡杯，不由地扫了一眼这条信息：薛弟，老规矩，上次你带的朋友肖女士买画的提成已经汇给你了，有空查看一下。

肖梦影一下愣住了，她又仔细看了一下发信人：老兄徐高飞。

"天哪，难道上次我去徐高飞画室买的画，薛华在赚我的介绍费吗？他是有目的带我去买画的？——不可能，他怎么会这样呢？"

她一阵心惊，眼珠子直瞪着他的手机，好似这个背叛的薛华就在里面。她的情绪愈加不平稳，一股怒气从她的两肺向鼻孔外涌。

虽说平日里她对薛华的做人有不满意的地方，但是，他还没有发现他的背叛行为。她认为两个人能疯狂地性爱，这应该也有发自内心的喜欢。哪怕这份喜欢多么地表层和不堪一击，毕竟也是相互的好感。她做梦也没有想到，薛华在钱上会出卖她，而且是小钱。

她不由地又想到他一定要坚持高利贷，逼迫自己接受高利贷，难道也是等待事后皮特给他提成吗？她的后背一阵阵地阴冷，身上的皮肤像上亿个小针扎的一样，隐隐发麻。她心想："真是人面兽心，愧对他托生的一副英俊模样。"

薛华从洗手间走了回来。

他看到肖梦影的脸色不好，又看到自己手机在桌子上。他顿时紧张了起来，连忙把手机拿起来，放进了裤袋里。

他坐了下来，喝了口咖啡，神色不安。

肖梦影眼睛像刀一样锋利地直视着他，说道："刚才有你的短信息。"

"是吗？"他躲避着她直视，从口袋里不得不拿出手机翻看着。

"是给你卖画提成的信息，你如果不希望别人能看到你的来信，那就应该在设置里改成隐藏通知。"她强忍着怒火说着，锋利的眼神中透着寒凉。

"什么提成？一定是发错了。我这老兄爱喝酒，经常发错信息。"他仓皇地编造着连他自己都不相信谎言。

肖梦影继续强忍着压低着声音直视着他，"皮特的高利贷，你也有提成吧？"

好像一下点住了他的麻骨，使他神色发紧，心虚嘴硬地立即说："没有的事。"

她冷笑着哼了一声，一针见血地说："是吗？那你敢打开手机微信或短信息让我看看？"

肖梦影的这句话使薛华彻底惊慌不安了起来，他的眼球在眼眶里颤动，一时说不出话来。

肖梦影锋利的眼睛里布满了意断情绝。

薛华一语不发，握着手机的手变得僵硬。

他们相互注视着。

肖梦影面对眼前这位人模人样他，那曾经令自己销魂的宽厚胸膛，此时只留下清晰可见一起一落的无语呼吸。

肖梦影那对曾经搅和在薛华怀里的丰润双乳，也在无言的对视中伴着呼吸上下回落着。

他们这座原本就不断出现问题的爱的天擎，此时彻底坍塌。

薛华再也没有理由和勇气张开他的嘴巴。

一切都已清晰可见。

肖梦影如同对索菲娅一样，再也不愿意多看他一眼和浪费一秒时间。她像充了气的热气球，从座位上一跃而起。她抓起自己的包就要走，又转回身靠近他，弯下身来直视着他压抑着声音：

"你真卑鄙！"

而后，扬长而去。

肖梦影走出咖啡馆，外面正下着小雨，她任淅淅沥沥的小雨洒在面颊，好洗去这场怪异的情爱记忆。

她为与薛华的关系坍塌遗憾！她想不通为什么他一定要这样在自己的身上索取蝇头小利，而失去更珍贵的关系。

在决绝之时，她感受到薛华留在自己内心深处的情深所带来的剧痛。她也知道，这份情深正是他的外表带给她的幻想和身不由己地陷逆。薛华对她的背叛，对她而言是清醒，又是她重新跌落到了孤单和清冷的开始。

第二十三章
教授先生

　　肖梦影又搬回了自己的这栋不可拆建的花园洋房，她心里明白，不可拆建也是此次交易不成功的主要原因。

　　连日来的搬家，和两个多月的精神压力使她疲惫不堪。她希望回到过去清心的日子，但是，由此买卖交易不成惹的祸，又拉开了上演官司的帷幕。

　　孟立成最终确定了由华人律师张大为接手此案，肖梦影与律师行签署了委托协议，他便返回中国忙他的事业去了。

　　张大为是经孟立成的华人朋友介绍认识的，自称自己的律师行有很多房产官司的成功案例，对此案有胜诉的足够信心。他是这个律师行的老板，公司位于中国区的写字楼里，方便接手华人的法律纠纷。

　　接下来的日子，肖梦影除了照料孩子，就是提供给华人律师张大为资料，再等待转给上庭的西人律师，和相关官司的事情配合。

　　之前，她跟孟立成说："为什么不直接找上庭律师的律师事务所呢？这不是花两份费用吗？"

孟立成听介绍的朋友说：在澳大利亚的律师事务所基本都是这样的，上庭律师只负责上庭，不接法庭之外的活儿。

　　孟立成说："就这么定吧，官司赶紧启动。"

　　这家律师行仍然是先汇钱再办事，收到肖梦影的第一笔汇款后案子正式启动了。

　　詹姆斯直面肖梦影的英语教学，也一直在搁浅状态。但是他在微信里仍然不断地发送着认为对她有帮助的英语句子和故事片段。

　　好在打官司的事情也不是一天两天的事，只是前期与律师沟通和递交材料阶段，时间会用得多一些。

　　今天上午，詹姆斯打来电话，说他有一个好的教学办法，看看她是否有时间见面讨论一下？

　　肖梦影顺口也就答应了，约在下午一点，海边咖啡馆见。

　　肖梦影刚挂断詹姆斯的电话，孟立成从中国的电话打了进来。

　　"梦影，我的一位非常重要的朋友郝建平要去墨尔本，他们此行四人，住在赌场皇冠酒店。他的老婆和儿子你多陪着玩一玩。钱上你不用管，都是赌场出，你陪着就可以了。我会把电话发给你，他们明天就到，你主动跟他联系一下。"

　　"好的，把联系方式发给我就可以了。"

　　"不要多问，只陪着玩。他很有官方背景，准备移民墨尔本，你陪着玩的时候多介绍着些墨尔本。"

　　"知道。"

　　……

她和丈夫的电话很快就结束了。

肖梦影作为陪同跟官太太和商人的老婆交往，也伴随着她的婚姻经历了十几年。她们在一起的交往基本是吃饭、购物和游玩，还有就是相互诉诉空房之苦，由此关系也更拉近不少。至于官商的事情，她们从不涉及。

今天下午的天气很温暖，阳光充足。

海边咖啡馆，他们如约而至，又坐在了那把超大红伞的下面。

肖梦影今天的心情，也比之前看上去好了很多。

她今天穿了件红色低领口的束腰连衣裙，披着一条黑色的羊绒披肩，她白净修长的颈部佩戴了一条黑珍珠项链。她秀发散落着，随着微微的海风轻轻地波动，生动美丽地复苏着她一贯的休闲生活状态。

詹姆斯被眼前生动而散发着女人韵味的她所震慑，一丝的自卑感从他的眼神里溜了出来。他不由地自我打量了一下，手拢了拢棕色微卷的头发，又提拉了一下自己的那件套在棕色夹克内不是很平整的棉布衬衫的衣领。

他们的脸色仍然像第一次坐在红伞下一样，被折射得绯红与柔和。

他们点了咖啡。

詹姆斯从背包里取出来一个系着粗麻绳的牛皮纸包装的礼物，放在了肖梦影的眼前，略显羞意地说："送给你的。"

肖梦影愉快地看了他一眼，又看了看包装古朴的礼物，"谢谢！"

"打开看一看吧！"詹姆斯微笑着。

她像第一次一样小心仔细地解开系着的绳子，翻开牛皮纸包装。

"一本书，真是太好了，我喜欢。"她愉快地说着，翻来覆去地看着这本书，她的眼睛停留在封面上，"《记忆中的京城》作者詹姆斯，这是你的著作。"

詹姆斯微微地笑了一下，轻轻地说："是的，送给你看看，看看外国人眼中的京城。"

"太好了，——这本书的封面是老北京王府井大街。"肖梦影说着，当看到书中有不少插图，"这些照片太珍贵了！"

"我毕竟是外国人，这是我对北京的记忆。其中一部分照片是历史资料，一些后来的照片是我当年在中国拍的。做这些采风不容易，书的最后章节有鸣谢！"

"这真是太好的礼物。"肖梦影不断地肯定着。

詹姆斯低着下巴微笑着，"如果你觉得想了解更多书中的内容，我们可以把它作为学习英语的内容。"

"太好了，这是很好的学习方式。"肖梦影说着从包里也取出了一件礼物送给了詹姆斯。

詹姆斯仔细地看着这本淡绿色书皮的书，封面上有一朵被风吹起的白色蒲公英，竖着排列的书名《风轻云淡》，作者为肖梦影。

"哦，这也是非常好的礼物！当然，我也很愿意将你的这本书翻译成英文作为学习，那一定是非常美好的文学享受！"詹姆斯愉快地说着，小心认真地翻看着。

"你能翻译我的作品，那真是太好了，谢谢你詹姆斯！"

"不用谢，这对我的翻译是一次挑战。我之前翻译过多部中文历史著作，但是从来没翻译过诗歌，翻译诗歌是很不容易的事情。"

他们眼睛里透着期望和愉悦。

肖梦影被大红伞反射得绯红的脸，更加温婉美丽，"我也曾经梦想过，如果有一天自己的作品可以翻译成英文在国外有机会出版，那该有多好啊！"

詹姆斯非常赞同，并真诚地肯定着，"我想这应该是我们的一个目标，那就开始向着这个目标前进吧！"

"谢谢你詹姆斯！"肖梦影此时高兴得像是正在读书的学生。

"能教你英语和翻译你的文学作品，这是我的荣幸！"詹姆斯愉快地说着，又看了她一眼，深情地说："你使我想起以前在中国的很多事情，你长得很像我在中国教书时期的一位朋友。"

"是吗？"肖梦影显得好奇。

"是的，无法相信竟然如此相像。只是你们性格的不同，你看上去开朗，她显得内向。"

"她也是一位老师吗？"

"是的，她后来去了美国，我回了澳大利亚，我们再也没有见过面。"

詹姆斯说着，原本洋溢着微笑的神情深陷在回忆里。

他用手指滑动着手中的书轻声地说："我们曾经一起翻译过一本书，后来没有翻译完她就去了美国。至今，我都在怀念那段美好的时光。"

"你说的是那位冰美人吗？"

"是的——"

"你们后来恋爱了？——对不起，也许我不应该问这些。"

"哦，没关系，这是美好的回忆。我很愿意讲给你听，如果你愿意的话。"

"如果你不介意，我愿意分享你的故事。"肖梦影的眼睛里透着温情。

詹姆斯微笑着，喝了口咖啡，缓缓地抬起了眼睛，看了看眼前美丽如画的景色和如花的肖梦影。他又微微地低下了下巴，半垂着眼帘略显羞意地动了下嘴唇，好似话到嘴边又难以说出。

他那落了半张脸，延续到喉结上的棕色络腮短胡须，随着他缓缓地开口说话，也跟着微微地颤动了起来。

"我们当时都没有恋人和婚姻，恰逢好的机缘。她不太爱说话，更没有太多的表情，我们只是有工作上的联系。可是，她对于我而言却充满了神秘和美感。我能感受到，她对我也有种特殊的好感和吸引。

她总会在我出现的地方出现，有时候给我一些关心和提醒。记得有一次，我感冒了，她送给我了一个手帕，那是绣着一对黑色燕子和淡绿色垂柳的白色手帕。我不舍得使用这么漂亮的手帕，她说没关系，手帕就是要使用的。她说自己喜欢买回来新样式的手帕存在抽屉里，以后会拿给我看，上面有很多中国的绘画和刺绣。"

詹姆斯说到此时的神情，更加凝重了起来。

肖梦影在他的脸上看到了往昔的爱恋所带给他的钻心，这个恋爱故事应该不仅仅是花前月下的甜蜜，而是历历在目的酸痛。

肖梦影又小心地轻声问："那后来呢？"

詹姆斯眼睛里写满了往昔的深情，"我们的交往一直充满着相互的吸引，但是，却一直没有明确。这也许是因为我没有勇气，使我失去了太多的机会，和大半生的后悔没能拥有所爱的人。

我和她最后一次见面，是在北京什刹海。

那是初秋的一天，她穿着一件淡蓝色衬衫，一条深蓝色长裤，脚穿着一双黑色平底皮鞋。她白净的脸庞，大大的眼睛，齐耳的短发，背着一个长带的背包缓缓地向我走来。

我怎么也没有想到，那是我和她的最后一面。

我们坐在柳树下的长木椅上。她从包里拿出了一个小布包，说是送给我的礼物。我打开看到是一块块漂亮的手帕，淡粉色、淡黄色、淡青色，很多淡淡颜色的手帕。手帕上绣着不同的中国画图案，边沿有不同形状的织载。

她一件件地给我讲图案的意思，后来包好交到了我的手里。我当时真的很想一把将她拥在怀里，甚至要告诉她我已深深地爱上了她。就在这一刻，她的脸突然转入了难以琢磨的神情，她说这是送给我做个纪念。而后她又说，冬天快要来了，燕子要飞到南方去了。

我当时看到她眼睛里隐隐闪着泪花。

她还说遗憾我们翻译的作品没有完成，我说会继续翻译下去。燕子飞走了，会有再回来的时候。她却说时间不早了，要回去了。临走时，我也没能拥抱她。

这一别就是几十年，再也没有联系。

很多年以后，听说她嫁给了一个在美国开多家中餐馆的中年华人。她的父母随后也都去了美国，再之后就没有任何消息了。

她去美国的一年后，我也离开了中国。"

"你为什么一直没有告诉她，你爱她呢？"肖梦影不理解地问。

詹姆斯一脸的自嘲，"我当时除了自己，什么都没有。我在这样一个完美的女士面前，几乎丧失了所有的勇气。我给不了她太多的依靠，我当时还在努力寻找生计。"

"其实，女人对于爱情往往不会只看这些。你是一个有知识阶层的老师，你应该正视自己的魅力。"

"但是，有的时候，现实生活中并不是这样的。也许，这也是她嫁到美国的原因吧！她的英语很好，应该在美国生活得很好。"

肖梦影听了他这么说好像也有道理，不然她也确实不用背弃自己爱的人远走美国嫁给商人。

听詹姆斯讲，尽管后来他回到了澳大利亚，结交了女朋友并结了婚。那个冰美人，他至今还是不能忘怀。

在这位外国男人的心里，之前在中国浪漫而凄美的爱情故事，在当年就已经扎了根，至今已花开花落了大半生。

至于那个冰美人，是否在美国有精彩的人生？那也只有云知道了。

今天的肖梦影，好似几十年前消失在美国的女人又出现在詹姆斯的眼前。

起初，詹姆斯更多地带着之前的情缘与她相近。随着后来与她实质地接触，他感受的是另一个完全不同的美丽女士肖梦影。

詹姆斯和肖梦影见面的次数虽说只有几次，但是，他们谈及的话题却跨越了他们之间的距离。

交往中，他们好似一见如故，又好似相见恨晚的知心朋友无话不说。

肖梦影问他是否需要去中国，或是托国内的朋友打听一下这位令他不能忘怀的女人的情况。

詹姆斯回绝了，他觉得留在心里的美好一直陪伴着自己。他不希望在人到中年的时候，去打扰带着大半生婚姻连带关系的她。

他又接着缓缓地说："我回来以后又读了博士，之后留在大学教书和搞学术研究。这也要感谢她使我作为一个外国学者，对于中国历史研究具有了强烈的生命力。

但是，我并没有高收入，现在仍然生活得普通。我认为金钱是鸦片，放下更好。"

肖梦影心想："听詹姆斯这样形容金钱，想必他年轻时一定追求过财富，估计是有过沉痛的失败，或是间接的感受。总之，他走到现在是没有把金钱作为目的。听他讲在科研经费短缺的情况下，仍然坚持学术研究，甚至是自筹经费。学者精神，铸就了他坚守朴素的生活和不断地著书。"

肖梦影不由地对他起敬。

詹姆斯没有察觉到自己在肖梦影心里微妙的感受。随后，他又问到了肖梦影现在交易房子的事情。

肖梦影说一切都回到了原状，只是丢了钱财，现在正打官司。

詹姆斯说在澳大利亚打官司是一笔大的开销，要有思想准备。如果有需要帮助的事情，他会全力以赴。他又说到在做任何交易的时候，要特别小心和仔细，更要委托律师参与。

对于私人律师的这个观念，肖梦影来澳大利亚之前没有这个意识。

现在她明白在澳大利亚使用私人律师是很常见的，也是很重要的。

现在说什么都晚了，事情已晚到了这个份上。

詹姆斯说这也将是以后要学英语的部分，肖梦影也觉得是迫切的需要。

　　他们的见面每一次都是愉快的，这一次不但确认了学习内容和翻译的事情，还谈论了很多话题。

第二十四章
大　亨

　　九月的清晨，阳光暖暖地洒进窗来。

　　送孩子上学回到家里的肖梦影，坐在化妆台的镜前。

　　她在发鬓边看到了几根灰白的头发，便轻轻地拔掉，在清晨洒进来的阳光中看着和搓搽着。

　　时光不因爱美之人，而忘记走过的痕迹。转眼将走过半生的她不由地轻叹，将这根灰白的头发落在了化妆台上。她拉开了化妆台的小抽屉，取出化妆品化了淡妆，又将头发用手指自然绕卷出造型。

　　中午十一点。

　　她来到赌场皇冠酒店大厅。

　　孟立成的中国来客还没有到，她在大厅坐了下来，要了杯咖啡，静静地听着舒缓的钢琴演奏，等待客人到来。

　　这时，她的手机来电话了。

　　"喂，是肖梦影吗？"

　　"是的，我是肖梦影。"

　　"您好！我是您先生的朋友郝建平，我们五分钟后到达酒店。"

　　"您好郝总，欢迎你们的到来，我已在酒店等待迎接你们了！"

结束了通话后，肖梦影结了账，走向酒店大门。

数分钟后。

有着皇冠酒店标志的一辆黑色商务奔驰汽车驶来，停在了酒店大门口。

这辆汽车里，第一个下车的是一位中年男士。他身材不高，宽厚的体态，短寸的头发，一张国字脸，小小的眼睛，宽宽的鼻子，厚厚的嘴巴。他的穿戴猛地一看很朴素，仔细看去全是世界名品。他应该就是丈夫说的郝建平。

他身后正在下车的是一位穿戴一般，五十多岁的女人。她手拉着一个三岁左右的小男孩，她应该是保姆。

随即下车的是一位年龄看着不超过二十五岁，身材竟然像模特一样瘦瘦高高不失丰满的女人。她瀑布般的长发垂至腰间，娇美精巧的脸庞，有着一双看似过于明亮大大的眼睛。细细高高的鼻梁，丰润的嘴唇，说话间隐现着洁白的牙齿。她一身国际大牌，表情矜持地走下车来，像是一根冰清玉柱挺立在车边。

保姆手拉着的孩子对着这位模特一样的女人叫着妈妈。

酒店的服务生从汽车的后备厢取出来清一色的 LV 四五个箱包放在了行李车上。

肖梦影根据孟立成的描述，这行人应该就是郝总一家人。只是看上去郝总的妻子显得过于年轻了。

肖梦影走了过去试探着询问。

原来，来的正是郝总和家人。

他们寒暄着，相互介绍了名字。

肖梦影大方地用西方人的欢迎方式拥抱着郝总的家人。

郝总微笑着风趣地跟肖梦影说："你真漂亮，差点儿晃瞎了我的眼。"

"是吗？谢谢！"肖梦影愉快地回应着说。

在郝总身边站着的这位模特般的妻子名叫何纤纤。

从看到她的那一眼，她的脸上就没有出现过一丝笑容，反而是微锁着眉头。

郝总这么一说肖梦影，何纤纤的脸色就显得更冷漠了。

肖梦影连忙说："郝总有这么美的老婆，还有这么可爱的孩子。"

一说到孩子，何纤纤看着孩子，露出了笑脸。她又向肖梦影也微微地笑了笑。

肖梦影愉快地接着又说："你们在的这些天，我们好好计划一下看看去哪里玩玩？给小宝贝好好开开心。"

她这么一说，何纤纤就更乐了，她不由地一边抱起来宝贝儿子，一边说："我们一起去逛逛"。

郝总愉快地说："这些天，就交给你安排了。"

在一旁的保姆愉快地从包里拿出来一个小水壶，递到了小宝贝的手里。

小宝贝吸了两口水，就有把瓶子丢给了保姆。

这时，从酒店大堂的大门内，走来了一位身着深蓝色西服的中国男士。他非常礼貌地向客人问候，并介绍自己是酒店客服经理。他说三间豪华总统套房和一间豪华单人间都准备好了，只需要郝总到前台签字。

十分钟后。

大家随服务生一起乘电梯入住房间。

电梯里，郝总让服务生把另一间豪华总统套房的房卡交给了肖梦影，说是她的房间。

肖梦影连忙说："我就不住在这里了，还要回去照顾放学后的儿子。"

郝总热情满面地坚持着说："已经订了，就当歇歇脚，孩子放学了也带过来。"

郝总如此热情，肖梦影也没再推辞。

电梯到了，服务生将他们夫妻各自领进总统套房。

保姆走进了紧挨着何纤纤房间的豪华单人间。

肖梦影的房间是走廊另外一头的总统套房。

午饭。

他们在酒店三楼的日餐厅，享用了海鲜烧烤，郝总签字了五千澳元的餐费。

下午。

大家在郝总房间，制定着墨尔本活动安排。

郝总说他们一共十天的时间，根据需要可以灵活延期。他来的目的主要是准备移民，先对墨尔本总体有个了解。除了游玩，还要看看房子，再跟移民公司老板见见面，还要准备注册几个公司。

虽说他们一行乘坐的航班是头等舱，毕竟一路飞行难免疲惫。大家都在酒店房间休息了下来。

肖梦影赶回去接孩子放学，一起再返回酒店。

晚上，孟立成在墨尔本的两个兄弟，来酒店一起陪郝总晚宴，以此表示欢迎。

皇冠酒店中餐厅金碧辉煌的豪华包房，伴着悠扬的音乐，已经在等待客人们的到来了。

一个可以容纳二十人的圆桌，中间铺放着鲜花。

服务生已经就位。

晚上六点半。

主人和客人们衣冠楚楚，纷纷来到中餐厅的豪华包间。

大家寒暄落座，郝总作为主人端坐在主座，开始点菜。

其中一个兄弟的随行人员，手拿着一个保温箱走进来递给了他。这位兄弟说这是昨天出海打捞了几只鲜活的澳大利亚大龙虾，今晚加工出来一起品鲜。

随后，服务生接了过去，送后厨加工去了。

另一个兄弟带来了两瓶收藏了二十多年的红酒，以此迎接郝总到来。

肖梦影从包里取出了一个红包，塞进了郝总宝贝儿子的小手里，说是见面礼。

郝总让纤纤给肖梦影儿子准备的红包也取了出来，交到了凯文的手里。

现场其乐融融。

硕大的餐桌上陆续摆上了美味佳肴，有三公斤左右的大白蟹、澳大利亚梅花海参、澳大利亚大龙虾、鱼翅、鲍鱼、佛跳墙、燕窝等。

茅台、水井坊、洋酒、红酒，鲜榨果汁和热饮摆满了配餐台。

坐在主人位置上的郝总，举起杯中的茅台酒，"好友和弟兄们能来我非常开心，这是在墨尔本吗？——感谢，大家举杯……"

房间里充满愉快的气氛。

用餐过程中，郝总笑眯眯地问身边的何纤纤，"老婆，你开心吗？"并举杯对她示意。

何纤纤淡淡地微笑着，眉头时不时地一紧一紧，故作矜持的样子。她看郝总举杯示意，她那只戴着五克拉钻戒的玉手，端起了一杯鲜榨火龙果向郝总示意，并在嘴边抿了一下。

这时，孟立成的国际电话打来。

郝总热情地接听着，"孟总你好！你夫人和弟兄们都在。我们都安顿下来了，正在皇冠酒店吃晚饭。谢谢老兄关照……"

电话那边孟立成也热情地回应着，"希望此行愉快，有什么需要的直接跟梦影和弟兄们说，梦影会全程陪着……"

郝总满脸堆着笑容，"没问题，放心老兄。行程都安排好了，明天赌场出游艇海上玩玩。后天赌场出车梦影带着走走看看，接下来再看看房子……"

电话那头的孟立成又说："移民公司的洪总现在在日本，后天回到墨尔本。她会到酒店见你，一起谈谈移民的事。"

"好的，没问题。我对墨尔本初步印象很好，回头咱把公司好好整合一下，以后就在墨尔本耍了。"

……

他们愉快地挂了电话。

在场的一位兄弟便起身举杯，"我代表孟总，再次表示欢迎郝总一行的到来，我先喝为敬。"说着将杯中的茅台酒一饮而尽，而后又跟大家碰了一杯。

另一位兄弟也接着向郝总敬酒，"欢迎郝总一家来到墨尔本，我们随时陪同。"

郝总满心欢喜，一口将杯中酒喝尽。

郝总边吃着直径二十多厘米大的澳大利亚青鲍，边愉快地说："今天不多喝了，一会儿兄弟们一起去玩玩牌。"

肖梦影跟儿子小声说："今天在学校怎么样？愉快吗？"

"挺好的妈妈，明天我们游泳比赛，我现在可以跳水了。"

"很好啊！我就相信你没问题。"

"妈妈，我们什么时候回家啊？"

"很快了。"

男人们还在相互喝着酒，说着酒席上的客套话。

何纤纤的小宝贝闹着要走，她招呼保姆带着孩子先回房间。她坐在那里没怎么吃喝，拿着手机拨弄着。

肖梦影看她没有说话的意思，自己也就没有再迎过去说话。心想："这个何纤纤不太好交往，也许会在以后的这些天里，相处得不顺畅。这么多年，自己不为半斗米折腰地周旋在孟立成分配的人际交往中。一个毛丫头，这样不冷不热的，倒是显得涉世肤浅。"

郝总举杯与大家示意，再次表示感谢！

晚餐进入到尾声，服务生拿来了账单请郝总签字。

郝总看了眼账单，随即签了字，"还不错，好数字 18916 澳币，预示着大顺。"

服务生毕恭毕敬地道谢，接过账单合上夹子，直退了几步走开了。

肖梦影说时间不早了，也要带儿子回去了。明天早上九点半会来到酒店。

郝总说跟弟兄们打打牌，改在明天上午十一点见面。

肖梦影和儿子回到了家里。

安排了孩子睡觉，一身疲惫的肖梦影倒在了松软的大床上。

手机信息提示音发出了短促的声音，她翻身从床头取过手机，模糊地看着。

这是邮件，律师来信。

信中说案件材料已经准备完毕，就要给对方写律师信。请汇出下一笔费用到律师事务所指定的信托账户，不然不能继续工作。

官司一直穿插肖梦影的生活里，目前在材料和会议阶段就花去了两万多澳币。

律师助理也是计时算费用的，每小时只比主要律师低一百到一百五十澳币。肖梦影的案件目前是四个人参与工作，两个助理、一个律师、一个外请的上庭律师。这四个人一个比一个价格高。

此次整理案件基础材料的时间过长，重复询问和写资料内容太多。为此，肖梦影花费的代价很大。她指责律师是做论文，而不是打官司。谁想，律师非常礼貌地回复了她更多内容的一封信，说明做的这一切纯属正常。

这一来一回，信件内容的时间花费，又是一笔费用。

还有就是重复内容的会议太多。

特别是在上庭律师会议上，长达两个小时的重复问话。上庭律师并没有给出上庭内容的建议，而是过了一遍案情内容。加上助理律师的费用，以分秒计算会议时间，总共花销了两千多澳币。

肖梦影认为这家律师行在有意消耗时间，赚取所产生的费用。

随信有一封给对方律师的信，如果肖梦影同意信的内容，律师张大为就会发送。

肖梦影清楚地知道，这封给对方律师的信，是自己花了两万多澳元的代价换来的。

这封信的意见表明：官司矛头必须对准卖家。因为中介是卖家的被委托人，卖家就要直接被追究法律责任，并交出首付款和利息到指定的信托账户。如果他们答应将首付款放在共管账户，我方律师就可以拿掉给对方房产放置的禁止令。请肖梦影尽快指示同意发出这封信给卖家律师。

这个意见使肖梦影感到意外，她要状告诱导欺骗行为的中介公司老板，而不是卖家。

这分明是法律逻辑混乱。

她回复了邮件，并提出了以上疑问。

她甚至怀疑自己的律师有意使事情复杂，就如同之前朋友提醒："官司不打得热闹，律师在哪里赚钱呀。"

肖梦影眼看着局面正向更复杂的方向发展，难道真如朋友所说的那样，让自己撞上了搅屎棍子的律师了？

打官司对于肖梦影此生是第一次，何况又是在国外打官司，更是丈二和尚摸不着头脑，根本谈不上有一点儿经验。对于律师的选择也是信任朋友所推荐选择的，这也许就是一枚隐形炸弹。官司的战火一旦拉开，将进入更为复杂的纠纷，钱财也将进入无底洞。

肖梦影尽可能地强迫自己减压，不去过于担忧和烦恼，对得起上天赐予的每一天。但是，烦恼和惶恐不安却总像魔蛇一样在她的心里游动，时不时地被它缠绕和难以摆脱。

第六卷

DILIUJUAN

第二十五章

耍大牌

肖梦影当晚就在手机银行里汇给了华人律师行要的费用。

她带着官司的烦心，在距离市区十公里外的自家花园洋房辗转难眠……

此时，位于墨尔本市中心的皇冠赌场和酒店餐饮正像刚烧开的一锅汤，热气腾腾。

何纤纤晚餐后回了自己的总统套房。

郝总带着弟兄们上了赌场大客户专区二十九层，这是需要特殊电梯卡才可以到达的楼层。

赌场二十九层电梯出口外是一个金碧辉煌的大厅，有服务台和休息区。休息区的皮沙发中间的大茶几上摆着丰盛的水果，周边的陈设大气高档。

在沙发旁边的两把单人沙发椅上坐着两位穿着休闲装、一胖一瘦、一般长相的华人中年男人。他们手里握着手机，轻声聊天，闲坐着的样子。

当他们看到郝总一行从电梯里走出来的那一刻，连忙站起身来迎了过去。

"是刘总和张总吗？我是郝建平。"郝总边说边走了过来。

"郝总好，就叫我小刘，叫他小张吧！欢迎您来墨尔本！房间都给您安排好了，在八号。"

小刘说着就招呼了一名服务生引领着向八号房间走去。

他们走过楼层大厅，穿行在华丽立体的灯光楼道间。

服务生在一扇紧闭着的金色大门前停下了脚步，推开了厚重的金色双开门，"请进！"

金色大门内，两边站着身着赌场工作制服的漂亮华人迎宾小姐，她们鞠躬问候着。

室内装饰同样金碧辉煌，整个一面墙的落地窗，将墨尔本美丽的夜色全部呈现在眼前。

这里，简直是天上人间。

这间超豪华 VIP 包房赌厅，宽敞的客厅摆设着欧式的沙发、超大茶几和电视。在客厅一侧宽大的区域里摆放着赌桌，西人发牌手先生已经站在赌桌的主位等待尊贵的客户了。

赌桌的旁边站着两位穿着黑色西服白色衬衫，体态宽硕的西人保镖。

一位同样穿着黑色西服，五十多岁的西人客户经理在周边缓缓走动着。他同时负责打开和关闭赌桌上固定的钱箱。

赌桌旁边是餐饮区，陈设着豪华的欧式西餐桌椅，负责点餐的服务生华人小姐也站在那里等待服务了。

可移动的酒吧车上除了多款洋酒和饮料，切好的水果摆放在精致的小果盘里也在等待着客人的享用。

郝总落座在赌桌对着发牌手的主位。

兄弟两人坐在他的两边。

小刘和小张和穿着黑西服的经理耳语着英语。

"OK！"经理面部没有表情地小声应声说着，而后走到了赌桌边，等待贵客郝总要码子。

小刘和小张在房间休息区的沙发坐了下来。

郝总仅有的一些赌牌英语词汇，应付在赌桌上简单使用。

他对西人发牌手用英语说道："五百万（澳币）。"

旁边的经理人平静地看着郝总，从口西服袋里取出钥匙打开了钱箱，从里面取出了十块长方形手掌大的，面值一百万（澳币）一块的大码子交给了发牌手。

发牌手将大码子推到了郝总面前。

郝总分出两百万推向发牌手，说着简短的单词，需要换五万澳元一块的码子。他又分出一百万，需换两万五千澳元为一块的码子。

西人发牌手非常职业，几乎没有任何情绪地站立在牌桌内。他两手在娴熟的动作中有节奏地快速折算着码子噼噼啪啪作响于VIP的八号房间。

西人发牌手具有表演性的动作，将拆换好的不同颜色面值的码子，分批整齐地推向正对面的郝总面前。

郝总身边已停好了专用酒吧车。

一切准备就绪，西人发牌手在即将要赌家摆放码子下注的地方，伸出右手掌心向下地从牌桌左到右地画了半个圆等待客户下注。

郝总是赌桌上唯一的赌家，两个兄弟只是作陪。他分别下了三注赌：五十万澳币、二十万澳币、十万澳币。

西人发牌手左手握扑克牌，右手掌心向下在准备发牌的位置上轻轻地点了一下，从左到右开始一张张地发牌。

正式开赌了。

华人服务生小姐轻轻地移动着另一台酒吧车，在小刘和小张坐着的沙发边停了下来。她非常小声地询问他们需要喝点什么？

他们没有语言，用手势点了要喝的酒。

华人服务生小姐为他们倒了酒，又轻轻地将水果盘摆在了他们面前的茶几上。

几分钟后。

小刘和小张离开了八号豪华贵宾赌厅的包房。

他们又重新坐到了二十九层大厅的座椅上拨弄手机去了。

八号赌厅贵宾包房里的码子声和郝总时不时发出的情绪声，随着时间进入了白热化，混合在超大落地窗外墨尔本迷人的夜色中。

赌场的三层和二层是一般贵宾大厅，一层大厅是普通赌厅。赌法各异，从一次两元五角到两百澳币间开赌，高不封顶。来到赌场换码的客人，每天只要在最普通的桌面刷一次积分卡，就会免费得到一份价值十澳元左右的消费。

赌场内和酒店的所有消费都可以使用积分卡，普通贵宾卡的优惠又诱惑一筹，更不用说高级贵宾卡了。

墨尔本皇冠赌场氧气充足，是一座没有白天与黑夜的不夜城。

郝总是属于拥有黑色贵宾卡的大户，他每天有三万澳币起价的赠送消费。此赠送消费除了在皇冠酒店、赌场餐饮和购物任意使用，还可以用车、直升机和游艇等免费服务。

小刘和小张是赌场与郝总这样大客户之间的条子，又是"钱庄周转站"。

只要是他们带到赌场的客人，无论输赢，赌场都会给他们足够诱惑的资金返点，对他们而言这是个不错的买卖。

八号贵宾包间的赌桌上，郝总眼前摆放着一摞摞颜色各异的码砖，一会儿推出去，一会儿收进来。他和发牌手不断地较量着，赌场保镖始终守在一旁。那个体态略胖，几乎秃顶而仅有几根头发却梳理整齐的经理，在赌桌边不时地打开和关闭着钱箱取放着码子。他职业的表情仍然持续着，没有一丝情绪表露。

此时，已经是深夜两点多了。

赌桌的对手热血沸腾。

发牌手换了两次，他们轮流用清醒的头脑对付这位拥有黑金卡尊贵客户的郝建平。

郝总身边坐着的两兄弟在赌桌上的刺激搏斗中没有一丝困意。

这一把牌郝总输了，八十万澳币的赌注被发牌手一把揽去。

"休息会儿。"郝总斗性不减地靠在椅背上说着。

华人服务生小姐走了过来，轻声地问："请问您有什么需要吗？"

"来点儿宵夜吧！"郝总说。

服务生小姐请郝总和朋友在餐桌就座，随即拿来了菜单递到了郝总手里。

郝总点了几样菜，把菜单又递回了服务生小姐。

他对这两个兄弟说："上次在美国赌场小赢，看看这次在墨尔本怎样？"

郝总随后起身去了洗手间。

很快，硕大的西式豪华餐桌摆上了中式炒菜，每个人的面前端上来了一碗小刺参汤，高脚杯中也倒了红酒。

郝总从洗手间走了出来坐在餐桌的主位，他刚洗过的脸在发鬓边还留有水迹。他看着精神抖擞，轻松了不少。

室内除了发牌手离开了房间，其他的人慢慢地游动，都在。

他们边吃着宵夜边聊着郝总赌桌上的战事。

郝总说这才刚刚开始，这几天晚上都要开战。他说这些话的时候，显得无比畅快。

兄弟们一旁应和着，一边碰杯祝郝总顺风顺水。

何纤纤从回了房间到现在，没打来过电话。这是郝总跟她早就立下的规矩，在打牌的时候不允许她干扰。

这也是他们在酒店分房入住的主要原因。

何纤纤起初任性不听，曾在几次干扰中使郝总丢了大钱，之后她再也没敢任性下去。

赌桌上郝总不喜欢有女性出现作陪，他认为这是乱心和破坏风水的不祥之器。男人们作陪只能增加他的斗志，在赌桌上他就像一个引领千军万马的统帅，在左膀右臂的面前尽显豪迈和霸气。即便是败下阵来，他仍像一头再次待战的雄狮不减威力。

中场休息使他头脑更加清醒。

他在赌的刺激中全然不顾自己是赌场的一头大猎物，他的钱财终究会流进赌场的金袋里。

兄弟们是看在眼里，也不好扫郝总的兴趣。

赌场职业性地下着鲜肥的诱饵，等待郝总这头猎物长时间逗留，赌场只要留住他在赌桌上，他的钱就会成为赌场的钱。

赌场赠送给郝总每天数万澳元的消费和服务又算得了什么呢?

郝总和弟兄们宵夜以后，已经将近凌晨三点，他想到天一亮还要出海游玩，也就没再继续坚持玩牌。

他向弟兄们致谢，说有时间就来晚餐，玩牌不一定都陪着。

两兄弟说，很高兴一起观战助威，每天必来。

第二天上午。

肖梦影来到了酒店，她看到酒店门外何纤纤和保姆带着孩子已经在亚拉河岸的草坪上玩耍着。

肖梦影与何纤纤见了面，给还没起床的郝总打了电话。

上午十一点，送他们去乘游艇出海的黑色商务奔驰汽车已经停靠在酒店大门侧边等待。

数分钟后，他们一行乘上了这辆汽车，向出海码头的方向驶去。

大家在车上心情是愉快的，何纤纤不时地对着车窗外用手机拍照，还不时地逗逗抱在保姆怀里的孩子。

郝总跟肖梦影询问着以后在墨尔本生活的诸多内容。

肖梦影详细热情地介绍着，还说这些天找时间到生活区走走看看。

郝总又接着说："梦影，这次来基本上我决定让老婆纤纤和儿子以后留下来生活，以后靠你多关照她们了。"

"没问题郝总，欢迎她们来，我们一起在墨尔本做伴。"

"我想着把房子买在你家附近，也好方便见面。你看看这几天哪一天咱去看看房子？"

"好的郝总，这边买房子如果是海外居民只能买一套新建的自住房，我住的边上不容易找到新建的房子。这边比较多的是二手房，除非有澳大利亚身份才不限制一手和二手的自住房，第二套住房算是投资房，不限制数量。对于海外投资房应该是不限量。"

"这个你不用担心，我此次做的是五百万澳币投资移民，立刻可以拿到永居身份。公司也会尽快注册下来，房子以我在澳大利亚公司购买作为投资。"

"那就太好了，房子的事情我可以在房产销售网上先看看，不能完全相信中介的话。"

"做销售的都一样，他们目的强，走到哪里都是一个忽悠。"

郝总的这句话让肖梦影觉得很惭愧，自己涉世浅薄，没有经验被中介轻易欺骗。孟立成天天忙他的大事，这些事情也是顾不得亲自处理，才落得现在这么个局面。

郝总又说："房子好坏自己要有认识，不能听中介忽悠。你先看看有什么值得看的，你统计好了我们一起去看看，决定买了再找中介。"

肖梦影一边答应着尽快给搜集房子资料，一边佩服着这位大集团的郝总。

"梦影，你不要考虑一手和二手房，我有办法安排。首先房子要靠你近，其次房子质量好，土地面积大，以后有升值。海边的房子整体面积不能少于三千平方米，价格在一千万到三千万澳币之间。公寓你也给我看看，要位置好以后便于出租，预计买二十套两室一厅的公寓，出租后房租给老婆儿子零花。"

"好的郝总，我尽快安排。"

开车的司机是西人，听不懂中文，这也使得他们能畅所欲言。

肖梦影听郝总这么大的口气，心想："他怎么这么成功呢？这么多资金可以使用。这次买房，可是中介赚钱的好机会。即便是郝总火眼金睛能辨销售谋算，但是毕竟是在海外，难免会被中介忽悠。发誓那骗过自己的几个中介，一个也不介绍给郝总。"

她一边想着，一边又纳闷地问："听说现在个人账户的钱，很难从中国汇出去？"

"这个你不懂，我们正常投资海外公司，资金不是大问题。你不用担心！"

肖梦影突然又想到孟立成提醒过自己，不要多问，只配合游玩，走走看看，她也没再往下问。

坐在前排副驾驶座的郝总此时也突然沉默了。

片刻的沉默后，他又说："昨天休息太晚了，我眯一会儿。"

"好的，郝总您休息一下。"

车上顿时安静了下来，保姆抱着孩子也睡着了。

何纤纤轻声地向身边坐着的肖梦影讨好地说："梦影姐，听说这边有一个南半球最大的商场，里面有好多大牌子，哪天咱们一起去逛逛？"

"好的，我们可以安排一下。"

"其实我今天倒是不想坐游艇，还不如少玩一下咱们就回来一起去逛商城。"

"看看情况，争取吧！"

墨尔本的天气像是孩子的脸，说变就变。

何纤纤的话刚落音，车窗上就密密麻麻滴落着雨。

何纤纤一下欢喜了起来，眼睛瞟着梦影又压低着声音说："再下大一点，风最好也刮起来。"

肖梦影看着外面的天，天空整个都青了起来，看起来雨还真是要下起来了。

开车的西人司机也开始讲话了："天哪，下起了雨。看样子不会马上停下来，你们还需要继续乘游艇吗？"

郝总也睁开了眼，他看到眼前的天气，猜到司机说的英语，并爽快地说："那就回去吧！改天再去。"

"老公，我们去逛商场吧？"

"好吧，那就去吧！"郝总简单回答着老婆的要求。

肖梦影用简单地英语告诉司机，转去南半球最大的商场。

今天肖梦影已提前安排儿子同学的妈妈把儿子接到她的家里，这样也好安心陪郝总一行。

二十多分钟后。

汽车驶进南半球最大的商场的停车场。

在南半球最大的商场的各大世界名牌店里，何纤纤不断地试着世界名品的衣服、鞋子和包。每个名品店里都有华人店员的热情服务，肖梦影在一旁也只是帮着看看款式什么的。

郝总给何纤纤买包的时候，也给肖梦影买了适合她的包一起结了账。肖梦影为此推辞不用客气，郝总却坚持这样做了。

三个小时过去，郝总花去了十几万澳币。

他们已经满手提着和满身穿着的都是名品了。

何纤纤也累了。

他们决定满载而归。

回程的路上他们在汽车里迷糊地睡着了。

肖梦影打开手机查看着微信和邮箱，在邮箱里看到了律师张大为的回信。

律师张大为仍然坚持自己的做法是正确的，他希望告卖家，卖家再告中介，等着看他们打起来。告卖家，在卖家即将第二次销售交割的这座房子上放禁止令，逼卖家交出首付款。

肖梦影看了心里一阵不安，她认为这是激怒卖家。卖家第一次没有销售成功，第二次销售又放了禁止令，这简直不是倒霉透了吗？况且在之前的销售合同中有一条是，买家违约除了被扣掉首付款，还要补偿第二次销售的差额。这个被卖家原本就会有追款的后续可能，现在主动去捅这个大马蜂窝，不是自找苦吃吗？这个律师张大为的大脑结构怎么会有告卖家的逻辑？而且坚持自己的方案一定是成功的。

信的下方是一封律师张大为写给卖家律师的信，口气强硬地命令卖家必须在指定时间交出首付款，不然，不取消放在卖家二次销售房子上的禁止令。

这封信强调需要肖梦影的同意才可以发出去。

肖梦影把信的内容和附件用微信发给了孟立成。

几分钟后，孟立成回信息，也说是律师法律逻辑应该有问题。

肖梦影回复孟立成：我也是觉得，按常规应该是直接告中介诱导、欺骗私自更改交割时间造成不能交割，怎么去告卖家呢？

孟立成微信：谨慎为好，最好再问问其他律师的看法。

肖梦影回复：时间比较紧，我方律师说对方知道放了禁止令，态度非常强硬，写信来说是要申诉法庭。申诉费估计三万至五万澳币，谁输了谁就要给对方买单，加起来自己的费用就要六万至十万澳币。律师强调中介是卖家的委托人，必胜无疑。

孟立成回复：和谈是最好的办法，最好不要申诉法庭。

肖梦影回复：好的，我尽快去找卖家和谈。

此时，律师张大为的微信也跳了进来，请肖梦影尽快同意发这封信给卖家律师。

肖梦影回复律师：稍等。

车窗外仍然下着雨。

墨尔本春秋的雨经常是淅淅沥沥没完没了，此时竟然风雨交加。

汽车已经驶入市中心赌场的皇冠酒店附近。

肖梦影一脸的心事，她努力地微笑着将眼前熟睡在名品堆里的他们轻轻叫醒。

接下来的几天。

肖梦影除了委托可信的朋友去跟卖家和谈，就是继续陪同郝总行程。

郝总安排了两台车，一台车跟着何纤纤去继续逛商场，一台车随他和肖梦影去看房子。

其间郝总又注册公司，见了移民公司的洪总。

世上没有不透风的墙，这边的华人中介听说来了个大老板，他们不知从哪里知道了肖梦影的电话，一连串的电话像飓风一样向肖梦影袭来。

郝总认为来者不拒，看看他们手里都有什么好房源。

由于要买房子和等待公司成立，郝总改签机票，延长一周停留在墨尔本。

这些天，西人中介老板们带着华人职员或翻译，搅和在华人中介老板之间。还有的是夹杂在中介与卖家之间的中间人。他们五花八门地用尽销售技巧，讲述着买卖双方的故事，吊起买家与卖家的胃口。

中介公司销售之间展开了明争暗斗，他们正虎视眈眈地涉猎这条刚从中国来的、两眼一抹黑的、财大气粗的大肥鱼。

郝总即便是带着他多年的商业经验和成功，也要考虑是在异国，好在他不缺钱。

在郝总离开墨尔本的最后一周，公司顺利注册了下来，他开始确定签署购房协议。

带着华人翻译小姐的西人中介老板，亲自向郝总介绍了一座距离肖梦影家只有几十米，一千八百平方米的一线海景豪宅。

郝总尽显砍价的本领，从价值两千万澳币一下砍到了一千五百万澳元。

在同一家中介公司郝总还签了临近的另一套两千平方米，价值一千八百万澳元带游泳池和网球场的豪宅，作为公司会所。

一位销售公寓的华人中介，成功地使郝总签署了位于墨尔本大学附近的二十套两室一厅的酒店式豪华公寓。

这些房子都是以郝总为法人代表，在墨尔本新注册的投资公司购买的。

这天，郝总正在房产交易合同签署后的兴头上，好友们也都围在身边。

何纤纤此时逛完商店赶了过来。

郝总看到何纤纤抱着孩子，保姆随着走了进来。他兴致勃勃地对她说："老婆，今天买了几处我的房子。"

何纤纤听了脸上并没有笑容，而是不高兴了起来。她抱着孩子一屁股坐在了中介公司会议室的沙发上。

郝总看了她不高兴的脸色，立即发火地说："告诉你何纤纤，少给我拉脸子。我跟你说了，我看不了你这个样子。"

郝总说着就要对着何纤纤冲过去动手。

朋友们连忙拉住郝总，劝他不要生气，要他到另外一个房间坐一坐。

肖梦影为突然发生的这一切感到莫名其妙，她尽量地安抚着何纤纤。

何纤纤在肖梦影的安抚中，抱着孩子仰天张开了那张委屈的小嘴儿，发出压抑古怪的嚎哭声，怀中的孩子也吓得哇哇地大哭着。

保姆连忙把孩子抱了过去，又拍又哄。

郝总见状返身又要冲过去动手打纤纤。

朋友们再次阻拦住了郝总。

肖梦影看郝总如此激动，她也显得紧张，劝纤纤不要再哭，轻轻地拉着她出门。

何纤纤双手紧紧地捂着嘴，闷声哭着随肖梦影出了门。

到来大门外，纤纤趴在肖梦影的肩上大哭了起来。

何纤纤的哭声引来了回头的路人，肖梦影搞不懂是什么原因使何纤纤如此痛苦。她一边安慰着纤纤不要再哭，一边不知道说什么好？

纤纤哭了一阵子，终于说话了，"梦影姐，我的命好苦啊！"

"纤纤，你的命应该是多好啊！郝总对你百依百顺，又给你买了这么多房子，你是多有福气的女人啊！"肖梦影不理解地劝说着。

"梦影姐，好多事你不知道。"

"纤纤不要哭，多少女人羡慕你还来不及呢！"

"他买房子，从来都说是他的房子，没有一次说是我和他的房子，也没有一个房子是以我的名字买的。"

"纤纤，这个不重要，重要的是你们是夫妻，谁的名字都无所谓。"

肖梦影说了这句话，纤纤不但没有停止痛哭，反而哭得更厉害了。那哭声不像是出自这么漂亮纤弱女子的喉咙里，倒像是一个涉世深厚的中年女人，要把积攒了大半辈子的怨气从心底翻出来哭诉一番。

中介公司会议室里，朋友们围在郝总身边坐着，生怕他一跃而起再冲着去打何纤纤。

郝总火气不减，嘴里不干不净地骂着何纤纤不知好歹……

西人中介老板让翻译小姐给郝总和朋友们端了咖啡放在了桌上。

郝总气愤地说："惯得不像样子了，动不动耍脸子，老子不认。"

保姆这个时候也抱着孩子悄悄地走出了门，孩子看到妈妈还在哭，他又哭了起来。

肖梦影焦急地不断地劝着眼前莫名其妙痛哭的何纤纤。

下午的这场闹剧，终究消化在时间里。郝总和何纤纤在回酒店的汽车里，没有说一句话，到了酒店就各自回房间去了。

肖梦影交代了保姆，不要让何纤纤耍性子，明天也就没事了。而后，肖梦影离开了酒店回家去了。

郝总一行来墨尔本的时间很快就要过去了。

这么多天来，郝总白天出行，晚上在赌场的二十九层贵宾包房开战。

他们又在赌场皇冠酒店的名品店、餐馆等场所，肆意花销这白白送来数万澳元一天的消费。

最终，郝总还是输掉了他认为不多的一百三十多万澳元。

他对兄弟们说："这次没时间了，留给以后再来捞一把！"

这天，他们一行于墨尔本时间下午两点，乘坐港龙航空的班机起飞回国了。

等他们再来交割房子的时候，也是何纤纤和儿子在澳大利亚新生活的开始。

从机场返回的路上，肖梦影接听代理人与卖家和谈的电话内容。

他说和谈的结果非常好，我方希望卖家能退回首付款的一半，立即拿掉禁止令以此结案，双方都不再冒打官司的输赢风险。卖家竟然同意了，他们要我方律师出和解协议，双方签字。

肖梦影立即将这个大好消息告诉了自己的华人律师张大为。

律师张大为听起来也为此高兴。

肖梦影仔细交代了协议内容，等待律师张大为立刻写这封和解协议的信件。

第二十六章
阔别重逢

十几天的接待和官司的事情围绕，使肖梦影身心疲惫。

房产交易官司让她经历了焦虑不安，现在的和谈终于可以将这场噩梦彻底打包丢掉了。

她等待律师张大为的和解信尽快写出来。

今晚，她在家里洗浴间大花洒的喷洒下，冲刷着她一身的疲惫和许久以来的压力。

她的手无意识地顺着水流抚摸着自己滑润丰盈的身体，富有弹性和紧致的皮肤散发着性的渴望。她脑海里又浮现出和薛华性爱的画面，那份激情和冲动的性刺激又向她袭来。

她是一个坚决不能接受自我性安抚的女人。

她认为女人的身体一定是属于住在自己灵魂里的那个男人的。她宁可把这份性煎熬烂在自己的血肉里，也不会亵渎自己的身体。

她与薛华关系结束的那一刻，性关系也断然结束了。

孟立成在她的生活里已成为虚设，性在他们之间也成了最尴尬无趣的回避，像河水结了丈厚的冰难以敲凿。

她任花洒喷淋，愿冲去所有的烦恼。

裹着一笼棉质暗红色睡袍的她走进了卧室，一头倒在了床上。

薛华的性，总会在夜晚她独自躺下的时候出现在身体里，可是他丑陋的内心又像是扎在她心中的一根刺疼痛难忍。

床头的手机信息声，使她不由地翻身取过翻看着。

"梦影，我现在北京首都国际机场，明天早晨墨尔本时间九点四十到港墨尔本国际机场，第三天返回中国。酒店我已在网上订好，就住在你家附近的海边。"

肖梦影不敢相信他真的要来，而且就在明天。她真的无法想象是什么力量使这个一别十年的他，义无反顾地漂洋过海来看自己。

转眼十年未见面，对于一个人的外貌也应是一个不小的变化。他得有多大的自信，才可以带着自己不再年轻的模样，站在曾经深爱的女人面前？

肖梦影看着这突然跳进眼前的信息，不知怎么回复他才好。这时，他又有一条信息跳进她的视线。

"梦影，你不用去机场接我，我可以叫计程车。我经常出国，还是比较有经验的。"

肖梦影连忙回复："我去接你。"

"梦影，想你了！"

"铭浩，你还像个小伙子，也不想前想后，不问问我现在具体的情况？"

"梦影，就是想去看看你。"

"好吧，都在机场了，来就来吧！"

"梦影，我要登机了，明天见！"

"一路平安！"

肖梦影放下了手机，思绪翻滚。

那个十多年前像小白杨一样的他，浮现在她的眼前。

当年，他还是一个区政府的一般职员，勤恳认真工作，朴实为人。他朝九晚五精神饱满地面对着每一天，就像早晨升起的第一缕阳光。

无论春夏秋冬，他那细长的脖子外总会看到洁白的衬衫。他不太爱说话，但是有着一双会说话的眼睛。那一口洁白的牙齿，总会在他难以掩饰的青涩中透着青柠般的清澈。

他赢得领导的认可，从一般职员慢慢提升到部门副主任，两年后又提升为主任。

区政府的年轻姑娘没有几个，仅有的两个还是做勤杂工的。有一些中年女同事也为他介绍过几个女朋友，但都没能如愿。

那一年，北京的冬天下起了鹅毛大雪。道路上的雪被消融车快速地融化着，到处湿漉漉的，路的两旁积着厚厚的雪。

英语辅导班里，两人相识了。

当时肖梦影已经热恋了，她的恋人就是现在的丈夫孟立成。

还是单身的沈铭浩，这位区政府年轻的干部被眼前楚楚动人、知性漂亮的肖梦影深深地吸引住了。

他从默默地注视、主动地关心，到一起在学校用餐。

肖梦影以女人的直觉知道，他已爱上了自己。但是，她对他却只是欣赏。她热恋的孟立成，正是风华正茂，坐拥多家公司的董事长，事业蒸蒸日上。

她与孟立成炙热的爱情之间，实在是无法再挤进沈铭浩的位置。

沈铭浩当时除了有一颗阳光般的心，和不断小有起色的政府公职身份，其他的又怎能跟她的男友孟立成比呢？

为此，沈铭浩对肖梦影的爱，也只能消耗在日思夜想的心里。

在他们交往的第二年。

肖梦影与孟立成结婚了。

结婚的那一天，沈铭浩没有赴邀，花店送去了他的祝福。

那一段时间，沈铭浩好像一下苍老了许多。

再后来，经领导关心，给他介绍了财政局局长的女儿，一年后他也结了婚。

婚后的他并不幸福，局长的女儿飞扬跋扈，性情骄纵，不是一个可以持家的女人。

对于出身于小县城，在一般家庭环境长大的他，珍惜自己现在获得的一切。他对现在的婚姻家庭倍加珍惜，只可惜这个骄纵的老婆实在不好相处。

原本能拥有北京户口，在区政府能有所作为已令他心满意足。这个突然出现的婚姻，在有威望的岳父大人的鞭策和老婆要做高官太太的压力下，加上自愧不如肖梦影的丈夫孟立成的这些原因，助长着他追求权贵的野心。

他不幸福的婚姻也为此不得不延续下去，可是心里却有着肖梦影这位他认为桀骜不驯、知性美丽、亦真亦幻的女人。

婚后，他不断找借口邀请肖梦影出来见面。

他们只能见面，却不能改变现有的婚姻。

婚外，他们没有越雷池半步，却心照不宣地相处着。

她与他相见时像一只若即若离的猫，又像美丽的蝴蝶近在眼前却难以捕捉。她爽朗的笑声，恬静的脸，清澈有神的大眼睛，英姿的身材，在沈铭浩的内心滋生着更为挣扎的爱恋。

肖梦影在沈铭浩的心里像是怎么也丢不去的魔幻，他不断想办法约见，将写的诗送给她。

婚后第二年，肖梦影诞下了儿子。她的儿子一岁半的时候，沈铭浩的妻子诞下了他们的漂亮女儿。

后来沈铭浩还跟肖梦影半开玩笑，"这要是在之前，就给他们定下娃娃亲……"

肖梦影笑了笑，没说什么。

他们一来一往的见面和联系，没有逃脱沈铭浩妻子的第六感觉。她强烈要求沈铭浩必须彻底终止与肖梦影的交往，不然就跟他离婚，把孩子带走，让他净身出户。

她同时非常不礼貌地给肖梦影打了电话，甚至是带有侮辱的语言，请她最好不要做情妇的角色与沈铭浩鬼混在一起。

肖梦影不能接受她的侮辱，并要求她道歉。可是电话却被对方挂掉了，以后再也没有联系上过。

肖梦影甚至想找她当面指责，但是，后来想想还是作罢了。

孟立成忙于事业，也没有顾及这些事情，况且他有足够的自信占据肖梦影的心。

沈铭浩不能为此斩断与肖梦影的联系，但是却遭到肖梦影的强烈拒绝。

他尝试着不再联系肖梦影，可是，却怎么也做不到。

无奈之下，肖梦影找来了一位仪表堂堂的小伙子，作为她婚外的好友出现在沈铭浩的面前。

她有意跟这位小伙子亲密着，强烈刺激着沈铭浩。

沈铭浩终于忍不住地站起身来对肖梦影说："没想到，你是一个这样的人！"说完，转身走了。

这一走，就是十年，再也没有联系，也没有任何他的消息。

十年来，沈铭浩的音容笑貌始终存在于肖梦影的生命里。他的出现是她之前原本美满婚姻生活中的一道彩虹。可是，他毕竟只是一道彩虹，而不是她的天空。

正因如此，他始终没能真正走进她的生活。

这也许就是命运的安排，注定他出现却总不逢时。

现在，肖梦影的婚姻淡漠到了几乎可以忽视为不存在的地步，这应是恰逢好的时机。

沈铭浩此时突然出现，是否真能在阔别十年后，再拥有缘分呢？

此时，肖梦影全然没有了睡意。

已经十年没有见过面了，虽说自己还不老，但是也不是当年的模样了。她不知他是否也有了很大的变化，但是性情还是他当年的样子。

她担心："沈铭浩的老婆会不会再打上门来？"好在人在国外，不是想打就能打得着的。自己从来也没做过亏心的事，内心是无愧的。

分开了这么多年，也不知他的生活和事业怎么样了。只听他微信里说女儿在法国上学，交了一位法国男朋友。他说对女儿的养育任务，也算基本完成了。

其他的也没再提，她也没再问。

清晨。

肖梦影送孩子上学后，开车向机场驶去。

机场出港大厅人头攒动。

到港显示屏幕上，沈铭浩乘坐的班机显示已经落地墨尔本。

肖梦影手握着的手机跳进了一条信息：墨尔本，我来了，梦影，我来了！

她看着铭浩的信息脸上露出难以说得清楚的微笑，她回复信息：欢迎你的到来，我已在出港大厅了，一会儿见。

肖梦影估计着他出港的时间应该在四十分钟左右，就先在大厅正对出港口的咖啡馆坐了下来。她要了一杯热咖啡，等待着这位她印象中的小白杨出现在眼前。

今天，肖梦影穿了一件白色长袖紧身 T 恤，一条红色的紧身牛仔裤，包裹出性感丰润的身材曲线，脚穿着一双黑色休闲鞋透着活力。她神采奕奕的像清晨绽开的一朵红玫瑰，散发着朝气和悠悠的清香。

四十分钟后。

她离开咖啡桌走向出港大厅的人群中，在靠近前边的位置等待着。

出港的人们向外涌动着，她没有看到沈铭浩的身影。

这时她的手机响了，她心里还纳闷：不会是他的电话吧？里面不能打电话。

她看到手机上面显示的名字是苏青，她边向人群外走着，边接听了电话："喂，苏青。"

"梦影，在哪里？有时间过来喝茶吗？燕群也在。"

"我现在机场接中国来的朋友，这几天估计都没时间，等朋友回去了再去吧！"

"好的好的，你先忙，我们也是没事喝茶聊聊天。"

"好的，我再跟你们联系，问燕群好，也好久没见面了。"

……

她们寒暄了一阵后，挂了电话。

"梦影。"

一个轻柔的声音在她的耳边传来。

她被吓了一跳，抬头一看——正是他。

她吃惊地捂着嘴看着眼前这位未因时间打磨脱相的老朋友，她几乎是含着泪激动地说："铭浩——，是铭浩，真的是你！"

他真的没有变化很大，就是体态宽了一些。仔细看他的脸上还是有岁月的痕迹，隐现的纹路像一条条浅浅弯弯的小溪，蜿蜒在他往昔青涩的面颊上。那双会说话的眼睛的眼角也有些下坠了，但是还可寻到当年的光色。仔细看他的头发，应该已染过黑色。

他不像是刚下飞机一路疲惫，而是精神抖擞的样子。

他的着装里少了年轻时的那件白色的棉布衬衫，而是一件世界名品 BURBERRY 的米棕色小格子 T 恤衫，外面是一件同等品牌的卡其色薄夹克。一条深蓝色的休闲裤，脚穿一双黑色名牌 GUCCI 休闲鞋。

那个青涩的小伙子，成了时尚大哥。

他笑起来还隐约可见覆盖在岁月年轮下的那点往昔的朝气，只是那口洁白的两排牙齿，也许因岁月的茶碱或是烟卷的腐蚀，变得略显暗黄和斑驳。

"梦影，总算见到你了。"他激动地注视着眼前的她。

"我也变化不少吧？不比当年的样子了。"肖梦影不由地微笑着说。

"没有，在我心里你永远都没有变。"

"怎么会？岁月不饶人啊！"

"还好，没有那么严重，身材还是那么好。"

"——欢迎你，铭浩！"

肖梦影说着就要帮他拿放在随身行李箱上的名牌双肩包。

他伸手握着她的手，深情地注视着她说："不用你拿，我来。"

"也好。"肖梦影说。

他们随即离开了机场出港大厅，向停车场走去。

"这么远来，只有三天的时间在墨尔本，我看怎么计划带你去玩一玩？"

"见到你就是我最大的心愿，不一定要游玩。"

"既然来了，还是要走走看看。"

"以后，我可以经常来。"

肖梦影微笑着看了他一眼，没再说什么。

他们走到了车前，把行李放在了后备厢，两人上了车，驶出了机场停车楼。

车窗外景色宜人，蓝天和白云交错着。

汽车里播放着舒缓的钢琴曲，他看着车窗外轻叹："梦影，你就像梦的影子，一下又走了这么远。"

"你看，这里的空气多好。你喜欢吗？"

"喜欢，更喜欢相见的人。"

他说着又侧过来靠在副驾驶座椅靠背上的脸，再次深情地看着眼前这个令他心痛且欲罢不能的女人。

肖梦影驾驶者汽车，略带着责怪的口吻说道："真的是好久没见，你也真是可以一走没有任何消息。后来我试着打听过你，知道你一切还好，也就放心了。我固然不好，你也真够绝情的，可以十年没有踪影。"

他静静地注视着她，眼睛里闪烁着细碎的泪花，却什么都没说。

汽车继续行驶在宽敞的高速路上，眼前已经隐现城区林立的擎天高厦和摩天轮。天空大块大块的云朵很低，雪白的云朵不知何时已悄悄地转换为淡淡的青色，太阳也被一块巨大的青云遮掩在背后。

青云之间的缝隙中可以看到瓦蓝的天空。

青云缓缓移动着，太阳又露出了夺目光线，蓝天也显现了出来。天空的多姿就这样不断地变换着，美丽的光影反射在地面上。

沈铭浩缓缓地将脸转向车窗，望着窗外轻声地说："墨尔本的景色真是美，又不断地变幻色彩，就像你一样，亦真亦幻。"

肖梦影握住黑胡桃木方向盘的手，显得更为白皙和纤细，她的神情也显得温婉。她知道他的这份爱有多么深，也知道他决然失联的痛又有多深。

可是，命运却怎么也没能安排他在合适的时间走进她的爱情。

他能依然执着地爱着她，令肖梦影感动。

但是，如今现实生活的复杂，更是超出了之前的单纯。家庭关系的纽带，像是扎在深土中连理的根茎。

"铭浩，你这次来怎么跟家里说的呢？希望不要再引起麻烦。"

说起麻烦，像是撕开沈铭浩心头的伤疤，他原本愉快的脸突然凝固了起来。

肖梦影联想起他老婆阻止他们的交往，自己有意制造出来的婚外男友，迫使他走开的画面。那天晚上对他是一次最彻底的打击，自己也背了十年无中生有婚外情的黑锅。

他离开的身影，一直映现在肖梦影多年的生活里。

她意识到突然引起的不快，又马上转了话题，"你喜欢墨尔本吗？"

"很喜欢，这让我想到美国洛杉矶西海岸的景色和气息。"他温和地淡淡说着。

汽车行驶在古典和现代建筑交汇的城市中心以外的环城高速路上。在经过一个个转向城区的出口，肖梦影问要不要走一下市区。他说先不用了，再找时间去，希望行驶在安静的公路上。

肖梦影说一会儿走海边，那也是必经之路，下午也可以继续走走海岸线。

"梦影，这些年我的工作和家庭也有一些变化。我在区政府后来做了副区长，干了几年就离职下了海，去了国企做副总裁。"

"这也是不错的选择，当然如果你继续走仕途也会有作为。"

"仕途的路不如企业实惠，老岳父那点关系全给用上了，我也没少历练自己。"

"你人聪明，求上进，无论在哪里都会发挥作用。"

"梦影，我想——现在应该有资格向你求爱了。"

"铭浩，你说什么胡话呢？你还有妻子。"

"我现在想真正地为自己活一回。"

"可是，事情不一定像你想的那样容易。"

"梦影，你知道十年来，我这颗没有见到你的心，对你爱得有多深吗？"

他说话的声音更加深沉，几乎带着哽咽。

"铭浩——"

"梦影，你让我说下去吧！你知道我曾发誓这辈子不再见你了，就只当我们从没有认识过。可是，后来我发现抗拒不了自己真实的内心。你一直都住在那里，怎么也移不出去。梦影，我不想听你的故事，我只想告诉你，我对你的心没有变。"

此时肖梦影驾驶的汽车忽快忽慢，她的思绪杂乱。

旁边的汽车对她鸣笛警示。

在澳大利亚很少会有汽车鸣笛的现象，她强制自己尽可能保持汽车平稳，向大海边继续前行。

海边的风景宜人，一望无际的海面上行驶着白色的帆船。公路两边是漂亮的棕榈树，在靠大海的一面是大片绿油油的草坪。

"梦影，我们停下来，在海边坐一会儿好吗？"

"当然可以。"

几分钟后，汽车停靠在了海边的停车位上。她买了停车票放在了汽车前挡风玻璃窗内，以便查票的人看到。

他们走过草地，在海岸小路的一把木长椅子上坐了下来。

他们面对大海。

海鸥飞得很低，随时准备啄食海面出现的食物。

青云下的大海是黑蓝色的，有太阳照耀的海面是泛着亮的淡绿色。海风轻轻柔柔，生怕惊扰了他们。

肖梦影每一次直面浩瀚的大海，对渺小的自己和内心的痛苦都是一次安慰。她不幸的婚姻何尝不想解除？如果能有一个真正幸福的开始，那将是她此生的奢望了。她对幸福的渴望不是拥有多少财富，而是有一个像模像样的日子，有滋有味的生活。

也许，是因为他们只有三天的相聚时间，也许是他们之间确实不需要语言的客套，他再也无法继续压抑下去地说：

"梦影，这里很美，但是不属于我，我的事业在中国。如果你愿意，跟我回去吧！我把婚离了，给她足够的钱。我女儿长大成人后会留在法国，不用我操心了。"

"怎么可能呢？我儿子已经完全融入到了澳大利亚学习和生活，回去他就废了。我儿子除了会说中文，读和写都不行。况且离婚也不是一句话的事。还有，你也不问问我婚姻的情况？"

"在你发表的散文和诗歌里，我已看到了你的孤寂。——梦影，再过几年孩子就独立了，他就不再需要你了。你在孤独的婚姻里要走到何时？"

肖梦影看了看眼前的他，不由地阵阵心痛。她相信他深爱着自己，但是，也许他还没有想到或是来不及发现，时光和距离使得他们心中那个当年的雕像，在慢慢地风化凋零着。

她又回望着眼前的大海，由衷地说："铭浩，我们现在说这些是否显得太早？你能来我很高兴，以后的事情再慢慢看吧！我们虽说结识了半辈子，但是，是否能真正生活在一起还都不知道。"

"还早？半辈子都要过去了。"他说着侧过脸来注视着眼前这个令他挥之不去的女人。

她突然担心自己说的话会再次伤到他的哪根脆弱、敏感的神经，又使他一别十年不见。

她小心地望着他，看到了他眼睛里隐含的伤痛。

十年来，他竭尽全力地疗伤和织补着这份诀别的伤痛。他此行漂洋过海来看她，是在一万个冲动中饱含着希望。

此时，他们对视着却默然了，好似时间已停止。那说不清的矛盾和尴尬在他们之间放射着。

在他固执的眼球里反射着肖梦影娇美的脸庞，和她那双带着爱怜与徘徊的眼睛。

她又将头默默地低下来，片刻无语。

只听到海鸥不断地鸣叫。

他仍注视着她，一只手握住了她放在腿上的手，"梦影，你还要继续折磨我到何时？"

她的手显得无色，略微冰凉。

他的另一只手立刻迎过去将她的双手握住捧起，他的头埋了过来，灼热的唇吻在了她那双纤细微颤的手上。

当年的小白杨，那个阳光小伙一心向上，一路攀登，从小公职人员不断地提升，直到现在终于站在成功人士的队列。他带着对肖梦影刻骨的、压抑了大半生的爱，顶着他现有的事业光环，终于可以直言直面他深爱着的这个女人。

肖梦影充满怜爱地注视着眼前的他，几乎哀求地说："铭浩，你听我慢慢地跟你说好吗？"

他缓缓地抬起头注视着她，仍旧握住她那双冰凉纤弱的手。

她轻轻地抽出一只手放在他的手背上，另一只手也慢慢地抽了出来。她两只手将他的手放在了他的腿面上，又轻按在他的手背上说：

"铭浩，你知道吗？这些年我在澳大利亚的生活和心理都经历着前所未有的冲击和调整。在这里生活完全不像在国内，而是一个全新的活法。澳大利亚生活完全靠自己，没有保姆市场。这里的生活很落地，使我一下回到了自力更生、柴米油盐醋、擦抹洗涮的现实状态。劳累和烦心会随着日积月累没完没了的家务出现，浪漫和色彩也就成了奢望。如果你在澳大利亚生活，这样的生活局面你可以接受吗？"

他淡淡地笑着说："男人嘛，最重要的还是事业。没有事业的男人，女人也没有幸福。"

肖梦影也淡淡地笑了笑，"事业到底又是什么呢？难道就是失去家庭生活的基本内容和乐趣吗？赚了钱又为了什么？就是买好衣服、汽车和房子吗？实质的生活又在哪里？"

"没有钱岂不更糟？"

"挣钱也是为了更好地生活，钱不是万能的，不能买到一切。"

"男人不仅仅是为了挣钱，事业不成功的男人是失败的人生。"

肖梦影没有想到，这么多年不见，时间把他打磨成了一个注入事业丰碑中的钢筋铁骨。

"梦影，说实话我很不适应国外这种乡村生活，在美国洛杉矶西海岸也有这种感觉。我喜欢城市的繁华和高节奏，在人与人的关系中挑战事业……"

他不断表述着大洋彼岸血气男儿的豪言壮语。

她蓦然了。

望着浩瀚无际的大海，肖梦影的眼睛里隐隐地潮湿了。

且不知，他用尽大半生码齐和练就的一身社会关系功夫，在澳大利亚完全作废。他带着大半辈子所做的努力，站在肖梦影面前的这一刻，岂不知在她现在的这边山，唱的却不是他准备的哪些歌了。

这个一直存活在她生命里的，那曾经一起去买书、散步、郊游，和谈诗歌、谈艺术、谈人生的小白杨，变了。

肖梦影看了眼手机上的时间，顺便看了一下微信。

沈铭浩仍在边上自言自语地说着，可她的注意力已集中到微信里华人律师张大为的信息上。

律师张大为微信：请查看邮件给卖家的信，如果没有问题就发送了。

她回复：请您确定是否按我的嘱咐写的内容？

律师张大为回复：是的。

她回复：那就立即发送给卖家吧！

她收起手机，轻轻地松了口气，对身边的铭浩说："我们走吧！先去酒店附近海边午餐，然后办理入住手续。下午海边观景色，也好再聊。"

午餐。

肖梦影跟她说着今天下午和后两天的出行计划。

他默许着，深情地注视着这位住在自己心灵深处的她。

此次沈铭浩来澳，不是为了游历美景，他是带着事业有成的雄风来向她证实自己的。

他认为，二十多年前自己无力与肖梦影的男友较量，使他错过与肖梦影的姻缘。此行使他压抑心底的爱情岩浆彻底喷发了。

"梦影，我这次来没给你买礼物，这个你收下，以后我来了一起用。"沈铭浩说着将一个小红包，穿过桌面上摆放的餐盘推到了肖梦影面前。

肖梦影已猜了个八九不离十，她淡淡地微笑着正要打开。

他深情地注视着她说："先不要打开，回去再看好吗？——梦影，只要能使你高兴，我什么都会为你做到。"

肖梦影随着成功的丈夫孟立成纸醉金迷地走到今天，曾经名利场的大风大浪，已经使她厌倦到痛苦挣扎的状态。她尝尽了获得金钱所付出的生活与生命的代价，如果不是因为儿子还在上学，她愿意过世外桃源的生活。她对孟立成起初的欣赏所产生的爱情以至婚姻，在她后来的生活里验证，这不是她真正需要的。

原本不存在被选择的沈铭浩，突然以成功人士出现，就像肖梦影身处黑夜中划着的一根火柴，必将迅速熄灭。

"铭浩，拿回去吧！谢谢你，见到你就是最好的礼物。"

"梦影，不要让我无地自容，好吗？"

肖梦影为了不使气氛紧张，她强迫自己先收下了这个小红包，并故意岔开话题，"铭浩，午餐好吃吗？"

"哦，不错！"他心不在焉地边吃边说着。

肖梦影又说："你会烧菜吗？这么多年我还没有机会享用到你的厨艺。"

他又淡淡地笑着说："哦，我还真不会。嗯——主要是没机会做。不过，煮个鸡蛋和面的还是没有问题的。这么多年家里也都是保姆去做，说实话，家务事我基本上不做。以前在区政府上班中午都在单位有免费午饭，伙食很丰富，我后来吃胖了很多。晚上随领导到外面晚餐应酬，倒是历练了不少社会交往。再后来应酬就更多了，每天都是酒场。你说我哪有机会在家里烧菜啊？"

是啊，肖梦影的丈夫孟立成就是每天应酬得不见人，她才独守空房至今。现在又出现了一个后起之秀沈铭浩。

他又补充着道："如果你喜欢，我可以试着学做，但是估计要等到不工作以后了。"

她心想："又一个中国式的大爷出炉了。"

下午。

他们在附近的海边开着车游览，因为要接孩子放学也就没有走远。

他们继续聊着这么多年的事情。

傍晚，他们一起和孩子在外面吃了晚餐，之后将孩子送回了家。肖梦影又送沈铭浩回到酒店。

酒店门口，肖梦影打开汽车后备厢，沈铭浩取下了自己的行李。

当肖梦影盖上了后备厢的这一刻，他一把拉住了她的手，近似于苛求地说："梦影，上来坐会儿好吗？"

他此时说话的距离几乎靠在了她的脸上，那张唇好像也要将她的嘴衔在口里。

她现在正处在与薛华性关系背叛的崩裂中，这份精神与身体上的创伤还在渗血。她无法接受突然又一个男人对她身体的接触，即便这是她多年的老友。

他握住她的一只手，被她另一只手轻轻地掰开着，"时间不早了，孩子还在家里等我。你一路也辛苦了，早点儿休息，明天见吧！"

晚间的海边，海风总会渐渐地刮起来，带着淡淡的海藻味。

黑蓝色的夜空，镶嵌着明月和繁星，朵朵白云仍旧缓缓地游动着。

月光映在肖梦影朦胧娇美的脸颊上，使她越发地楚楚动人。

他凝视着她美丽闪烁的眸子，他轻轻地抚着她的脸颊，又将海风吹拂在她面颊上的秀发温柔地划向了她的耳边。

"好吧，明天见！"

第二天清晨，肖梦影送孩子上学后，直接来到酒店。她给他发了信息，等他在一层餐厅一起吃早餐。

几分钟后，他来到了餐厅，两人取了自助早餐，面对面坐了下来。

透过餐厅的大玻璃窗可以看到大海。

今天，海面格外平静，太阳把海面照得闪闪发亮，一些白色的帆船停靠在海湾，还有一些帆船已经行驶在海面上了。

一群群的海鸥，在天海之间不断地飞起，又三三两两地落在沙滩上走来走去。

"梦影，今天的天气很好！"

"是的，你昨晚休息得还好吗？"

"很好，睡得很沉，竟然没有做梦。奇怪了，我是一个梦很多的人。"

"也许是酒店院内桉树的原因，桉树有安眠的作用。考拉喜欢吃桉树叶，而后就会睡觉。今天咱们就去野生考拉园看考拉。"

"哦，我说呢，睡得真好！"

他们一边说着，一边吃着西式早餐。

肖梦影这时从包里取出昨天他给的礼物，同样穿过餐盘推在他的面前，说道："这个我不能要，你来看我，我们一起出去走走就很好。”

“梦影，我知道你不缺钱，这是我的一点心意。”

“告诉我，这里有多少？”

“没多少，是我的一张副卡。”

“铭浩，你真的不要这样，很多事情真的不是你想的那么轻易。”

“你说的是我不配去追求你吗？”

“不是，你不要这样讲。你在我的心里一直都是很优秀，只是……”

“只是什么？”

他的眼睛近似于冷酷，炯炯地注视着她。

“铭浩，这张卡你先拿着，等事情都捋顺了也来得及。”

“梦影，在我的心里一直没有距离，只是现在我更加迫切地要证明这一切。”

“铭浩，请你给我们一点儿时间，把事情捋顺好吗？”

“梦影，这个时间已经长达十多年了。”

“但是，十多年里会有很多事情出现和变化。”

“可是——”

“铭浩。”

肖梦影固执地直视着他，阻止他继续说下去。

“时间不早了，你如果吃好了我们就出发吧！”肖梦影说着放下手里的刀叉，用餐巾轻轻地擦了一下嘴角。

他表情牵强，不得不收起她推过来的这张放在小红包里的银行卡，“好吧，我先拿着。”

途中。

车窗外的风景他无暇顾及，而是不断地说着他的事业，和回忆着与肖梦影美好的往昔。

往昔的时光，在肖梦影的心里同样是那么的珍贵。那是他们人生中，最单纯和纯粹的友谊。没有功利，没有附加的所有社会关系色彩，有的只是互相帮助和愉快的交往。

她眼前这位看着正在事业势头上的沈铭浩，他怎会放弃中国的一切，面对完全不同的澳大利亚生活呢？他所谓的这场即将来临的、轰轰烈烈的爱情故事，应该是非常蹩脚和行不通的。

肖梦影为了安全行驶，她更多是听他说话，只是简单应和着。她又在他的话间，不断提醒他多看看窗外美丽的景色。

他不得不随意用手机拍摄了几张美景照片，又不再顾及窗外了。

这也许就是他不喜欢的田园生活，这些环境对他没有刺激性，唯有身边坐的这个女人是他想带回去的。

按他后来的说法，他不干事业以后，也许会考虑来澳大利亚生活，但是，却不知会是哪一年的事了。

三天的时间很快就要过去了，除了白天出游，两个晚上都没能使肖梦影来到他酒店的房间发生他渴望的性关系。

肖梦影的理由是："我们双方的家庭还在，还没有离婚。"

他的理由是："爱情的最高表现，就是性爱。"

她反驳："爱情必须建立在两个独身的基础上。"

他回应："不能拘泥形式。"

总之，肖梦影受伤的身心，在看不到与沈铭浩一起生活的希望时，坚持不与他发生性关系。

为此，沈铭浩越发地渴望，终有一天肖梦影将彻底归属于自己。

回国临行。

晚上九点，在墨尔本国际机场，肖梦影陪沈铭浩办理着登机手续。

他托运了仅有的那只手提箱，手里只留了一个双肩包。

还有时间，他们决定在大厅的咖啡馆坐一会儿。

咖啡馆里没有几个人，很安静。周边只有偶尔传来的机场播报信息的声音。

他们对望而坐。

桌面上，他握住了肖梦影的双手，又一次地将头顶在了她的手上。

许久……

他们都没有说什么。

她感到自己的手上正在游动着一股股温热的水流，从手面游过指缝，又汇集到她的手心，跌落在桌面上。

沈铭浩的肩膀微微地颤抖，甚至有些抽泣。

"铭浩，你冷静一些好吗？"

他没有回应。

那热流也更加蔓延开来，温热的泪水在她的手心里汇集成水涡。她手心落下的泪水，使得肖梦影的手与桌面之间滑滑黏黏的。

她体会着混合在滑滑黏黏泪水中沈铭浩苦涩的心，对自己刻骨的爱恋。但是，她又不得不相信命运冥冥之中的安排，使他们无法抗拒。

他们的相识和相遇没有错，错就错在不逢时。

肖梦影因孩子的学习和成长，已经不知不觉地在澳大利亚的土地上生了根发了芽。曾经的那块土地上的繁华锦绣，已成了永远的记忆。

人生的路一旦选择了，就只有继续前行，再转回身将会付出更惨重的代价。

肖梦影在准备返程的汽车里，手机跳进了一条信息：梦影，要起飞了。保重！我会想念你！

此时，她的泪水倾泻而下。

汽车天窗外，一架架航班，轰鸣在墨尔本布满星光的美丽夜空。

第二十七章
自我解决

肖梦影回到家里时，孩子已经熟睡了。

她倒在客厅的沙发上，眼泪止不住地又流了下来。

她取出手机，在重叠模糊的泪眼中，给沈铭浩回复着信息：

铭浩，当你看到我的这个信息的时候，你应该已经抵达我朝思暮想的家乡北京了。谢谢你来看我，谢谢你对我的一片深情！可是，命运就是这样捉弄人，让我们的生活分割在大洋两岸。澳大利亚生活已成为我儿子后半生的事实，此生我不能跟独子分离，回中国不再现实。你属于中国，希望你一切安好，如愿！此生有你的这份真情和往日的美好记忆，足矣！梦影。

沈铭浩来墨尔本的三天里，她没能说出的这些话，此时全都打在信息里发送给了他。她难以克制地将头埋在沙发的靠垫里，尽可能不放出声音地大哭了起来。

次日上午。

肖梦影收到了沈铭浩发来的信息：

梦影，我已抵达北京国际机场，司机已在外面等候了。你的信息已收到，千言万语难以表达！你多保重，我以后会想尽办法照顾你。铭浩。

肖梦影又回复：多保重！

沈铭浩无论怎样表达自己对肖梦影的关心和爱慕，都无法一时将横在两人间的大洋收干，将两块陆地扯拉在一起。这些话是他的由衷，但却鞭长莫及。

肖梦影准备打电话给苏青，看她们今天是否有空喝茶散心。

她刚拿起茶几上的电话，律师张大为的电话打进来了。

"肖女士您好！我是您的律师张大为，我的助理给您发了邮件已经两天了，我们还没收到您的指示。请您尽快回复指示邮件，以便工作推进。"

"对不起，这几天家里忙，没顾得上看。我马上看了回复您。谢谢！"

……

肖梦影挂了电话，打开手机里的邮箱找到了律师的来信。

这封信说明了近期律师所做的工作，和与对方律师的信件来往，希望她再次汇款以便后续工作。

她顺手回了邮件说今晚汇出，并询问卖家是否回信。

她心里暗暗地说：律师这行也够赚钱的，官司成不成钱是先拿到了手。

苏青今天还真在家里，她们约好了一会儿见。

从苏青离婚以后，肖梦影一直说要一起见见面，又赶着交易房子的事，也就一直没能坐下来聊聊。好在为此通过电话，也算是对她离婚的事情有个安抚。

肖梦影抱着一把粉色百合花来到苏青的家里时，燕群还没有到。

苏青看着好像又瘦了一些，气色跟之前差不多。

她家尽管窗子半开着，房间里仍有中药的味道。墙上的照片还在，家里看着也没什么变化。

苏青把肖梦影带来的百合花插在了花瓶里，摆放在了餐桌上，"这花真香！梦影你先坐，我这就过来。"

梦影答应着，坐在了茶台边的沙发上。

苏青走到厨房，把火上的药从砂锅里倒了出来。药锅旁边的砂锅也刚开了锅，飘出了鸡汤的味道，她把火改成了中火。

"苏青，还吃中药呢？现在身体好点儿了吗？"梦影说着起身向厨房走着。

"中药也就是个调理，也没有太明显的效果，倒是觉得阳光医生的针灸还是有作用。我炖了鸡汤，中午咱们三姐妹一起随便吃点儿。"苏青的脸色由严肃转向微笑地说着。

门铃响了。

门外燕群喊着："开门，来了！"

苏青还在忙着往鸡汤锅里下配料，梦影连忙说去开门。

梦影打开了门，只见燕群两手提着东西，她接过其中的一个袋子，好奇地问："什么东西，是不是好吃的？"

"好吃的，进去看。"燕群满脸笑盈盈地说着走了进来。

"燕群，又做了什么好吃的啊？"苏青说着放下手中的勺子，帮着她们把手中的袋子放在了配餐台上。

燕群笑盈盈地打开着这两个大袋子。

一袋子是冰冻的手工水饺和小包子，一袋子是卤好的两个猪耳朵和四五个猪蹄，还有一块咸肉。

"哇，太接地气了，好香的味道。"肖梦影愉快地说着。

"先把饺子和包子冻上，不然就要化了。"燕群说着递给了苏青。

　　苏青接过冻饺子放在了冰箱的冷冻抽屉里，"中午我们可以再煮点儿饺子，配上猪耳和猪蹄。"

　　"这是我的一个北方朋友在家里包的，她主要在微信群里出售。微信提前订制，五十澳币起送，八毛澳币一个饺子，小包子一元澳币一个。我之前吃过，味道还不错。我前两天订了一百澳币的，今天早上送来的，带过来一些尝尝。"

　　燕群说着在橱柜的抽屉里取出来一把小刀，随手在另一个袋子里摸出了一只猪耳朵，在猪耳边割了两小条，送到了她们两人嘴边。

　　她们尝了，都说味道好。

　　江燕群也很满意的样子，"这是我做的，是跟另外一个山东来的姐妹学的。这块咸肉是我跟南京的一个姐妹学着腌的，中午煮一下切片，再撒一点干辣椒粉，很好吃的！"

　　"好久没吃你做的菜了，中午好好享用一下。"肖梦影愉快地又说。

　　"我再拌两个素菜。"苏青说。

　　她们的聚会是肖梦影交易房子以来，觉得最松心的事，像之前一样喝喝茶聊聊天吃点儿南北菜多好。可是现在，却被她一时冲动搞得日无安宁，硝烟四起。世上哪有后悔的回头路？只有硬着头皮往前走。

　　"跟你们说个好消息，我的永居身份就要批下来了，如果不出问题的话应该就这段时间了。"江燕群愉快地说着。

　　"太好了，批下来应该好好庆祝庆祝！"肖梦影发自内心地说。

"很好啊，应该庆贺！"苏青说着把炖鸡汤的火关小了些，随后又说："来一起坐，今天喝个二十五年的普洱，大益熟普。"

苏青说着走到茶桌正中间的沙发前坐了下来，准备泡茶。

梦影随口又试探着，"苏青的永居身份也快下来了吧？"

燕群把配餐台上的熟食一部分放在冷藏，一部分摆在了餐盘里。她洗了洗手也走了过来，在茶台边坐下来。

"你前一段忙房子，想着等你闲了见面告诉你，我的永居身份已经批下来了。"苏青说这话的时候脸上没有一丝表情，甚至带着些生冷。她边倒茶边又接着说："我谁也没说，就燕群知道。"

肖梦影顿感欣喜，"这真是太好了，这也是一直盼望的，终于如愿了，应该庆祝！"

燕群一旁端起了茶，接着肖梦影的话说："今天中午餐咱们庆贺一下，听移民公司说以后澳大利亚身份要收紧了，现在移民局的政策也总是变。拿到身份确实也不容易，孩子们在这里很适应，学习的也不错，这就是咱的福。"而后，她嘞地吸了一口热茶，"这茶真好，以前不懂得喝茶，现在好茶和好的红酒都可以喝出来味道。"

看得出来燕群这样说也是为了打圆场活跃气氛，苏青之前盼望拿到永居身份后，就可以常回去跟丈夫团聚。现在身份是拿到了，婚也离了，她心里说不出的酸楚。

家里客厅墙壁上的全家福仍然挂在原来的位置，苏青希望给孩子们看到是这个家还存在，爸爸在中国忙事业。

可是，婚毕竟还是离了，丈夫在中国那边又有了新的家庭。

对于苏青来说，应该要从心底接受和改变这虚幻的一切，开始面对自己新的感情生活。

可是，她的性格内向，表情多数显得过于严肃，内心又刚烈和倔强，这也是不太容易结交异性朋友的障碍。

梦影和燕群是看在眼里，担忧在心里。

这么多年为了等到身份与丈夫分多聚少的这些留守妈妈们，哪一个不是度日如年？

即便是单身的妈妈们，真正能找一个合适的又谈何容易？

女人毕竟不像男人，更多的是要心里接受，才会奉献性。

她们今天见面难免谈论家庭和感情，还有就是姐妹们之间的一些话题。

喝茶，嗑瓜子，话匣子就又打开了。

燕群啪啪地嗑着瓜子，"苏青，你不要总喝中药了，长时间喝对身体也不好。有时间咱三姐们一起去兜兜风，在海边走一走。"

苏青淡淡地笑了一下，又恢复了一脸的严肃。

梦影逗乐地试探着，"不然我组织一次，叫上几个男士朋友聚一聚？"

苏青勉强微笑着，"算了吧！我倒是觉得这样挺好，安安静静的。咱们有时间就一起喝喝茶聊聊天。"

燕群嗑瓜子嗑得格外响，"还是要慢慢物色一个男朋友的，日子一天天的往前过。孩子们长大了又靠不住，总是要有个伴的。"

"以后再说，随缘吧！哦，鸡汤炖好了，我去关一下火。"苏青说着就起身走向厨房。

肖梦影接着跟燕群说："我听说咱这个区最近拿到身份的有几家，刘惠文也拿到了身份。"

燕群看了眼厨房的苏青，凑近梦影的耳边，僵着鼻子轻声地说："是的，她一拿到身份一溜烟儿地跑回了中国跟丈夫团聚去了。

都没来得及请客,临走的时候还说是安全下马,险些没丢了老公。"

她的话音刚落,苏青就走了过来。

她们就不再说刘惠文与丈夫团聚的事情了。

肖梦影心想:自己的情况也好不到哪里,何谈关心别人那一地鸡毛的事情。今天喝喝茶散散心,姐妹们之间能相互关心和安慰也就是了。

燕群放下手里的瓜子,吸吸溜溜地喝着热茶,"听说范爽试管婴儿成功了,现在在家里静养着呢!"

肖梦影对这个试管婴儿成功的消息感到惊奇,"那好啊,这是很不容易的事,他们也算如愿了。"

苏青冷漠地打开着茶台上的电动水壶的壶盖加着水,"其实没孩子也好,倒是清净。如果重活一次我就不要孩子,也少了这么多牵绊。"

一旁,肖梦影不作声地用手指甲剥着瓜子壳。

燕群的瓜子仍嗑得啪啪响,"苏青,不要这么想,有孩子一定是好事。你真的不要再多喝中药,这样对身体也不好。"

苏青淡淡地笑着,将茶水小心地添在她们各自漂亮的景泰蓝小茶碗里,"我是喝一个月停半个月。这些药很温和,就是调气血,没有什么毒性。"

燕群瞪着眼睛看着苏青说:"听说有的中医馆收费挺黑的,赚的就是这个钱。"

苏青往茶壶里冲着开水,"只要见效,花点钱也值得。"

肖梦影看苏青这么坚决,也就没再劝说什么。

正如外面所传言的,苏青根本没病,就是缺男人滋养。

肖梦影也默许着这个说法,自己何尝不是有这份爱和性的渴望?只是没有她那么严重缺失罢了。

燕群虽说鬓角可见几许灰白的发丝，但是却满面油亮。她是所有留守姐妹中夫妻团聚最规律的一个。每一次小别似新婚的甜蜜性爱，成了她夫妻两岸相聚中的盛宴。

将近两个小时的喝茶聊天，眼看就到了午餐时间。

燕群起身要准备摆桌上小菜，苏青这边说烧水煮饺子。肖梦影也准备摆起餐具。

一会儿的工夫，一小桌子菜就摆起来了，两盘热腾腾的饺子也端上了桌。

苏青开了瓶五年份的红酒。

肖梦影和燕群举杯庆祝苏青拿下了永居身份。

苏青脸上的笑容像是糊在脸上的一张皮，看着令人生冷。

"来来，尝尝我烧的猪蹄。"燕群说着就用筷子扎进了一只猪蹄挑给肖梦影，又夹了一块头猪耳放在了苏青面前的餐碟里。

肖梦影用筷子分开烧得软烂的猪蹄，尝了一口，"嗯——太好吃了！"

苏青夹起一丝猪耳放进了嘴里，轻轻地嘎巴嘎巴咀嚼着，"味道和口感都不错。"

燕群看着两姐妹吃得好，自己满意的笑脸像一朵绽开的向日葵。她夹了一颗大饺子一口塞进了嘴里，直哈热气地咀嚼着，"嗯，饺子好吃！"而后，她终于将热饺子吞咽了下去，"来再喝口酒，那才更美味。"

三个人又一次碰杯。

苏青说着在杯口仔细地闻了闻，又深深地喝了一口，"我选的酒也不错吧？你们哪天有时间？我们一起再去酒庄买几箱回来。"

燕群边喝了口酒，边吃着饺子又说："酒你也不要喝太多了，太多了也伤身体。"

苏青又往杯子里加了酒，"澳大利亚盛产这么多好酒的地方，多喝是福气。燕群，下午你帮我把儿子接回来吧！我多喝两杯。"

"我给你接儿子没问题，但是你确实不要喝太多了，况且你还在吃中药，喝酒就容易相冲。来吃颗饺子，鸡肉虾仁的。"燕群说着又给苏青夹了一个大饺子。

苏青几乎没怎么吃东西地干喝着，她淡淡地笑了笑，"有胃口就多吃点，我是没有那个口福，吃不好胃里就难受。"

梦影故意打岔地说："苏青你炖的鸡汤没上桌啊？你汤炖得好，今天我可要多喝点儿。"

"哦，我都忘了，现在就去盛过来。"苏青说着站起来身盛汤去了。

说起这红酒和香槟，她们一个多月前才在酒庄买了一批。当天燕群和梦影分别买了一箱六瓶装的，三箱红葡萄酒和两箱白葡萄酒。苏青则各买了五箱，今天她又说要买，喝得也确实太多了。

离婚的伤痛在苏青的心里扎得太深了。她翘首盼望的丈夫，却在海那边早已成了另一个女人的男人，有没有孩子还不清楚。这个晴天霹雳的痛剧只有她自己知道，因为丈夫每一次来澳大利亚，他们的团聚都是甜蜜幸福的，丈夫没有一丝蛛丝马迹。她也一直像小女孩一样等待着丈夫主动打来关怀和思念的越洋电话。丈夫因为忙很少打电话，但是一旦通话，每一次都甜蜜温暖。就这样，她任性固执地等待着，却在最长一次的等待后，接到了丈夫提出感情破裂的离婚电话。

在澳大利亚做生意创税收等待永居身份批准，一年不能离境超过三个月。一般要有三四年的时间，足够拆散掉两地分居的夫妻。

把自己关在守候的异国洋房里擦抹洗涮，采买做饭，接送孩子上学，最终拿到永居和离婚证的女人何止苏青一个？

喝红酒养生，养着养着就上了酒瘾，一杯、两杯、三五杯，一瓶、两瓶、两三瓶。

白天光鲜，晚上在精神和性之间挣扎着。

燕群喝着鸡汤，看了一眼走过来的苏青，"女人嘛，还是需要男人的，如果能有一个英语好的男人就更好了。这家里家外的，孩子指望不上太多的。之前我大儿子在家，有事就让他帮忙。现在他上大学住在外面，家里网络有时不好用，水管龙头松了，灭火报警器出问题，这些需要修理或是报修，看着不大的事，就是不好办。"

苏青听了燕群的话，走过来坐下，脸色阴沉地又端起了酒杯，"是啊，前两天车库门又不好开了。"

此时，苏青仰起漂亮的水晶红酒杯又深深地喝了一口，嘴唇被红酒晕染出紫红色。她原本就看似失血色的脸，显得更煞白。

肖梦影边喝着鸡汤边说："这鸡汤真不错，趁热喝就更舒服了。苏青，你碗里的鸡汤要凉了。"

苏青勉强应和着放下了酒杯，拿起白瓷小汤勺喝了一口小汤碗里的鸡汤。

肖梦影看了眼喝鸡汤的苏青，小心地又说："咱们必须百倍地关心自己，为自己和孩子好好活着。"

苏青表情平淡，"谢谢姐俩对我的关心，放心，我会照顾好自己。男朋友可遇不可求，求也不是可以一时求到的。前两天我的另一个朋友来喝茶，她是我同乡，移民澳大利亚八九年了。她是夫妻团聚来的，可是后来还是因之前分居多年双方感情淡漠，男方提出离了婚。这个女友竟然没有分到一丝财产，唯有留下的是儿子的抚养权。她会讲一口漂亮的英语，很快在西人保险公司找了工作，租房、养家糊口。离婚几年过去了，也没有找到合适的男友，说实话也是一把的年龄，还拖着孩子，最后落得跟一个小她七岁的男友交上了男女朋友。"

燕群忍不住地说："能交上小她七岁的男朋友，也是她的本事啊！八成这个小的男人是利用她。"

肖梦影的脸色冷静而平淡，"我觉得这样的组合，怎么都不会长久。"

苏青又喝了口酒，无奈地笑了笑说："大千世界无奇不有，各有各的需求。"

燕群转而又说："不过，先有人陪，总比没有人好。女人的身体是需要男人的，不然就很容易变老。"

苏青苦笑着直言不讳，"是啊，月经也容易紊乱，可是找谁呢？"

"估计这个比她小的男孩也没安好心，至少是有利用。不然就是一个失败猥琐的人，或是心理受到过伤害。这样的关系只能闹出更多的乱子。"肖梦影不看好地说着。

江燕群瞪大着眼睛又说："咱妈妈群里的中介索菲娅，就是跟了一个小她二十多岁的留学生。这个男孩子骗了她，根本就不是富二代，毕业后被父母带回国了。"

苏青冷冷地说："这个留学生八成就是为了拿身份，真是也够让父母寒心的。"

肖梦影还以为这个事只有自己知道，没想到大家都知道。她接着问燕群："你怎么知道这些的？"

"那个男孩是我儿子的校友，索菲娅也没少在朋友间炫耀，她找了一个富二代。"

苏青又冷冷地说："这样功利的人，也不会有好结果的。"

肖梦影没想到，这个小鲜肉还真是有心计，编造了这个富二代的故事，想用婚姻换取澳大利亚身份。他二十三岁的年龄，结婚四年以后离婚就不会取消永居身份。二十七岁以后再找到自己真爱的女孩结婚也不晚。这真是应验了中国的那句谚语："螳螂捕蝉，黄雀在后。"

这个小鲜肉原来将自己编造成了蝉，最后他却是真正的黄雀。索菲娅这个自以为是的螳螂，被小鲜肉的这个黄雀给涮了。幸亏小鲜肉被父母带回国，不然好戏还在后头呢……

苏青淡淡地说："男人是要的，我也是这么认为的，只是称心的不好找啊！"

三个人的关系真是无话不说，一来一往地说起了性事。

燕群坚决反对用性工具，她认为是不洁的东西。她劝苏青尽可能找到个男人，有正常的两性关系。

肖梦影赞成燕群的说法，但是，她也是觉得心仪的男人不好找。

这人随着年龄的变化，个性也变得更固执。要是心里看不上，身体是一点儿都不接受。

苏青宁可用快乐器自我解决，也不凑合接受男人的身体。

说起来也奇怪，留守妈妈基本上是一个群体，她们却不去跟留守男人组合活动。这也许是女人们要中国的丈夫供养他们在澳大利亚生活，不敢有婚外情的主要原因。

丈夫养家，这边不用发愁钱的事，主要任务就是带孩子和料理家务。找男人的事情大部分女人想都不会想，而是比着把家擦得亮，收拾得干净。

她们甘心守候，把自己囚禁在一座座洋房里，和妈妈们交往的狭小空间里。

至于那些留守的男士，也就不是她们关注和接触的对象了。

留守的男士多数会找单身的女人，免得碰了婚姻里的女人惹麻烦。

苏青现在已是离婚的自由身，可以大胆去做自己想做的事。比起那些苦守空房掰手度日的留守妈妈们不知要自由多少。可是，她却不以为然，暗无天日地活在孤独的自我空间里。她的自由令眼前的肖梦影为之羡慕。

肖梦影和言细语地说："我也是觉得有个合适的男友比较好，现在你是自由人，可以有机会选择。最起码可以先找个看得上眼的情人，没事约约会，也没必要一定奔着结婚去。结婚的男人就要好好物色，后半生不能再有婚姻的波折了。"

"是啊，你们说的我也赞成。可是，这人去哪儿找呢？"苏青一只手指拨动着水晶高脚杯底座，一脸惨淡的笑容，话语间略显得生硬。

"多出去走走，也许就会遇上的。你一天到晚一个人在家里喝茶喝酒，怎么可能遇到呢？"燕群眼睛瞪得圆圆的，看着苏青一边说着，一边夹了一筷猪耳丝放进了嘴里，吃得啪啪作响津津有味。

燕群吃什么都香，从不忌口。

苏青看到她吃东西的样子就开玩笑地说："我听人家说，吃饭胃口好的女人性功能很旺盛，燕群跟老公估计很热乎。"

"哈，现在年龄大了，也不怎么行了。人是急吼吼的，但是只有一两分钟，速战速决。"江燕群自嘲地说着，轻轻地在嘴唇边抿着喝了一小口红酒。

肖梦影打趣地说："也许是分开的时间太长了的原因，总不会老这样吧？"

"刚见面就是这样，后来就会好一点儿，但是也超不出十分钟。年轻的时候怎么也要二十分钟，所以还是要趁着没有老，赶紧找到合适的男人，好好享受。"江燕群说着，又瞄了一眼几乎僵坐着的苏青。

温和幸福的脸色，始终都难以从苏青一贯的严肃生冷中挣扎出来。

快乐器毕竟不是有温度的人，这些苏青更有体会。可是，性格越发固执的她，很难走出自己和走进他人。

快乐器，应该是苏青最好的选择。

肖梦影自从在海边投掉了那个仿真的男性生殖器以后，希望在记忆中彻底根除。但是，这个该死的仿真生殖器却总会在她脑海里时不时地出现。

江燕群是饱汉不知饿汉饥啊！

三个女人正说得热闹，肖梦影的手机在门口柜子上的包里响了起来。

她走了过去，看是一个没有名字的电话，随即接听了。

"喂，梦影姐，请你不要挂掉我的电话，我有很重要的事告诉你。"

"你是谁?"

"梦影姐,我是要见你的人。我现在住在墨尔本皇冠赌场的酒店,我和一岁的女儿都来了。你如果有时间,我们下午见个面好吗?或是看你的时间?"

肖梦影已经猜到,应该是之前发送匿名信息的那个女人。她顿时显得有些紧张,压低了通话声音,并走出门外继续着她们的对话。

"姐姐,是我,我之前跟你联系过。"

"我跟你说过不要再找我,那是你的事。"

"姐姐,你要相信我,我的出现也关系着你和你儿子的幸福。"

"你想怎样?请不要威胁我和儿子。"

"怎么会威胁?我只想告诉你真相,我都来了,我们就见一面吧?我一点三十会在酒店大厅酒吧区等你。姐姐,我就不打扰了,你先忙吧!我等你姐姐。"

还没等肖梦影回答,对方就挂断了电话。

肖梦影呼吸也随之加快,她不知怎么办好。

她心里想:"去,还是不去?如果不去她不会轻易罢休。如果去,自己也太对得住这个小三,而低贱了自己。她带了女儿来,不然去看个究竟。"

肖梦影决定去一下,然后回到屋里,跟姐们说有点事要走,再找时间聊。

她走出了苏青的家里,开车驶向皇冠酒店。

第二十八章
小公主

肖梦影头皮发麻，一路幻想地行驶着。

她心想："难道她说的一切都是真的，不然怎么敢带着女儿来？一会儿见面看她究竟想怎样，也就此看看孟立成背叛的嘴脸。"

车窗外又下起了小雨，路边的桃树都已开了花。但是，墨尔本秋天的寒凉尾巴就是走不掉。

道路两旁的草坪，在秋雨充足的季节显得格外的绿。

肖梦影喜欢一个人开车欣赏美景，此时，却没有一丝心情留意身边的美景。

下午一点二十分。

肖梦影来到了赌场皇冠酒店酒吧区。

酒吧区里坐着几个外国人，她没有看到那个神秘的中国女人。她找了一个远离钢琴演奏的安静位置坐了下来。她要了杯果汁，等待着这个神秘女人的出现。

"梦影姐吗？"一个银铃般的声音出现在她的背后。

她转过头，看到眼前站着一个头发高绾，一张洁净、漂亮的小脸儿美女。年龄看上去有二十五六岁，她细眉细眼，长长的睫毛，朱唇小嘴，两排小而洁白的牙齿。细长的脖子上吊着一颗钻石项链，紧身的 V 字领豹纹 T 恤掩盖不住的性感。她纤细的腰肢支撑着过于硕大的双乳，几乎一半袒露在大 V 字领外。那浑圆丰硕外凸的臀部和修长纤细的两条腿，被一条白色的牛仔裤紧紧地包裹着。

肖梦影没有站起身子，平淡地说："是我，肖梦影。"

这个性感女人立即欢心地走到她的面前来，伸过来她带着钻戒的纤纤玉指，扶住肖梦影手臂上，像是老友见面一样亲切地说：

"可算见到你了梦影姐！你好美，比我想象的还漂亮，身材保养得也这般好，看上去很年轻啊！"

"坐吧！你的宝贝女儿呢？"

"她在房间里睡午觉呢！一会儿醒了保姆会带下来给姐姐见面。"

服务生走了过来。

她英语不好，拜托肖梦影给她点杯同样的果汁。

"你也很漂亮，看着像是搞舞蹈的。"

"姐姐太会看人了，我之前在家乡是跳民族舞的。后来在北京闯荡，现在有了孩子就不跳了。"

"你是哪里人？听口音像南方人。"

"我的家在云南丽江。"

"很美的地方。"

"姐姐是一定哪里都去过，见过大世面的人。不像我，这是第一次出国。我家境一般，也没有去过哪里。"

肖梦影看着眼前这个看似简单又不简单的女人，无法想象刚生了孩子还会保持这么好的身材。她之前发过来的照片多是局部、侧脸与背后，今天才是完整呈现。

如果形容这两个女人，肖梦影是一朵散发着幽香的红玫瑰，这个女人就是一朵带刺的黑色月季花。在她看似简单的神情和语言里，透着股刁钻和泼辣。

她一定是一个有故事的女人。

"还不知道你的名字？"肖梦影平淡地说着，看着她的眼睛里透着狐疑。

"姐姐，我叫田佳鹂，田地的田，佳人的佳，黄鹂鸟的鹂。"

"很好听的名字，你的父母很会起名字。"

"他们文化不高，都是一般人。我的名字是我找算命的人改的，之前的名字叫田小鱼。"

服务生端来了田佳鹂的果汁。

"姐姐，今天找你来，就是想告诉你我们都是上当受骗的女人。男人们一有钱就没有了真情。姐姐，我们不要成为不幸的女人。"她显得有些情绪紧张地看了眼肖梦影说着。

肖梦影微笑着毫不客气地说："我没什么不幸，我的丈夫很爱我和我们的儿子。只是，社会上的一些自愿做小的女人认不清自己的位置，来破坏人家的家庭。这样的女人，才是不幸的女人。"

田佳鹂的脸色一阵红一阵白地交映着，她那细而有神的眼睛里透着怨恨和不甘示弱，但是嘴上却是一忍再忍，"现在的男人们也是有问题，受害的都是女人。"

"您到底想说什么？直接说吧！"

"姐姐，我只想告诉你，我和他刚认识的时候，他就说自己是单身。后来，我在他的微信里知道了姐姐和你们的儿子。当我质问他的时候，他说你们分居十年了，相当于没有婚姻。"

此时肖梦影的脸色显得更为暗沉，心想："如果她说的是真的，那孟立成也太不是人了。这么多年分多聚少，但是夫妻之事还是例行公事，只是近一年来自己跟他没有了身体的兴趣。也许，她的话是编造出来的。"

田佳鹏又说："所以我就跟他在一起了，可是，当我给他生下我们的小公主以后，他回家的时间就越来越少了。后来我在他的微信里发现了很多新出现的女人和一些性视频，今天我也带来了给姐姐了解一下。我们不要再蒙在鼓里了，我下决心让他给我分一些钱，彻底离开他。可是，他却怎么也不离开我，说要断掉所有的女人。当我提到你们的婚姻时，他就说忙，回头再说，我才越来越开始怀疑他在说谎。"

"既然他那么爱你，那就让他来找我离婚吧！"

"是啊，问题就在这里，他总说忙，总说会的。我觉得他就是一个骗子。"

"他是骗子，你就要离开他才是啊！他这样的骗子即便是离了婚，你还会跟他在一起吗？"

"我也是矛盾，都是为了孩子，我们可爱的小公主不能在幼小的童年就没有父爱。"

"所有的女人都爱自己的孩子，不是只有你有孩子。"

"姐姐，我和他之前的遇见是在婚介网，他说自己是刚离婚的独身。我们就这样认识了，很快就发生了性关系，后来他给我了一栋高档公寓的钥匙，说那是我们的爱巢，我们就同居了。有一天晚上他喝醉了，睡在了沙发上。我翻看了他的手机，看到了你们的家庭存在和他与其他女人的关系。我当时不敢相信，我真的不是小三儿，我是在婚介网寻找爱人的独身女人，是他欺骗了我。他酒醒后，我质问他这一切，他大发雷霆，说我不应该翻看他的手机。而后他又泪流满面地说他不幸的婚姻和不能离婚的主要原因。"

"什么主要原因？"

"是因为你们的儿子。"

"我这里有他的录音，他在录音里把你说成一个有精神病的女人，时不时会发作。带你看过精神医生，用药抑制正常的精神状态，忘记用药就会发作。他说为了你们的儿子，付出了他大半生的幸福。"

"故事编得真离奇，他可以做国家一级编剧了。既然我有精神病，那他就更不能离婚了，在法律上是不能在对方丧失正常生活能力的时候提出离婚的。"

"我不相信他说的话，才想过来见见姐姐。我看姐姐是一个太正常不过的人了，还很智慧。"

肖梦影的丈夫说她有精神病的事情，不是一天两天的事了。她刚生了儿子以后，他就开始对外说到她有精神病。因此，肖梦影的朋友还来主动地关心过她。

肖梦影为此指责他的诽谤和人身攻击，她曾说一个精神病怎么可以作为儿子的合法监护人，如果不是因为有儿子就要去告他。

没想到，这么多年来他还是肆无忌惮地继续对外说她有精神病。

肖梦影心想："这也许是他在外面找女人的最好理由，不然就是他的精神有了问题。正如作者曹禺小说《雷雨》中的周老爷污蔑自己的妻子繁漪是精神病，卑鄙地强制繁漪看精神病医生和喝药。现实生活里自己的丈夫，竟然再现了《雷雨》中的周老爷，自己只差被逼迫真的看医生吃药了。"

"姐姐，我也是万不得已才跟他走到了今天，小公主还小不知道自己是私生的。为此他也花了钱，给小公主上了户口，我们也有一个结婚证。"她话说到这儿时，不大的眼睛里露出了难以回避的恐慌和怯懦。

此时，肖梦影那双漂亮的大眼睛穿透着眼前的这个从天而降的小三儿，吃惊地问："你说什么？你们有了结婚证？"

"姐姐，你相信我说的都是真的。他有两个身份证，两个人名和出身日期。他们的几个老总朋友都有，他的就是他们给办的。不然这次我们也出不了国，澳大利亚领事馆签证处是不允许这么小的孩子由妈妈或爸爸单独带出国外的。你看如果没有正常的手续，怎么可以今天见到姐姐呢？"

肖梦影为此开始相信她说的话。

在田佳鹂一开一合的朱红皓齿间，肖梦影的脸色显得越发暗沉了起来，心想："澳大利亚法律规定不能由父母单独带幼小的孩子出入境，那么他们一定是三个人一起来的。"

还没等她问话，田佳鹂就又接着说："姐姐，你不知道他来到墨尔本了吗？我说他怎么总住在酒店呢？"

肖梦影被羞辱得无地自容，她忍无可忍从包里取出来二十澳币放在桌子上，"我还有事，今天就聊到这儿吧！"而后站起身来要走。

田佳鹂连忙起身双手拉住了肖梦影的小臂央求着："姐姐，你再坐几分钟，求求你听我把话说完好吗？"

肖梦影尽可能地克制着自己的情绪说："还有什么好说的？你要的不就是离婚吗？如果离婚是对我的拯救，那么你和他的结婚将是你的灾难。"

"姐姐，不要生气，我是想让您彻底知道一下真相。我女儿应该快下来了，你要不见见？他也会来。我想让姐姐亲眼看看，他到底是什么人？"

"也好，既然都到齐了，大家就欢聚一下吧！"

"好的，姐姐，我打电话给他们。"

肖梦影强忍着心里的火，又坐在了沙发椅上等着好戏开场。

田佳鹂也坐了下来。

她从小 LV 包里取出了手机，打通了孟立成的电话，"喂，老公，孩子一会儿就下来了。我们一起出去逛逛好吗？你不要再打牌了。"

"好的，我一会儿就到。"

她又立即拨通了保姆的电话，"张姐，孩子醒了吗？那你们就下来吧！我在酒店大厅的酒吧区等你们，快点啊！"

她纤细修长的手指点断了电话，又回过神来看着眼前的肖梦影，"姐姐，原本他是坚决不带我们来墨尔本的，说以后把我和孩子移居到美国，他自己来解决你们的事情。但是，我要求他必须带我来，证实他的勇气和决心。不然我就把孩子抱走，让他找不着，他这才带我来。姐姐，我来就是要把事情摆在明处，看看他是不是在说谎。"

"既然都说到这儿，事情也都出现在面前了，那就面对吧！"

田佳鹂此时微笑的脸上泛着红晕，眼存丝丝得意。她突然看着正前方说："哎哟，小宝贝，我的小公主来了。"

肖梦影也由此慢慢地转过身去，看到了一个中年女人手推着婴儿车走来。因为在远处，她还不能看清楚坐在婴儿车里孩子的模样。

　　肖梦影回身等候着将要推到眼前的这个丈夫的骨血，她儿子同父异母的私生妹妹。

　　"来来，妈妈抱出来。你睡醒了？我的小公主！来妈妈亲一个。"

　　田佳鹂说着，从推过来的婴儿车里抱出了女儿，正坐在肖梦影的眼前。

　　这个孩子长得很漂亮，大大的眼睛，长长黑黑的睫毛，粉白的皮肤，圆圆的小脸上有一张厚嘟嘟的小嘴。不多的头发浮在圆圆的头上，头顶系着一条淡粉色的布带蝴蝶结。一件精致的淡粉色织制公主裙，垂在一双淡粉色毛巾面料的小扣带鞋上。她两只胖乎乎的小手带着一对金手镯不断地挥应着，嘴里还念念有词地不知在说着什么。

　　肖梦影直愣愣地看着眼前的这个漂亮可爱的小公主，心想："长得太像他了，不必再做基因检查了。"

　　"孩子挺可爱的！"她不由地说。

　　"张姐，你先在大厅休息区边找个地方坐一会儿吧！我等她爸爸来了叫你一起走。"

　　保姆答应着，走开了。

　　"姐姐，你看看她多可爱，你说我怎么忍心让她无辜地受到伤害？都怪他，这都是他做的孽。姐姐，我估计他快到了，你先在旁边的椅子上坐着，我担心他看到你会走掉。"

"也好，我倒是要看看他怎么说。"

其实离婚在肖梦影的心里是希望的事情，她也是为了孩子，守活寡走到了现在。今天的这个大聚会，就是上天的安排，让她在孩子一天天长大中，对自己不幸婚姻有个完结和交代。

她走到另一边不显眼的桌椅前坐下来，心想："原本想着等到孩子上了大学再离婚，可是，这个现实却要提前出现在眼前了。自己怎样给儿子一个交代呢？不如再拖上几年，孩子毕竟未成年，需要父亲的关爱和家庭的温暖，尽管他的父亲回来少，可是，一旦回来住在家里就会和孩子相处得热热乎乎。这一离婚，他再回来住就不方便了。孩子慢慢发现问题后，一定会对孩子造成伤害。——到底怎么办呢？"

远处，田佳鹂逗得自己的小公主欢快地咯咯直笑。

肖梦影充满着矛盾，面对即将出现的一切，显得紧张和尴尬。

第七卷

DIQIJUAN

第二十九章
孩子他爸

肖梦影从心里不愿意看到这个刺激和残酷的画面出现在眼前，毕竟他们是十几年的夫妻。这对于她的丈夫更是无言以对，对自己也是难看。最得意的应该是田佳鹂，她正等待着这个闷了多年的陈年酸菜缸掀盖子了。

肖梦影真想一走了之。但是，一旦走了，这个小公主是否真的是自己丈夫孟立成的骨肉，就会失去证实的机会。

这样的画面和背后的故事在国内太多了，之前总听小三的故事，现在小三竟然抱着小公主理直气壮地出现在眼前，并名正言顺地亮名分了。

她想不通自己哪点儿不好，他何苦又收一房，竟然还实打实地生了孩子，领了结婚证。这不是重婚吗？

肖梦影想着，又向田佳鹂怀里的小公主看过去，这个小公主确实太像孟立成了。

孩子不时地被逗得咯咯直笑……

假结婚——肖梦影想起很多年以前，发生在丈夫朋友身上的事。

这位朋友叫艾骞，是一个私营大企业的老板。他在法国定居的原配妻子，跨国追杀自己的丈夫艾骞，生讨情债。

问题出现在三个手持结婚证，共同一个丈夫的婚外女人们，浮出了水面。艾骞原配妻子在感情背叛的恼怒下，眼看这原本属于儿子未来全部继承的家产，一转眼却要变成了四分之一。她一气之下，开始了国际追杀丈夫。

这三个手持结婚证的婚外女人中的一个，整日里怀疑孩子他爸去同城的另一个"老婆"家不时过夜。即便是孩子他爸说为了做做样子，她仍然每日幻想他们同床交欢，使她夜不能寐。

她曾无数次尾随在他的汽车后面，直至他驶进那个神秘的欧式豪华公寓。又有多少个春夏秋冬她在汽车里盯梢，尾随他们出游。

那个高层豪华公寓窗户里的灯光开启和熄灭，对她充满着强烈刺激的幻想。

终于，她从艾骞手包里取出了她认为是豪华公寓的那把钥匙，并偷偷配制了一把。在一个周日的下午，她确定他们出游后鼓足勇气，走进了豪华公寓的大楼，随着人群到达了那个孩子妈的楼层。她开启了这个神秘已久的房门。

她走到卧室，拉开了床头柜的抽屉，看到了避孕套。

她又拉开了衣柜，里面是他和她的衣服，在衣柜的抽屉里还有两个人的内衣。

就在这个时候，房门打开了，母子回来了，他没有回来。

两个女人不可避免地发生了殴打。

豪华公寓的女人给她们共同的丈夫艾骞打了电话，说发生的这一切并要报警。

电话里，艾骞却说最好不要报警，以免引起更多麻烦。

豪华公寓的女人，因不正常的婚外关系纠葛不能报警。为此恶恼地对私闯民宅的这个孩子妈又是一顿辱骂，要回了她复制的钥匙，连打带踢地将这个女人轰出了门。

被轰出门的这个孩子妈弄清所有的真相后，也无力改变这一切，又继续挣扎在压抑和痛苦中。

好在另一个孩子妈在深圳，不能像这两位同城的女人方便明争暗斗。

这些孩子妈和孩子他爸的事情都没有逃脱法国这位结发妻子的耳目，她忍无可忍，发誓要杀了他。

她就这样开始了对艾骞长达十年的国际追杀。

这么多年过去了，也不知她的丈夫是否完结在她的刀下了。

肖梦影记得当时向孟立成问起过这件假结婚的事，他说艾总另外的那几个结婚证都是真的，只是艾总身份证上的姓名和地址不同。

这些结婚证都是当女人怀上孩子，而坚决不同意打掉，孕后领取的结婚证。至于准生证，听孟立成说是萝卜章仿制做出来自己盖的。

孩子就这样横空出世了，一个个顺利地落了户口，像正常婚姻里的孩子一样开始了自己的人生。

孩子他爸则满嘴故事，编造着出差、陪领导等各种理由，穿行于几个家庭。他担任着丈夫、父亲、女婿、姑父、舅父等身份，扮演着完美家庭的人物。

远在国外的家庭半年左右回去一次，近在眼前的家庭，除了一周轮一次陪孩子过周末，中间还会隔三岔五地留宿。

当时，肖梦影听到和看到这些多角婚姻后，多次不放心地问自己的丈夫孟立成会不会成为艾骞那样？

丈夫回答的很简单："不会。"

她总会继续问："真的吗？"

"当然，你是我唯一的宝贝，命根儿！"丈夫毫不犹豫地回答。

这句话，陪伴着肖梦影和孟立成的婚姻走过了十几年。

今天，艾骞的多角婚姻，还是上演在了肖梦影的身上。

她，头都要眩晕起来了，强迫自己坚强面对。

"喂，你怎么还不来？我们都等你很久了。"田佳鹂撒娇地说着。

她抱起开始显得不耐烦、哼闹的小公主，边听电话，边哄着孩子向酒店大厅走去。

保姆看到她们母女走来，连忙迎了过去。

田佳鹂把孩子递给了保姆。

酒店大厅正对着赌场的门口，孟立成款款地走来。

"佳鹂！"

"老公，你怎么才来啊？让我们等了这么久。"

她说着走向老公，扑在他的怀里。

老公孟立成抱着她，在她朱红的樱桃小嘴儿上亲了一下，又警觉地看了一下周边。

他接着说："刚才赢了一把，我的小宝贝呢？"说着就把兜里的钱一把塞到了田佳鹂的小 LV 包里。

田佳鹂指向大厅："小公主在那里，等爸爸抱呢！"

他们向保姆抱着的小公主走去。

孟立成抱过来小公主，在她胖乎乎的小脸蛋儿上下左右地亲着。

"我的小宝贝、小公主，叫爸爸。"

小公主小嘴咕嘟着："爸爸。"

肖梦影看着这一切，使她再也无法忍受心里的怨恨，她拿起了自己的包，向自己的丈夫孟立成走去。

"女士，请您买一下单。"一位中国店员在她身后说着。

"钱已经放在桌子上，不用找零钱了。另外的那一杯你找那位付款吧！"

"好的，谢谢！"

肖梦影和这位店员，几乎同时来到了他们的面前。

怀抱着孩子的孟立成，看到了肖梦影，目瞪口呆。

他连忙把孩子交给了保姆，神情慌张地对着田佳鹂说："我有点事，你们先去外面玩一玩。"

肖梦影直视着他，心跳得很快："既然大家都到齐了，就一起聊聊吧！"

店员礼貌地跟田佳鹂说结账的事。

"一会儿我一起结。"孟立成说着打发了店员。

田佳鹂对保姆说："你先带孩子在门外河边草坪玩一会儿，如果累了就回房间，我再给你打电话。"

保姆答应着，把孩子放进婴儿车里推走了。

他们三人在酒吧区坐下了。

肖梦影的脸像塑了胶，那对大眼睛直直地看着眼前这个熟悉又陌生的孩子他爸。

孟立成僵持的脸挤不出一点儿笑容，他习惯地警觉地环视着周边。

田佳鹂招呼着刚才的那位中国女店员："服务员，请再来三杯橙汁。"

她光泽透亮的小脸，像刚摘下来的人参果，细长的眼睛散射着得意的光色。

"小田，我能先跟我夫人聊聊吗？"

"你夫人？那我是谁？我不是你的夫人吗？"

田佳鹂的小脸红了起来，她细细的眼睛也撩了起来。她一把抓起自己的名品小挎包，从里面拿出了一个小红本，放在了桌子上。

田佳鹂理直气壮地接着说："我是不是你的夫人？你看！"

孟立成的眼睛里透着凶光，一把抓过了那个小红本："你不要胡闹！"

田佳鹂立刻扑上去，争抢了起来。

肖梦影呆呆地坐着，看着眼前的这出戏。

田佳鹂气喘吁吁地抢回那个被攥皱了的小红本，连忙在手里反复展搓着说："想毁掉，没门儿！你毁掉我也能去补，今天既然大家都见面了，就让姐姐也见证一下这结婚证的真伪。"

"不必了，我要去接儿子了。"肖梦影说着站起身来，愤愤地走出了赌场皇冠酒店。

酒吧区孟立成恶狠狠地对田佳鹂说：

"你这是干什么？有必要吗？你要的还少吗？你究竟想怎样才可以满足？"

田佳鹂满脸委屈地回答："我要在她面前成为一个名正言顺、平等的人。我要你跟她离婚！"

孟立成冷眼地看着她说：

"你最好不要逼我！我给你的是一个完整的家，你一定要让我儿子的家庭没有父亲吗？——真的，别把我逼急了，试想一下，如果我消失了，你和孩子的生活会怎么样？你之前录音、录像、拍照，我原谅你，可是你今天做出这样的事，我真的无话可说了。如果没有这个孩子，我们也不会纠缠。唉——我做的孽啊！"

孟立成说着仰靠在沙发上，像撒了气的皮球。

肖梦影驶进一贯喜欢走的海边公路，充足的阳光将大海照射成银色。靠近海湾停靠着一片片洁白的游艇，那一条条的桅杆像一片小的树林。

海岸的沙滩上有带着孩子晒太阳的西人家庭。

每当看到这些，肖梦影心里都无比的羡慕，她婚后几乎没有一天是这样的画面。

丈夫婚后不能相伴的理由就是忙，白天忙工作，晚上忙应酬，节假日忙陪同。

现在把婚外的孩子也忙出来了，还找上了门。

肖梦影想："看起来离婚的日子还真是近在眼前了，即便是想再为了孩子硬着头皮往前走，目前也是难上加难了。如果不离婚，那个婚外的田佳鹂有一天会手持结婚证站在我儿子的面前，对我儿子的伤害岂不更大？不如就此彻底了断婚姻，以后慢慢再跟儿子讲。毕竟孩子已上中学，一天天地长大了。"

她奇怪自己竟然没有掉一滴眼泪，她暗暗地下决心准备离婚，结束这场持续十几年空穴的婚姻。

她看着海边飞来飞去的海鸥，自己的心第一次像即将冲出笼的鸟儿。

她想："任何事情都有个极限，现在这个彻底冲破极限的时刻到了。让孟立成继续扮演角色去吧！他和那个田佳鹂或是张佳鹂、李佳鹂，甚至更多的女人继续他们乱如麻的婚姻故事吧！早点儿理清，也给自己的儿子一个干净地交代。她又突然意识到财产的复杂性，离掉无望杂乱的婚姻是当务之急。"

她再也无法克制此时的心情，将汽车停靠在海边，给孟立成拨通了电话。

"我们尽快谈谈吧！"她冷漠地说着。

"谈什么？直说吧！"孟立成超平静地说着。

"离婚吧！"

"你最好冷静。"

"我已经冷静了十多年了，分多聚少，无丈夫的婚姻生活，就是软家暴！"

"怎么说是无丈夫？我没回过家吗？只是比一般人少了一些，是工作性质决定的。我不可能下班回家，下班以后才是最佳时机的社会交往。你们这些年所有的家业不都是我付出时间挣出来的吗？不要太贪心！"

"你还说我贪心？我贪什么心了？我要的是正常家庭生活，也叫贪心吗？你以为钱可以解决一切吗？一个漂亮的房子里，没有完整幸福的家庭。"

"这就是贪心，这么好的日子还不够吗？"

"这不是好日子！"

"那什么是好日子？吃了这顿没下顿地整日相守？"

"那也不是好日子，都是极端的生活，你最好不要这样极端。我要的不是现在的生活，我是活生生的人，一个每天需要家庭生活和夫妻同床的女人。"

她说到这儿，想起之前好友跟她说过的话："你的丈夫又不在身边，你自己拿着家门钥匙，你干吗还替他锁住自己呢？"

是的，之前的十多年间她死守在婚姻里，做着忠贞丈夫的女人。保姆围在身边，穿金戴银，但是年轻的身体却总在梦境里性爱交欢，现实生活却苦不堪言。

在澳大利亚的生活更是延长分离的时间，使她沦入无性婚姻。她和薛华的出轨，就是自我解锁的开始，但是，却投错了人。

有时候想想半路夫妻的婚姻，身后又是复杂关系的开始，也是担心没有幸福的前景。可是现在看来，宁可一个人孤着，也不愿在不幸婚姻里煎熬。

今天，肖梦影终于宣布彻底解除几乎无性的婚姻，准备为自己重活一回。

"我还有事要忙，你最好冷静。"电话那头的孟立成强调着说。

"我怎么冷静？现在你又出现了重婚，你说这日子还怎么过下去？这个女人再找上门来站在你的儿子面前，你说后果会是怎样？这么多年的孤独生活我都忍了，但是现在的情况更复杂，已经冲破了我忍受的底线。"

"既然我这么做，就是不愿意影响到家庭。事已至此你还要怎样做才可以？我在为你们打工，还不满足吗？"他几乎失去理智地说着连他自己都无法听懂的逻辑。

她突然无比平静地说："我会请律师联系你，就这样吧！"

此时她绝望的眼睛里满是打着转儿的泪水。

"我不同意。"他坚持地说着，挂断了电话。

肖梦影空落落地坐在汽车里，眼泪唰地涌出了眼眶。

她怪自己不争气，眼泪怎么说掉就掉。

望着无边大海的她，幸福生活像是被吞咽在大海腹内的一片海藻，翻卷在海底。

这时，她的手机响了起来。

她心想："打也没用，这婚我离定了。"她随即接听了电话说："你还要说什么？"

"喂，梦影，你好！你是在跟我说话吗？我是詹姆斯。"

"哦——詹姆斯你好！对不起，我不知道是你——"她一时不知怎么解释。

"哦，没关系，你还好吗？方便说话吗？"

"哦，方便，你说吧。"

"你的作品我已翻译了一多半，我们见面的时候可以给你看一看，你也听一听我翻译后的英语。"

"哦，真是谢谢你詹姆斯，这个消息太好了。"

"不用谢我，我还要谢你给了我这样好的机会，来挑战自己对诗歌的翻译。你的散文写得也很美，我翻译它是很好的享受。"

"谢谢你，詹姆斯！"

"不用客气！明天是周六，我想邀请你和你的儿子来我家里午餐。我妈妈要包中国饺子，她很早以前跟一个中国朋友学过。但是很长时间她没有包了，如果你可以来，也再教教她。我还想让你参观一下我收藏的古书。"

肖梦影现在哪有心思包饺子，一边是房产官司，一边是丈夫孟立成打上门来的重婚女人，她的心灰暗得像是在最后的火光上铺上了土。

"如果你和你的儿子能来，我们将非常荣幸。"詹姆斯又说道。

她心想："我们认识的时间并不长，去家里合适吗？不过这边的生活方式喜欢好友在家里聚会，况且还有他老母亲和我儿子在。这是詹姆斯第一次邀请我和儿子去家里跟他的老母亲一起包饺子，不好回绝。"

"谢谢你的邀请，詹姆斯，我想应该是可以的。如果我儿子同意一起去，我们就明天上午十一点到你家里。"

"好的，我听你的消息，希望明天上午见到你们。"

第三十章
蛀虫的布偶

　　肖梦影的儿子愿意一起去詹姆斯家里玩。

　　当晚，她把这个消息发给了詹姆斯。

　　又是一天的疲惫，她安排好儿子睡觉，自己洗漱完一头扎在床上，脑子里全是皇冠酒店丈夫抱着小公主又亲又爱的样子。

　　儿子却在隔壁的房间全然不知地熟睡着，她越想越是一阵阵地心酸，眼泪又从眼角流到了被子上。

　　薛华的背叛，房产官司和闹离婚，几乎同时出现在她人到中年的这一刻，也算是她人生路上最大的波折了。这突然袭来的暴风雨，使之前一帆风顺的她几乎崩溃。

　　詹姆斯的出现，是在她固化、僵死、压抑的婚姻生活里，和澳大利亚西人社会交往的封闭中，吹进来的一缕新鲜空气。

　　次日上午。

　　肖梦影设置好汽车导航后，和儿子一起沿着沿海公路驶向詹姆斯临海的家。

　　詹姆斯家的小牧羊犬第一个冲到门口汪汪地叫着，尾巴摇得厉害，一副开心的样子。

　　詹姆斯从房里走了出来。

他愉快地一边让爱犬不要叫，一边为肖梦影母子俩打开院门，欢迎他们的到来。

小牧羊犬沃夫围在肖梦影和儿子凯文身边转来转去，又开心地扑向凯文。它示好地快速舔着凯文伸过来抚摸它大脑袋的手，很快他们成了朋友。

大家愉快地走进了院子。

凯文和小牧羊犬沃夫追赶着玩了起来。

肖梦影边走边环视着院子里种植的树木、蔬菜和花草，不断地称赞着。

詹姆斯看她感兴趣，为此又带她到房前屋后看着、介绍着。

她走到了那间加盖的小木屋前，詹姆斯推开了门，介绍这是他储存花园工具和做工的地方。

肖梦影看着眼前木墙壁上井井有条地挂着各种工具。操作台上摆放着锯了一半的长短小木板。

她问道："这是要做什么？"

他微笑地吭了吭嗓子："给飞来的鸟做几个窝，再挂在树上，让鸟儿有个可以安全产蛋的家。"

"是什么鸟呢？"肖梦影好奇地问。

"哦，什么鸟都可以，只要它们需要，都可以安家。"

"你很爱小动物。"

詹姆斯又露出了不好意思的笑容："来吧，见一下我的母亲，她等着你们来呢！"

他们走进了詹姆斯的房子里，走过古香古色的客厅，来到了旁边开放式的厨房。

厨房和客厅收拾得同样整洁，一尘不染。

老式的早餐台是木质的，上面摆着一个老式水晶花瓶，里面插着几枝君子兰花。

早餐台面上已经摆好了做饺子所用的器具，和洗好的白菜，还有肉馅。

他们却没有看到老太太的身影。

詹姆斯觉得奇怪，喊了几声没有回应。

肖梦影说："你去找母亲，我先开始准备，等她一起来包饺子。"

"也好，我再去门外看看。"

肖梦影系上挂在厨房冰箱侧面钩子上的背带围裙，洗手准备切白菜。

詹姆斯走到客厅的沙发转椅时惊奇地说："天哪，妈妈，你在这里，我还在找你。"

老太太戴着老花镜，手持毛衣针，矮小的她背对着客厅大门，缩卷在老式高靠背的沙发转椅里正织着毛衣。

她耳聋的情况很严重，几乎听不到外界的声音。

那老式的助听器在毛线筐子里，詹姆斯取出给她戴在了耳朵里，靠近她的耳朵大声地说："妈妈，我的中国朋友来了。"

老太太看了詹姆斯一眼，继续织着毛衣，没有听到他说的话。

詹姆斯耐心地轻轻地拍了拍母亲的肩膀，往厨房指着。

老太太缓缓地转过椅子望去，她看到了肖梦影正对她微笑着挥手问候。

老太太满面皱纹慈祥的脸，笑开了花。

她又笑着看了詹姆斯一眼，放下手中的毛线活儿，扶着詹姆斯的手臂站起来身来，向厨房走去。

詹姆斯扶着母亲边走边对肖梦影说："我母亲几乎失去了听力，助听器也无能为力，为此她已经不习惯说话。但是，她脑子还是很清楚的，她知道我们说话的意思，当然再有一些动作告诉她，她就会更清楚一些。"

肖梦影听着詹姆斯的解释，看老太太走了过来，立即放下手里的活迎了过去。

老太太走到她的面前，伸出那双满是皱纹和布满老年斑的手，握住了肖梦影纤细白嫩的手。她发自心底的喜悦涌现在笑容里，并仔细地端详着肖梦影年轻美丽的脸，就像看新媳妇一样。

肖梦影知道说话她也听不到，就松开她的手轻轻地拥抱了眼前这位慈祥矮胖的老人。

老人抑制不住笑容地又看了看詹姆斯，又指了指餐台上的东西，对着他们双手微微挥动着表示开始包饺子。

肖梦影其他的饭菜做不太好，但是包饺子倒是有功底。很快，她切好了白菜，拌好了饺子馅。这样娴熟的过程，还是在中国未出嫁时父母教会的。肖家的饺子是在肖梦影父母的朋友间出名的好吃，样子也好看。肖梦影包饺子的技艺也算略有继承。

今天，也正好能让她大显身手。

肖梦影饺子皮擀得也算不错，她一边擀出饺子皮，一边手把手地教他们饺子的包法。

老太太的微笑始终挂在布满皱纹的脸上。

詹姆斯更是满心欢喜地学着把馅捏进饺子皮里，却这边捏，那边掉着。他时不时地耸耸肩微笑着说："很有趣的手艺。"

一会儿的工夫，歪歪扭扭、外面沾着馅的饺子就从詹姆斯和他母亲的手里制作出来了。包得最好看的还是肖梦影包的饺子，而且每一个都不大不小，并整齐地摆放在另一边。

这时，凯文连跑带跳地进了屋里说着："妈妈，这个小狗太可爱了！——快渴死我了，倒杯水好吗？"

肖梦影看到凯文满头大汗，就取过杯子，打开水龙头接着水。凯文和妈妈都习惯了外国人喝自来水的饮水方式。

她跟儿子说："凯文，向奶奶问好。"

老太太看着眼前这十二三岁的孩子，又深情地看着肖梦影，她明白这就是肖梦影的儿子。她放下手中正在包的饺子，摇晃着站起了身子。

这时，肖梦影一手拿着水杯，一手轻轻地推着孩子迎过去，让他给奶奶问好。

老太太满手是面，她伸出双臂拥抱了凯文。

肖梦影跟凯文说："奶奶耳背，听不见你说话，也不习惯说话了。你扶奶奶快坐下吧！"

凯文很懂事地答应着，并扶奶奶坐下，回身接过杯子一饮而尽。他放下杯子，跟大家打了招呼后，又跑出去玩了。

老太太和詹姆斯看着跑出去的孩子直乐，又开始包起了饺子。

肖梦影包着饺子，看着面前母子两人：你看看我手里的饺子，我帮帮你捏一捏，充满着祥和。

她心想："都说国外子女不跟老人们住在一起，把老人都送养老院。詹姆斯竟然能跟自己的母亲这样和谐相处地生活，出乎我的意料之外。"

她边想着，边迅速地擀着皮，包着饺子，要不然这饺子还不知要几点才可以吃上呢。

她不由自主地问身边的詹姆斯："詹姆斯，听说西方人都不跟父母住在一起，我看到的却是你和母亲幸福地生活在一起。"

"哦，我觉得没有什么规定。能不能跟父母住在一起，是要看自己怎么想。我认为跟父母住一起是幸福的，而且她还能自理，因此，我不愿意让老人住在养老院。我以后也不愿意住养老院，我喜欢住在自己的家里。"

"可是现在很多年轻人都愿意跟老人分开住，在中国也很普遍。"

"那是在老人不是很老的时候，孩子们可以去体验自己的生活。等人真的老了，孩子们就应该多跟老人在一起。在澳大利亚，孩子们不跟老人住在一起和不养老人并不违法。因为老人有养老金和政府补贴，还有自己的财产，可以安排自己的生活。但是，我觉得这是自己的问题，看自己是选择怎样的生活。"

"对不起詹姆斯，我想问一句，请你不要在意。"

"没关系，你请说吧！"

"如果——如果你结婚了，那你还会和母亲同住吗？如果妻子不愿意，你会怎么办？"

"哦，我仍然会选择同住，并会尽力说服妻子接受孤单的母亲。"

"如果她的父母也需要你们照顾的话，你怎么办？"

"如果家里有条件就一起住，如果有相处不和谐的问题，我会考虑分开住，但是会经常去看望或是打电话。天哪，我也没有想得太复杂，反正现在就是这样生活的。我不反对一起照顾，就看怎么安排。"

他的这些话使肖梦影感动，与父母是否同住已经成了现在中国社会的一个新现象，之前几世同堂的传统家庭观念，已经在不断地改变和颠覆着，所谓的伦理道德也在其中跌宕沉浮。

今天肖梦影看到了一个真实的西人詹姆斯与年迈的母亲共同生活的这个美好画面，她感觉非常温暖。

一个多小时过去了，饺子终于包好了。

詹姆斯和母亲收拾好桌面，并在餐桌上摆放着传统的西式餐具和老式水晶酒杯。

詹姆斯走到院子里将凯文叫回来准备吃午餐。

一会儿的工夫，肖梦影煮好了饺子，端上了桌。

詹姆斯一边夸肖梦影饺子煮得好，称自己煮的时候会破皮，一边又在橱柜里拿出了特意从中国超市买来的醋和香油。

他把醋倒在小碗里，又倒了些香油说："我很喜欢吃饺子时蘸醋，我的母亲也喜欢。你和凯文需要吗？"

肖梦影一边直夸他吃饺子很专业，一边也要了两份儿。

大家坐了下来，餐桌上的饺子热气腾腾，他们愉快地端起红酒杯轻轻地相碰……

他们愉快地开餐了。

不会用筷子的老太太，一只手用叉子叉了个饺子蘸上醋，放到了另一只手中的勺子里，将光滑的饺子摇摇晃晃地送进嘴里。老太太不断地点头，表示美味。

詹姆斯用筷子就像中国人一样老练，饺子蘸醋吃得很开心。

凯文一边吃着饺子，一边手摸摸蹲在他腿边仰着脸，直直看着他嚼着食物的小狗。

小狗的口水啪嗒啪嗒地滴落在地上。

凯文知道小狗不能吃咸的食物，就不断地抚摸安慰它。

这时，詹姆斯站起身来去给小狗取出来一些狗粮，倒进了它的餐碗，放在了凯文的身边。

小狗看到了自己的食物立刻闷着头吃了起来。

这个午餐吃得很有家庭感，温暖的太阳照在他们的身上暖暖和和的。

饭后，他们收拾完毕餐具，老太太回到房间休息去了。

詹姆斯给凯文打开了电视，小牧羊犬始终围在凯文的身边，这会儿也开始想打盹了。

詹姆斯冲了两杯咖啡，端给了肖梦影一杯。

肖梦影提议看看他收藏的古书。

他当然赞同，随后他们走进了客厅旁边的书房。

不算大的书房，三面墙都是书架，上面摆满了书籍和一些摆件。

詹姆斯走到中间位置的书架说："这些是我收藏的古书，其中一部分是我的导师临终前送给我的。这些书很珍贵，基本上是一百多年前出版的，也有一些是七八十年前出版的。写这些书的都是西方人，这些是他们去考察中国历史所写的书籍。书里面的资料很珍贵，很多地方的场景现在早已没有了，这是最好的历史资料。"

肖梦影新奇地看着一本本墨绿色、暗红色及米色布纹书皮，上面有的是烫金字，有的是黝黑字。她对着古书不断地赞叹珍贵。

她好奇地问："这些古书除了你的导师送给你的，其他的是从哪里收集到的呢？竟然能找到一百多年前的书，这太不容易了。"

"在墨尔本有古董展示销售活动，其中有古书。等再有这样的机会，我邀请你一起去。"

"好啊，有机会见识一下老物件。这些书籍一定很贵吧？"

"是的，因为只有一本，有的会有两三本。差不多一本古书要三百至五百澳币。"

"那你这一书架也要花不少的钱啊？"

"是的，我不换新汽车，不买新家具，买一些书是我的喜好。当然，我还是一个每天晚餐要喝两杯红酒的酒鬼。"

"我看你的爱好不过分，都是对身心有好处的，这些钱花得值。"

詹姆斯被肖梦影夸奖得微微地笑了，脸上又透出不好意思的神情。

肖梦影又向旁边的书架看去，被眼前的一排排丛书吸引住了，仔细看过去，作者的名字竟然都是詹姆斯。

"这些书都是你的作品吗？"

"是的，不断出书，几十年过去了，积攒了这些。"

"这是很丰厚的学术成果，我的英语不好，不然就借回去认真读一读。"

"哦，你不要想着英文不好，你最好忘记你的英文是好或是不好。有一天，你会突然发现你的英文原来已经很好了。"

"詹姆斯，你的中文太好了，我真的在你面前很惭愧。"

"不要惭愧，我相信你可以。我把我写的书送给你，以后我们也可以讲书里面的内容。"

"嗯，这当然是很好的学习材料。"

詹姆斯随手抽出了一两本自己的著作，在写字桌前坐下来，打开书皮签上字送给了她。

"谢谢你，詹姆斯！"

"不用谢，这是我的荣幸。"

肖梦影一边接过詹姆斯送给她的书，一边又继续欣赏书架上的书籍。她注意到在书架的一角摆着一个看着有年头的、被虫子咬了很多洞的黑绒布猫。

这个黑绒布的猫，身子的填充物看上去并不多，扁扁绵绵的样子。整个身体是在一块布料上画出来裁剪后，又填进棉花，用黑色的绒线大针角向外锁边缝合的。小猫微微地歪着头，身子直上直下地坐着，猫尾巴向上弯起。

猫微笑的小嘴是用红色绒线缝制的，两个蓝色的纽扣作为猫的眼睛透着精气神儿。

小猫的身上落着一层薄薄的灰尘，头顶上像是积着一层白蒙蒙的雪。

肖梦影觉得好奇：这样一个被虫子啃得脸上、身上都是洞的小布偶猫怎么会还摆在这里？从小猫身上的灰尘看，应该是常年没有被移动过。

她不由自主地问道："这个小布猫真可爱，是你的吗？"

"是的，它是我的小猫。"詹姆斯微笑着，很认真地回答着。

肖梦影看了他一眼，又看了看小猫，心想："詹姆斯真是童心未泯，这么个年龄还有这个喜好。"

在布偶猫的旁边还有一个相框，里面的照片是一个四五岁样子的小男孩。圆圆的笑脸，大大的眼睛，黄黄卷卷的头发。穿着一件棉质的浅蓝色方格短袖衬衫，外面一条米色的背带短裤。他坐在草地上，手里玩着一个小皮球，脚上穿着一双乳白色短袜和棕色的小皮鞋。这张照片的彩色应该是后来照相馆做上去的，从打扮上看他的家庭出身还不错，也能看出当时的家庭幸福。

　　还没等肖梦影问，詹姆斯开口说："这个照片是我小时候，我的爸爸这个时候一直在部队，他是军人。我和妈妈、爷爷、奶奶生活在一起，那个时候我在荷兰。你看到的那个黑色的小猫玩具，是我的奶奶在照这张照片的第二年给我做的。"

　　"是吗？到现在已经有几十年了，你一直放着，这太不容易了。"

　　"是的，它比我小几岁。那个时候，我的奶奶已经得了癌症，这是她给我做的最后一个玩具。在我五岁的时候，我养的一只小黑猫，不小心跑出了门，被汽车撞死了。我哭了很多天，妈妈说再给我买一只，我说买的不是我的那一只。后来奶奶给我做了这一只小黑猫，她说是上帝让她做出这只淘气的小黑猫，再也不会跑出去受到危险。从那以后，我就把这只小黑猫总带在身边。

　　一天，我从幼儿园回到家里，就再也没有见到过我的奶奶。妈妈说她去了上帝的天堂，以后，我们会在那里见到她。

　　这个小猫就成了奶奶送给我的最后一个礼物，也是唯一保存到现在的玩具。你看，它每天坐在书架上看我写作，守在我的书旁边跟我做伴。"

　　"太感人了，詹姆斯，你真是一个重情义的人。这个小猫被虫子蛀了，你不想修补一下吗？我可以帮助你。"

　　"如果修补就不是它了，它就像人的生命，都会慢慢地老去。你看，在那个书架上我还给它找来了一个朋友，晚上它们有时候会吵架。"詹姆斯非常幽默地说。

　　肖梦影这才注意到在书架一角，站着一个皮子做的半尺高的长颈鹿。

"来坐下喝杯咖啡吧！"

詹姆斯说着，转过身为肖梦影拉出了书桌前的棉座椅请她坐下，自己在书桌侧面的木椅子上也坐了下来。

肖梦影真的无法相信，眼前的这位满脸短胡子的教授，如此重感情。她不由地说："喜爱小动物的人都很有善心，你一定也喜欢孩子。你就没有想要一个自己的孩子吗？"

詹姆斯喝了口咖啡，他挑起微笑的嘴角，眼睛里透着哀伤："是的，我很喜欢小孩，但是我和妻子的血型是不容易有孩子的，从来也没有成功过。这是我的命运，也是她的不幸。"

"那你们没有想过领养一个孩子吗？"

"她的身体和脾气都不好，领养了也许会更糟糕。"

"她去世有两年多了——就葬在十多公里外的一个公墓里。她生前很喜欢白色的马蹄莲，在她的墓地我为她栽满了这种花。"

肖梦影试探着轻声问："那你以后想过再结婚吗？"

"我不知道，也许。但是，这要看我的命运。我不愿意去想得太多，这要看缘分。"他微笑地看着她说着，棕色的胡子上沾着一些咖啡沫，他敏感地轻轻地用手抿了一下又说："我在中学教书时就很喜欢孩子。后来我考了博士，毕业后就留在大学工作，跟学生们在一起使我更有责任感。"

"教师的职业我也很喜欢。"肖梦影说。

詹姆斯微笑着："我也喜欢潜水，在水底可以拍到很美的海洋生物。我给你看一下我拍的照片好吗？"

"好啊，原来你有这么多爱好！"

"我喜欢大海，喜欢在大海里游泳。特别是在阴天的时候，天上有黑灰色的大块乌云，透着背后青色的天空非常美。"

"可是下雨游泳会有危险，会遇到雷电。"

"但是，我仍然很喜欢雷电大雨前的天空和大海。"

詹姆斯说着打开了电脑，找出了他在海底潜水的照片和视频，一边讲解着，一边展示给肖梦影看。

肖梦影被眼前的图片和视频深深地吸引了，不由得惊叹着。从照片上看是三五个朋友一起潜水，相互拍摄的。詹姆斯在水里的装备就像是一个专业的潜水摄影师，他整个人被潜水服包裹着，手里拿着水下带灯的摄像机。他嘴里含着一个通在背后氧气瓶上的管子，眼睛上戴着一个四四方方的潜水镜。

照片里看到离詹姆斯身后有一条鲨鱼向着另一个方向游去。

肖梦影被照片中的这条鲨鱼所惊叹：海底世界对于詹姆斯和同伴们简直就是在冒生命危险。她不得不提醒詹姆斯说："在海底是危险的，有鲨鱼。"

詹姆斯肯定地说："是的，一定有鲨鱼。只要你不惹他，也不要惊动它，就没有危险。"

"但是，终究是危险的，我想还是应该少一些这样的海底活动。"

"没关系，我们都有经验，这是我们的乐趣。海底世界有很多漂亮画面，很多漂亮的海底生物，不断地出现和变幻。在海底会忘记陆地上的烦恼，那是另外一个世界，很美的感受。"

"你们捕杀海洋生物吗？"肖梦影试探地问。

"不，我们非常喜欢跟它们交朋友，不去捕杀。"詹姆斯强调地说。

肖梦影还是担心会有鲨鱼袭击的危险，但是，也佩服和欣赏詹姆斯的这份勇敢和对生活的乐观态度。

在她看来，詹姆斯不仅仅是个学者，是一个能工巧匠，而且还是一个探险者。他和孟立成是完全不同生活方式和工作性质的人，他的世界是宁静、朴素和真实的。

詹姆斯这时又问了肖梦影官司的事情。

他说这么长时间以来一直很挂念，提醒肖梦影打官司要找大的律师事务所，那里的律师会更有经验。自己在年轻的时候也打过一次官司，由于没有经验，又找错了律师，花了很多钱，后来还是输了。如果需要找好的律师事务所或是与官司相关的事情他很愿意提供帮助。

肖梦影突然意识到，詹姆斯中文这么好，又是澳大利亚国籍，对于这边的情况更方便了解。自己怎么没有早想起多问问詹姆斯呢？也怪自己太过于相信和依赖丈夫的华人朋友。看看这次华人律师的情况，如果不行就让詹姆斯帮助更换律师事务所。

肖梦影向詹姆斯简单地说了一下现在官司的情况。

詹姆斯觉得她的这位律师的思维逻辑不对，不应该去找卖家，应该直接告中介。

肖梦影表示跟他的意见一致，其他朋友也这样认为。大家都觉得这个律师的想法很奇怪，但是又觉得他毕竟是律师，也许是对的。

可是今天，詹姆斯是坚决反对这个逻辑，而且他还问了关于销售合同中的违约条款。

肖梦影说其中有补偿第二次差额的条款。

詹姆斯听了以后就更觉得这个律师是"明知山有虎，偏向虎山行"，预感事情会非常糟糕。

"无论何时，你如果需要我的帮助，我都会尽全力。"

"谢谢你詹姆斯！"

"我现在也是觉得事情会越来越复杂。"

"是的，我有同感，所以我请朋友菲利普去跟卖家私下和谈，卖家当时答应了和谈条件。可是，律师的信发过去了，却一直没有回音。谢谢你的关心詹姆斯，我会及时跟你沟通。时间不早了，我们也要回去了。"

　　"好的，祝你好运！梦影！"

　　詹姆斯第一次这样大胆地注视着肖梦影，他的眼睛里透着担心和牵挂。

　　肖梦影看着他淡淡地微笑着，心里充满了温暖。

第三十一章

我的律师

肖梦影和儿子在詹姆斯世外桃源般的家里度过了一个愉快的时光。

从詹姆斯家里返回的路上，儿子在后车座位上睡着了。

心烦的事又开始向她走来，她羡慕詹姆斯这份宁静和朴素的生活，她觉得自己活得很累很累。

她一直等待着卖家在律师发去的和解协议上签字的消息，可是，一天就要过去了，没有一丝消息。她显得不安、烦心，紧张的心情又一次席卷回来。

她给帮助谈和的朋友打通了车载电话。

"喂，菲利普，我是肖梦影。"

"你好！"

"你接到卖家的电话了吗？"

"还没有。"

"我的律师昨天已经把和解协议发给了卖家的律师，到现在还没有收到回复，我还是有些担心。不然你再给卖家打打电话，问一问情况？"

"好的没问题，我一会儿就打过去。"

"谢谢，我等你的好消息。"

她挂断了车载电话，心里还是难以平静，有一种不好的预感。

熟睡的儿子丝毫没有被电话影响。

车窗外的风光怡人，肖梦影久违了这般美丽的景色，她原本宁静的心湖，被人与人之间金钱的勾斗全然地搅和了。她被席卷进了利益的旋涡，不如说陷进了律师生意的这个黑洞。

事情原本从简单地告中介，转向了告卖家。然而，卖家在之前的回信中，非常强硬地不同意交出首付款放在共管信托账户里。

肖梦影的律师像穷追不舍的猎人紧逼其后。

肖梦影眼看着不对劲儿，又怕激怒卖家追索二次差额的风险和上庭的高额费用，所以才撇开律师主动迎上去跟卖家和解。谢天谢地总算有好的和谈结果，现在就等卖家签字，大家就此放手不再追究。

在起初的矛头必须对准卖家的这个法律逻辑上，她认为就是错误的，可律师却一再坚持这样做，她为此不断地跟律师沟通，去说服他。

之前的一些华人朋友说起律师这行，没几个看好的。律师好似是另一个角度的对手，一边操纵在客户的事件中，一边又谋取着客户利益。

朋友曾多次说过："律师是潜在的新对手，会不紧不慢地搜刮着客户的钱财。无论胜败，律师费在过程中将一分不少地进到律师的腰包。"

这难免让客户表示怀疑，律师的生意是必须让客户与对方打起来，打得越热闹，才会更复杂，更离不开律师的介入。这种普遍的怀疑在肖梦影心里也总是作怪，充满着担忧。

十几分钟过去了，菲利普没有回电话。

肖梦影又拨通了他的电话："喂，菲利普，打过电话了吗？"

"哦，我又打了很多次，还是没人接，我也留了言，等卖家回电话。"

肖梦影不好的预感越来越清晰了，她跟菲利普说希望他上门去找一下卖家。菲利普也同意了，晚饭的时候去找卖家。肖梦影对菲利普表示感谢，说静等他的回音，便挂断了电话。

肖梦影刚断掉电话，车载电话又响了，她连忙接听，"喂，菲利普吗？"

"梦影姐，是我，雪冰。"

"哦——雪冰，你好！有日子没联系了，你还好吗？"

"我还好，你方便说话吗？"

"我方便，你说吧。"

肖梦影说着，从后视镜里看了眼熟睡的儿子。而后一只手从放在副驾驶座椅的包里摸出了无线耳机塞进了耳蜗里，将车载的语言转换到了蓝牙耳机里。她担心雪冰的事情儿子听到，毕竟是大人们之间的感情和生育的事情。

"梦影姐，我最后一次试管也失败了。我简直是要绝望了，此生也许再也不会有自己的孩子了。我多羡慕你和儿子的朝夕相处，可是我却是一个人。那个澳大利亚男朋友，也没有真正走进我的生活，更没有谈到未来。我真的很难过，很孤独……"何雪冰说着哽咽了起来，不能再说下去。

肖梦影听了她的叙述和哽咽，内心也不平静了起来，眼睛也跟着潮湿了。她比起何雪冰是不知幸福了多少。有婚姻存在，有儿子朝夕相处，可是，她内心的痛苦和身体的空虚跟何雪冰也差不到哪里。

她尽可能地压低着声音，"雪冰，你不要难过，不行就想办法领养一个吧！"

"梦影姐，我都查了，在澳大利亚如果是单亲妈妈，领养是很不容易的。"何雪冰吸抽着鼻子，清了清嗓子又说："即便是领养，也要排队三年以上，然后由法庭判给。单亲妈妈领养只能有监护人资格，不能成为孩子的养母。孩子如果还有生身父母，法庭要求监护人允许孩子定期地去探望生身父母。你说这又算是什么领养？"

"奇怪，只有监护权？那就纯粹是为人家带一段时间孩子了。"

"是的，梦影姐，我此生注定不会有孩子了。"

肖梦影又看了一眼后视镜里熟睡的儿子，小声地说："雪冰，你跟现在这个澳大利亚男朋友再聊聊，你们如果能成为夫妻，自然生子岂不更好？即便是没有孩子，还有个丈夫做伴不是吗？你说服他，让他看到老了以后，需要有个伴儿。我觉得这是目前最好的一个选择。"

"可是，他却一点结婚的意思都没有。"

"你要有说服他的能力，想想办法。当然也可以在中国再找找看。你有澳大利亚永居身份，这是一个有利的条件。"

"可是，我的外部条件不是中国男人喜欢的，担心对方是利用，怕给那个人办过来，也留不住。"

"澳大利亚移民法明文规定，可以办理夫妻团聚，但生活不超过四年而离婚的，就会取消澳大利亚永居身份。四年的时间也会培养很多感情，也许还会有个孩子。就是到那时离婚了，还落个孩子。就是没有孩子，你也算努力了，不再遗憾。你说呢？"

肖梦影又看了眼后视镜里儿子，他在詹姆斯家跟小狗玩得也确实疲惫了。只见儿子扭动了几下身子，换了个睡姿又睡着了。

　　"嗯，也是个办法，那我试一试吧！谢谢你梦影姐！"

　　"有时间你来家里，我们随时欢迎。我听你的好消息！"

　　"好的，梦影姐，谢谢你！"

　　她们挂断了电话，肖梦影的汽车也开到了家门口，她叫醒了儿子。

　　一直到晚上八点多，菲利普的电话来了，"我去找了卖家，他很不友好地告诉我，说我们没有按和谈的内容写来律师信。他非常生气我们的变化，他说要法庭上见，我怎么说他都不愿意听下去了。他说不希望再跟我对话，除非上法庭。"菲利普一口气说出了这个不好的消息。

　　肖梦影简直是不敢相信，心想："难道那封律师信写的不是我所要的内容吗？"

　　菲利普又追问："你看那封信了吗？"

　　"因时间紧迫，我当时只问了律师是否按我说的写的。他确定是的后，我没看就让他发送了。"

　　"这么重要的信，你应该看看再发送啊！"

　　"是啊，我不就是信任我的律师吗？好了，我现在赶紧看看，也转发给你看看。"

　　她说着就挂断了电话，立刻打开手机的邮箱，找到了律师张大为写的和解信。她担心自己的英语对于法律相关内容的理解有误，就把信全部拷贝到了准确度在百分之八十的手机翻译器里。

　　翻译的内容，令肖梦影大吃一惊。

　　原来这是一封带有极端挑衅的信，直接指责卖家不配合交出首付款到信托账户的错误；指责如果上法庭也会被法庭扣下这笔款放在法庭的指定信托账户，而且还要付我们的律师费。在信的最后才列出肖梦影说的几条和解意见，但是这是建立在对卖家语言的鞭打和教训下提出的和解条件。

这封信不要说卖家看了会气炸了肺，就连肖梦影看着都觉得难看和强刺激所带来的极端不快。

"完了，这下完了。"肖梦影情绪跌落到了谷底。

她立刻给律师张大为发了微信，进行指责。

律师回复：信里说的没有错，上法庭也一定能赢……

肖梦影回复：我要的是一封和解信，并不是谴责和挑衅的信。

律师回复：我没有挑衅，说的都是道理，我也说了和解条件。信都是按照你指示写的。

肖梦影回复：你先教训了卖家，再提出谈和解条件，卖家当然不会服气认可。这不是越搞越乱吗？

律师回复：你不要着急，他们必输。赶紧汇两万澳币到信托账户，我马上通知上庭律师写诉状，等待随时上庭迎战。

这个上庭律师是肖梦影的华人律师另请的一位西人律师，专门负责上庭的。

肖梦影简直是不能接受这急转直下的现实，她甚至想到了就此终止跟这位胡闹的华人律师合作。但是，事情已经到了这个份上，如果卖家诉讼上庭那也是眼前的事，时间这么紧迫，换律师也是之后的事。

她强忍着内心的愤怒，先硬着头皮听律师的，往下狼狈地走。

两天以后，肖梦影收到了律师张大为的来信。

其中一封是卖家律师的来信，说是要继续追究第二次销售的五十多万的差额，附加的各类费用又增加二十多万，总计将近八十万澳币。另外一个文件，是卖家将肖梦影告上了法庭的法院传票。

还有一份肖梦影的律师事务所发来的账单，要她立即汇款，不然不能面对上庭律师写上庭诉状。同时表明官司的总体费用，从最初估计的三万至五万，提升到了八万至十五万澳币。律师张大为信中还说进入官司程序不是想退就可以退的，对方不退就要继续。如果喊停除了损失，还要付对方的律师费。

肖梦影没想到官司的事情，被自己的律师败坏到这个地步。

卖家诉讼法庭必须应战的时间紧迫，她不得不又一次地汇给了律师指定的账户两万澳币，准备上述材料和上庭。

肖梦影把这个糟糕的和解信告诉了詹姆斯。

詹姆斯劝肖梦影要坚强，他会站在她的身边陪着走下去。

三天后。

高级法院对肖梦影和卖家的纠纷开庭。

詹姆斯陪肖梦影来到了法庭。

卖家尼泊尔人也来到了现场，非常不友好的神情。

肖梦影为此也没再走上去说什么。

这是一个关于摘掉禁止令的上诉，当事人可以在场，由双方的上庭律师对决。

短短的两个小时内，双方律师宣读诉状，法官根据诉状进行了判决。法官要求被告方肖梦影立即撤掉原告卖家的禁止令，并宣布过失指控，赔付原告律师费。

肖梦影败诉。

双方的律师和当事人走出了法庭，卖家恶狠狠地看了肖梦影和她的律师张大为一眼。当走过他们的身边时，对着肖梦影的律师张大为说了声："垃圾！"

肖梦影木讷地站在那里，看着卖家尼泊尔人扬长而去，自己又多了一笔欠卖家数万元澳币的上庭费。

律师张大为请来的西人上庭律师看了一眼肖梦影，而后跟张大为说："很遗憾，我会尽快写出上庭笔记，如果需要可以再找我。再见！" 肖梦影没有好气色地呆滞在一旁，没再跟这位西人上庭律师道别。

她对这位西人上庭律师兰登始终不看好，感觉他就是为了钱出庭的，没有客观分析案情和胜算的概率。这次作为过失指控，他是有责任的。

律师张大为见肖梦影情绪低落，靠近着说："这不代表我是错误的，这是法官的主观意见。如果你愿意，我们可以上诉高一等的法院。"

肖梦影强忍着怨气地说："不必了，我要终止与你的合作。"

"肖女士，你不能因为法官的主观意见就可以否定一切。"

"我相信法官的法律判断，正因为如此，他才是法官。"

"可是，这并不绝对。"

"好了，我不想再跟你说下去了，我有权利终止合作。"

"当然，这是你的权利，我也有权利选择我的客户。随后我会发给你这次上庭费的账单。"

她的这位华人律师张大为说着也扬长而去。

肖梦影顿时觉得一阵眩晕，身子略微地摇晃了一下。

詹姆斯双手扶住她柔弱的双肩，同情地注视着面前这位无助的女人。

肖梦影的眼泪唰地一下滑了下来。

"勇敢一些，有我在你身边，我全力开始帮助你找到新的律师，以最大努力保护你的利益和权益。"

这次上诉法庭，加上要赔卖家的律师费，肖梦影至今一共消耗掉了约十万澳币。

事后，肖梦影收到了这位华人律师要账的邮件，和继续狡辩的信。

肖梦影回复他邮件，不同意继续支付给律师费，将对他过失指控造成的经济损失诉讼法庭。

接下来的几天，詹姆斯在网络上寻找值得信任的律师所。经过反复查询，他终于找到了一家在澳大利亚排行前五名的律师事务所。

这天早晨。

肖梦影在詹姆斯的陪同下，来到了位于墨尔本市中心的一座高达八十层的摩登大厦，在六十二层的这家知名律师事务所会见新的律师。

整个办公区的外墙是明亮通透的大落地窗，站在这里可以将墨尔本的城市尽收眼底。

这个律师事务所占有整个两层的平面空间，看起来很有实力。

十分钟后。

詹姆斯预约的新律师来到了明亮的会议室。

这位西人女律师奥德莉一头金色的齐耳短发，消瘦有棱角的脸上有着一双炯炯有神的眼睛。她高高细细的鼻梁，薄薄略大的嘴唇抹着淡色的口红；瘦高的身材，一身黑色西服套裙，露出修长的小腿，脚穿一双黑色的中跟皮鞋。她看上去有五十出头，一身自信与干练。

随她一起走进来的是一位身着西服、手抱笔记本电脑、个头中等、长相敦厚的西人律师助理约瑟先生。

整个会议进行了将近两个小时，新律师奥德莉表现出对案件有大致的了解，并发现了其中的问题。

律师助理约瑟在一旁不断地在电脑上记录着。

肖梦影和詹姆斯感觉这位律师思维敏捷，思路清晰。

肖梦影随即在委托合约上签了字，新一轮的律师合作正式启动。

此次的定金和律师费几乎高过之前华人律师一倍，这也许就是人们常说的：物有所值吧！

肖梦影现在成了卖家追索二次销售差额的大债主，官司被动到不得不继续打下去的地步，也只能逼上梁山。

对华人律师过失指控的案子也同时开始了。

之前丢了那么多钱，竟然还没有触及原本就应该直接被追究的中介。

现在都要开战了。

第三十二章
别来无恙

　　肖梦影原本应该跟丈夫孟立成及时沟通官司进展和发生的一切。但是，现在她觉得没有必要了。孟立成还在墨尔本吗？她全然不知，也不想再打电话，除非是关于离婚的话题。

　　现在这一切法律纠纷都扛在肖梦影的身上，自己惹的祸，也没有一丝怨言。好在，詹姆斯一直陪在她的身边出谋划策。

　　大战前的战场死一般的寂静，预示着一场恶战即将打响。

　　新的律师奥德莉和助理约瑟要有几天整理材料的时间，肖梦影也在詹姆斯的帮助下积极配合材料的整理、翻译和发送。

　　孟立成毕竟挂念着儿子和她，今天上午又打来了电话。

　　肖梦影送孩子上学后，来到了有日子没去的咖啡馆。

　　她看到咖啡桌上手机显示着孟立成的来电，丝毫没有接电话的心情，立即把电话调到了无声状态。

　　直到来电显示彻底平息。

　　肖梦影强迫自己平静下。

　　手机提示电话留言，她顺手打开，冷漠地听了孟立成的留言：

　　梦影，你和儿子还好吧？我已回中国。过一段时间回去看你们，官司怎样了？希望听到你的回复。爱你和儿子！

肖梦影听着这段留言，眼睛里瞬间充满了泪水，但是很快又渗透在眼底。

她又想到那个手持结婚证抱着小公主的小三，活生生地站在她和孟立成的中间。

这日子真是连凑合的份都没有了。

自从买卖房子，肖梦影心里乱成了麻。她跟詹姆斯学习英语的计划由此中断。

她陷入了噩梦般的生活，能到咖啡馆坐坐，竟然成了奢侈。

范爽挺着略有出怀的小肚子，牵着小狗走到了咖啡馆门口。她把小狗拴在了门外，自己摇摇晃晃地走了进来。

她一眼看到了肖梦影。

肖梦影看到了她这般模样，一边尽量压低声音向她贺喜，一边扶她坐下来。

"梦影，好久没见。你看我怀了。"

"是啊，有日子没见了，时间过得太快了，你都要做妈妈了。"

范爽凑近了些说："我试管成功，还担心年龄大了怀孩子会不会有问题呢。这不，刚做了羊水穿刺，结果没有问题。"

"太好了，这下你们都如愿了。你的西人丈夫高兴吧？"

"可不是吗。他也算是老来得子。我这个孩子没有冰冻，直接取出精子和卵子就做了试管接种。听说何雪冰的总不成功，也许是她太紧张了吧？我和老公心态都很平常，有了就要，没有再试呗！"

"你真是幸运！遇到了好老公，又如意得子。"

店员走了过来，范爽给自己点了杯鲜榨果汁。而后，她又接着跟肖梦影说："梦影，我真是发愁，你说原本怀上孩子是好事。可是，我爸妈一定要来照顾我坐月子，甚至还说要办一年多次往返的签证，一次落地三个月来照顾我和宝宝。我好烦啊！"

"那多好啊，你就不那么辛苦了，你真有福！"

"梦影，你不知道外国人不喜欢这样的生活方式，他们愿意单独享受抚育孩子的时光和乐趣。我担心父母和我老公会产生矛盾。"

"看你老公人那么和蔼，又那么爱你，应该不会跟你的父母不好相处。"

"这是两回事，生孩子、养孩子是我和丈夫家庭的事情。父母来就是添乱。我试着跟父母说不用照顾，他们却说必须来不可，还怕我落下月子病。我真的好发愁，你说怎么办呢？"

"我觉得只要你接受，你的西人丈夫爱你，他就会接受。"

"可我心里也不太想接受，我毕竟是在国外，要按这里的生活方式。"

"你毕竟还是中国人，也要保持中国的传统，况且外国人不一定就像你想的那样不接受老人，你的丈夫应该会理解。"

"他倒是没有直接说反对的话，但是看得出来他喜欢单独分享夫妻间的幸福生活。"

"那也不一定，等你父母来了，你丈夫也许会跟他们很融洽。他们年纪大了这么远来不容易，能一起相处的日子就是最幸福的时光。你就多依着父母做喜欢的事，他们就是回去心里也踏实。说实话，老人们能在这里住几天？父母在中国生活了一辈子，这里的生活也不一定能适应，也许你留他们还留不住呢！所以就先不要想这么多，好好注意身体养宝宝才是。"

"梦影，你知道吗？我的同乡女友叫琳达，她移居澳大利亚二十多年，之前嫁给了德国人。后来跟德国丈夫离婚了，现在一个人。她就坚决反对跟父母生活在一起，我觉得她说得有道理，也受了不少她的影响。你知道吗？她可想得开了，发生过性关系的男友已经超出了一百个，她不会轻易考虑结婚。

在她父母来澳大利亚投奔她这个独生女的这一刻，她简直是厌恶至极。她说看见父母这样没脸没皮地一定要跟她混在一起生活就恶心，外国人没有这个同住的观念。还说看到父亲每天把水果切好双手端在面前，笑盈盈地、直直地看着她的那一刻，都觉得乱伦。"

"哦，这太过分了！她连父母都不能接受的人，还会接受谁呢？其实，西方人的生活观念不一定是她那样，我看她是变态了。"肖梦影忍无可忍、直言不避讳地说。

"我也被她的观念搞糊涂了。不知到底怎样才好。"

"相信你的父母是世上最爱你的人就足够了。"肖梦影肯定地说。

"你最近看中国电视剧《挺好的》了吗？你看看那个父母也不怎么样，特别是那个父亲，真够呛的！"

"父母再怎么说也是生养自己的恩人，要有宽容和报恩之心。人都会有缺陷，但是父母一定是最亲的人。特别是儿女不可以只想着自己的生活方便和轻松，要有对父母的包容和奉献精神。"

"话说着简单，可是做着难啊！"

"我看没有什么难的，只是每个人都想着自己就会把简单的事情复杂化。"

"算了，不说这些了，走一步说一步吧！梦影，你知道吗？索菲娅去很远的一个区卖期房了。她口碑太差了，满嘴瞎话在西人中介公司坑骗华人新移民的钱，在咱这个区混不下去了。"

"我知道她不在这边销售豪宅，之前听说她去了别的中介公司，她的其他情况我不是很清楚。"

"我听说她要和前夫复婚了。"

"是吗？那很好啊！毕竟是孩子的爸爸。"

"好什么？听说是为了继承前夫父亲的财产，这个女人可贪财了。在这里净骗人，拼命靠近中介老板，最终也没能在人家的家庭插进去脚。你知道她坑了多少华人吗？很多华人朋友恨死她了，见人就说不要再找她这么坏的中介买房子。"

肖梦影佩服她的新闻速度，她喜欢没事儿了串门嗑瓜子，两颗门牙都嗑豁了还不舍不弃这个爱好。好多新闻，也就随着嗑瓜子嗑了出来。

索菲娅欺骗英语不好的新移民，是她主要对准的目标。

这几年来，肖梦影不太爱到处串门嗑瓜子，这些新闻难免闭塞。但是，自己被索菲娅害得确实不轻。

今天的房产官司就与索菲娅有直接联系，她是西人中介老板的助手和翻译，肖梦影也恨她。

提起索菲娅，肖梦影脸色就变得阴郁起来，"这些骗人赚取一时钱财的人，终究没有钱财赚。不然索菲娅怎么行骗了这么多年还依然穷困不堪？其实她自己也应该多总结些人生道理。"

"是啊，谁说不是啊。还是傻。"

范爽说着喝了口饮料，看看外面的小狗趴在地上安然无恙的模样，放心地接着跟肖梦影聊起天来。

"梦影，你认识那个挺帅气的薛华吗？"

一提到薛华，肖梦影心又像针扎似的，"哦——我认识他。"

"他拿到身份了，前段时间还在家里聚会庆祝，去了好多朋友。我和老公也去了，是被他的画家朋友徐总叫去的。"

"你说的是住在葡萄庄园的那个画家的丈夫徐高飞吗？"

"是的，女的是画家，男的是办画廊的。薛华帮我们推荐买过徐总老婆的画，她画的仕女图挺好的。"

肖梦影淡笑了一下，对她买画这一套路太熟悉了。

范爽说话的精神头不减："你知道吗？他的老婆跑了。"

"谁的老婆跑了？"肖梦影问。

"画家老婆跑了。我的大美女，你的消息也太不灵通了。"

"怎么会跑了呢？跑哪去了呢？"

"跑回国去了，听说她受不了这边的孤独和冷落，她的画也没多少人买，好像人都抑郁了。"

"人家叫回国了，不是跑了。"

"就是跑了，她丈夫徐高飞出门会朋友，她自己走掉的。她只给徐高飞留了一张条，说是不再回来了。你知道吗？听说她丈夫徐高飞在国内有点儿事，一时回不去。他老婆这一跑，这两个人不就算分开了吗？好在没有孩子，大不了各自再找个人呗。他的庄园里有那么多的画，也是一笔财富，不愁在这边再找一个女人。那个画家的老婆也是没良心，听说在国内她这个老公一直包装她，使她在业内小有名气，画作的价格也涨了不少。你看看现在他男人有事困在这里，她就露了真相，这样的女人也不会有好结果。"

范爽今天像打开了新闻广播一样，一件件的事涌进了肖梦影的耳朵里。范爽的这番话让肖梦影觉得她还有点良心，不像说自己父母时那么无情无义。

肖梦影想："这才没多久，就发生了这么多变化。"她心里还莫名地想听听薛华的事情，不由地说："这下薛华可以自由往返澳中了。"

"是啊，但是我怎么听说他在中国也出了事情，不太好回去了，他老婆又不愿意来。他那天喝了不少酒，只听他说在这边不好挣钱，市场又小。我老公还说以后有机会跟他做点儿中澳贸易生意呢！只听他唉声叹气的。"

这时，肖梦影的手机来电，她顺手接听着。

"梦影，我是詹姆斯。我根据你说的情况，又给你写了一个案情的补充说明，一会儿就发到你的邮箱。我还写了中文内容，方便你看。如果你觉得没有问题，有必要的话，那就可以发送给律师。"

"谢谢你詹姆斯！"

而后，他们挂了电话。

范爽一听是詹姆斯，就更好奇了，"梦影，你们联系挺密切吧？"

"没有，就是有事咨询他一下。"肖梦影尽可能地不多说自己的事情给她听。

肖梦影看时间不早了，就跟范爽说还有事要先走了，以后有时间再聊天。

肖梦影结完账走出了咖啡馆，外面零零星星飘落着小雨。这是墨尔本的春季，即便在阴雨天，也少了秋日的寒凉。

她心里装着官司的事情，急步地想赶紧回去，或是坐在汽车里安安静静地看詹姆斯写的邮件。当她即将走到车场的时候，身后传来了熟悉的声音。

"梦影。"

她回过身，竟然是薛华。

她为之震惊，这也太巧合了，刚才范爽还在说起他，这会儿他就在眼前了。

他一身淡米色的休闲装，还是那么英俊帅气。

肖梦影心里紧缩着，她似乎又要沦陷在他的模样里。小雨密集地洒落在她的脸上，好像在唤起她的清醒。

薛华走近了一步，站在她的面前。他身上特有的气息正向她涌来，冲蚀着对他的绝情。

他一把将她抱在了怀里，不顾及周边是否有熟人经过。他那张性感厚厚的唇又要向她吸附而来。

肖梦影几乎要眩晕地站不稳双脚，她眼前又不断叠映出薛华出卖自己的丑陋嘴脸。就在薛华的唇即将触碰到她嘴唇的这一刻，她几乎发出了惊叫，从薛华的怀里挣脱了出来。

她头也不回地跑向停车场。

一头钻进了汽车里的肖梦影，整个瘫软麻木地靠在汽车的椅背上。她久久地闭上了眼睛，脑子一片混乱。

薛华在她的身心里就像魔鬼一样，使她寂寞的身体变得更为敏感，神经变得更为脆弱，一旦触及就会全部崩塌。

薛华在钱上不断地割裂着他们的关系，鞭打着她的身心，使得她伤痕累累，鲜血淋淋。

她发誓要彻底远离，并忘掉这个内心丑陋的男人。

她发动了汽车，驶出了停车场。

薛华在停车场的路边，双手插在裤兜里，望着肖梦影的汽车驶过他的眼前。

车窗外的小雨更密集地下了起来。

第三十三章
事　发

　　肖梦影自从和薛华在街上遇见之后，就再也没有见过面。后来，听说薛华出租了他在澳大利亚的漂亮洋房，回国去了。

　　这半年来是肖梦影人生中最不顺利的时期，简直就是厄运。唯有一件事是她意外的惊喜，移民公司代理她申请的入籍考试通过了。这也确实不容易，之前移民局的入籍政策一直在频繁调整，一会儿英语要达到雅思6分，一会儿又恢复到只考常规的常识题。肖梦影就是在又恢复的这一刻，紧锣密鼓死记硬背地进入考试并通过批准。

　　移民政策不断变化和收紧，听说能批下来的申请人为数不多，肖梦影为获批而庆幸。

　　换新律师之后的两个多月来，肖梦影埋头案子的事情。詹姆斯和她一起共同跟律师写信、开会，面对庭前调解等相关事情。

　　这个律师奥德莉很出色，思路确实清晰，法律经验十足。一切都在她的预计之中，中介保险公司迎上来和谈，愿意拿出几十万首付款中的五万澳币作为赔付。

　　肖梦影当然不会接受，加上卖家并没有放弃二次销售差额的追索，中介造成的损失太大了。

还有华人律师张大为过失指控的赔付，也在和谈当中。

詹姆斯和肖梦影也一直不断地商量，如何更合情合理地达到四方和谈的心理接受与经济承受力。

他们有时电话、微信商量到半夜，第二天一早又开始电话沟通。

詹姆斯已经成了肖梦影的心理依靠和支柱。

和谈还在进行中，如果中介保险公司可以拿出首付款，卖家再多让一点后续差额，这个官司也就此结案了。

可惜，事情还没有想的那么理想，上诉法庭的可能时刻存在着。

卖家始终认为自己是没有过错方，急吼吼地想拿到后续费用，并不断地给出时间索赔和要上庭的说法来给肖梦影压力。

肖梦影的律师奥德莉非常有经验，在其中找着卖家违法行为的蛛丝马迹，以便对其反扑和为和谈条件施加压力。

现在官司也几乎到了白热化阶段。

每逢周末的时候，肖梦影总会有意地放松一下自己紧绷的身心。这个周六的上午，她带着儿子到海边晒太阳，踏海水，拾贝壳。

戴着墨镜和太阳帽的肖梦影，躺在铺在沙滩上的隔潮垫上。她仰望蓝天白云，浩瀚无际的天体，心里的压力也随之变得渺小起来。官司和离婚的事情此刻也就成了沧海一粟了。

"妈妈，妈妈，您看范爽阿姨和她的小狗也来了。"凯文跑了过来兴致勃勃地跟妈妈说着。

肖梦影起身望去，范爽也已经看到了他们，正微挺着小肚子向这边招手。她手牵的小狗欢快地一颠儿一颠儿地走着。

凯文看到小狗就更开心了，他主动迎上去跟小狗逗着玩。

范爽就把牵小狗的绳子递给了凯文，"牵好了绳子，不要小狗跑了，阿姨去聊天。"

凯文满口答应，"好嘞，放心吧阿姨！"便牵着小狗就跑着玩了起来。

肖梦影看范爽走过来，就连忙腾出个位置来，"范爽，有日子没见，这肚子大多了，真是有苗不愁长啊！"

"是啊，现在走起路来直喘。"范爽说着就要往垫子上坐。

肖梦影扶着她慢慢地先跪下来一条腿，然后缓缓地坐了下来。

"现在当妈的感觉来了吧？"肖梦影说。

范爽乐滋滋地说："是啊，特别是在胎动的时候，当妈的感觉特别强烈。"

"随着胎儿长大，还会有更多的体会。"肖梦影愉快地说着。

"胎动真是很奇妙的感觉。"范爽说着突然又转了话题，神秘兮兮地又说："梦影，你知道吗？薛华回国了。"

"是吗？那好啊，总算可以跟老婆团聚了。"

"还说团聚呢？他被抓起来了。"

"什么，被抓了？为什么被抓了？"

"你怎么什么都不知道啊？听说他勾结贿赂官员做粮油贸易，其中有严重的假冒伪劣产品。好像橄榄油和蜂蜜，是用了中国百分之八十的原材料在海上勾兑后，贴上国外原装标签再卖到中国。"

肖梦影早听薛华说做过一些粮油贸易的项目，但是具体的也不清楚。今天范爽说的海上勾兑，肖梦影之前听薛华经常说起其他人这么做。她认定这样是违法和黑了心，薛华还坚持说大家都这样做也没觉得有什么不对。肖梦影为此还问过薛华是否也这么做。薛华并没有明确。

肖梦影觉得今天范爽说薛华的这些，应该是八九不离十的事儿。

她尽可能在范爽面前掩饰跟薛华的熟悉程度，又问："你知道的这些都是听谁说？可靠吗？"

范爽只顾得说故事，丝毫没有意识到肖梦影和薛华会有什么关联，"是画家的丈夫徐高飞说的，他说薛华回去没多久，他老婆哭着打电话来，说是海上勾兑出了事。她想托徐高飞请之前送过画的领导帮忙把薛华放出来。她还说家里都靠着薛华养活，他被抓了家就要塌天了。"

"那，徐高飞帮忙了吗？"肖梦影略显迫切地问。

"帮什么忙啊！他说自己是泥菩萨过河自身难保，那些领导多数都被审查，还有一些干脆就没有任何消息。这往下的事情就得看这事的大小了。听说他做粮油项目可不是一年半载的事，牵扯的官员和资金不是个小数目。"

"那你说这薛华，说不了还会掉脑袋吧？"

"不好说，现在国内整风势头挺旺。说实话有几个是干净的？只是看撞上撞不上了。"

"那他这边的房子会不会被清查呢？"

"应该还不会吧。听说已经租给了一个朋友的孩子，也许他国内的家产会受到影响。"

肖梦影跟薛华毕竟是有过身体的交融，即便薛华在背后里算计过她。她毕竟是爱过他，为此难免心里有触动。

她不由地想："孟立成的事业做得也不算太小，不知会不会有被查的危险。记得之前问过他，他说自己是做药品，这些药也是病人在生命垂危时必须用的，犯不着贿赂就可以做这个生意。现在美国开办分公司制药返回国内进口，自己没什么问题。孟立成就是有问题，也应该在男女的问题上，生意人不是自己找女人，这女人也会主动靠上成功的男人。可是，孟立成竟然重婚又生出了孩子，这是绝对不能接受的。"

　　"梦影，还是夫妻两人在澳大利亚好，换个新活法。我现在就特别满足，除了害怕我父母来以外，再也没有什么烦心事了。"范爽在一旁说着。

　　海鸥一群群地落在人们围坐在沙滩的一旁，等待人们能丢些食物来。它们走来走去，却眼不离人。墨尔本的天空，无论是晴朗还是阴云密布，都是那么清澈和美丽。

　　肖梦影每次看到美丽清新的景色和孩子愉快轻松的童年学习生活，对自己的孤独都是安慰。

　　在这里少了饭局、洗浴、卡拉 OK 等娱乐消遣，更多的是人与大自然的相处。

　　华人的交往虽说也是一个社会圈子，虽说有争斗，但是，比起在国内的人际圈不知道要简单和小了多少。华人圈，高兴了就进去，不高兴了就走开，对各自的生活原本也没有大的影响。华人对西人社会就是分水岭，只是孩子们才属于西人社会。

　　作为"夹生饭"的父母在澳大利亚生活，也只有自己知道有多不易和难熬。即便是夫妻都在墨尔本，后续的钱财也只是花老本，在澳大利亚根本挣不来钱。一大把年龄了很难入社会主流，就是因英语障碍，做生意也很难做成。还有就是澳大利亚人少，市场太小。

肖梦影就是为了孩子在澳大利亚相对孤立生活的人，她为此付出了太多，赢得孩子在国外生存的未来。她也试想过，跟丈夫离婚除了分得的财产，以后在澳大利亚生活也就此断了进账。靠家底人民币换澳元一比五的生活支出，日子久了不堪设想。加上在澳大利亚理财房子，陷阱也是这么多。那么，离婚也需要有一定勇气。

每当想到这时，肖梦影就会想起江燕群的话："不要离婚，女人就是要靠男人生活的。女人就是要照顾丈夫和孩子的生活，当女强人有什么好？到头来一个人没有丈夫养家孤孤单单。"

她每想到这儿，觉得江燕群说得也对。

但是，丈夫也不能重婚啊！所以这婚还得离。以后的生活伴侣，看缘分再去遇。虽说半路夫妻不好过，那也不是绝对。

此时，她眼望大海思绪翻滚。

"梦影，想什么呢？也不说话。——对了，好久没问，你跟那位詹姆斯教授后来有来往吗？"

肖梦影知道范爽喜欢打听事和报新闻，便有意地回避着回答："联系不多。"

范爽连忙接着说："他人很好，就是配你的家产他不如。但是，他很有学识，好像出版了好多学术书呢！"

"其实，人没有可比性，各有各的活法和闪光点。"

"是的，梦影说出来的话就是不一样。人真的是没法比，你知道吗？在国内沿海批发鱼虾暴富的那个年龄一大把的女人，在咱这个区竟然买了一座三千多万澳币的大豪宅。人家也没多少文化，但是就是会挣钱。"

"是吗？我不清楚这个人。"

"你一定知道在邻区开海鲜超市的中国人吧？"

"是的，我知道。"

"就是这家人，买了临海的那座巨大豪宅。"

"是吗？看不出来。我倒是经常去那一家海鲜超市买东西。总看到老板娘在店里忙，有时还收款。真看不出啊！"

"是啊，我也是有一天在路边停车，看到她坐在一辆很便宜的小汽车里，从豪宅的院子里开了出来。因为我总去她家店里买东西都认识，所以就打了招呼。我还以为她去朋友家串门儿，没想到那竟然是她的家。我当时简直不敢相信，因为她的模样和平时的衣着打扮跟那座大豪宅实在是差距太大了。我就以为她是一个苦哈哈的小生意人，没想到她家的占地面积，可以盖一座商场了。真的没想到她这样有钱，还那么操劳。真是无法想象，她看上去就是一个中国乡镇的中年女人。听说，她丈夫是在中国做建筑包工头的。"

肖梦影心想："这个家业不仅仅是批发鱼虾挣的辛苦钱，多数应该是这个女人的丈夫所赚来的家产。建筑队在国内的城建项目上也是不小的收入。在澳大利亚也只能靠继续买鱼虾维持家业，这边的土地基本上都是私有的。澳大利亚就是有大块的土地，人口确实有限，哪有那么多要大力开发的呢？"

肖梦影接着范爽的话说："所以这就是不一样的活法，有的人有了钱还会继续操劳，有的人没有钱，却活得轻松愉快。"

范爽不认可地说："我不相信没钱能有什么快乐和幸福。人还是要享受生活、住好房子、穿好衣服，吃好玩好那才不白活一回。好在我嫁的这个西人丈夫，比不上人家那么富有，但是收入还算可以。不然，我们哪会也住在富人区，哪来的这么多闲工夫？"

其实在肖梦影的内心，暴富是要付出生命和丧失生活的代价。她认为精神满足、家庭和睦团圆，才是幸福生活的模样。她和渴望财富生活的范爽的幸福理念不同，她恰恰是饱尝了财富带来的家庭破碎。她深知是金钱践踏了她的感情，抢走了她人生中宝贵的家庭幸福，钱是祸根。

肖梦影对于金钱和幸福的感受，是范爽无法体会的悲痛世界。

还有索菲娅这个机关算尽，付出大半生去寻求财富的爱财女人，到现在除了靠自己花言巧语骗取的几个钱，就剩下她垂死挣扎的内心和一把衰败的年龄。她像是行走在澳大利亚国土上的一条瘦骨嶙峋、饥肠辘辘的母狼。

"梦影，说实话，在澳大利亚确实不好挣钱，就得找一个可以养活自己的老公。我一想到肚子里的孩子是个混血的漂亮洋娃娃，我这心里就一阵阵地激动。"

肖梦影望着大海和正在远处玩耍的儿子，回过神来对范爽微笑着说："祝福你，幸福是内心获得的感受，这是非常重要的。"

"是啊，我就是靠感受获得着幸福，高品质的生活感受还需要丈夫继续努力。"

肖梦影认为女人不能全靠在男人身上，爱自己的女人才会得到男人的尊重和持久的爱。至于在澳大利亚是不是找一个西人或是华人丈夫？那都是个人选择和缘分。

肖梦影原本是要放松，晒晒太阳，范爽的出现打破了她难得的放松和宁静。她们的对话也开始向不和谐的方向蔓延着，她决定找个借口一走了之。

范爽又说："梦影，你知道吗？咱妈妈群里的单亲妈妈杰西卡，她在国内招摇行骗，办理小投资移民的假身份被告发了。"

"是长得还挺不错，总是穿戴时尚的那个杰西卡吗？她还有一个投资集团，她是总裁的那位吗？"

"是她，什么集团和总裁。你去过她的集团吗？"

"我没有去过，听说在城里。"

其实，肖梦影只是见过一两次杰西卡，从她给的名片上得知她的头衔，对其人不甚了解。

"告诉你，她开的是个皮包公司，集团就她一人，公司注册地是当时短租的一个小公寓。她在这边参加过一些社会活动，和官员拍了一些照片，自己找人写的新闻稿发过几篇。她将这些制作成画册印刷出来，拿到中国开始行骗。听说她骗了不少钱，现在躲在墨尔本不敢回去。国内被骗的人托这边的朋友投诉了移民局，现在她正在移民局接受审查呢！"

"是吗？我跟她不太熟悉，只是在之前的活动上见过面。看着她挺年轻的，骗人的本事还不小。她儿子好像也不在男校上学。"

"是啊，不知道谁把她拉进咱妈妈群的。听说她当年在墨尔本留学，跟这边的一个华人小老板同居，生了一对双胞胎儿女。这个老板把她的身份办了下来，后来这个男人就消失了。杰西卡就靠打工养活一对儿女，后来她就开始找可以利用的男人睡觉。之后她又靠上了一个移民局的西人职员，就此办了一个皮包移民公司。听说她总会带着这个职员回中国行骗，现在这个职员也被查了。"

"这人也是，不好好做生意，为什么要骗人呢？"

"梦影，你是饱汉不知饿汉饥啊！你想想，她要是靠正常生意去做，一个人的身份前后下来最快要四年。她办的那一款，按她的说法是全澳大利亚只有她可以办下来的，就是在国内不够移民条件的人，做假材料就可以拿到审批。她说叫'先上车再买票'。

要的代理费很高，好像办一个人三十五万人民币，正常的二十多万。关键是，她根本办不成，骗一半钱就消失。"

"那你说中国的客户也真好骗啊？"

"不是好骗，是她带的那个移民局的职员，说是办担保盖章的人。按她的说法是给首付五万人民币当面盖章，不然之后再盖就要在澳大利亚移民局等半年以上，或是有不批的可能。"

"这移民局的人和章都是真的吗？"

"那谁知道啊！反正正在审查。好像盖章前要签移民委托合同，需要客户三次付款，第一次收款五万人民币，就是盖这个章；第二次付款十二万人民币用于准备材料；第三次付款十八万人民币送申请材料到澳大利亚移民局。听说她骗到第二笔付款以后，基本上是因客户的假材料办不下来而终止办理的。合同上写得很清楚，如果因材料问题是不退钱的。她就这样骗了不少钱，现在工商注册信息听说都是国际直通，这边查中国那边一个准儿。说是假材料，其实都应该是真的，就是把原本没有公司股份的申请人，通过公司转股收集报批材料。可是，你想想有几个股东愿意真这样做呢？而且至少要交两年的税。这个材料太不好做了，对于公司和原始股东风险太大了。"

"那她骗了有多少钱呢？"

"听说一个人的亲朋们，就被骗走了一百多万人民币。其他人的估计也不少，那就不是很清楚了。"

"那她国内没公司，怎么收钱的呢？"

"都打在她指定的私人账户。"

"那这些国人还真相信她？"

"哎，别提了，都是通过朋友介绍的，然后一个带一个推荐给她的。"

"那就还找最早介绍的那个朋友找她啊！"

"找了，找到了她也不还钱。"

"她胆子也太大了，不怕坐牢啊？"

"她坐什么牢？她钻的就是国际的空子。中国客户在国内告不了她，她是澳大利亚国籍和澳大利亚公司。澳大利亚这边打官司费用又很高，当事人都是中国的不符合申请违规操作的人，你说这官司怎么打啊？不是自找黑名单吗？况且也没有身份在澳大利亚打官司啊！这钱不就落在她的手里了吗？"

"这个骗局她动心思设计了，这么会钻国际法律空子。"

"你知道吗？更有意思的是，其中办理的人之前怀疑她。在她回到国内的时候，还给她设了美男计，在她住的酒店的房间就跟她发生了性关系。原本想撬出她的话，结果这个女人很狡猾，什么也没说。而且国内的人可能不知道她一个人在这边，跟了东家跟西家地解决身体需要。国内的美男计，对她来说正是送上门来的美味。"

"真是在澳大利亚穷疯了，才回去骗中国人的钱。她也是太胆大了，明目张胆做违法的事儿？也不想想还有两个小孩子。"

"这种人，年龄不大，老油条了。还有投资集团是为移民公司链条业务准备的。办移民就要买房子、买车、办保险和办孩子上学吧？只要把钱给她公司便一条龙服务。你说这里的油水有多大？可惜，她设计得很好，就是自己没有启动资金，连真正的公司地址都没有。她这是打国际信息不对称的擦边球。

她在澳大利亚穷困潦倒，自住房有大额度的贷款，就连所谓名牌汽车也是二手的。她一身的假名牌回到中国，出现在大饭店洽谈着跨国移民业务。你知道吗？其实她连吃住行的费用都没有，能买张机票回去就不错了，到了中国都是她要求客人负责她吃住行。"

"但是早晚会败露啊！"

"还没等败露也就骗到钱了，骗来的钱再租体面的办公楼也不晚，到那时她就成了真正的老板了。"

"可是，她这么骗，是不好再回去了。"

"赚了一大笔，过几年再回去谁还记得再追索她？这就是国际骗子。"

在肖梦影的印象中，长相和身材较好的杰西卡，长发飘散在因长期节食塑型的骨感肩背上。在秋冬季节，她总会穿一件皮革难辨的中长束腰黑色大衣，一条黑色为底的杂色紧身裤，一双高于膝盖之上的黑色薄皮靴。仿真世界大牌的包、手腕和饰物于一身，十个手指涂满星光闪闪的甲油，说话间挥动于艳丽彩妆的脸前，神乎其神地描述着自己的超能量移民代理。当她说得热乎时，会随手脱去"皮"敞，亮出一件黑色无袖"真丝"背心，坐在你的面前。

原来这个杰西卡，是一个不顾一切，出卖色相换取资源于囊中，往返国际航线，对国人下手的国际骗子。

第八卷

DIBAJUAN

第三十四章
消失的大亨

肖梦影在海边足足听了范爽近两个小时的"国际新闻"，最终，她还是找了借口叫上儿子走开了。

他和儿子驱车来到了另一块海域，继续享受他们的休闲时光。她重新躺在沙滩，又一次仰望蓝天。

范爽说的阿猫阿狗的事她也就一听，可是薛华的事却怎么也散不掉，她心想："如果范爽说的这一切都是真的，那么薛华的澳大利亚身份对他已失去了意义，他的后半生也许就在监狱里住下去了或是更糟。"

徐高飞还在墨尔本，不然打个电话给他，打听一下范爽说的事情是否真实。

她为自己打探消息的迫切心情而感到奇怪，自己不是一个爱管事的人，分明是对薛华还留有那么点儿情意。

她安慰自己，毕竟薛华是自己在梦境中的完美化身，在梦境她是接受他和爱他的。她怪自己不够清醒地被薛华的外貌所吸引，薛华实际上却没有真正地把心给过自己。

在澳大利亚不容易挣钱，可是，无论怎样，他也确实不应该在自己的身上获取利益，这使得两人的关系变得不再纯粹。他把功利放在了关系里，如同插在两人关系中一把带钩的弯刀，稍不留意就会伤及对方，甚至致命。他怎么就这么不珍惜呢？

薛华怎么就没有想清楚这个道理呢？也许这就是他的本性——真是太遗憾了，他对不起自己这副英俊帅气的模样。

肖梦影的理智在帅气的薛华面前也是瞬间即逝，永远不能持久地站在上风。

肖梦影拨通了徐高飞的电话。

"喂，你好，我是肖梦影。"

"你好肖女士！好久没有你的消息了，一切还好？"

"我一切都好，你和夫人一切也好吧？"

肖梦影说了这句问话后，电话那头的徐高飞顿时情绪低落得只剩下重重地叹息："她回国了，这边太寂寞，她不习惯。回去也好，她快乐就好。"

原来范爽说的是对的，肖梦影真是佩服范爽的新闻时效力。

肖梦影连忙接着说："哦，那也好，回去放松一下，再回来心情就会好很多。"

"哦，她也许不回来了，谁知道，不管她了，只要她快乐就好。"徐高飞话说得轻松，语气中却难以掩盖着酸楚和无奈。

"我还说问问她的画呢！"

"哦，她的画有的，你随时来挑选。"

"我的朋友也喜欢仕女和花鸟画，找时间我们去看吧！"

"好的好的，随时欢迎！"

说起画，徐高飞情绪恢复了许多，毕竟还是要靠画吃饭。在澳大利亚只花不进，日子长了哪受得了。现在画画的老婆也跑了，以后赚仅有的这点儿随手作画的钱也难了。名家的画看的人有，买画的人却没有。

肖梦影一时生了同情，她决定约几个朋友哪天真的去看看画。如果朋友看上了，买卖双方如愿，这也是件好事。

　　肖梦影终于忍不住地问到了薛华，"有日子也没见到薛华了，你们常见面吗？"

　　"哦，薛华回去了，你不知道吗？"

　　"哦——我不知道。"

　　"这小子，他跟我说你们关系不错，怎么走也不打个招呼呢？——唉，华弟回去不久就出事了。"

　　原来范爽说的一切都是真的，她故意装作不知情地又问："他出什么事了？"

　　"唉，我说不让他回去，他说没事的。结果，还是出了事，他被抓起来，好像是粮油的事。她老婆打电话来哭着说让我帮帮他，我这里怎么能帮得上？现在的国内整风情况很复杂，之前结交的官员都不联系了。唉——估计华弟这次麻烦大了。"

　　"他家里会受到影响吗？"

　　"他老婆打电话的时候还没有说到，也许以后会有可能清查吧？但愿他没事。"

　　"没想到事情会突然变化成这样，您多保重！有机会我带朋友去庄园看画。"

　　"好的好的，随时欢迎！"

　　肖梦影和徐高飞结束了电话，她全蒙住了。

　　她木讷地望着天海间，将手机扣在毯子上。

　　她想："此生注定和薛华是一个彻底完结。"

　　这时，手机来电。

　　"喂，哪位？"

　　"肖梦影女士吗？"

"是的，我是肖梦影。"

"我是杰森地产销售公司的马克，是公司的华人销售助理。郝建平先生在我公司购买海边的两栋房子下周三就要交割了。但是，我们公司的过户师至今都没有联系上郝建平先生，当时他留的紧急联系人是您，所以就给您打了这个电话。"

这个销售助理一口标准的普通话，听说话感觉是二十多岁的小伙子。

肖梦影礼貌地回复了他，说会与郝总联系，然后回电话。

他们挂断了电话，随即就给郝总拨了中国电话，电话已关机。她又给何纤纤拨电话，也是关机。

肖梦影觉得奇怪，怎么都联系不上呢？过会儿再打。

肖梦影拨打了几十个郝总和何纤纤的电话，却都是关机状态。心想：会不会出了什么事？为什么两个人的手机都关机了呢？

肖梦影是真不愿意给丈夫孟立成打电话，可是这也是着急的事。海边两套房子各有百分之十的首付款，加起来不少钱。如果二次销售又存在差额，这可不是闹着玩的。

晚上她拨通了孟立成的电话，说明了郝总房子要交割和联系不上的情况。

孟立成说自己一直在美国，这一段没有跟郝总联系过，他会派北京公司的人周一去郝总公司找一下他。

随后，肖梦影就跟他说关于离婚的事，希望尽快解决。

因为两人都是澳大利亚国籍，应该在澳大利亚离婚。她希望孟立成有时间回来一趟，把这个事办了。

孟立成不直接回答她的这个要求。

肖梦影又强调："澳大利亚婚姻法很重要的一条是夫妻分居

一年，可以单方交送材料提出离婚。如另一方不同意，离婚法庭可以根据分居情况获得离婚批准。"

孟立成仍然没有直接回答，而是说："我还有事，回头再说。"便挂断了电话。

周日墨尔本下起了大雨，肖梦影没有带儿子出门。

儿子在家里看电视，她赖在沙发上拨弄着手机，詹姆斯的微信问候跳进她的视线。

他写道：梦影，周日好！今天大雨，我想，你们应该在家里。

她回复：周日好！詹姆斯，我们在家里。你好吗？

他回复：我很好！我给你找了几个相似的案例，已发到了你的邮箱。你看一下，如果有必要也可以发给你的律师。

她回复：谢谢你对我的关心和帮助。

他回复：我必须帮助你，因为你很需要。如果你需要给律师写信，我也可以随时帮你写英文信，你再发送给律师。

她回复：好的，谢谢你！我一会儿就看。

他们相互又发了笑脸动画。

肖梦影在手机邮箱里，打开了詹姆斯发来的信和附件。

詹姆斯调查的内容竟然都已经翻译成了中文，这些材料有具体的审理时间、过程与结果。

这是一个 2014 年在澳大利亚悉尼新洲地方法院的相似案件。

卖家二次销售的差额竟然高达几百万澳币，法官决定以评估当时的市场价格，来评定销售差额作为赔偿。

肖梦影看到了这个消息，对她简直就是上天的恩赐。她立即转告詹姆斯，让他帮忙给律师写一封信，并附上这个案例。

卖家对肖梦影高达几十万的差额追索，如果能像这个案例一样公平处理。那么，自己原本高于市场价买的这幢房子，就会减少高额的赔付损失。

她为詹姆斯能时刻关心她的事而感动。

晚上，肖梦影再次收到了詹姆斯帮着她给律师写好的信，并有中文解释。

肖梦影看后，非常满意，她立即将信和案例附件给律师发了过去。

这一晚，肖梦影睡得很踏实。

周一。

肖梦影接到了孟立成从美国打来的电话。

"梦影，郝总被抓了，家里也被封了。女人和孩子回了娘家，电话也换了号。"

"那郝总在澳大利亚买的房子怎么办？很多房子，很多钱啊！"

"听说出事的金额很大，涉及的人也不少。人命能不能保还不好说，这些房子对他又算得了什么？"

"那——就是说，这些房子——不要了？"

"人都抓起来了怎么要？"

"这房子都是郝总在澳大利亚成立的公司以他为法人的名义买的，丢掉这多钱的首付款真是太可惜了！你这么多年在外做生意，也不知会不会有事。"

"我没事——亏了没跟郝总来得及合作，不然还麻烦了呢！"

"人为了赚钱都疯了，要那么多钱干什么？不是在外面有女人，就是经济上出事。有的还被抓起来，甚至丢了命。这就是精彩的人生吗？我厌恶透了这一切，跟你说，我不会接受你的重婚，我们必须离婚。"

"我累了，头有点儿晕。先说到这儿吧！"

他挂断了电话。

孟立成几次挂电话，令她很是生气。她气不过地又打了过去，可是对方却没再接听。

她又转到微信里给孟立成发了信息：我受够了，这样的日子真是连凑合的份儿都没有了。我们必须离婚，我会提出申请，无论你愿不愿意。

他回复：你最好再冷静想想。

她回复：我已经想好了，就这么办。

他回复：我不同意。

她回复：在澳大利亚，不是你同不同意能决定的。

肖梦影决心已定，必须离婚。

当晚，她在华人网站找到了一家离婚代理发了邮件，开始正式委托递交离婚材料。

郝总在墨尔本挥金如土豪气凌云，就这么随着飞回中国的航班，落在了大洋彼岸，一去不复返了。

墨尔本的海风，不断地伴随着日出日落的绚丽华章。那位于一线海景的两处豪宅还在等待郝总这位大亨入住。还有墨尔本大学附近的二十套公寓，等待着主人认领。

中介将会正常地从违约金里取走应有的提成，卖家也会拿走违约款。至于二次销售的差额，估计是追不了了，人都找不见，往哪儿追呢？

晚上。

肖梦影正准备休息，手机来电。

这是一个陌生的国际电话，肖梦影边接听边奇怪："这是谁啊？这么晚打来。"

"喂，您是肖梦影女士吗？"电话里传来了一位成熟女人温和的声音。肖梦影顿生紧张和烦感，她想：不会又是一个匿名电话吧？

她保持镇静地回答道："我是肖梦影，请问您是哪位？"

"我是郝建平的妻子，我的英文名叫温妮。"对方沉稳地缓缓说着。

肖梦影不敢相信，这是郝总的妻子，郝总的妻子不是何纤纤吗，怎么又冒出一个郝总的妻子？

今天这么多突然出现的事和人，使她一下缓不过神来。她不得不再一次地确定打来电话的这个女人身份。

肖梦影小心地问："如果我没听错的话，您说是郝总，郝建平的妻子？"

"是的，我是郝建平的妻子。对不起，冒昧地给您打电话。"她温柔如水地说着。

"没关系，我是郝总的朋友孟立成的妻子，请不要客气！"

"哦，我听建平说起过你丈夫的名字，你们一家人都在澳大利亚啊？"

"我和儿子移居在澳大利亚墨尔本，我丈夫经常在中国和美国工作。"

"哦，是这样，我原本还不清楚。我和女儿移居在加拿大温哥华快二十年了，现在也很少回国，所以好多新朋友都不认识。我是在我先生的墨尔本房产购买合同上看到了您的联系方式。对不起，我这边是早晨，您那边应该是夜深了。因为时间紧迫，事情复杂，这么晚打扰您了。"

"没关系，您请讲。"

"建平在澳大利亚买了不少房产，我想麻烦您看看是否能延缓交割期。他现在国内有事情，一时半会儿可能去不了，只能麻烦您过问一下墨尔本的中介。"

"没关系，都是好朋友，不用客气。我明天打电话问一下中介，看看是否可以延期。但是，要延期多久呢？长时间延期估计也不行。您在加拿大就应该更清楚国外做事的方式，讲人情要少于讲规则。"

肖梦影听温妮没有直说郝总被抓的事情，也没好将这个窗户纸捅破，也好使事情不那么难堪。

温妮轻叹着说："麻烦您明天先问问最长延期会有多久，而后咱们再商量好吗？"

"好的，我明天打电话问问再转告您。"

"非常感谢！"

她们一阵地客气，挂断了加拿大与澳大利亚的跨洋电话。

郝总的这个妻子和风细雨的语言，使肖梦影对她留下了很好的印象。在她看来这才像是郝总的原配妻子，稳重和气有涵养。那个何纤纤倒是像那个手持结婚证理直气壮找上门来的小三。这些小三儿也太张狂了，明目张胆地做着人家丈夫的妻子，抱着孩子，随着男人到处走游，展示妻子的位置。

这些女人，爱上了钱。可是，终究会被钱毁掉自己。

肖梦影心想："这突然冒出来的郝总妻子，和郝总携假妻带子在澳大利亚挥霍之行可以看出，郝总不珍惜家庭和人生，挥霍钱财，公开包养女人和生子，被抓也是罪有应得。"

第三十五章
庭前和解

第二天上午。

肖梦影打通了杰森房产中介公司马克的电话，说明需要延期的愿望。

中介马克回答，郝总即便是延期也意味着违约，会有罚金。估计延期最多也只有一两个星期。

肖梦影将这个消息转告了郝总的妻子温妮，温妮说只要延期就接受，尽可能地争取时间等待郝总来澳大利亚。

肖梦影跟中介传递了这个意思，中介让她等待回复。

她随后又给另外一家即将到期交割的公寓销售中介公司打了电话。接电话的是华人中介，她说因为牵扯开发商的利益，应该不可以延期。

肖梦影希望有一两个星期的延期，毕竟是二十套公寓，也不是一个小钱的首付。

华人女中介说只能试一试看。

下午。

肖梦影收到了律师的邮件，其中有一封给卖家的信。信里列出了一些卖家收取费用的不合理条款和违规行为，以及如果上诉损失律师费的风险，希望有一次上庭前的和谈，并附上了和谈的内容。

肖梦影觉得这封信写得可以，她又转发给了詹姆斯，等待詹姆斯确定。

一个小时后她收到了詹姆斯的回信，表明赞同律师信的内容。肖梦影回复律师可以发送给卖家律师。

临近下班时间，中介马克打来了电话。

他说郝总的卖家听到这个消息很不愉快，他们不同意延期，会收走违约金，再次销售。

肖梦影确定中介说没有任何延期的机会后，又将此消息转告了郝总的妻子温妮。

郝总房子的事情夹在肖梦影的官司里，使她承受着太多的事情疲惫不堪。

这天晚上肖梦影又收到了律师的来信，这是一封关于庭前和谈，律师要与肖梦影当面开会的信。

肖梦影把这个消息微信发给了詹姆斯。

詹姆斯回复：如果你愿意，我陪你一起参加这个会议。

她回复：你对我这么好，令我感动！我只是不希望影响到你，让你卷入我的案件纠缠中。

詹姆斯回复：只要对你有帮助，我不担心对我有什么不利。我可以代表你的家庭朋友来帮你翻译、讲解，甚至是作证。

她回复：谢谢你詹姆斯！我真的不知道说什么好。在澳大利亚能遇到你这样一位会说中文、心地善良真诚的人是我最大的幸运！

他回复：遇到你也是我的幸运。

她回复：詹姆斯，明天上午如果你有时间，我们在海边咖啡馆见面，再沟通一下和谈会议的事情好吗？

詹姆斯回复：当然，我很愿意。那就上午十点我们在老地方见？

她回复：好的，老地方见。谢谢你！

肖梦影放下了手机，她心里一阵阵莫名地激动。

第二天上午十点。

肖梦影来到了海边的咖啡馆。

室外的大红伞下，詹姆斯已经坐在那里了。

詹姆斯今天穿着一件白色棉衬衫，一条黑蓝色牛仔裤。

他那棕色微卷的头发散落在耳后，半张脸的短胡须紧贴脸颊延续在咽部显得性感，敞开着的衬衫领口略露出西人特有的胸毛。

肖梦影身穿鹅黄色的棉质碎花长裙，腰间束着一条长长的丝绳编制的腰带，显得风情飘逸。她卷曲的发浪飘散在胸前，散发着法国迪奥香水的味道，那丰满的乳沟在低大的衣裙领口处隐现着。

她的一颦一笑依然是那么迷人。

詹姆斯今天的模样显得男人气息，和不可回避的性感。

她前所未有地感受到心里对詹姆斯隐隐的刺痒，心想：人真是感情动物，这分明是日久生情！——天哪，这是之前从没有想到的。交往以来，即便是我对他多次好奇地询问家庭生活，他几乎没怎么问过我的家庭。今天，我应该跟詹姆斯讲一下自己的生活状态。奇怪，詹姆斯怎么就没有担心对我的关心会影响到我的家庭呢？也许，他已经感受到我的不幸？但是我怎么从没有察觉到呢？

"梦影，你要喝点什么？我来点。"詹姆斯绅士地说着。

"哦，还是无脂拿铁咖啡吧！"肖梦影立即回答着。

"好的。"詹姆斯向室外走过来的店员示意，并点了他们喜欢的咖啡。

詹姆斯欣赏地说："你的裙子很漂亮，我很喜欢裙子上的这些花，它们朴素自然。"

"哦，谢谢！配合今天的好天气，我把田园的花香也带来了。"肖梦影微笑着幽默地说。

"你就是一朵美丽的花，带着清香，跟你在一起是很愉快的。"詹姆斯由衷地说。

肖梦影好像也闻到了轻风送来的詹姆斯身上男士香水幽幽的味道，她的心更加紧缩而且悄悄地惊跳着。

詹姆斯灰蓝色的眼球里透着深邃，他终于再一次毫不避讳地注视着眼前美丽的肖梦影。

对肖梦影来说，詹姆斯的注视使她经历着漫长的等待。她希望詹姆斯能说出对自己的爱恋，但是他却只保持着深情的注视。

她一时找不到要说的话，被注视的大眼睛微微闪动着。

她突然想到今天约詹姆斯是要谈和谈会议的事，连忙说："詹姆斯，你说我们的和谈会成功吗？"她为自己跟跄问话和不平静的内心感到面部发热。

詹姆斯的手向她的手伸过来，在即将要碰到她手指的那一刻停下了，拿起了手边的咖啡杯送到了口边。

他喝了口美式黑咖啡，坚定地说："我们一定会成功！"

肖梦影透着深情和喜悦的眼睛交汇在他灰蓝色的眼球里，她略显羞意地快速将眼睛移到了自己的咖啡杯上，端起了咖啡杯，微笑着对詹姆斯示意："希望我们成功！"

詹姆斯的眼睛今天好像彻底不愿意再离开肖梦影的眼睛。

肖梦影从詹姆斯的眼睛里，发现他对自己的交往已经到了另一个阶段。

她轻轻地放下手中的咖啡杯，缓缓地抬起带着温情的眼睛看着他，"詹姆斯，想听听我的故事吗？"

"当然，如果你愿意，我愿意接受你的分享。"詹姆斯仍似火地注视着她。

肖梦影一次次地半垂着眼帘，长长地睫毛半落在她漂亮的大眼睛上，更加妩媚迷人。

她在叙述着自己的爱情时，眼睛里竟然闪烁着少女的神情；在她说到婚姻的错误和不幸时，眼睛里透着无奈和哀伤。

詹姆斯的眼睛跟随着她的故事变化着神情。

当她说到想离婚时，大眼睛里集满了泪水，在不经意间抖落于脸颊。她不好意思地取过桌上的餐巾擦着泪，并连忙道歉。

詹姆斯一下握住了她放在桌子上的双手。

这双纤弱的手，冰冰凉凉、颤颤巍巍地被包裹在詹姆斯温暖的大手里。

詹姆斯注视着她，"我知道，不然你不会有这么多麻烦，你的丈夫没有保护好你和他的家庭。"

说到这儿，肖梦影更是一阵酸楚，眼泪止不住地流。

詹姆斯边递给她纸巾边安慰："梦影，你不要太难过，这是他的不幸，不是你的不幸。你知道自己有多么优秀，你这么真实、善良，有文采，懂生活。失去你一定是他的不幸。"詹姆斯尽力地表述着自己的看法，又继续地说："没有丈夫在身边的婚姻，应该是无效婚姻，你完全可以结束这个无效的婚姻。"

肖梦影心酸地擦着泪，"是的，詹姆斯。可是，我们一直考虑孩子的感受——所以，才走到了今天。"

詹姆斯显得不理解地说："孩子的感受应该是不愉快的，只是他没有告诉过你们。"

詹姆斯的这句话突然使肖梦影想道："之前她接儿子放学回家的路上，儿子在汽车里对着车窗外偷偷地掉泪。当自己从汽车后视镜看到这一幕问到儿子时，儿子竟然哭出了声音。他说爸爸不爱他，不跟他一起生活。他羡慕其他同学的爸爸送他们上学，并会在额头上亲吻，自己的爸爸却没有这样做过一次。"

肖梦影为此安慰儿子：爸爸非常爱他，就是因为工作忙。

她突然意识到詹姆斯说得是对的，在儿子的内心这个家是缺少父爱和不幸福的。妈妈天天一个人陪着他生活，他应该都看在眼睛里。

詹姆斯那灰蓝色的眼睛里全是迷惑，"梦影，我不明白，为什么中国的男人不喜欢回到自己的家里，他们非常热爱自己的工作，为什么会忘掉家庭。我还不明白，为什么中国的女性要坚持留在没有丈夫的家里，等待不愿意回来的丈夫。"

肖梦影不知道该怎样跟詹姆斯解释清楚这些问题。但是，她清楚地知道这样的婚姻是多么的痛苦。

詹姆斯又一次肯定并充满着同情地说："我希望你有一个真正爱你的人来保护你。如果这个婚姻如此糟糕，应该让自己解脱，面对新的生活，这样对孩子也是负责的。在澳大利亚不幸婚姻的家庭环境对孩子是精神虐待。根据婚姻家庭不幸的严重情况，比如争吵或暴力，社区是可以把孩子接走，寻求法院裁决选择新的监护人。我想，你的婚姻不会有太多争吵，因为你见不到自己的丈夫，但是总见不到丈夫也是对孩子的伤害。"

肖梦影听得心碎，深感自己是陷入不幸深渊不能自拔的人。她又自责地说："是的，对孩子的伤害是我之前没有想到的，我想孩子有母爱，他应该是幸福的。"

詹姆斯无法理解地看着肖梦影，并微微地摇着头说："可是他也需要父爱，更爱自己的妈妈，他不愿意看到妈妈一个人跟他生活。"

肖梦影迷茫地看着大海，好似永远也看不到夫妻团聚的希望。

她回过神来，又接着詹姆斯的话自我安慰着，"他给了我们优越的生活条件，孩子为此也得到了很多物质上的享受。他说这就是对孩子和家庭的爱。"

詹姆斯再一次微微地摇着头说："不，不对。我认为，家庭就要有家庭里的人在一起。爱，是在一起的相处和关爱。家庭是最重要的人生和工作的意义。如果有很多钱让你一个人住在漂亮的房子里，吃着昂贵的食物，这并不是家庭。我认为对孩子的爱，更多的不是给他多少财富的享用，而是让孩子有面对人生的能力和坚强勇敢的心。因为，人生是他自己的，不是父母可以给他的。"

这些道理肖梦影也都明白，当然，正如詹姆斯所说，太好的生活环境也正是不利于孩子成长自立。她之前认为尽可能多给孩子一些好的生活条件，自己再孤单也就忍了。现在丈夫又出现了重婚的事情，更是令她无法面对孩子。

这虚幻的婚姻确实是走到了尽头。

詹姆斯看肖梦影忧伤的样子，一阵怜惜。

他好像突然想到了什么，"哦，我差点忘了，今天我给你带了一个小礼物。"说着就从包里取了出来，仍然是包装精致，系着一条草绳的小花纸包。

肖梦影为此也又从愁容里露出了微笑，她接过小纸包，又一次仔细地打开着。

詹姆斯微笑着说："这是和平玫瑰，一朵花里有两个颜色，非常漂亮。希望它能给你带来和平与幸运。"

肖梦影微笑着说："谢谢你詹姆斯！我非常喜欢。"

"希望你和卖家，当然还有你的婚姻能和平地谈判。"詹姆斯的眼睛里透着真情。

此时，肖梦影的手机来电了。

"喂，肖女士吗？"

"你好，我是肖梦影。"

"我是公寓中介，您跟我说的延期的事情，开发商同意延期十天。"

"太好了，谢谢你的帮助！"

肖梦影挂掉了中介电话，跟詹姆斯说自己需要再打个电话，便离开了座位。

她很快打通了加拿大温妮的电话，把这个消息告诉了她。

郝总的妻子温妮听到了这个电话并没有她想的那么激动，她在平和温婉地感谢中带着哭腔说："他也许真的去不了澳大利亚了。"

虽说她一直没跟肖梦影说透自己丈夫的事情，但肖梦影是知道的，现在事情一定很糟。

电话那头又说："谢谢您的帮助，我们就等十天，等时间到了就彻底放弃吧！到时我会再次麻烦您。再见！"

电话被温妮轻轻地挂断了。

肖梦影想："这次郝总出大事了。"

她回到桌前，努力掩饰并调整着自己复杂的心情。

詹姆斯说："梦影，两天后我们去跟律师开会的事，你准备好了吗？"

"我觉得律师已经很清晰了，你看还有什么需要向律师提出的吗？"

詹姆斯和肖梦影认真地谈论了起来，他认为如果在索赔上折中，肖梦影可以担负得起的情况下，尽快妥协，结束这场噩梦。他不希望因为钱损害了健康和失去平静的生活。肖梦影基本同意詹姆斯的建议，就看卖家是否可以多放放手。

……

他们祈祷和谈成功的这一天早日到来，完结这场噩梦。

律师会议，如期到来了。

在墨尔本市中心摩天大楼里的律师事务所的会议室，肖梦影、詹姆斯和律师及助理都到齐了。

会议在上午九点半开始了。

一个小时的会议就要过去了。

从肖梦影的脸色上看，事情不乐观。

坐在她身边的詹姆斯，脸色凝重。

律师奥德莉的助理约瑟整理着手中的材料。

奥德莉跟肖梦影说："目前卖家要求索赔的气势不减，我们尽可能实现自己的心理价位。"

肖梦影显得不安地说："如果卖家可以减少一半索赔，我立即接受，结束这场噩梦。"詹姆斯立即翻译给奥德莉听。

奥德莉耸了耸肩，说："是的，我也认为这是可以的，但是他们还是坚持上诉法庭。我们已经发现了卖家追索二次索赔中的违规行为，我给你准备好了宣誓书，需要你宣誓和签字。"

奥德莉一边说着，一边从文件夹中取出了宣誓书，在詹姆斯的翻译中引导肖梦影宣读并签了字。

肖梦影心情沉重，略显焦虑地问："中介的索赔会在什么时候？希望尽快面对。"

詹姆斯在她们的对话中翻译着。

奥德莉显得胸有成竹而镇定地回答："中介很快就会加入索赔队列。"

詹姆斯在一旁边解释给肖梦影听，边用手轻轻地扶在她的臂膀上安慰。

律师奥德莉又说："我会尽快再写一封信给中介律师，提出索赔通告。"

律师奥德莉向肖梦影和詹姆斯表示，和谈不成，不代表彻底失败。卖家现在的做法是不顾一切，他要为自己索赔条款的违规行为担负责任。她边自信地说着要有信心，边收拾起桌面上的材料。她和助理而后告辞，走出了会议室。

"梦影，这不算什么。我们还有下面的机会，相信我的律师，继续勇敢面对。"

詹姆斯说着站起身来，拿起肖梦影的手提包交到了她的手里。

肖梦影接过手提包，轻轻地叹气并缓缓地站了起来，随着詹姆斯走出了会议室。

詹姆斯边走边跟肖梦影说："这是一场恶战，我们要相信一定会胜利。"

"谢谢你詹姆斯！"肖梦影说着，跟着他走进了大楼的电梯。

第三十六章
花落谁家

肖梦影和詹姆斯走在墨尔本欧式和现代大楼林立的街区，城区人头攒动，忙忙碌碌的人们在他们身边流动。

他们向中央车站缓缓地行走着，天色阴沉，大颗的雨点噗噗嗒嗒地砸落了下来。

詹姆斯用手臂揽着肖梦影的肩膀快速地向前面的屋檐下跑去。

雨下了起来。

屋檐下挤满了避雨的人们，他们也挤了进来。

詹姆斯站在靠外的位置，用他的身体挡住了从外面吹过来的雨，他双手扶住肖梦影柔软的双肩。屋檐下有限的位置和拥挤的人们，使他和肖梦影的身体几乎全部贴在了一起。

肖梦影感受到了他的呼吸，似乎听到了他强有力的心跳，混合在自己的心跳里。

她的身子几乎被全部包裹在了他高大的身体里。

他的体温和胸膛里散发着特有的男人味道，使她的心收紧，快速地跳动着。

久违了被这般呵护的她，身体显得更为柔软和无力。她希望雨不要停下来，让她沉醉在他温暖的胸怀里。

几分钟后。

雨还是缓缓地渐小，慢慢地停了下来。

肖梦影梦幻般的感受也不得不随着雨水散去着。

人们开始离开屋檐。

詹姆斯的手还在肖梦影的肩上没有拿开。

肖梦影抬头向他望去。

他那蓝灰色的眼睛正深情地注视着眼前这位柔弱的女人。

他们的眼睛编织在一起，忘掉了街区的车水马龙和人流擦肩的涌动。

肖梦影渴望詹姆斯能紧紧地把自己抱在怀里，甚至是接受他不能自制的热吻。

詹姆斯看着她美丽而略带苍白的脸，爱怜地用手轻轻捋过飘在她脸颊的一缕秀发，他的嘴唇几乎要碰到了她的额头。

肖梦影近似于眩晕地等待着他的热唇向她伏压下来。

"——梦影，你冷吗？"

詹姆斯轻声的问话惊醒了肖梦影甜蜜的幻想。

她立刻应和着说："哦——不，不冷。"

"你的脸很凉，我把外套脱给你。"

"不，不用了。"

詹姆斯说着松开了扶在她肩上的大手，脱掉了自己的外套，给肖梦影披在了肩上。

他微笑地看着她，又轻轻地说："外套外边有些湿，但是里面是干的，温暖的。"

肖梦影微笑地接受着詹姆斯为她披上的这件带着他的体温的

外套，又为自己刚才的幻想而感到难堪。她略带羞意地说："谢谢！"

詹姆神情温和地看着她，"不用谢——我们走吧！"

他们继续向中央车站走着，肖梦影希望詹姆斯没有察觉她对热吻的渴望。

也许，在詹姆斯的心里，早想把肖梦影抱在怀里热吻。但是，这些燃烧在心里的热火，在肖梦影的面前又像隔了一层玻璃，让詹姆斯难以冲破。也许，就是因为自己那点儿自卑和肖梦影毕竟还不是单身的缘故吧？

詹姆斯一门心思就是对肖梦影好，这才是他认为自己可以做到的，也是肖梦影需要的。

肖梦影此时披着詹姆斯大大的外套，像个小姑娘似地跟在詹姆斯身边走着。

城市中央火车站，分割着十几条不同方向的线路。

他们不是一个线路的火车，在即将分开的大厅，詹姆斯说要把她送到车上自己再走。

肖梦影对詹姆斯发自内心地依依不舍，也就没有推辞。

通往肖梦影家方向的第十二通道的列车已经停在了轨道上，正等待人们陆续上车。

站台悬挂的列车时刻展示屏上显示，十二车道的城市列车还有五分钟启动。

他们看了列车的时刻显示屏后，眼睛里装满了难舍之情和瞬间的尴尬。

肖梦影不由地拨动了一下胸前的秀发，她发现到自己还穿着詹姆斯的外套，连忙说："看我，还披着你的衣服，差点儿都忘了。"她说着就要脱下这件温暖的外套。

詹姆斯用手轻轻地扶在了她的肩上，温情地望着她，"你先穿回去，下了车还要走一会儿。今天的天气凉，以后见面了再给我。"

"可是，你只穿了一件衬衫。"肖梦影强调着。

詹姆斯微笑着耸了耸肩，"我不冷，冬天我还在大海里游泳！"

肖梦影还是坚持要脱下来，"不行，你还是穿上。"

"梦影，车要开了，你要上车了。"詹姆斯说着，就扶着她的肩膀，将她送到上了车。

肖梦影坐在了靠窗的位置上，詹姆斯向她道别便转身下了车。

他刚下车，车门就关上了。

他们隔着车窗的玻璃微微地挥手，随着列车的加速，将两人挥别对望的视线留给了自己。

车厢里，詹姆斯留在肖梦影身上的衣服，使她感到无比的温暖。

她看着车窗外，一幢幢的大楼，一栋栋漂亮的房子划过眼前，雨过天晴的天空隐隐泛起了一道七色的彩虹。原本会议内容是令人不快的，可是此时肖梦影的心里又不断地滋生着新的希望。

列车一站站地停下、启动，稀稀疏疏上来又下去的人，跟自己擦肩而过着。一直以来孤立无援的肖梦影，在墨尔本遇到一个西人詹姆斯，这是上天给她在异国他乡生活下去的勇气。

她为此又一次地感到不幸中的万幸。

她打开手机给詹姆斯发了微信：你是否已经上车？

詹姆斯回复：已经上车。

她回复：再次感谢你陪我会议和帮助！

詹姆斯回复：不用谢！这仅仅是开始，我要继续努力跟你一起面对。今天原本想多跟你说说话，一起吃午饭。但是，我下午有一个讲座。你今天也累了，回去休息一下。

她回复：好的，谢谢！

两人又互发了动漫笑脸。

肖梦影好像心里滋生出最甜美的花……

列车不断地行驶着，詹姆斯的样子在她的脑海映现……

手机信息提示音不断地响起。

肖梦影随手翻看着手机微信内容和邮件，其中有离婚委托人的邮件。邮件说明发送了申请表，需双方签字。如果一方不愿意签字，通过法院，符合条件仍然可以判决离婚。

她被离婚的字眼触动，不由地心紧缩着，心想："这么快？也好，也该有个了结。"

她回复：签字后发送给您。

她又看到了奥德莉律师发来的向华人律师张大为提出索赔的信。

她回复：同意发送。

微信里孟立成的信息：梦影，我明天回墨尔本，想你和儿子。

肖梦影没有回复。

何雪冰的微信：梦影姐，我决定彻底放弃试管婴儿，因为这对于我现在的身体条件是很难做到的。但是，我真是不甘心。

她回复：雪冰，我真心希望你一切都能如愿，实在不行再试最后一次，我可以再资助你。

何雪冰回复：梦影姐，谢谢你这样对我，我还是决定放弃了！我真是好似走投无路的人，注定人生要孤单下去。

她回复：不要这样灰心，不然就好好选一个可以相老的伴儿。如果此生我是一个人，我们就一起搭班养老。

何雪冰回复：好温暖，谢谢梦影姐。

……

此时，列车已经到站。

肖梦影的心也被这些信息的内容，打了个七零八散。

肖梦影下了车，出了车站，走过街区一间间的门店。

"梦影。"一个熟悉的声音迎面而来。

肖梦影一抬头，看到了她曾经认为的闺蜜索菲娅。她一阵地不自在，难以挤出一丝笑容地勉强打了个招呼。

索菲娅竟然没有一丝不好意思，好像什么也没有发生过似的嗲嗲地说："梦影，近来好吗？我离开了那家中介公司，目前在另外一个区的一家房产中介公司上班。"

肖梦影冷淡地说："是吗？你的离开是我的损失，我再也不能得到你的关照了。"

索菲娅此时的脸倒是显出了些不自在来，她的眉头快速地紧缩了一下，便厚着脸皮迎合着说："只要你需要，我随时为你服务。"

肖梦影机械地撩起两边的嘴角，做出微笑的样子，连她自己都觉得那么牵强，"我还有事，以后找机会再聊吧！"她说着就要走开。

索菲娅连忙说："梦影，你等一等。"

索菲娅心里是非常明白自己对肖梦影都做了什么。也许此时是她的良心发现，她接着又说："梦影，我真的生活得太难了，不像你那么有福气。我每天都在经济的边缘挣扎，这是你永远都不能理解到的生活处境。"此时，她哀伤的眼睛里闪着泪花。

肖梦影善良的心，是恨不起人来的。在可怜人的面前，她甚至会经常忘记曾经被人利用和伤害，而流露出柔软的怜悯之心。

她看着眼前这个干瘦、皮肤松弛的索菲娅说道："其实每一个人的生活都不易，只是各有各的难处。如果人们多一些平实和真诚，少一分计较与算计，也许日子会好过得多。这就是人们常说的吃亏是福吧！"

"可是，生活真的太现实了。"索菲娅的神情阴冷绝望。

肖梦影无奈地看着眼前这位难以教化的索菲娅，觉得再说下去的一丝必要都没有了。她叹了声气，说道："唉，自己悟吧！我还有事，改日再聊。"便转身走去。

肖梦影边走边想："自己的话在索菲娅的世界就是死角，永远都说不清楚。自己改变不了索菲娅的人生和想法，不然她不会到这个年龄还如此的贫穷和孤立。"

索菲娅目送肖梦影走远，转身也缓缓地继续走着。

索菲娅是否能从中悟到？这就是她的造化了。可惜，在肖梦影看来，此生她是难以悟到了。贫困，也许就是她冥冥之中与生俱来的宿命。

此次在这个街区相遇，是她们这两个不同世界的人的最后一次对话。

两天以后，孟立成回到了墨尔本的家里。

肖梦影已不再愿意同床共枕，而是各自睡在房间里。

第二天下午，他们一起参加了孩子学校的期末音乐会。

他和肖梦影坐在一起，即便是他满脸堆着微笑，肖梦影神情温和，他们之间却看不出夫妻间的和谐与幸福的模样。

音乐会结束后，他们带儿子一起驱车来到了海边的西餐厅。

这是他们三人很难的家庭聚餐，他一天到晚在外面应酬，一年也没有几次像今天这样的场景。

西餐厅内，一家三口靠窗而坐，通体的落地窗将沙滩和天海全部展现。

餐桌上铺着洁白的桌布，桌上摆放着蜡台，和一小束淡紫色的蝴蝶兰花。

店员将三份餐牌恭敬地递给了他们三人。

他们点了西餐主菜，还有两杯红酒和一杯鲜榨果汁。

此时真是夕阳来临之际，太阳已开始变得温婉和羞涩，橙中透红地散射着炫美的姿容，天海呈现出晚霞之前的光影变化和交映。

孟立成和儿子不断地说着学校里的事情，儿子说他喜欢理科，以后想学习电脑编程之类的专业。孟立成觉得这是一个很好的专业，他表示无论是学什么专业，只要喜欢就会出成绩。

肖梦影看着、听着父子两人的交流，心里无比酸楚。她想：如果时光可以倒流，丈夫能够专情于家庭，加上他工作的收获，这将是多么幸福的生活。可惜，他把婚姻走到现在的复杂局面，实在是无法面对。

店员将西餐和酒水陆续端上了餐桌，并礼貌地祝他们有一个愉快的晚餐。

在孟立成和儿子的脸上写满了愉快，和对美食的幸福享用。

肖梦影心里却全是酸楚，她知道这个画面如昙花一现，是幸福的假象。尽管此时的夕阳已经开始西下于海平面，晚霞的嫣红已经将大海的深蓝映红。父子两人并没有太在意欣赏窗外的美景，肖梦影却早已将自己复杂的心绪叠映在了即将消失的霞光凄美中。

半小时以后。

儿子吃好了晚餐，他礼貌地跟父母说想出去玩一会儿，请他们继续愉快用餐。

孟立成同意了儿子的要求，并夸儿子懂事，说起话来有模有样。

儿子离开了餐桌，肖梦影和丈夫也有了一个单独谈话的时间。

孟立成举起了红酒杯说："梦影，你知道你和孩子对我有多么重要？我不能失去你们，如果有一天你们离开了我，那我的人生将失去意义。我就再也没有幸福可言了……"

肖梦影不能忍受丈夫继续说下去，反问道："你还知道会失去？既然怕失去，为什么不珍惜？"

"我没有不珍惜，我干事业不都是为了你们吗？"

"干事业就可以丢掉家庭生活吗？"

"不丢开，事业怎么可以成功？不是我不想回到家里，是有太多的应酬。这是我的职业性质决定的，下辈子再不会选择这个令我厌恶的商人职业。"

"这个职业如果是毁掉一个家庭，那么这个事业就是最糟糕的。况且，除了这些，还造成你的婚外家庭。你让我和儿子怎么面对和接受？"

他们的对话在尽可能压低声音的情况下，越发的激烈起来。

肖梦影说着，竟然无法承受地掉下了眼泪。

孟立成无话可说地看着肖梦影，而后深深地叹气。

此时，他的电话来电，显示屏上显示：老婆。

他看了眼，立即将电话铃声终止并且关机。

肖梦影看他的这个样子，又接着说："你我都不要再继续演戏了，孩子也一天天地长大，我们最好不要让事情难堪到不可收拾的地步。"

"梦影，她们不会打扰你和儿子的生活，这是我跟她提出的条件。"

"还没有打扰？都闹到墨尔本来了，还要等着闹到我的家里和儿子的学校吗？你知道你在重婚吗？"

"我没有，我跟你的结婚才是唯一的。"

"还这么说？那她手里拿的结婚证又是什么？"

"我和你的结婚证是我真正的名字，她的那个结婚证是为了孩子落户口，万不得已用了假身份证办的，上面的名字和地址也是假的。"

"可是照片是你，孩子也是你的，这就是事实。"

他们片刻无语，相互注视。

孟立成的眼睛里反射出几乎崩溃的肖梦影。

"离婚吧！"肖梦影从包里取出了离婚申请和笔，放在了他的面前。

"今天儿子在，我们能不能不要这样？离婚的事情先放一放好吗？"他几乎哀求地说。

"不能，我已经放了这么多年了。这么多年来，你想过我是怎么过来的吗？我跟你几乎没有过一天像样的生活，分多聚少。孩子也严重缺少父爱，不是仅有钱就可以换来一切的。

如果你没有婚外的那个女人和孩子，或许我还可以为了儿子继续忍耐下去。可是现在情况不是那样了，你还要继续把我和儿子编进你的丑事里吗？难道对儿子的伤害还不够吗？

　　你签字吧！我离婚的心已定，也是我这么多年来苦受煎熬所盼望的解脱，绝非突然。我跟你说过，即便是你不签字，在澳大利亚这婚我也可以离。"

　　"梦影，我从来都没想过离婚。"

　　"正因为你没有想过，才如此不珍惜。你签字吧！这对两个孩子都好，也算是对孩子们有个交代。"

　　他听了肖梦影说到对孩子们的交代，还确实觉得有道理。

　　他满脸愁容地想：小公主毕竟是自己的骨肉，等她长大了会怎么面对爸爸的另一个家庭存在？况且儿子又会怎么原谅爸爸婚外的这个有小公主的家庭？——这都是自己做的孽，好端端的一个家就这样被自己毁了。

　　在孟立成的心里，真正的婚姻就是和肖梦影的家，可是，小公主也是他的骨肉。那个原本从心里就不接受的假名字制造出来的婚姻，因小公主的存在竟然成了真的婚姻。但是，自己的假名字又是未来的一个问题，除了照片上是他本人，那个假名字却没有任何历史身份的备案可查。

　　他没有想到，自己原本觉得具有万般活法，竟然把自己陷入了自制的魔幻根茎缠绕的沼泽。

　　他精神恍惚地拿起肖梦影摆在眼前的笔，紧锁着眉头，紧闭着嘴，在离婚申请书上签了字。

第三十七章
开　庭

肖梦影拿到丈夫签字的这个离婚申请时，竟然泣不成声。

孟立成眼睛里也布满了泪水，并哽咽着说："我出去看看儿子。"

"你等一等。"肖梦影声音微颤着说。

"还说什么？"孟立成强忍着即将掉下来的眼泪低沉着说。

肖梦影知道接下来，被批准离婚的时间会很快，意味着他们的婚姻彻底终止，之后就是分家产阶段。孟立成这一走也不知什么时间再回来看儿子。不如提前把该说的事情都说清楚。

离婚，对于肖梦影是获得新的生活。至于分家产，是完全考虑孟立成婚外家庭的复杂情况，毕竟浮出水面的已有他的另外一个孩子，这家产还是说清楚为好。

肖梦影用餐巾擦着泪水，示意他坐下来，并缓缓地说：

"我们的婚姻毕竟共同走过了十几个春秋，今天总算有个明确的结果。你不仅仅只有儿子，还有你的另外一个女儿。在分割家产上你是怎么考虑的？"

"你提条件吧！"他仍微锁着眉头。

"我名下的财产属于我，其他的我不争纠。至于给儿子的根据你的情况安排就行。"

孟立成知道肖梦影名下的财产也只有墨尔本的这栋花园洋房和一栋商业房。他眼睛里流露着对她的怜爱，"我会通过律师分配给你和儿子应得的财产。"

　　"你都给儿子吧！我在澳大利亚没有固定的收入，除了我名下的财产，你能给维持我和儿子生活的费用就行。"

　　"我会的。"

　　随后，孟立成深深地叹了口气，起身走出了餐厅。

　　肖梦影呆坐在餐桌前，当她侧过脸看向窗外的沙滩和天海时，丈夫正向着儿子走去。

　　她看着他们父子两人会合在沙滩上，他的手臂搭在了儿子的肩上，两人像是在说着什么……

　　肖梦影满眼是泪，心痛不已。

　　十多分钟后，孟立成走回了餐厅。

　　他坐了下来对肖梦影说："忘了告诉你，郝总自杀了。他的房子你跟中介那边联系一下，彻底放弃。"

　　"什么？自杀了？这才几天的时间，就这么大的变化？他温哥华的妻子跟我一直有联系，让我协调中介帮助郝总在墨尔本买的房子延期。"

　　"她怎么知道你的电话？"

　　"郝总被抓以后，公司把合同的事情告诉了他的妻子，合同上有我的电话。原来你也知道他的妻子在加拿大？你们这些男人，如果真是朋友，就应该相互劝对方好好爱自己的家庭，而不要在婚外乱搞。"

　　"我跟他可不一样，他有好几个家。我是因为一时冲动才犯了错误，没想到就有了孩子。——唉，都是我做的孽！"

"我不想再听你说我和儿子之外的事情了。如果顺利批准离婚，在你的新家庭里，可以重新做一个合格的父亲。我累了，想回去了。"

肖梦影说着，拿起包就向外走去。

孟立成将车开回了家门口，肖梦影和孩子下了车。

他摇下车窗对肖梦影说："我还有点事儿要去城里，晚点回来。"

肖梦影在包里取着钥匙，头都没抬地开门去了。

"爸爸，晚上见！"儿子挥手说着。

"晚上见，儿子！"

孟立成目送着儿子和妈妈走进家里，便驱车扬长而去。

母子两人进了家，儿子就上了楼。

肖梦影倒在客厅的沙发里，紧紧地闭上眼睛。脑子里映现着乱七八糟的男人和女人，还有一个个冒出来的孩子。

此时，响起了手机邮件提示音。

她的眉头锁紧了一下，这个阶段最怕听到的就是邮件提示音，全是烦心的官司。她实在不愿意拿出手机翻看。

微信提示音也响了。

她这才取出外套口袋里的手机，打开了微信。

詹姆斯信息：梦影，你好吗？明天就开庭了，你还有什么需要再跟律师沟通的吗？

她回复：你好詹姆斯！我都准备好了，也没什么交代律师的了。

詹姆斯回复：好的，那你早点儿休息！我们明天早上在法院门口见。

她回复：好的，谢谢你詹姆斯，你也早点儿休息，明天见。

她又打开手机邮箱翻看邮件，有律师的来信。

信中说：通过协调，华人律师张大为已经同意支付失误指控卖家律师的上庭费和肖梦影的上庭费。但是，肖梦影的庭外律师费不再返还。

律师希望听到肖梦影的意见。

肖梦影认为华人律师张大为能支付卖家和自己的律师上庭费已经是不错的结果，至于额外付给他的数万元律师费也就不再提了。

她把这个意见回复了律师，便微微地松了一口气。

孟立成一夜没回家。

清晨，肖梦影安排好儿子的早餐，匆匆忙忙地开车向法院驶去。

法院停车场已停满了汽车，肖梦影转了好几圈都没有找到车位。她只好在附近街道路旁的停车位停了车，急匆匆地赶往法院。

开庭的时间在十点钟，她和詹姆斯约好九点在法院大门口见，律师到的时间应该在九点半左右。

法院大厅的门外，詹姆斯已经在那里等待了，他手里还端了两纸杯咖啡。

肖梦影边招手，边快步地向詹姆斯走来。

詹姆斯看到走来的肖梦影，也连忙迎了过去。

他们相互问候，詹姆斯把其中的一杯咖啡递给了她。

"谢谢！"肖梦影说着，接过咖啡。

"不用谢，还热着，喝的时候要小心。"詹姆斯关心地说。

"好的。"肖梦回应，心里一股温暖。

"现在时间还早，我们坐在那边的长椅上，喝了咖啡再进去吧！"詹姆斯说着就引着她向那边树下的长椅走去。

"你吃早餐了吗？"詹姆斯问。

"哦，我可以不吃早餐。"肖梦影不好意思地说。

"等一等。"詹姆斯微笑地说着，从长带挎包里取出了一包燕麦饼干递给了肖梦影，又接着说："不吃早餐不好，因为早晨你的大脑非常需要食物给它思维的力量。这是燕麦无糖饼干，不会使你发胖。"

肖梦影接过饼干，深情地看了詹姆斯一眼，不好意思地说："谢谢你这样细心，我也没有问你是否吃过早餐。我也没有带任何食物。"

"为你着想和服务是我的荣幸！我的大脑每天都会提醒我必须吃早餐，所以我总逃不过去。我想，你要照护孩子，也许顾不上早餐，我应该为你准备一点儿方便的食物。"詹姆斯温和风趣地说着。

肖梦影被詹姆斯的这些话说得都乐了，并接着他的话说："以后向你学习每天早餐，之前我的脑子怎么从没有提醒过我呢？"

"因为它和你一样总会忘记自己，所以现在我提醒你和你的大脑记住关心自己。"詹姆斯幽默地说着，喝了口咖啡。

肖梦影此时的心情和詹姆斯营造的情景，她好像回到了初恋的感觉。

将近九点半，他们边聊边喝完了咖啡，肖梦影也吃好了方便的早餐。

他们决定走进大厅等待上庭。

大厅里的人不少，他们排队走过了安全检查，在大厅的等待区坐了下来。

肖梦影陪审团的朋友和律师奥德莉及助理约瑟也前后走了进来。

一会儿，中介保险公司律师和中介老板也走了进来。

他们都看到了对方，又好像没看见一样。

大家各自找地方坐了下来，等待宣上法庭。

时间每分每秒地走动着，律师费也在等待里计算着。

上午十点，他们走进了法庭。

全场肃穆，数分钟后，大法官身着法衣，头戴发帽走进了法庭的高位。

法官助理宣大家起立并向大法官鞠躬，而后入座。

大法官开始讲话，开庭。

双方当事人律师分别陈述后，法官开始根据他们的陈述逐个问话，双方律师分别辩护。

双方当事人及陪审团肃穆无声地聆听着。

一个半小时后，大法官做出来判决：卖家应以当时市场估价为参考，收取第二次销售的差额。因无理要求赔付条款，此次法庭费用将由原告（卖家）支付给被告（买家）。

肖梦影的英语不足应明白所有的一切，詹姆斯在她旁边紧闭着嘴，用肯定的眼神看着她，并微微地伸出了大拇哥。

肖梦影此时惊喜的眼泪都要冒出来了。

大法官助理宣大家起立，向大法官鞠躬，大法官走出了法庭。

律师们收拾着桌面上的材料。

詹姆斯快速地跟肖梦影翻译着大法官的判决。

这对于肖梦影是胜利的一仗。

接下来就是律师要跟中介保险公司谈索赔。

詹姆斯陪她走出了法庭。

法庭门外她和律师相互祝贺着。

律师奥德莉告诉她："市场价应该接近你合同上的价格，这预示着你将减少很多差额赔付。这两天就会收到中介律师的回信，希望能如愿索赔金额，不然又是一次上法庭。"

而后，律师奥德莉和助理律师一起离开了法院。

陪审团的朋友们也纷纷为肖梦影祝贺。

卖家及律师一行此时走出法庭，他们的脸色像霜打的茄子。

肖梦影有意转过身跟朋友们说话，避开卖家一行人。

肖梦影和詹姆斯道别了陪审团的朋友。

詹姆斯对肖梦影说："我们中午一起吃饭庆贺一下吧？"

肖梦影感激地看着他："好的，我们就在附近找一家餐馆庆祝一下，你开车来了吗？"

"我乘车来的。"

"那好，我们一起走吧！"

肖梦影驾车，在附近的一家西餐馆门外的车位停了下来。

餐馆里没有几个人，环境安静舒适，他们选择了靠窗的位置。

肖梦影请詹姆斯帮着点餐，她声音很轻地给儿子打了电话，让儿子自己做一点午饭。

……

詹姆斯点完餐深情地看着她说："我点了两份金枪鱼主菜和两杯白葡萄酒，希望你能喜欢。今天我来为你庆祝胜利。"

"——谢谢你！这次胜利与你的帮助是分不开的，我怎么感谢你呢？"

"你不用谢我，能为你做点事情我非常高兴！"

他们的酒和餐几乎同时端了上来，两人举杯庆祝！

打官司以来，肖梦影第一次由衷地松了一口气，她暗暗地又一次地庆幸和欣慰，这次官司的胜利与詹姆斯的帮助是离不开的。

此时，詹姆斯喝了一口酒，深情地看着肖梦影说：

"梦影，你的散文和诗稿我基本上翻译完了，我会发到你的邮箱。"

"是吗？这又是一个胜利，应该庆祝！"肖梦影又一次将酒杯迎了过去。

詹姆斯微笑着举起来杯子，"期待早日出版！"

"谢谢你，詹姆斯！"肖梦影的眼睛里闪烁着幸福的泪花。

詹姆斯放下喝过的酒杯，语重心长地说："梦影，你不要过于感谢我，能跟你相识是我的幸运。你知道，在你的身上看到了你的善良和才华，这些美好深深地影响着我。当然我也看到了你的无助，所以我必须帮助你。"

"都怪我英语不好，在澳大利亚生活困难。"

"如果你会说一口流利的英语，那么你就是最完美的人。但是，世上没有那么完美的人。如果你的英语没有问题，我就会失去给你翻译的机会。"

"那一定是非常美的英文翻译！——詹姆斯，我能为你做些什么呢？"

"你给我最好的礼物是你的快乐。"

肖梦影欣慰地笑了。

他们又一次举杯。

肖梦影内心涌现一股冲动，要把离婚的事情告诉詹姆斯。

餐馆里仍然很幽静，也许是午餐的原因，在外国人的生活习惯里，晚餐更隆重。

肖梦影看詹姆斯食用着美味的金枪鱼，自己也用刀叉分了一小块放进了口里。

她慢慢地咀嚼着，而后喝了一小口葡萄酒，此时她脸色微红，"詹姆斯——我要离婚了。我想好了，这才是我真正需要决绝和新生活的开始。"

詹姆斯正在咀嚼的嘴巴缓缓地停了下来，而后他吞咽了口中残留的食物，"是吗？——你想好了？他同意吗？"

"他不同意，可是我更不同意继续维持，昨天我让他在离婚申请上签了字。"

"你不再给他改变的机会了吗？"詹姆斯眼睛里带着同情。

"我和他的关系破裂到了不可收拾的地步，复杂程度已经不是我和他可以挽救的。"

"我为他失去你而感到惋惜，也为你即将获得新的生活而欣慰。你真的觉得不再跟他谈一谈吗？"

詹姆斯是一个善良的人，他的眼神流露着复杂的神情。

"不需要了，我和他确实走到了尽头。"肖梦影的眼睛里流露的却是情断义绝。

三天以后，肖梦影收到了律师的来信，主要内容是：中介保险公司的律师回信，同意赔偿肖梦影经济损失的一半金额。请肖梦影确定是否接受。

　　肖梦影长久以来承受着巨大的官司压力，使她几乎全部崩溃，她何尝不想尽快结束这场噩梦？她渴望恢复到清静的日子里。

　　她把同意的意见和律师的邮件转发给了詹姆斯，听听他的意见。

　　詹姆斯回信，同意肖梦影的想法，尽快结束一切法律纠纷。

　　肖梦影当晚就把表示同意的邮件回复给了律师。

　　前后律师费共花去将近二十万澳币，肖梦影的官司终于面临彻底结束。

第三十八章
雕花的钥匙

孟立成从那一天在离婚申请书上签完了字，就再也没有在家里住过一晚。

这天肖梦影带着儿子参加在皇冠酒店音乐厅，由华人社团主办的中国庆新年演唱会。

在墨尔本比较活跃的华人基本上都来到了现场，女人们花枝招展，男人们衣冠楚楚。演出大厅成了每次活动的社交聚集地，美女帅男们热热闹闹地聊天，三三两两地合影拍照。

华人社团的文化活动在墨尔本非常活跃，肖梦影也是被邀请的主要对象。这一年来，她很少出现在公共文化场合。

今天，她的出现引起了朋友们的关注，好友们都说好久没有见到她了，在微信群里也没有了她的消息。

肖梦影淡淡地微笑着敷衍，说家里忙。

在另外一群人里，她看到了孟立成。

儿子也看到了爸爸，他激动地说："妈妈，我过去见一下爸爸。"

肖梦影没有阻止，像什么都没有发生过一样地对儿子微笑着点头同意。

儿子向着爸爸跑了过去，他们父子拥抱在了一起。

肖梦影看在眼里，心里又是一阵酸楚。

她此时手机响了，是中国的陌生号码，"喂，哪位？"

"姐姐，我是佳鹂。我已经好几天联系不上他了，他在墨尔本吗？我担心他出什么事了。"

"他在墨尔本，一切都好。"

"是吗？我猜着他就在墨尔本。你说他在墨尔本又为什么不能接我的电话呢？我也是他的老婆，孩子想爸爸，想跟爸爸说话。"

"你放心，她不会失去爸爸的，很快就彻底属于你们了。"

"我不懂姐姐的意思，可以再说清楚点吗？"

"我该说的都说了，希望以后你不要再给我打电话了。"

肖梦影就此挂断了电话，她心想："又换电话号码了，心思还挺多，游戏就要结束了。"

儿子牵着爸爸的手向妈妈走了过来。

肖梦影今天打扮得很清雅，一件白色的真丝上衣，一件黑蓝色的真丝中长裙，一双黑色的高跟皮鞋。佩戴着一条长的白色珍珠项链，头发自然地披在肩上，她在每一次文化活动上都是一道美丽的风景。

孟立成款款地走到了肖梦影面前，他微皱了一下眉头，又故作微笑地说："你的票是坐在哪里？我这儿还有几张二排的，要不要一起坐过来？"

"我的票在第五排，让儿子跟你坐在一起吧，我还坐老位置。"

"既然都来了，在外人面前还是坐在一起好。"

他说着就拿出了连在一起的票，分出了一张递给了她。

肖梦影只好收下了。

音乐会上，台上歌声回荡，台下掌声不断。

肖梦影一家三口端坐在第二排，看似幸福的模样。可是，他们两人的心却在优美的旋律和歌声中无比的刺痛和分裂着。

他们正在上演着悲剧。

中场休息，肖梦影的儿子买饮料去了。

她和孟立成留在座位上。

她脸上几乎没有任何情绪，尽量压低着声音说："她来电话找你，你应该接听她的电话，你毕竟是孩子的爸爸。她那边的家里万一有事，也不能找不到你的人。"

他麻木地望着台上已拉上的枣红色金丝绒幕布，"我在想，如果我死了，一切都安静了。"

"你不要瞎说，生命就是一份责任，况且孩子们还很需要爸爸。"肖梦影仍面无表情地淡淡说着。

"这都是我自找的，我这叫自作自受。"

"人生没有回头路，以后多珍惜吧！"

"我放不下你和儿子。"

"我们会生活得很好，你可以经常见他，或是一起出游，他也一天天地长大了。"

"也许，离开了我，你会遇到更适合你的人。"

肖梦影什么都没再说，眼睛里噙满了泪水，她竭尽全力地使自己的这两眼泪水吞咽回去。

预备铃响起来，人们陆陆续续地回到位置上，儿子也愉快地走了回来，还给爸爸妈妈买了矿泉水。

孟立成夸儿子长大了。

这场欢快的音乐会，别提多么令他们两人在幸福的环境中感受着心碎。

晚上九点，音乐会在掌声中结束了。

肖梦影恨不能立刻带着儿子离开，结束这份难熬的撕心之痛。毕竟他们是走过了十几年的夫妻，爱情没有了，感情还是有的。但是，无论怎样都无法再继续这命运的安排。她无数次地安慰自己，这也许就是上天对她的恩赐，让她重获新生。

可是，伤痛却种在了心里。

一个星期后，孟立成要离开墨尔本，返回中国。

肖梦影要求送他到机场，他同意了。

这一天的天气格外晴朗，大朵大朵的白云簇拥着，缓缓地变化和移动着，瓦蓝的天空在白云的后面映衬着。

一路上，他们几乎没有对话。

肖梦影的眼泪止不住地倾泻在脸颊，打落在胸前，落满了胸襟。

每一滴泪水都是他们曾经走过的日子，甜蜜、热烈、酸楚、苦涩，五味杂陈。

男人毕竟是男人，他没有掉一滴眼泪，一路上靠着椅背凝重地静默着。

汽车驶入进港大厅前的停车带上，肖梦影抹去了脸上的泪水。她双手撑在方向盘上，缓缓地侧过脸望着孟立成，说："下车吧，一路平安！"

孟立成深深地叹了一口气，"保重！"

他随即下了车，从后备厢取出了随身行李箱，走到了车窗前。

肖梦影摇下了车窗，望着眼前的他，眼睛里全是泪水，颤抖着声音说："再见。"

"再见！"他紧锁眉头，转身拉着随身行李箱，头也不回地走进了机场入港大厅。

肖梦影挤满眼眶的泪水倾泻而下，她又抹了一把泪，启动汽车驶向回程。

她在这条迎来送往的机场路上，不知洒落了多少泪水？

每当她无法忍受继续生活在这个完全不适合自己生存的美丽岛国时，儿子表示坚决不能回去的话，一次次地回荡在她的耳边。

是啊，儿子完全是西方教育体系下的孩子，中文倒是成了他的外语。

若回国，按儿子的话说："废了。"

肖梦影就是为了孩子的未来，活在家庭第一代移民的夹生饭里。成就的是孩子和孙子未来在澳大利亚如鱼得水的生活。

自己难就难在孩子未成年，不像好友刘惠文的孩子已经上了大学，她一拿到澳大利亚永居身份，立即就回国与丈夫团聚去了。

她一想到儿子快乐的学习生活，自己再大的委屈都不提了。

原本是奔着丈夫来到澳大利亚，没想到终究留下来的是自己和儿子。

长达十几年的不幸婚姻，对肖梦影也是折磨得不轻。如果离婚真能顺利批准，这也是个解脱。

多日来，詹姆斯除了给肖梦影每天发信息问候，也没有过多联系。也许，他认为这个时候应该让肖梦影更冷静地面对自己的婚姻问题。

这些天来，肖梦影灰灰暗暗的心都在离婚的事情上。

今晚，她打开了手机邮箱，翻开积攒的邮件。

其中她点开了詹姆斯的邮件，看到了翻译出来的作品，心里一阵难以言表的喜悦。

她立即给詹姆斯回复了邮件，表示满意和感谢。

在另一封邮件里，她看到了离婚代理人的信。信中说她提交的申请已批准，一周后就会收到邮寄过来的信，之后的十二个月内是财产分割申请，过期不再审理。

肖梦影收到了这封信后，心跳加速，不知道应该是喜悦还是难过？

她把所有该回复的邮件一一回复了，又给孟立成发了一条微信：你自由了，小公主终于可以放心拥有她的爸爸了。

孟立成没有回复。

数天后，肖梦影收到了这封离婚证明的挂号信。

当天下午，她又收到了一封美国来的特快专递。

她签署后，揭开了信袋的封条。

快件里面竟然没有信，她又仔细往袋子里看去，在袋子的一角，有一个东西。

她往外倒，竟然是一把雕花的铜钥匙。

这分明跟自己家的钥匙一样，她再仔细看信袋上的地址，是孟立成美国公司的地址。

她想："这分明是还回钥匙，不再影响我的生活。前几天他才从墨尔本回到中国，这雕花的钥匙就又从美国寄来了。这就是他常年空中飞人的生活。唉——这个小公主的妈又成了第二个肖梦影，是祸是福自己过吧！但愿他能珍惜中年以后的稳定生活，不要到了哪一家都过不成。"

肖梦影将这把雕花的铜钥匙插进了锁芯里，打开了房门，又抽出钥匙走进了家里。

她反手关上了家门，环视着这个起初在丈夫面前雀跃拥有的家，想起当时把雕花的铜钥匙交到孟立成手心里的幸福画面。

她禁不住地又一次泪眼模糊……

此时，她放在进门柜子上的手机信息提示音又响了。

她镇静了自己的情绪，取过手机走到了沙发前坐了下来。儿子轻喊着："妈妈，我们出去玩一会儿好吗？我在家里好闷啊！"

"好的儿子，没问题。"她边说着，边点开手机翻看着信息。

是孟立成的信息：梦影，财产分割我已经安排了律师，他会与你联系。

她回复：你就先直说吧！别那么神神秘秘了。

他回复：这是法律要走的程序，除了你名下的财产，其他可见的财产我们各一半。

肖梦影又一次泪水盈眶模糊了视线。

她轻轻地抹着泪回复：谢谢你的情意。

他回复：如果你愿意，我可以给你介绍一个会计，在墨尔本给你成立一个家庭基金，保护属于你和儿子的资产。

她回复：也好。

他回复：我的股份里再给你和儿子承诺出 10% 的抚养费，这些都会写在离婚财产协议里。

肖梦影的眼泪一颗颗地落在了握着手机的手上，她心里说：这哪里是离婚？简直成了生死离别之前的嘱咐和安排。

孟立成的这些安排是肖梦影和儿子的生活保障，为此她接受着。

她回复：除了生活所用，所得财产都是儿子的。

对方没有再回复。

肖梦影和孟立成的婚姻结束，使她压抑挣扎了这么多年的身心，终于卸了甲，松了绑。未来会是怎么样？她希望一切随缘。

"妈妈，我们出门吧？我都准备好了。"儿子穿着一身休闲装，从楼上走了下来。

"儿子，你想去哪儿？妈妈带你去。"

"我们去看电影好吗？我刚才在网上查看了，四点半有一场《蜘蛛侠》，在咱们的商业街电影院。"

"好的，儿子，我们现在就去。"

肖梦影在儿子面前一直以来都是一个和蔼可亲，没有任何不幸的母亲。

她想："离婚的事情早晚要跟儿子说，但是，不该是这个时候。孩子跟爸爸总不在一起已经习惯了，以后到了该说的那一步再说吧！"

母子两人这就走出家门，看电影去了。

现在孩子大了看电影一般都是自己看，妈妈看其他的电影，或是在电影院附近喝咖啡、逛逛街。

儿子像往常一样买了爆米花和饮料，一个人进场看电影了。

肖梦影走进了附近一家咖啡馆坐了下来。

她点好了咖啡，何雪冰的信息跳进了她的视线：梦影姐，我决定先养个小狗，男朋友的事情随缘吧！我实在是觉得时间太无情了，以后的事情不能换回现在的每一天。

她回复：雪冰，其实相伴也终究是人生途中的经过，自己安排好生活，不一定一个人的生活就不能过。养孩子真是一份无期的责任，付出得太多。可真要孩子陪父母到老，几乎是不可能的，父母终究还是孤独。

五分钟后，何雪冰回复：是的，我也是这么想，自己要孩子的想法确实也太晚了些。说实话，就是怀上了，等孩子会走会跑又要几年时间，再等孩子成人，自己也成了一把老骨头。操劳到老也是个孤单，不如干脆不要孩子了。

她回复：不要孩子也是个活法，但是生活的伴儿还是要留意物色。还是那句话，实在不行，老了我们找几个要好的单身一起过。

何雪冰回复：现在流行搭班养老（笑脸）。

她回复：（玫瑰、拥抱）

店员端来咖啡，咖啡沫上制作出了一朵漂亮的花叶。

肖梦影心想："生活处处都有美好，何不多去关注而忘记烦恼。"

第三十九章
花开满园

这一年来，肖梦影在澳大利亚经历了前所未有的挫折，还有经过身边的人抓的抓、死的死。

人生无常，应多珍惜。

孩子他爸是否无恙？也要看他的造化。

财权的诱惑和贪婪毁了多少家庭和人的性命？

淡看人生，宁可活得像一只猫的肖梦影，愿意缩在家里，继续自己喜爱的文学写作。家外的风云变幻、潮起潮落，在她的世界里擦肩途经着。

詹姆斯来电话，说自己的母亲安详地走了。

肖梦影为此震惊和难过，她们一起包饺子的画面又浮现在她的眼前。老人慈祥的微笑和期盼的眼神刺痛着她的心。

肖梦影要求参加老人的葬礼。

葬礼的那一天。

肖梦影和詹姆斯站在送葬的人群中。

詹姆斯的眼睛红肿，含满了泪水。

西人老牧师为逝去的老人祈祷，送她平安去往天国。

人们为她默哀。

灵柩缓缓落进墓穴，人们把鲜花丢进棺盖上……

老太太在人世上最后的微笑，深印在肖梦影的记忆里。她的眼泪不断地涌出眼眶，眼睛模糊地望着带湿的泥土，被一铲一铲地撒落在洒满鲜花的棺木上。那和蔼的老太太握着肖梦影的那双温暖的手还停留在她的记忆里，可是，眼前无情的湿土却将老太太生命的最后温度掩埋，与世隔绝着。

送葬仪式后。

眼睛红肿的詹姆斯请求肖梦影陪他在园区那边的大树下坐一会儿。

这是一片美丽幽静的墓园，简直就是公园，给人美的感受。好像去世的人们都睡在美丽的花园，而不是死去。

肖梦影是一个从小就不敢去墓地的人，今天她在这样的公园墓地，竟然没有一丝恐惧和不安。

他们缓缓地走在松软的草坪上，在成排的百年松柏树下的木长椅前坐了下来，望着老人安睡的墓地。

詹姆斯从他的包里取出了一个棉质的包装，送给肖梦影，"梦影，这是我母亲临终前——让我转交给你的礼物。"

肖梦影小心地接过来，轻轻打开这个用白色绵纸包裹的绵软礼物。

原来是一件橘红色的羊绒薄毛衣。

詹姆斯轻叹着说："这是我母亲生前最喜欢的颜色，她喜欢石榴花，就是毛衣的这个颜色。她自从见到你以后，就去找了很多个商店，最后找到了这个颜色的羊绒线。她每天坐在客厅里的摇椅里编织着这件她认为最美的毛衣要送给你。"

肖梦影眼含泪水，轻轻地抚摸着这件珍贵的，不可复制的，老太太唯一留给她的纪念物。

她颤抖着声音："谢谢！我非常喜欢。"

"我想，她知道你喜欢，一定非常高兴。她是一个平凡伟大的母亲，她生在法国南部城市的一个富裕家庭。因为她爱上了我没钱的军人父亲，她的父母反对这门婚事，并终止了与她的联系。

我的父亲一生不富有，但是母亲没有怨言地跟着他度过了一生。后来，我成了母亲的骄傲，她认为我是一个有才华的孩子。

父亲去世后，就给母亲和我留下了你去过的那栋房子，和仅有的储蓄。之后，我和母亲一直相依生活。"詹姆斯眼睛里仍然含着泪。

"詹姆斯，请你一定不要过于伤感，我理解痛失亲人的不幸。但是，老人家有生之年跟她最值得骄傲的、有学识的儿子生活在一起，这是她最幸福的生活时光。你们能共同生活，相互照顾，也是个安慰。老人家高寿了，她的灵魂是平静的，在天国一定是安详的。"肖梦影尽量克制着自己伤痛的心，安慰着詹姆斯。

送葬了母亲，詹姆斯回到了家里。

几天来，詹姆斯没有出门。他的爱犬围在他的身边，望着神色黯然的詹姆斯，好似知道家里发生的事情一样。

这天上午，詹姆斯的家门口来了一位穿深色西服，手提公文包的中年西人男士。

他按着詹姆斯花园大门的门铃。

爱犬对着大门吼叫着，向大门跑去，又往回跑着吼叫。

詹姆斯正在书房写作，他闻声走向大门。

爱犬吼叫着一蹦一跳地跟着詹姆斯。

詹姆斯走到门口，看着门外这位陌生的先生试探着说："早上好先生，请问你是找我吗？"

"早上好！请问您是詹姆斯先生吗？"西人男士礼貌地说着，脸上没有表情。

"是的，我是詹姆斯。"

"你好！詹姆斯，我是遗产律师乔治，我受你母前生前之托，来见您，先生。"

詹姆斯感到很突然，不由地说："乔治你好！请进。"

乔治随着詹姆斯穿过花园，走进房里，在客厅的沙发上坐了下来。

"乔治，你要喝点儿什么吗？"

"哦，谢谢，来一杯水就行。"

乔治说着从公文包里拿出了一些文件和一支笔。

詹姆斯将倒好的一杯水放在了茶几上，他也坐了下来。

"詹姆斯，请允许我向你母亲的离世表示哀悼。"乔治面部肃穆。

"谢谢！"詹姆斯凝重地说着。

乔治又接着说："你的母亲遗嘱里有留给你的遗产，我需要向您说明。其中有你的外祖母留给你母亲的首饰，价值三百万澳币，还有位于你母亲家乡法国南部的一块土地，价值五百万澳币。你母亲遗言将这两部分财产送给你。

向你说明的还有，这块土地一直以来由你的舅舅照看着，你可以去收回属于你的财产。

请你确认后，在这里签字。"

詹姆斯简直不敢相信这一切竟然是出自默默无声、慈祥母亲的所留之物。

他瞪大着眼睛在这些文件和遗书上看了又看。而后，微颤着手在律师指的地方签了字。

他们做完了遗产交接手续，遗产律师乔治非常恭敬地与他告别，脸上仍没有表情。

詹姆斯将律师乔治送出了院门并向他道谢。

詹姆斯是一个对钱财不在意的人，对于自己的生活现状已很知足。为此，他才有轻松与平静的生活。他之前说过，金钱是鸦片。她的母亲知道儿子的精神世界不是物质可以满足的，这也是她一直为儿子感到骄傲的。

母亲毕竟是离开了人世，詹姆斯是她唯一的儿子，这些财产也只能留给詹姆斯。

在詹姆斯来看，这些遗产对于自己应该是一笔丰厚的财富，他一时不知道怎么面对这笔丰厚的财产。他觉得母亲的微笑是那么深厚，深如大海的心里藏着她对自己的爱。詹姆斯的眼睛里瞬间充盈着泪水，望着那把母亲常坐的转椅已是空空，好似她老人家刚刚坐过，还留着她的体温……

爱犬卧在詹姆斯的脚边，不时地看了又看詹姆斯，眼神也随着詹姆斯低沉的情绪显得悲哀。

詹姆斯用手轻轻地抹着眼泪，默然地坐在客厅的沙发上。

——许久。

他的眼前又浮现出肖梦影的样子，好似她正用手轻轻地抚顺他的头发，将他的头揽在怀里。肖梦影在詹姆斯的心里早已随着时间深深地扎了根。詹姆斯不敢相信突然失去母亲的自己是多么孤独，爱犬的陪伴更加证实了这份唯独的相依为命。他对肖梦影的爱恋也成了不可回避的依赖和迫切的需要。但是，肖梦影是否正式离婚还不知道结果。

想到了肖梦影，使他又突然想到，何不拿出这份遗产的一部分办个语言培训学校？母亲的在天之灵也会感到高兴！

詹姆斯为此感到兴奋，他想尽快见到肖梦影跟她商量这个事情。

肖梦影的儿子学期开学了。

这天，她送孩子上学后，又将汽车停在商业街，来到喜欢的法式咖啡馆喝杯咖啡和吃点儿早餐。

她刚坐下来，詹姆斯的信息就来了：梦影，你好吗？如果你有时间，我们可以见面吗？

她回复：我还好，下午两点可以海边咖啡馆见。

他回复：好的，我们下午见。

肖梦影离婚的事情还没有告诉詹姆斯，她想：今天下午见面，应该将这个消息告诉他。

詹姆斯在肖梦影的心里，已不知不觉地成了灵魂人物。在澳大利亚对外的事情，肖梦影都会请他帮忙，听他的建议。

特别是几个月来的官司，詹姆斯就像一个护法金刚一样守护着她，帮助她摆脱逆境。

他无微不至的关怀，多少次令肖梦影感动不已。在他的呵护和支撑下肖梦影更加看清了自己的柔弱和多年的无助。

又有多少次，她幻想着他向她吻来。可是，詹姆斯永远都是那么自制和冷静。

她不敢更多地考虑他们的未来，但是却清楚地知道，在自己的心里，詹姆斯已住在那里了。

　　下午两点。

　　海边大红伞下，他们又坐在了起初见面的座位上。

　　超大的红伞，又一次将他们的脸颊反射得红润。

　　这已是墨尔本的夏天。

　　詹姆斯穿着一件淡蓝色的短袖衬衫，一条发白的牛仔裤，一双不新不旧的休闲鞋。

　　肖梦影一身淡绿色的长纱裙，随着微微的海风，飘逸动人。

　　他们像往常一样点了咖啡。

　　詹姆斯看着肖梦影红润美丽的容貌，又露出了第一次在这里约见时的羞意。他突然压低声音微笑着说："可以把眼睛闭上吗？"

　　肖梦影笑了："做什么？"

　　"只需要几秒钟。"詹姆斯认真地说。

　　"好吧！"她心里像揣着一个小兔子怦怦直跳，她又想："这一次詹姆斯一定是要吻过来，如果是这样，绝不躲开。"

　　她闭上了漂亮的大眼睛，屏住呼吸，等待着。

　　几秒钟过去了，詹姆斯的热唇没有吻过来。

　　她美若睡莲一样，仍然微笑着闭着眼睛等待。

　　"可以睁开眼睛了。"詹姆斯轻声地说。

　　肖梦影没有得到吻，她的笑容牵强地留在脸上。她缓缓地睁开了眼睛，朦朦胧胧地看着眼前的詹姆斯。

　　詹姆斯微笑着，用手示意了一下桌子上的东西。

　　肖梦影看到桌子上摆放着一个包装精致的礼物，一边为刚才的幻想而感到羞耻，一边好奇地问："这是什么？"

　　"打开看一下吧！"詹姆斯微笑着说。

肖梦影看着詹姆斯的眼睛，又看了这个漂亮的包装。她像第一次拆开詹姆斯送的花籽礼包一样，小心翼翼地解开了粗麻绳，慢慢地翻开了包装纸。

"哦，天哪！"肖梦影激动地捂住了嘴，她眼睛里闪烁着泪花看着詹姆斯，又向礼物看去。

詹姆斯微笑中透着喜悦，他注视着肖梦影的眼睛不再回避。

"太意外了，这是太好的礼物。这是我在澳大利亚生活以来最开心的一刻。"她说着双手将詹姆斯为她翻译出版的英文诗歌散文集捧在了眼前。

她又激动地说："谢谢你，詹姆斯！"

"如果你喜欢，以后我们可以一直写作和出版。"

"这简直是太好了。"

店员将两杯咖啡端了上来。

他们举起咖啡杯轻轻地碰了一下，几乎同时说出："祝贺！"

詹姆斯仍然要的是纯黑咖啡，他连着喝了几口，轻叹："一切都是这么美好！"

肖梦影感动地说："我同样感到如此美好！——你看，今天的天气多好，我们何不在海边走一走？"

詹姆斯愉快地说："嗯，很好的建议，我非常愿意！"

墨尔本的暖夏令人适宜，微微的海风透着清凉。

海岸线上有行人漫步的小路，有宽阔的草坪，还有高大的树。

他们沿着美丽怡人的海岸小路，愉快地走着、说着。

他们走到面向蔚蓝色大海的木长椅前坐了下来，肖梦影的秀发被微风吹拂，散发出淡淡的花香。

她又一次地幻想詹姆斯将她抱在怀里热吻，可是詹姆斯仍然没有这么做。

　　她想："詹姆斯一定喜欢自己，也许是因为他还不清楚自己和丈夫的情况。——这也许就是横在两人之间不可逾越的、生了锈的铁丝网。现在，就现在，我要向他宣布自己已经离婚。"

　　詹姆斯正要说话，肖梦影就开了口："詹姆斯，我和丈夫已经离婚了。"

　　她没想到自己用这么简单的表述，完结了和丈夫孟立成长达十几年的不幸婚姻。

　　这个消息对詹姆斯显然是很突然的，他望着肖梦影，一时不知说什么好。

　　他们相互注视着，詹姆斯不再回避，眼神里透着喜悦。

　　肖梦影淡淡地笑着说："我终于解脱了！"

　　詹姆斯由衷地说："祝福你梦影！"

　　"谢谢，詹姆斯。"她望向大海深深地呼吸着新鲜的空气，"很美的大海，你看远处的海鸥，它们在海面上多快乐！"

　　"是的，希望你每一天都能快乐！"

　　"这么美的海岸，我们再一起走走好吗？"

　　"当然！"

　　身边的海水清澈见底，不远处飞来了成双的黑天鹅浮游在海面，相伴、嬉戏和追逐着……

　　他们指着、看着，继续沿着美丽的海岸漫步着。

　　他们又从海岸的小路走向岸上绿油油的草坪。

　　棕榈树下詹姆斯再也无法抑制地一把拉住了她的手，他们相视对望，他的眼睛里正喷发着爱的火焰。

　　肖梦影的心又一次加快地跳动着。

　　他火热的眼睛在肖梦影的眼球里闪动。

肖梦影略微眩晕地等待着他靠近和即将吻过来的热唇。

"梦影，我还有件事情要跟你讲。"他深情地注视着她，激动地接着说："我的母亲给我留下了一笔令我意外的遗产，那是我母亲的家里留给她的财产，她又留给了我。这对于一般人不算是个小数字，我想我们可以用其中的一部分钱办一所语言辅导学校，你分管中文教学，我继续辅导英文。你觉得好吗？"

肖梦影不敢相信这又一次突然出现的惊喜，她真不敢相信这一切是真的，便又一次地问詹姆斯。

詹姆斯脸上浮现着幸福的纹路，确定这一切都是真的。

肖梦影激动地说："你说办学，太好了！我们可以马上开始。"

"是的，我们马上开始。另外，我还再想给孤儿院和老人院捐一点儿钱。"

"我也赞同，我也可以捐出一些钱来。"

詹姆斯注视着肖梦影的眼睛再也不能离开，他一把将她柔软的身子抱进了怀里。

肖梦影浑身像通了电流，每一个毛孔都惊觉起来。

詹姆斯火热的呼吸已扑向了她的全脸，他温热的鼻子碰到了她冰凉的鼻尖，他那灼热的唇向她压了下来。

他们的吻交融着，像两个被紧紧粘连在一起的人。任热吻带来的眩晕使得双脚站立不稳，他们的唇也没有因此离开一丝对方的唇。

他们好像足足吻了一个世纪，怎么也不肯罢休。

肖梦影的手机响了，她不得不从詹姆斯的热唇中抽出被他吸得发热的嘴唇。

她绯红着脸微颤着身体，呼吸不平稳地说："是我儿子的电话。"

詹姆斯也一时难以平静呼吸地说："哦，对不起！"

肖梦影努力调整着自己的呼吸，接听了儿子的电话。

"妈妈，你到了吗？我一直在学校门口等你呢！"

"哦，你等着，妈妈马上就到。"

肖梦影挂了电话，"天哪，都过了接孩子的时间。"

詹姆斯不好意思并依依不舍地看着她，"赶紧去接孩子吧！"

"我们一起去好吗？他认识你，正好你也去我家认认门。"

"可以吗？——那太好了。"

他们驱车前往儿子的学校。

詹姆斯一路注视着开车的肖梦影，不断地表达自己是世界上最幸福的人，他不允许肖梦影再受到委屈，要用一生来爱她。

肖梦影不时地感动得将一只手，轻轻地、紧紧地握着詹姆斯的大手，她美丽的大眼睛里闪烁着幸福的泪花。

詹姆斯将她纤细白净的手托在唇边深深地吻着，而后又深情地说："我爱你！我不会再松开呵护你的臂膀。"

他们接了孩子，回到了肖梦影的花园洋房。

孩子打开花园大门先进去了。

詹姆斯等肖梦影停好车，一起进门。

肖梦影推开了铸铁雕花的院门，请詹姆斯进来。

詹姆斯走进花园，看到了喷泉池边正在嬉戏的鸟儿，周边已是花开满园。

肖梦影荡漾着满脸的温情和幸福，深情地看着詹姆斯说道："这是你送给我的花籽，你看，它们都开出了漂亮的花。"